polar
VERLAG

Samuel W. Gailey

Die Schuld

Aus dem Amerikanischen von Andrea Stumpf
Herausgegeben von Wolfgang Franßen

Polar Verlag

Originaltitel: The Guilt We Carry
Copyright: © 2019 by Samuel W. Gailey
***The Guilt We Carry* originally published in the United States of America by Oceanview Publishing**

Deutsche Erstausgabe, 1. Auflage 2024
Aus dem Amerikanischen von Andrea Stumpf
Mit einem Nachwort von Carsten Germis

www.polar-verlag.de

Redaktion: Gabriele Wehrbeck
Korrektorat: Andreas März
Umschlaggestaltung: Robert Neth, Britta Kuhlmann
Coverfoto: © Cavan / Adobe Stock
Autorenfoto: © Amanda Demme
Satz/Layout: Martina Stolzmann
Gesetzt aus Adobe Garamond PostScript, InDesign

Druck und Bindung: CPI Books GmbH, Ulm, Deutschland

CO_2-Kompensation
2023 Printprodukt
mit FirstClimate.com

ISBN: 978-3-948392-96-3

Für meine beiden Mädchen Ayn und Gray

Sinclair hatte sie gefragt, wie das Geräusch geklungen hatte, aber sie hatte nicht darauf geantwortet.

Niemand – weder ihre Eltern noch ihre Therapeutin, nicht einmal die Polizei – hatte ihr jemals diese Frage gestellt.

Und wenn sie es getan hätten? Was hätte sie geantwortet?

Das Echo würde Alice für den Rest ihres Lebens verfolgen. An sich war an dem Geräusch nichts Ungewöhnliches – es war kein grauenerregender Schrei, kein verzweifeltes Weinen und auch nicht das Sirenengeheul eines vorbeifahrenden Rettungswagens, nein, nichts dergleichen. Vielmehr war es ein sich stetig wiederholendes Rumpeln von tief unten, etwas scheinbar Harmloses wie das Trommeln des Regens in jener Nacht, das Brummen einer Klimaanlage oder das Summen von Reifen auf Asphalt. Dieses spezifische Geräusch wäre für viele nichts weiter als ein Hintergrundrauschen, eine kurze Irritation für andere, aber Alice würde das Rumpeln und die fürchterliche Spur, die es in ihrem Gedächtnis hinterlassen hatte, niemals wieder loswerden …

Kapitel 1
Mai 2005

Es war seltsam, wie anders Geräusche unter Wasser klangen. Alles klang gedämpft, verzerrt, weit entfernt. Unter Wasser empfand Alice eine tiefe Ruhe und Klarheit, spürte sie sich. Wenn sie von Wasser umgeben war, versank alles andere in Bedeutungslosigkeit. In der Schwerelosigkeit war sie befreit – von Familie, Freunden, Schule, Jungs –, ihre Fesseln lösten sich auf wie Luftbläschen, die an der Oberfläche zerplatzten. Hier fühlte Alice sich zu Hause – ein winziger Ausschnitt des Universums, der ihr gehörte, ihr allein, und es gab keinen Ort, an dem sie lieber gewesen wäre.

Alice drehte den Kopf nach rechts, pumpte Luft in ihre Lunge und tauchte das Gesicht wieder in das warme kristallblaue Nass. Hinter ihr hörte sie zwanzig Beine und zwanzig sehnige Arme durch das Wasser schneiden. Ein rhythmisches Schlagen, Peitschen, Klatschen. Es kam näher. Ihre schärfste Konkurrentin war vielleicht zwei, drei Längen hinter ihr. Der Lärm trieb Alice an, schneller zu werden, die Meute auf Abstand zu halten.

Sie konzentrierte sich auf jeden Zug, wendete gerade genug Kraft auf, um ihre Geschwindigkeit beizubehalten, aber auf keinen Fall zu viel, um nicht die geringen ihr noch verbliebenen Reserven aufzubrauchen. Bald, sehr bald, würde sie sie ohnehin mobilisieren müssen.

Wieder drehte Alice den Kopf. Atmete ein. Jetzt musste sie die letzte Stufe zünden. *Schneller, schneller, schneller*, jagte es ihr durch den Kopf. Ihr Körper reagierte, die Beine schlugen schneller, die Arme schoben mit mehr Kraft. Wasser perlte von ihrer blassen, sommersprossigen Haut. Der Schwimmanzug, eine zweite Haut, spannte sich um ihre athletische Figur – der perfekte Körper einer fünfzehnjährigen Schwimmerin. Ihre dunkelbraunen Haare steckten unter einer Latex-Badekappe, eine verspiegelte Schwimmbrille verbarg ihre grünen Augen und tauchte alles über ihr, unter ihr, um sie herum in Bernsteingelb.

Alice machte sich bereit zur letzten Wende, tauchte unter die Chloroberfläche, zog die Knie eng an die Brust und stieß sich kraftvoll von der Betonwand ab. Sie glitt durchs Wasser und kam nach oben, um wieder Luft zu holen. Für die letzte Bahn schloss sie wie immer die Augen, auf ihre Instinkte vertrauend, vor allem aber auf ihre Ohren. Rechts und links von ihr hörte sie gedämpft die anderen durchs Wasser pflügen. Die Schwimmerin auf der fünften Bahn war zwei Längen hinter ihr. Die auf der dritten Bahn vier Längen. Die anderen mussten erst noch die Wende machen.

Schneller.

Ihr Herz trommelte in der Brust. Ihre Lunge brannte. Arm- und Beinmuskeln zogen sich zusammen und wurden hart, bis an die Grenze zum Krampf.

Alice ließ einen Schleier über den Schmerz fallen, trieb sich noch unerbittlicher an. Sie wollte gewinnen, wollte noch ein paar wertvolle Sekundenbruchteile gutmachen. Der Sieg reichte ihr nicht – es ging darum, ihre persönliche Bestzeit zu unterbieten.

Die Augen fest geschlossen, schwamm sie in völliger Dunkelheit und war schon fast am Ziel, ohne im Tempo nachzulassen. Alice kannte die genaue Zahl an Schwimmzügen, die sie noch bis zum Anschlagen brauchte.

Noch nicht, noch nicht.

Die von Bahn fünf holte auf. Eine Länge noch. Alice drehte ein letztes Mal zum Luftholen den Kopf, die Augen zusammengekniffen. Sie hörte die begeisterten Anfeuerungsrufe vom Beckenrand, spürte das donnernde Klatschen und das Trampeln auf der Fiberglastribüne im Wasser. Alles schraubte sich einem rasenden Höhepunkt entgegen – die Schläge, das angestrengte Stöhnen, das verzweifelte Luftholen der anderen Schwimmerinnen.

Bahn fünf kam näher. Eine halbe Länge.

Angst zu verlieren durchzuckte Alice.

Schneller.

Sie aktivierte das letzte Quäntchen Kraft. Arme und Beine holten zum letzten Zug aus.

Schneller.

Im allerletzten Moment streckte sie den Arm weit aus, bis ihre Fingerspitzen die raue Betonwand antippten. Dann brach sie durch die Wasseroberfläche, streckte die Hände hoch zum Beckenrand, zog sich heran, ließ den Kopf in den Nacken fallen und rang nach Luft, als wäre es das letzte Mal.

Von allen Seiten waren Schreie und schrille Pfiffe zu hören, sie hallten von den Wänden und der aufgewühlten Wasseroberfläche wider. Alice musste nicht auf die Anzeige sehen, um zu wissen, dass sie ihre Bestzeit unterboten hatte.

Ein Lächeln breitete sich über ihrem Gesicht aus. Sie hielt die Augen geschlossen, um den Jubel zu genießen und den flüchtigen Moment des Triumphs.

Kapitel 2
September 2005

Zwischendurch glaubte sie, dass ihre Eltern gar nicht mehr gehen würden. Ständig fiel Alice' Mutter noch etwas ein, was sie tun musste – sie spülte das Geschirr, ging die Post durch, wechselte zweimal den Mantel. Alles, um den Aufbruch hinauszuzögern.

Ich krieg das hin, sagte Alice mehr als einmal zu ihrer Mutter.

Das Taxi draußen hupte – zum vierten Mal.

»Jetzt geht endlich«, drängte Alice.

Ihre Mutter biss sich auf die Unterlippe und sah zur Tür. »Bist du sicher, dass du das schaffst?«

»Mom. Also echt.«

Endlich, endlich schlüpfte ihre Mutter in den dritten Mantel und nahm Schirm und Handtasche. Ihr Vater schob sie zur Tür und wechselte einen stummen Blick mit Alice. Es war erst das zweite Mal, dass die beiden Alice mit ihrem vierjährigen Bruder Jason allein ließen.

Sie stand am Fenster und sah zu, wie das Taxi mit ihren Eltern aus der Einfahrt stieß und die Straße hinunter verschwand. Sie seufzte.

Endlich.

Ihre Eltern wollten ihren zwanzigsten Hochzeitstag feiern. Mit dem Taxi fuhren sie, damit sie sich nach dem Abendessen noch ein paar Drinks in einer Bluesbar genehmigen konnten – derselben Bluesbar am Strand von Wilmington, in der sie sich vor einundzwanzig Jahren kennengelernt hatten.

Vor ein paar Monaten hatte Alice ihre Eltern angebettelt, keinen Babysitter für sie und ihren Bruder mehr zu engagieren. Sie war fünfzehn – viel zu alt für einen Babysitter. Keine ihrer Freundinnen hatte noch einen, und sie zogen sie schon auf und nannten sie Little Alice. Schließlich schaffte sie es, ihre Eltern davon zu überzeugen, dass sie erwachsen genug war, um ein paar Stunden auf sich und Jason aufzupassen. Außerdem könnten sie ihr die Hälfte dessen geben, was sie einem Babysitter zahlten – das zusätzliche Taschengeld konnte sie gut gebrauchen. So hatten alle etwas davon.

Am ersten Abend, an dem ihre Eltern ausgegangen waren, hatte Alice bewiesen, dass sie sich auf sie verlassen konnten. Allerdings hatte ihre Mutter sie ein halbes Dutzend Mal auf dem Handy angerufen, um sich nach allem Möglichen zu erkundigen: *Ist die Haustür abgeschlossen? Jason soll keine Filme ansehen, die ihm Angst machen. Sorg dafür, dass er sein Abendessen isst. Denk daran, dass er heute Abend gebadet werden muss.* Worauf Alice antwortete: *Ja. Okay. Jason hat Käsenudeln gekriegt. Ich stecke ihn nicht in die Wanne, ein warmer Waschlappen reicht.* Alice schaffte es sogar, ihn um halb acht mit seinem Lieblingsbuch, *König Pups,* ins Bett zu locken. Als ihre Eltern nach Hause kamen, lag Jason brav im Bett, und Alice machte Hausaufgaben. Ihre Eltern waren beeindruckt und gaben ihr sogar zehn Dollar mehr als ausgemacht. Sieg auf ganzer Linie.

Alice hatte erfolgreich ihren Einstand als Babysitterin gegeben. Was sollte da dieses Mal schiefgehen?

Sie öffnete den Kühlschrank und goss sich die erste Cola des Abends ein.

• • •

Bereits nach einer Stunde sehnte Alice die Rückkunft ihrer Eltern herbei. In Minute zwanzig hatte Jason ihren Nagellack entdeckt und beschlossen, die Tapete in ihrem Zimmer mit quietschroten Punkten zu verzieren. Ihre Eltern würden es einen *Jason Pollock* nennen. Egal ob mit Kreide oder Kuli, ob auf Wände oder Küchenschränke gekritzelt, aus irgendeinem Grund fanden ihre Eltern Jasons Machwerke grundsätzlich entzückend oder beeindruckend. *Schau dir mal Jasons Meisterwerk an*, rief ihre Mom, stemmte die Hände in die Hüften und schüttelte lächelnd den Kopf, als wären die Schmierereien das Tollste überhaupt. *Wenn er groß ist, wird er Künstler. Maler. Irgendetwas Kreatives. Wetten?*

Jason verteilte den Nagellack nicht nur über ihre Wände, er schaffte es auch, ihn auf ihren Flokati zu kleckern und auf ihre neue Tagesdecke – besser gesagt ihre brandneue Tagesdecke, die sie gerade erst zum Geburtstag bekommen hatte. Eigentlich durfte Jason Alice' Zimmer gar nicht betreten, weil er immer alles durcheinanderbrachte und ihre Sachen verstreute. Seine letzte Großtat hatte ihm ein endgültiges Betretungsverbot eingebracht. *Aber von wegen.* Ihr Psychologielehrer hätte es als Freud'sche Meisterleistung bezeichnet, dass Jason ihre Schwimmmedaillen zusammengesucht und eine nach der anderen im Klo runtergespült hatte.

Als sie jetzt in ihr Zimmer kam und Jason dabei erwischte, wie er ihre Tapete bemalte, flippte sie aus. Sie schrie ihn an. Schüttelte ihn. Nannte ihn eine blöde Nervensäge und sagte noch andere Sachen, die sie gleich darauf bereute. Jason sah mit seinen großen grünen Augen zu ihr hoch. Einen Moment lang dachte sie, er würde anfangen zu heulen, aber dann verzog sich sein winziges Gesicht trotzig. Er funkelte sie an, streckte ihr die Zunge raus, ließ das Nagellackfläschchen fallen und stapfte aus dem Zimmer.

Trotz alldem, trotz seiner Wutanfälle, seines ständigen Einforderns von Aufmerksamkeit, seiner überall herumliegenden Superheldenfiguren und der Verantwortung für den kleinen Bruder, die ihr qua Alter automatisch zufiel, liebte Alice Jason. Sie brachte ihm Schwimmen bei, und auch Jason bewegte sich im Wasser wie ein Fisch. Klar, es lagen elf Jahre zwischen ihnen, und sie hatten wenig Gemeinsamkeiten, aber seine Energie war ansteckend. Und auch wenn sie es nur ungern zugab, Jason sorgte dafür, dass das

Leben zu Hause nicht eintönig wurde, und ließ alles ein wenig unvorhersehbarer werden, was nicht unbedingt das Schlechteste war.

Der Spiritus brannte an ihren Händen, dabei hatte sie erst die Hälfte der Schmierereien von den Wänden entfernt, als sie ein Klopfen hörte.

KA-WUMM. KA-WUMM. KA-WUMM.

Unablässig trommelte der Regen auf die Dachschindeln, aber als Alice genauer hinhörte, vernahm sie das dumpfe Klopfen, das durchs ganze Haus hallte. Es schien von unten zu kommen. Wahrscheinlich lag Jason auf dem Boden und trat mit seinen Keds gegen die Wand, entweder weil er einen Wutanfall hatte, nachdem sie ihn aus ihrem Zimmer geworfen hatte, oder weil er wieder einmal so tat, als würde er Karate üben. Jedenfalls war das Geräusch nervig. Als Alice in dem Alter war, hätte man ihr so etwas nie durchgehen lassen. Ein Engel war sie zwar auch nicht gewesen, aber wenn sie einen Wutanfall hatte, wurde sie aus dem Zimmer geschickt oder bekam einen kräftigen Klaps auf den Hintern. Jason dagegen kam mit allem durch. Jason, das kleine Wunderkind.

Nach Alice' Geburt hatten die Ärzte ihrer Mutter erklärt, dass sie nicht mehr schwanger werden könnte. Irgendwelche Verwachsungen in der Gebärmutter nach der schwierigen Geburt würden eine weitere Schwangerschaft verhindern. Ihre Eltern fanden sich damit ab, dass sie nur ein Kind haben würden, und überhäuften Alice zehn Jahre lang mit all ihrer Liebe. Zehn Jahre lang war sie der Mittelpunkt der Welt. Dann geschah das Undenkbare, und ihre Mutter wurde erneut schwanger.

KA-WUMM. KA-WUMM. KA-WUMM.

Das Klopfen hörte nicht auf. Es klang geradezu trotzig. Ja, dachte Alice, ihr kleiner Bruder hatte einen Wutanfall. Nur um Aufmerksamkeit zu kriegen.

Sie starrte auf die Nagellackflecken auf dem Teppich und der

Tagesdecke und wusste, dass sie sie nie mehr rauskriegen würde. Die Decke war hinüber.

KA-WUMM. KA-WUMM. KA-WUMM.

»Jason! Es reicht!«, brüllte Alice, so laut sie konnte.

Gleich war es Viertel nach sieben und an der Zeit, Jason in seinen Schlafanzug zu stecken. Das Klopfen hallte immer noch durchs Haus, und jetzt fing auch noch Baxter an, wie irre zu bellen. »Jason, wenn du nicht sofort aufhörst, werde ich es Mom und Dad erzählen.«

Er hörte nicht auf. *KA-WUMM. KA-WUMM. KA-WUMM.* Baxter bellte immer wilder. Alice rannte die Treppe ins Erdgeschoss hinunter. Dort unten war das Klopfen und Bellen noch lauter.

»Jason?« Sie steckte den Kopf durch die Küchentür, aber dort war er nicht. Dann sah sie im Wohnzimmer und im Arbeitszimmer ihres Vaters nach – auch hier war Jason der Zutritt streng verboten, was ihn jedoch erst recht zu verlocken schien. Nirgendwo war etwas in Unordnung gebracht oder kaputt. Kein herumstampfender Jason.

Erneut sah sie im Wohnzimmer nach, danach im Badezimmer. Immer noch kein Jason.

Schließlich bemerkte Alice, dass die Kellertür einen Spaltbreit offen stand. Es war nur ein Zentimeter, aber bei dem Anblick setzte ihr Herz einen Schlag aus. Die Tür sollte verriegelt sein, damit Jason nicht die steile Treppe hinunterkletterte und an der Werkbank seines Vaters irgendwelchen Unsinn mit den scharfen Werkzeugen, den Lösungsmitteln und anderen Sachen anstellte, mit denen er sich verletzen konnte. Ihr waren die Sicherheitsmaßnahmen so oft eingeschärft worden, dass sie sie mittlerweile im Schlaf hersagen konnte.

Ein paar Minuten zuvor war Alice in den Keller gegangen, um den Spiritus zu holen, und dabei musste sie vergessen haben, die Tür wieder zu verriegeln. Jetzt spielte Jason in dem Raum des Hauses, den er auf keinen Fall betreten sollte. Dafür würde sie gehörig den Kopf gewaschen bekommen.

»Jason, wenn Mom und Dad rausfinden, dass du dort unten warst, werden sie komplett ausrasten.«

Jason reagierte nicht, sondern polterte weiter herum. Halb erwartete Alice, ihn loslachen zu hören, hocherfreut, dass er endlich ihre Aufmerksamkeit erregt hatte. Wenn seine große Schwester oder seine Eltern mit ihm schimpften, hielt er es oft für Spaß. Genauso wie er seine andere Lieblingsbeschäftigung für Spaß hielt: sich vor Mom und Dad verstecken, wenn sie ihn riefen. Allerdings war er eine echte Niete beim Versteckspielen. Er konnte nicht stillhalten, sondern kicherte in seinem Versteck, sei es in einem Schrank, unter einem Bett oder hinter den Wohnzimmervorhängen. Jetzt allerdings nicht. Kein Kichern und kein aufgeregtes Trappeln.

Am Fuß der Kellertreppe entdeckte Alice Baxter. Völlig außer sich rannte der sechs Kilo schwere Jack Russell im Kreis und kläffte sich die Seele aus dem Leib. »Baxter, wo ist Jason? Wo versteckt er sich?«

Kläffend rannte Baxter hin und her.

Alice erreichte den Fuß der Treppe und suchte den Kellerraum ab, der halb im Dunkeln lag. Auf der linken Seite war die Werkstatt ihres Vaters mit einer zwei Meter langen Werkbank, die an der Wand der Treppe gegenüber stand. Die penibel aufgereihten Werkzeuge interessierten Alice kein bisschen, aber Jason wurde magnetisch von ihnen angezogen. Am Rand der Werkbank lag umgekippt eine Saftpackung, aus der unaufhörlich roter Traubensaft auf den Boden tropfte.

»Jason. Dad wird dich fürchterlich ausschimpfen, wenn er den dreckigen Boden sieht.«

KA-WUMM. KA-WUMM. KA-WUMM.

Alice sah zur anderen Seite des Kellers, wo sich Moms Reich befand. Auf einem Regalbrett, das sich außerhalb der Reichweite von Jasons Händen befand, waren Waschmittelbehälter und Flaschen mit Bleiche und Fleckentferner aufgereiht. Auf einem Bügelbrett stapelten sich die Hemden ihres Vaters und warteten darauf, gebügelt zu werden. Vor der Waschmaschine und dem Trockner standen zwei Körbe mit Schmutzwäsche, ordentlich nach Farben sortiert. Baxter sprang von dem Wäschekorb auf den Trockner und kratzte an dem Metall, jaulte und bellte, dann sprang er zurück auf den Betonboden. Der Trockner rumpelte und ruckelte, während sein Inhalt hin und her geworfen wurde. Es klang, als würde ein Paar von Dads Arbeitsstiefeln darin herumpoltern. Alice erinnerte sich allerdings nicht, dass ihre Mom Wäsche in den Trockner geworfen hatte, bevor sie aufgebrochen waren.

Immer noch kläffte Baxter und hüpfte an der Maschine hoch. Sein braun-weißer Schwanz klemmte zitternd zwischen seinen Hinterbeinen.

»Baxter, nein. Sei still.«

Aber Baxter hörte nicht auf.

Alice seufzte und überlegte, was Jason in den Trockner gesteckt haben könnte. Das war nämlich ein weiteres Lieblingsspiel von ihm, irgendwelche Sachen ins Klo oder ins Spülbecken zu werfen – irgendwohin, wohin sie nicht sollten. Dann sah sie das rote Stoffstück, das unter der Trocknertür hervorlugte. Es hätte alles Mögliche sein können – eine rote Kissenhülle, ein Hemdzipfel –, aber Alice wusste sofort, was es war. Sie hatte Jason oft genug mit seinem roten Superman-Umhang gesehen.

Mit jagendem Puls und zugeschnürter Kehle streckte sie die Hand nach der Trocknertür aus. Sie ließ sich nicht öffnen. Alice riss daran, aber die Tür blieb verschlossen. Sie drückte auf den Einschaltknopf, und der Trockner verstummte. Die Metalltrommel kam zum Stehen, und das Rumpeln darin verlangsamte sich wie der Herzschlag eines Sterbenden. Rasch öffnete sie die Tür und hob das rote Cape an, dann schlug sie die Hände vors Gesicht. Ihre Finger rochen immer noch nach Spiritus, aber sie bemerkte es nicht.

Alice fing an zu schreien.

Kapitel 3
Februar 2011

Wie schlimm ist der Kater?

Flatternd öffneten sich Alice' Lider einen Spalt, dann schlossen sie sich mit einem Flattern wieder, und sie wartete. Sie wartete darauf, die Schwere ihres Katers bestimmen zu können. So startete sie mittlerweile in den Tag. Jeden Morgen mit derselben Frage: Wie schlimm waren die Nachwirkungen der durchzechten Nacht? Sie fragte sich nicht, was sie an dem Tag tun musste oder was sie frühstücken oder welche Besorgungen sie machen sollte. Nein, nichts dergleichen. Es war immer dasselbe.

Erinnerungsfetzen an die letzte Nacht trieben in einem diffusen Nebel durch ihren Kopf, sie sah sie wie hinter einer fettverschmierten Scheibe. Das reichte Alice. Sie hatte es nicht eilig damit, sich zu erinnern, noch nicht. Die Erinnerungsfetzen würden sowieso an die Oberfläche steigen, um zuerst zusammengesetzt und am Schluss bereut zu werden. Immer dieselben Fehler, nur unter verschiedenen Bedingungen. Da hieß es, Krönchen richten und auf ein Neues. Sie traf meist bemerkenswert schlechte Entscheidungen, wenn sie sich betrank, was oft der Fall war, also jeden Tag. Anders gesagt, sie konnte sich an keinen einzigen nüchternen Abend in den letzten Jahren erinnern. Es war ein Teil von ihr geworden. Nicht dass sie stolz drauf war, aber sie hatte sich damit abgefunden. Wer konnte schon aus seiner Haut?

Sie versuchte, noch einmal einzuschlafen, wenigstens kurz. Schöner als in der Wirklichkeit war es im Traum – meistens jedenfalls. Die Wirklichkeit würde sie sowieso bald einholen, und dann würde auch der Selbstekel nicht lange auf sich warten lassen. So wie immer.

Alice hatte ein Ratingsystem entwickelt, mit dem sie bestimmte, welchen Preis ihr Körper und ihr Geist für ein abendliches Besäufnis zahlen mussten. Dieses Ratingsystem war ganz allein ihres. Darauf bildete sie sich nicht viel ein, aber wenn man seinem Körper und seinem Geist Tag für Tag so etwas antat, sollte man wenigstens einen Maßstab entwickeln, um die Folgen abzuschätzen.

Sie stellte sich vor, wie andere Menschen aufwachten und über den vor ihnen liegenden Tag nachdachten, der mit langweiligen Entscheidungen auf sie wartete – was sie zur Arbeit anziehen und ob sie die Garage aufräumen sollten, welche Rechnungen sie bezahlen mussten, solche Dinge. Andere wachten mit Überlegungen und Plänen zur Verwirklichung ihrer langfristigen Ziele und Träume auf – wie sie die Karriereleiter schneller erklimmen konnten, ob sie ihre Stelle kündigen, ein Haus bauen oder heiraten sollten. Wieder andere machten sich Gedanken um ihre Kinder. Machten sie bei der Erziehung alles richtig? Würden die Kinder es einmal besser als ihre Eltern haben?

Für Alice galt das alles nicht. Sie dachte über nichts dergleichen nach. Wenn es möglich wäre, würde sie wahrscheinlich gern in einem spießigen Leben aufwachen, sei es, um in einem Copyshop Kopien anzufertigen und Papier zuzuschneiden oder den lieben langen Tag Windeln zu wechseln und Nasen zu putzen. Der Gedanke, Erwartungen zu übertreffen, war ihr noch nie gekommen – zum Beispiel einen Master zu machen oder in einem Job zu arbeiten, der nicht bedeutete, Idioten Kaffee einzuschenken oder Idioten Tequila einzuschenken.

Nein, Alice' erster Gedanke jeden Tag konzentrierte sich ausschließlich auf die Frage, wie schlimm ihr Kater war. Das war ihre Wirklichkeit. Das war ihr Geisteszustand. Und wie es aussah, würde sich das auch nicht so bald ändern.

Das Ratingsystem war ziemlich einfach. Fünf war der Schädelkracher – krasse Kopfschmerzen mit pochenden Schläfen. Die Art

Schmerzen, die im Nacken anfingen und sich stechend und tastend über den ganzen Kopf ausbreiteten, ihn durchbohrten und die Schläfenadern beinahe explodieren ließen. Jede schnelle Bewegung, jeder kleine Raucherhustenanfall war Folter. Sobald sie es geschafft hatte, zwei, drei Ibu einzuwerfen und mit dem übrig gebliebenen Schnaps hinunterzuspülen, legte sie sich auf den Boden und wartete darauf, dass die Schmerztabletten anfingen zu wirken. Bis dahin konnte sie nicht mehr denken als *Scheiße, Scheiße, Scheiße.*

Vier bedeutete im Allgemeinen, zum Klo zu kriechen und Galle hochzuwürgen. Richtig kotzen konnte sie sowieso nicht, weil sie kaum etwas aß. Essen tat sie ausschließlich aus Notwendigkeit. Erst wenn sie anfing zu zittern, fiel ihr ein, dass sie Proteine brauchte und noch etwas anderes als Wodka, Whiskey oder Tequila im Magen haben sollte. Vier bestand manchmal nur aus dem Würgereiz, aber das war ihrer fachkundigen Meinung nach schlimmer als Kotzen.

Drei bestand aus einem bleischweren, megasauren Magen, der brannte und blubberte und nach etwas anderem als Hochprozentigem dürstete. Milch half ein bisschen, aber die hatte sie meistens nicht. Das mochte am Fehlen eines Kühlschranks, vielleicht aber auch an mangelnder Voraussicht liegen.

Zwei machte groggy – ihr Gehirn fühlte sich an wie mit feuchten Wattebäuschen vollgestopft, und sie konnte sich weder konzentrieren noch ihre Bewegungen koordinieren. Es war ein halb träumerischer Zustand – ein körperloses Gefühl, durch das sie weder im Hier noch im Jetzt war, so als hätte sie sich zeitweise des Körpers einer anderen Frau bemächtigt, die sie zuvor windelweich geprügelt hatte. Sich an die Begegnungen des Abends zuvor zu erinnern dauerte noch länger. Oder sich daran zu erinnern, was sie getrunken, wo sie getrunken und mit wem sie getrunken hatte. Letzteres spielte meist keine Rolle, weil sie gewohnheitsmäßig allein trank, sogar lieber allein trank.

Eins war die niedrigste Stufe, körperlich betrachtet ein Klacks, aber in vielerlei Hinsicht war dieser Zustand doppelt so schlimm wie die anderen vier zusammen. Zum einen war da der Gefühlskater, der daher rührte, dass sie am Abend zuvor nicht genug getrunken hatte. Alice hasste Schuldgefühle. Kein Ibu, keine Milch und kein Konterbier kamen dagegen an, dass sie sich wie eine Totalversagerin fühlte, weil sie zugelassen hatte, dass ihr Leben außer Kontrolle geriet, und versuchte, ihre Sorgen in Alkohol zu ertränken. Weil sie trank, um all die Fehler, die sie im Laufe der Jahre gemacht hatte, zu vergessen, besonders den ganz großen Fehler. Mit dem ganz großen Fehler hatte es überhaupt erst angefangen. Der Alkohol erledigte zu gegebener Zeit, was er erledigen sollte – sie betäuben –, aber morgens war die Reue wieder da. Und zwar mächtig. Dann spielte sich der Unfall immer wieder vor ihrem geistigen Auge ab, so klar, als wäre er erst gestern passiert.

Kapitel 4

Alice spürte die Gegenwart des Mannes, bevor sie ihn sah. Neben ihr. Unter Decken und Laken, die nach Schweiß und Schlimmerem rochen. Sie warf einen Blick über die Schulter, bemerkte die wirren schwarzen Haare, die unter dem Bettzeug hervorlugten.

Während sie darüber nachdachte, was in der vorhergehenden Nacht passiert war, sah sie zur Zimmerdecke. Eine wasserfleckige hellblaue Zimmerdecke. Und nicht ihre.

Von der Decke hing eine einzelne Glühbirne an schlampig mit Klebeband zusammengeflickten Kabeln. Es war nicht die Lampe, auf die Alice normalerweise in dem heruntergekommenen Motel, in dem sie seit ein paar Monaten wohnte, starrte. Außerdem roch es hier anders. Es roch nicht muffig wie aus ihrem Heizlüfter, sondern nach billigem Rasierwasser und Spiegeleiern, und bei dem Gedanken an Spiegeleier zog sich ihr Magen brennend zusammen. So heftig, dass sie sich aufsetzte und nach etwas suchte, in das sie sich übergeben konnte.

Einen Moment lang drehte sich alles. Sie befand sich in einem winzigen Zimmer. Gerade genug Platz für das Wasserbett, auf dem sie in diesem Moment hin und her schaukelte, und das Schaukeln verstärkte den Schwindel und die Übelkeit noch.

Scheiße.

Gleich würde sie sich übergeben müssen. Garantiert. Am Fußende des Wasserbetts entdeckte sie eine halb volle Schüssel Popcorn, vor allem nicht aufgepoppte Körner, dazwischen ein paar buttergebräunte Stücke. Ganz unten lagen ein paar Zigarettenkippen. Die Schüssel musste reichen. Alice schüttete das Popcorn und die Kippen auf den Boden und übergab sich.

Himmel.

Jetzt roch es nach billigem Rasierwasser, Spiegeleiern und Kotze.

Sie blickte sich um, froh, dass es keinen Spiegel gab, in dem sie sich ansehen musste. Wenn möglich, mied sie Spiegel. Sie hasste das Gesicht, das ihr daraus entgegenblickte. Hasste alles daran. Nicht dass sie hässlich gewesen wäre. Keineswegs. Wenn Alice wollte, konnte sie hübsch sein. Sie musste sich nicht mal besonders Mühe geben. Ein freches Gesicht mit ein paar Sommersprossen, die aus ihrer Teenagerzeit zurückgeblieben waren, und eine kleine Nase über vollen Lippen, für die andere Frauen zum Schönheitschirurgen gingen. Trotz des vielen Alkohols war ihr Körper schlank und straff. Das Auffallendste an ihr waren die Augen – bei denen die Männer zweimal hinschauten, und auch einige Frauen. Grasgrüne Augen, die die irische Herkunft ihrer Familie verrieten.

Bierflaschen lagen auf dem Boden verstreut – ausschließlich amerikanische Marken. Pabst Blue Ribbon, Miller High Life, Budweiser. Zigaretten waren auf Untertellern ausgedrückt oder in Kaffeebecher geworfen worden, ein paar Kippen waren auf dem Teppich zertreten worden. An der Kante der kleinen Kommode am Kopfende des Betts stand eine halb volle Flasche Jack Daniel's. Die Schubladen waren halb aufgezogen, und T-Shirts und Bluejeans quollen heraus. Das Wasserbett schaukelte unter ihr, während sie die Klamotten anstarrte. Schwarze T-Shirts und verwaschene Levi's. Männerklamotten.

Es war nicht nur eine unbekannte Wohnung, sie gehörte auch noch einem Mann.

Erst in diesem Moment wurde Alice sich ihrer Nacktheit bewusst – sie trug nicht den kleinsten Fetzen am Leib. Nicht mal Socken, dabei trug sie im Bett immer Socken, selbst in den heißesten Sommernächten. Nackt schlafen machte ihr nichts aus, aber ohne Socken fühlte sie sich ungeschützt. Sie musste gestern Nacht ziemlich dicht gewesen sein, wenn sie sich die Socken hatte abstreifen lassen.

Der Mann neben ihr rührte sich nicht. Er schlief wie ein Stein.

Gut.

Sie wollte sich erst mal anziehen, bevor sie das Rätsel löste, wer ihr Bettgenosse war. In einem unordentlichen Haufen in der Ecke fand sie ihren Secondhand-Sweater, die Bluejeans, BH und Unterhose. Mit ihrer Jacke schien auch ihre Erinnerung, sich ausgezogen zu haben, verloren gegangen zu sein. Irgendwo hier musste die Jacke doch sein. Wenigstens erinnerte sie sich noch, sie gestern zur Arbeit getragen zu haben. Blitze zuckten durch ihren Kopf, als sie ein wenig zu schnell aufstand und beim Anziehen mit ihren Klamotten kämpfte. Die schnellen ruckartigen Bewegungen setzten in ihrem Kopf einen Güterzug in Gang, der direkt unter der Schädeldecke dahindonnerte.

Die ganze Zeit behielt Alice mit halbem Auge den schlafenden Fremden im Blick und kramte in ihrer Matschbirne, wer zum Teufel er sein könnte. Gestern Abend hatte sie hinter dem Tresen im Frisky Pony gestanden, einen abgehalfterten Stripklub im Gewerbegebiet von Harrisburg. Rechts davon eine Autolackiererei, links ein Schrotthandel. Eine Abfahrt der Interstate 81 führte direkt hinter dem Frisky Pony vorbei, sodass das, was in dem Klub als Tanzmusik galt, von dem ständigen Summen von Reifen auf Asphalt untermalt wurde. Selbst an guten Abenden machte Alice im Frisky Pony nur vierzig Dollar, aber weil es unterhalb des Radars der Polizei lag, war die Arbeit hier für sie okay. Im Moment noch. Bald würde sie weiterziehen, das wusste sie. Ihre innere Uhr, die ihr zuverlässig anzeigte, wann sie weiterziehen sollte, hatte angefangen zu ticken. Seit fast sechs Monaten war sie jetzt in Harrisburg, das reichte. Alles wurde zu vertraut. Zu persönlich. Einige der Stripperinnen im Frisky Pony – insbesondere Tia und Naomi – hatten sogar schon mit ihr ausgehen wollen oder sie zu Partys eingeladen und nach der Sperrstunde etwas mit ihr getrunken. Das war immer ein sicheres Zeichen dafür, dass es an der Zeit war, die Zelte abzubrechen – wenn die Leute sich mit ihr anfreunden wollten.

Tequila. Jetzt erinnerte sie sich. Gestern Abend war's Tequila gewesen. Sauza Hornitos. Es war nie gut, wenn sie sich an die Marke des Schnapses erinnerte, aber nicht an den Namen des Mannes, mit dem sie geschlafen hatte. Schließlich löste sich der Alkoholnebel nach und nach auf, und die Erinnerung kehrte zurück, zeigte sich in ihrer hässlichen Pracht. Tia und Naomi hatten sich ihr angeschlossen und Glas um Glas mitgehalten, dann hatten die beiden eine Zeit lang geknutscht und schließlich Alice zu einer *Girls Night* eingeladen. Sie hatte dankend abgelehnt, wenn sie sich recht erinnerte.

Alice wusste auch noch, dass Tia und Naomi zu der wummernden Musik auf dem Tresen getanzt und sich gegenseitig ausgezogen hatten. Sie hatten sich wirklich bemüht, sie zu verführen. Aber sie hatte keine Lust gehabt. Es war nicht die erste Privatvorführung, die sie von den beiden bekommen hatte. Sie waren beide nett, aber ziemlich dumm. Alice hatte nicht den Eindruck, dass sie weiter als bis drei zählen konnten. Wenn sie noch ein paar Jahre Schindluder mit ihren schönen Körpern trieben, würden sie fürs Wackeln mit ihren Brüsten nicht mehr genug Geld kriegen, um davon Miete, Essen und Arztbesuche zu bezahlen. Aber das war ihnen nicht klar. Alice war wenigstens bewusst, dass man nur so lange mit einem knackigen Hintern seinen Lebensunterhalt verdiente, solange er knackig war. Nicht dass Alice den Dreh raushatte – weit davon entfernt –, aber wenigstens wand sie sich dabei nicht um eine Stange.

Alice' Erinnerung reichte ziemlich genau bis zu dem Moment, als die beiden Stripperinnen bei ihren G-Strings angekommen waren, danach war Schluss. Sie erinnerte sich nicht, das Frisky Pony verlassen zu haben, und auch nicht, wie sie in dem Bett gelandet war, auf dem sie gerade saß.

Ein Wasserbett. Sie hasste Wasserbetten.

Sie warf einen Blick aus dem Fenster. Ein Trailerpark. Es schneite leicht. Eine frische Lage Weiß breitete sich über den schwärzlichen Matsch, der vom letzten Schneesturm zurückgeblieben war. Ein paar Kinder bewarfen eine Katze mit Steinen. Als einer der Steine sie am Kopf traf, schrie die Katze, und das Grüppchen rotznasiger Jungen johlte triumphierend. Hinterfotzige kleine Fieslinge. Die konnte sie noch weniger ausstehen als Wasserbetten.

Alice zog den Reißverschluss ihrer Jeans hoch und suchte das Zimmer noch einmal nach Handtasche und Jacke ab. Vielleicht schaffte sie es hier raus, bevor der Fremde aufwachte. Dass sie keine Ahnung hatte, mit wem sie geschlafen hatte, war egal – man musste nicht alles wissen. In dem Raum war keine Tasche. Und auch keine Kondomhülle. Sie hoffte, dass sie nicht so betrunken gewesen war, um das Verhüten zu vergessen. Das hätte ihr gerade noch gefehlt. Sich ein Kind oder was noch Schlimmeres einzufangen.

Sie stieß sich den großen Zeh an der Ecke des Betts an. »Scheiße.«

Der Schläfer rührte sich noch immer nicht.

Sie trat einen Schritt näher, aber sein Gesicht lag unter der Decke begraben. »Hey. Mann. Aufwachen.«

Nichts. Niemand zu Hause.

Der Mann lag völlig still da, nicht einmal die Decke bewegte sich mit seinen Atemzügen. Sie betrachtete ihn noch eine Weile – nichts.

Alice nahm eine leere Bierflasche, hielt sie über eine andere leere Bierflasche. Dann sah sie zum Bett und ließ sie fallen. *KNALL. KLIRR.* Die Flasche zerbarst. Es war laut – laut genug, um Tote zu wecken.

»Hallo? Zeit zum Aufstehen!«

Aber der Mann reagierte nicht. Alice schwante Übles.

Nein, nein, nein.

Er konnte nicht tot sein. Das ergab keinen Sinn. Man wachte nicht nackt neben einem Toten auf, den man nicht mal kannte.

Alice beobachtete weiter die Decke, wartete darauf, dass sie sich hob und senkte. Vielleicht schlief er einfach nur sehr fest. Sie wartete, dass er sich rührte. Dass er hustete. Nieste. Irgendwas. Aber er tat nichts davon.

Schwarze Haare. Wen kannte sie mit solchen dichten schwarzen Haaren?

Wen interessiert das? Ist doch egal.

Alice sah sich noch einmal nach ihrer Handtasche um. In dem winzigen Raum müsste sie ihr eigentlich sofort ins Auge fallen. Sie musste im Wohnraum sein. Oder im Bad. Irgendwo anders jedenfalls.

Wie unter Zwang sah sie wieder zu dem Mann, der wahrscheinlich gar nicht schlief, sondern tot war. Mittlerweile zitterten Alice' Hände im Gleichtakt mit ihrem rasenden Herzen, und die Adrenalinwoge, die durch sie schoss, verjagte den Kater. Das Zittern ihrer Hände griff auf den ganzen Körper über, erreichte die Knie und zwang Alice, sich wieder auf das Wasserbett zu setzen. Gurgelnd schwappte das Wasser unter dem Toten hin und her und versetzte ihn in Bewegung. Nach ein paar Sekunden kam es zur Ruhe und mit ihm der Tote.

Scheiß drauf.

Sie stand auf, streckte die Hand aus und riss die Decke zurück.

Ja, der Mann war tot. Kein Zweifel. Seine Augen standen offen, die Pupillen waren erweitert und von einem weißen Film überzogen.

Mit rasendem Herzen sprang sie vom Bett auf und stolperte beinahe über ihre eigenen Füße. Sie spürte das Klopfen in ihrer Brust, als sie auf die Leiche hinunterblickte – die zweite, die sie in ihrem Leben sah.

•••

Der Tote war ein gut aussehender Mann. Zumindest war er das mal gewesen, auf diese mackerhafte Art. Alice starrte das vertraute Gesicht an – Terry Otis, der Geschäftsführer des Frisky Pony. Dieses koksende, chauvinistische Arschloch, das mit allen Stripperinnen aus dem Laden ins Bett ging. Terry *Arschloch* Otis, der soff wie ein Loch, durch den Klub stolzierte wie ein Gockel und Besoffene rausschmiss, wenn sie seine Mädchen angefasst hatten, und sie anschließend im Hinterhof verprügelte. Der große, toughe Terry, der einen schwarzen Monster-Pick-up mit XXL-Reifen fuhr, seine Levi's bügelte und kein Stäubchen auf seinen Cowboystiefeln duldete.

Wie er da nackt in seiner eigenen Kotze lag, war von seiner Toughness nicht mehr viel übrig.

Unverwandt sah sie auf ihren toten Boss und versuchte, ihrem schnapsgeschwängerten Hirn weitere Erinnerungen an die vorhergehende Nacht zu entwinden. Sie wusste noch, dass Terry wie immer im Frisky Pony gewesen war, aber sie hatte nicht mit ihm getrunken, nicht einmal besonders auf ihn geachtet. Er wiederum war vollauf damit beschäftigt gewesen, eine Line vom Tresen zu ziehen und Tia und Naomi beim Fummeln anzuglotzen.

Bei Terry zu Hause war sie noch nie gewesen, auch wenn er sie mehr als einmal eingeladen hatte. *Für dich steht meine Tür immer offen, Schätzchen,* hatte er ihr schmierig grinsend ein halbes Dutzend Mal erklärt. Er stank aus dem Mund nach dem Stückchen Kautabak, das er unter seine Unterlippe geschoben hatte. Ständig spuckte er in eine Bierflasche, die halb voll mit brauner Spucke war. *Da können wir eine richtig gemütliche Nummer schieben, wir beide.*

Alice hob sich der Magen, und sie würgte, aber es kam nichts mehr raus, weil nichts mehr drin war. Dann wurde ihr heiß, und Schweiß trat aus ihren Poren und überzog ihr Gesicht mit einem feinen, nach Tequila riechenden Film.

Zweimal wurde es dunkler im Raum. Das eine Mal, als die Sonne hinter den heranziehenden Sturmwolken verschwand, das andere Mal, als ihr Kreislauf in den Keller sackte und sie beinahe ohnmächtig wurde.

Um den Kopf wieder klarzukriegen, kniff sie die Augen zusammen und grub ihre abgekauten Fingernägel so fest in ihre Handflächen, dass sie schmerzhafte Einkerbungen hinterließen. Es dauerte eine Minute. Vielleicht auch zwei. Sie öffnete die Augen und ließ den Blick über die windigen Wände, die klapprige Tür und die vorhanglosen Fenster wandern. Schließlich bemerkte sie die Reisetasche, die auf Terrys Seite des Betts in die Ecke des Schlafraums gestopft war.

Terrys Seite des Betts. So ein Schwachsinn. Als wären sie ein Paar.

Sie starrte auf die Tasche, die aus einem Army-Shop stammen musste. Olivgrün, auf den Stoff mit schwarzer Farbe eine Seriennummer gedruckt. Dann sah sie wieder zu Terry, dessen Kopf nach links geneigt war, als wollte er sein Eigentum im Auge behalten. Sie musste das Letzte gewesen sein, was er gesehen hatte, bevor er starb.

Alice blickte wieder zu der verschlossenen Tasche. Sie wischte sich den Schweiß von der Oberlippe und schob sich näher heran, plötzlich wollte sie wissen, was darin war.

Ich sollte die Cops rufen.

Das konnte sie allerdings gerade nicht brauchen. Dem war sie im Moment einfach nicht gewachsen. Die Cops würden Fragen stellen. Sie würden in ihrer Vergangenheit graben und unschöne Dinge zutage fördern. Nicht jetzt. Am besten nie.

Wie gebannt starrte sie auf die Tasche – als wäre sie ein Kunstwerk. Etwas an dieser fest verschlossenen Army-Tasche wollte, dass sie sie öffnete. Sie würde die Cops rufen müssen. Das war Alice klar. Was blieb ihr sonst auch übrig?

Vielleicht könnte sie wenigstens einen kurzen Blick in die Tasche werfen? Terry war tot, was sollte er dagegen haben? Alice rieb sich übers Gesicht. Sie brauchte noch ein paar Minuten, um einen klaren Kopf zu bekommen, einen Schluck Orangensaft zu trinken, oder was Terry im Kühlschrank hatte, und zu versuchen, die Geschehnisse in der Nacht zu rekonstruieren.

Und *ja*, auch um einen Blick in die Tasche zu werfen. Das würde sie nämlich tun. Die Tasche war wie ein Glas Whiskey, das jemand einem Alkoholiker spendiert hatte und das darum bettelte, in einem Zug ausgetrunken zu werden. Es war keine Frage des Ob, sondern des Wann. Alice strich sich die Haare hinters Ohr, hob die Tasche auf ihren Schoß und zog den Reißverschluss auf. Der Inhalt war keine große Überraschung. Keine Socken oder Decken, keine Schuhe, kein Survival-Kit. Nichts dergleichen. Stattdessen Tütchen mit Koks. Viele Tütchen. Alice konnte nicht genau abschätzen, wie viel es war und welchen Marktwert es hatte, aber sie vermutete, dass es Schnee im Wert von zehn-, vielleicht zwanzigtausend Dollar war.

Aber das war nicht alles.

Alice grub tiefer und stieß auf ein paar Pillenfläschchen. Amphetamine, Quaaludes, Vicodin. Und ein Fläschchen Rohypnol.

»Ach du Scheiße.«

Alice nahm keine Pillen – sie schoss sich lieber mit Wodka, Whiskey und Tequila ab –, aber sie kannte sich halbwegs damit aus. Rohypnol. Roofies. Terry musste gestern einen ihrer Drinks damit versetzt haben.

Alice sah noch einmal zu Terry, ihre Angst verwandelte sich in dumpfe Wut und Ekel vor sich selbst, weil sie das hatte geschehen lassen. Der Gedanke, dass dieser Drecksack in ihr drin gewesen sein könnte, ließ sie sofort wieder würgen.

An seinen Nasenhaaren hing immer noch etwas von dem weißen Pulver. Geschah dem Kokser recht. Er hatte gekriegt, was er verdiente. Sie bemerkte den Riss an Terrys geschwollener und dunkellila verfärbter Oberlippe. Unter seinem linken Auge war ein fieser Bluterguss – ungefähr so groß wie ihre Faust. Trotz des Tequilas und der Roofies musste sie sich gewehrt haben. Hatte ihm ein paar verpasst, bevor … falls es überhaupt passiert war. Vielleicht war das Arschloch tot umgekippt, bevor er sie vergewaltigen konnte.

Alice wühlte sich weiter durch die Tasche. Ihre Finger strichen über etwas auf dem Boden. Eine braune Papiertüte war unter die anderen Sachen gestopft worden. Sie zog sie heraus. Sie hatte ungefähr die Größe einer kleinen Schuhschachtel und war sorgfältig mit Klebeband zugeklebt.

Ungeduldig wie ein Kind am Weihnachtsmorgen riss Alice das Papier auf und starrte den Inhalt an, fuhr sich mit der Zunge über die Lippen, die im Bruchteil einer Sekunde trocken geworden waren. Ihr Herz hatte einen Komplettaussetzer. Reglos saß sie zwanzig Sekunden da, und erst da wurde ihr bewusst, wie totenstill es im Trailer war.

Plötzlich knallte etwas Hartes gegen die Metallwand, und Alice zuckte zusammen. Ein zweiter Knall und ein dritter, gefolgt von kreischendem Gelächter.

Den Papierbeutel mit zittrigen Händen umklammernd, spähte Alice aus dem Fenster und sah die Meute der kleinen fiesen Jungs Schneebälle gegen den Trailer des Toten werfen. Sie spürte die Erschütterung bis in die Knochen. *Hört auf damit! Hört auf!* Sie ertrug das Geräusch nicht – es triggerte Erinnerungen an den Trockner mit Jason darin –, aber in ihrem sadistischen Vergnügen machten die Kids keine Anstalten aufzuhören. Es rumste und rumste und rumste, so als würde es nie aufhören.

Ka-Wumm, Ka-Wumm, Ka-Wumm.

Kapitel 5

Einundneunzigtausend Dollar.

Stapel von Zwanzigdollarbündeln lagen zwischen Bierflaschen, einem Unterteller voll Zigarettenkippen und leeren Skoal-Dosen auf dem Küchentisch. Nervös zupfte Alice an dem verknitterten braunen Papierbeutel und sagte sich die Summe immer wieder im Kopf vor. Die Zahl war unfassbar. Das war mehr Geld, als sie jemals gesehen hatte und wahrscheinlich auch jemals wieder sehen würde.

Alice blickte auf das viele Geld und nippte dabei an einem mit Wodka aufgepeppten Mountain Dew. Terry hatte keinen Orangensaft, aber massenhaft Wodka. Alice war gerade beim zweiten Glas. Mit dem ersten hatte sie ihre Nerven und ihre zittrigen Hände beruhigt. Das zweite machte ihren Kopf wenigstens ein bisschen klarer, und frisch gestärkt beschloss sie, lieber das Geld zu zählen als an den Toten im hinteren Raum des Trailers zu denken.

Neunzigtausend Dollar könnten ihr aus der Sackgasse helfen, in die sie sich manövriert hatte. Sie könnte wieder auf die Füße kommen. Noch mal neu anfangen. Irgendwo. Keine trostlosen Jobs mehr, keinen besoffenen Arschlöchern mehr Drinks ausschenken.

Als Alice den Trailer durchsucht hatte, hatte sie ihre Handtasche und die Jacke auf dem Sofa gefunden, daneben die Stiefel, die ihr Terry, Gentleman, der er war, offenbar ausgezogen hatte. Jetzt lag die Tasche auf dem Tisch. Dafür, dass sie nicht in der Bar zurückgeblieben war, musste der gute Mann ebenfalls gesorgt haben. Ohne das Münzgeld besaß Alice genau dreiundvierzig Dollar. Das wusste sie so genau, weil sie sie nach den einundneunzigtausend Dollar gezählt hatte. Für die Scheine in ihrem Geldbeutel, lauter Eindollarnoten, hatte sie nicht so lange gebraucht. Abgesehen davon besaß sie im Grunde nur ihre paar armseligen Klamotten, kein Auto, keine Kreditkarten, kein Scheckbuch, nicht mal einen Führerschein. Mit ihren einundzwanzig Jahren war sie gerade einmal dreiundvierzig Dollar schwer und durfte nicht Auto fahren.

Die dreiundvierzig Dollar würden so gerade für zwei Nächte in der Bruchbude von Motel reichen. Beim größten Teil seiner Gäste rechnete das Comfort Manor – eine Ansammlung von schuhschachtelgroßen Zimmern ohne jeden Komfort – auf Stundenbasis ab, aber Alice hatte eine spezielle Vereinbarung mit dem Mann an der Rezeption getroffen. Ernie Soundso. Sie gab Ernie Soundso jeden Tag zwanzig Dollar in cash und ließ ihn im Tausch gegen den inoffiziell reduzierten Zimmerpreis ein paar Abende die Woche im Frisky Pony umsonst trinken.

Die Wände im Comfort Manor waren papierdünn, was Alice leider einen Logenplatz bei den obligatorischen Jubelorgien der Prostituierten in den beiden Nachbarzimmern verschaffte. Die Kakerlaken hatten die Größe von Sommerratten und die Ratten die Größe von Winterkatzen. Der einzige Vorzug des Motels war, dass sie in Ruhe gelassen wurde. Keiner interessierte sich für sie oder blieb lange genug, um sie kennenzulernen. Keine neugierigen Nachbarn. Keiner fragte sie nach ihrem Namen – keiner außer Ernie Soundso. Der Mann hatte etwas von einem ekligen kleinen Spanner, machte im Übrigen aber einen harmlosen Eindruck. Wenn er ins Frisky Pony kam, setzte er sich auf seinen Stammbarhocker und nuckelte an einem Seven and Seven, während er die Tittenparade auf der Bühne abnahm, zu schüchtern oder zu ängstlich, um jemanden anzusprechen. Dann ging er wieder heim und legte sich in sein ungemachtes Bett schlafen.

Alice wünschte, sie könnte sich genauer an den gestrigen Abend erinnern. Nicht wegen dem, was Terry ihr vielleicht angetan hatte – das war im Moment nicht von Bedeutung. Was sie wirklich wissen wollte, war, ob jemand mitgekriegt hatte, dass Terry sie mit nach

Hause genommen hatte. Das war die Einundneunzigtausend-Dollar-Frage: Konnte sie mit Terry Otis in Zusammenhang gebracht werden?

Der einzige Grund dafür, warum sie das Geld gezählt hatte und versuchte, die Geschehnisse der letzten Stunden zu rekonstruieren, war, dass sie ernsthaft mit dem Gedanken spielte, sich die Kohle unter den Nagel zu reißen und Harrisburg zu verlassen.

Warum auch nicht? Terry war tot. Er hatte sich den Weg in ein frühes Grab gekokst. Dafür konnte sie nichts. Sie war einfach nur zur falschen Zeit am falschen Ort gewesen.

Oder auch zur richtigen Zeit am richtigen Ort.

Es ist Drogengeld. Jemand wird danach suchen.

Alice nahm einen Schluck. Die Wirkung machte sich sofort bemerkbar und schloss übergangslos an den Rausch an, mit dem sie aufgewacht war.

Sie hatte sich im Frisky Pony betrunken. Terry war da gewesen. Sie waren zusammen gegangen. Tia und Naomi mussten sie gesehen haben. Es sei denn, die beiden waren früher abgezogen. Aber selbst dann wäre sie diejenige, mit der Terry vor seinem Tod zuletzt gesehen worden war. Damit wäre die Verbindung hergestellt, so einfach.

Alice trank ihr Glas aus und mixte sich einen neuen Drink.

Das Vernünftigste wäre, die Cops zu rufen und ihnen zu sagen, was sie wusste. Sie müsste strikt bei den Fakten bleiben und hoffen, dass sie ihr nicht die Schuld an Terrys Tod anzuhängen versuchten. Sie sollte ihnen einfach die Wahrheit sagen. Dass sie betrunken gewesen war, dass das Arschloch ihr ein paar Roofies untergejubelt hatte und dass er tot war, als sie aufwachte. Die Wahrheit und nichts als die Wahrheit.

Sie peppte den Drink mit ein bisschen mehr Wodka auf. Sah zur Tür. Sie könnte einfach gehen. Das Geld zurücklassen und vergessen, was passiert war.

Aber die Verbindung war hergestellt.

Egal welchen Problemen sie entgegensah, sie würden um ein Vielfaches größer sein, wenn sie abhaute und sie ihr irgendwann doch auf die Schliche kamen. Sie war bei Terry gewesen, als er einen Abgang gemacht hatte. Er war im Besitz von einer Riesenmenge Drogen und fast hunderttausend Dollar. Natürlich würde die Polizei mit ihr reden und ihr Fragen stellen wollen. Vielleicht würden sie ihr auch die Schuld an seinem Tod zuschieben.

Alice nippte an ihrem Cocktail. Nippte so lange, bis das Glas leer war. Sofort mixte sie sich den nächsten Drink, noch stärker als die ersten drei. Sie trank immer weiter und überlegte, ob sie die Opferkarte ausspielen sollte, malte sich das Gespräch mit den Cops aus, aber statt dass sie zuversichtlicher wurde, hatte sie das Gefühl, im Sumpf zu versinken.

•••

Alice hörte das Knirschen von Reifen auf der Schotterstraße. Es war ein hübsches Geräusch, wie das sanfte Plätschern von Regen oder das Ploppen von Popcorn in der Küche zwei Türen weiter. Sie hatte sich vor ein paar Minuten auf das Sofa sinken lassen und die Augen geschlossen, vielleicht war es auch länger her. Schwer zu sagen, wenn man so betrunken war. Nach dem Anruf hatte sie noch einen Drink gekippt – oder auch zwei. Sie hatte ihren Namen nicht genannt und auch nicht gesagt, dass sie eine Tasche mit einem Haufen Drogen und Geld gefunden hatte. Das konnte warten. Ihre Stimme hatte ein bisschen verwaschen geklungen. Obwohl sie ihren Text vorher eingeübt hatte, hatte sie gelallt, was sie nicht ausstehen konnte. Sie gab an, dass sie in einem Trailer die Leiche eines Mannes entdeckt hatte. Weitere Einzelheiten gab sie nicht preis. Dann nannte sie die Adresse, die sie von einem Umschlag auf dem Küchentisch ablas – eine Rechnung für ein *Hustler*-Abo –, unterbrach die Verbindung und legte den Hörer neben die Gabel.

Weil die Mountain-Dew-Flasche mittlerweile leer war, wechselte sie zu Wodka mit Wasser, einem Spritzer Wasser. All die Drinks wanderten in ihren eben erst geleerten Magen und versetzten ihr einen ordentlichen Kick. Angesichts ihrer Lage war es nicht unbedingt schlau, sich zu besaufen, bevor die Cops eintrudelten. Aber als sie damit anfing, hatte sie es eben für eine gute Idee gehalten. Und wenn vielleicht keine gute Idee, dann zumindest eine, die sie in die Tat umsetzte.

Zwei Autotüren wurden zugeworfen, und Alice schlug die Augen auf.

Okay. Dann wollen wir mal.

Sie ließ den Blick zum Küchentisch schweifen. Der Bargeldhaufen war verschwunden. *Puff.* Die hübschen Stapel nicht mehr da. Im ersten Moment dachte sie, dass Terry sie genommen hatte. Dass er gar nicht tot war. Dass sie betrunken war und das Arschloch nur für tot gehalten hatte. Dass er aufgewacht war und sich sein Geld zurückgeholt hatte.

Schnell stand Alice auf. Zu schnell. Sie war betrunkener als gedacht. Einen Moment lang schwankte sie, dann ließ sie sich wieder auf das Sofa plumpsen. In dem Zustand konnte sie unmöglich mit den Cops reden. Nur mit Glück würde sie ein paar zusammenhängende Sätze herausbekommen.

Eine Faust donnerte gegen die Tür, und das Geräusch hallte laut in ihrem Kopf wider.

Sie versuchte es erneut. Stand auf und stützte sich mit der Hand an der Wand ab. Setzte einen Fuß vor den anderen und schaffte es, nicht über den Beistelltisch zu fallen. Sie stolperte durch den kurzen Flur und steckte den Kopf in den Schlafraum. Terry lag immer noch im Bett. Er war immer noch tot. Die Reisetasche lag in der Ecke, wo sie sie gefunden hatte.

Ach ja. Sie hatte sie selbst dorthin zurückgelegt.

Wieder schlug die Faust gegen die Tür. Lauter. Die Cops waren ungeduldig. Vermutlich hatten sie es immer eilig, wenn sie einen anonymen Anruf zu einem Toten in einem Trailer bekamen.

Alice stolperte zurück in die Küche und bemerkte die fast leere Wodkaflasche auf dem Küchentisch. Schnell verstaute sie sie unter der Spüle.

Wieder schlug die Faust gegen die Tür.

»Mann! Ich komm ja«, sagte sie verwaschen, es klang wie *Manischkomja.*

Das kleine Sprossenfenster in der Tür war aus Milchglas, deshalb konnte sie nur zwei große Umrisse ausmachen. Noch einmal sah sie sich um, versuchte, einen klaren Kopf zu kriegen. Vergebens. Egal. Sie öffnete die Tür, um die Cops reinzulassen und es hinter sich zu bringen.

Vor ihr standen zwei Männer. Nur waren es keine Cops. Sondern das glatte Gegenteil. Beide waren groß und dick. Beide hatten unfreundliche Gesichter mit kalten, harten Augen. Der Kleinere der beiden – er hieß Clark, aber alle, auch seine Eltern, nannten ihn nur Pig – war dreißig und sah fertig aus. Er trug einen altmodischen dunkelorangen Jogginganzug, der zu den dunkelorangen Sneakers passte. Seine Haare waren sorgfältig in der Mitte gescheitelt und mit Haarspray fixiert. Sein linkes Lid hing über ein schlammbraunes Auge.

Der andere wirkte sehr viel älter und hätte Pigs Onkel sein können – es nannten ihn auch alle Uncle Henry. Nahtlos ging sein Bürstenschnitt im Nacken in die Speckrollen über, die aus dem bis oben zugeknöpften Hemd unter der Camouflagejacke hervorquollen. Seine Wangen waren rot, weniger die Folge von Kälte als von hohem Blutdruck.

»Wer bist du denn?«, fragte Pig. Das Auge mit dem hängenden Lid sah an Alice vorbei in den Trailer.

»Alice«, erwiderte sie, als wäre damit seine Frage beantwortet.

Beide Männer fassten gleichzeitig in ihre Jacken, die sich verdächtig beulten.

»Okay, Alice. Und wo zum Teufel ist Terry?«, fragte Pig, und sein Blick wanderte immer noch durch den Trailer.

»Terry?«, wiederholte Alice mit schwerer Zunge.

»Ja. Der Scheißer, der in diesem Scheißtrailer wohnt.«

Alice wollte die Tür schließen, aber einer von Uncle Henrys Riesenlatschen schoss vor und stellte sich in den Spalt.

»Na, na«, brummte Uncle Henry.

»Noch mal, Alice. Wo steckt Terry?«

Alice bemerkte, dass Pig sich die ganze Zeit über die Lippen leckte, als wären sie mit Schokolade verschmiert. »Keine Ahnung. Er ist weg.«

»Weg?« Pig streckte den Daumen nach hinten, wo der schwarze Pick-up stand. »Macht er einen Spaziergang durch die schöne Natur oder hat er einfach nur seine Scheißkarre vergessen?«

Alice versuchte noch einmal, die Tür zu schließen, aber Uncle Henrys Fuß rührte sich nicht vom Fleck. »Hat er mir nicht gesagt.«

»Er hat's ihr nicht gesagt.« Pig seufzte und sah einen Moment zu Uncle Henry, dann kehrte sein Blick zu Alice zurück. »Bist du Terrys Scheißfreundin, oder was?«

Vielleicht lag es daran, dass sie betrunken war, oder auch daran, dass sie neben einem Toten aufgewacht war, jedenfalls wurde Alice plötzlich sauer. »Leck mich doch.«

Uncle Henry kicherte, was ihn beinahe harmlos wirken ließ. Beinahe. Pig wiederum verzog das Gesicht nicht mal zu einem Lächeln.

»Tja, Alice, das hier ist kein Höflichkeitsbesuch. Wir müssen was mit Terry bereden, also solltest du uns entweder sagen, wo zum Teufel er ist, oder uns reinlassen und dein Maul halten.«

Wieder kicherte Uncle Henry und öffnete den Reißverschluss seiner Camouflagejacke ein Stück.

Alice ließ sich nicht beeindrucken. Sie blieb einfach stehen. »Nein.«

»Nein, du sagst es uns nicht, oder nein, du lässt uns nicht rein?«, fragte Pig.

»Beides, du Arschloch.«

Uncle Henry hörte auf zu lachen, und als Alice seinen verkniffenen Mund sah, wurde ihr leicht mulmig.

»Du hast eine ziemlich große Klappe, Alice. Ziemlich. Ich hoff mal, dass du im Bett was damit anzufangen weißt. Ernsthaft. Aber wie du willst.« Pig holte aus, schlug sie mit dem Handrücken ins Gesicht und stieß sie zurück. Sie stolperte und fiel auf den Boden.

Alice stöhnte und biss sich so fest auf die Zunge, dass sie Blut schmeckte.

Die beiden Männer traten in den Trailer, verriegelten die Tür und zogen ihre Pistolen. Die Pistolen waren groß, lächerlich groß, aber Alice lachte nicht. Das hier war todernst.

Pigs gutes Auge wanderte durch den Flur zu den hinteren Räumen. »Wenn du schlau bist, Alice, bleibst du auf dem Boden hocken.«

Alice konnte den Blick nicht von den Pistolen losreißen und beschloss, Pigs Rat anzunehmen und die Klappe zu halten und sitzen zu bleiben. Von ihrer Trunkenheit war fast nichts mehr zu spüren. Dafür hatte das Adrenalin gesorgt.

Pig nickte seinem Partner zu – Worte waren zwischen ihnen nicht nötig –, und Uncle Henry ging unbeholfen neben Alice in die Hocke. Seine Knie krachten unter seinem Gewicht. Er drückte den kalten Stahl gegen Alice' Ohr und sah sie kopfschüttelnd an. »Da bist du wohl heute Morgen am falschen Ort aufgewacht, Kleine«, flüsterte er.

»Also, ich ...«

»Sei still. Du hast schon genug gesagt. Von jetzt an übernehmen wir das Reden.«

Pig machte einen vorsichtigen Schritt in den Flur, die orangen Sneakers glitten für einen so großen Mann erstaunlich leise über den Teppich. Er drückte sich gegen das Sideboard mit Fernseher und Stereoanlage. »Komm da raus, Terry. Das ist nicht lustig. Wir haben deine Klugscheißerfreundin. Komm raus.« Pig sprach langsam und ruhig und wartete auf eine Antwort, bekam aber keine. Er wartete noch ein bisschen länger, lauschte auf irgendwelche Geräusche aus dem hinteren Teil des Trailers.

»Ernsthaft, Terry. Hör auf mit dem Scheiß. Du wusstest doch, dass wir vorbeikommen würden. Wir haben uns ein bisschen umgehört. Deine Geschichte passt hinten und vorn nicht zusammen. Wir wissen, was passiert ist.«

Immer noch nichts. Kein Laut von Terry. Pig seufzte, schüttelte eine Zigarette aus einem Softpack und klemmte sie sich zwischen die Zähne. Mit der Waffenhand zündete er sie an und zog tief daran. »Na gut. Dann eben nicht. Ich komm jetzt nach hinten, Terry. So sollte das nicht laufen. Da wird sich der Boss nicht freuen. Das weißt du.« Er zwinkerte Uncle Henry zu und grinste – Pig genoss das Ganze. »Uncle Henry macht die kleine Schlampe kalt. Das weißt du.«

Alice sah hoch zu Uncle Henry, der ihren Blick mit undurchdringlicher Miene erwiderte und die Pistole noch fester an ihr Ohr drückte. Ein Gedanke raste ihr durch den Kopf: *Wo zum Teufel bleiben die Cops?*

Die Zigarette im Mundwinkel, ging Pig durch den kurzen Flur, die Dielenbretter knarrten und quietschten unter jedem seiner Schritte. Er verschwand im hinteren Schlafraum, und im Trailer wurde es still bis auf die rasselnden Atemzüge von Uncle Henry. Alice spürte den heißen Atem des Mannes an ihrem Hals. Roch die Ausdünstungen von Zigaretten, Kaffee und Karamellbonbons.

Er hielt die Pistole weiter an Alice' Kopf gepresst, während seine blaugrauen Augen Richtung Flur wanderten. Wo sie verharrten. Angespannt wartete er.

Nach einer Minute kehrte Pig aus dem Schlafraum zurück, in der einen Hand Terrys Reisetasche, in der anderen die Pistole. Er warf die Tasche auf das Sofa und setzte sich daneben. Erneut zündete er sich eine Zigarette an, ohne auch nur einmal den Blick von Alice zu wenden.

»Tja, Scheiße, Alice. Schöne Scheiße. Willst du mir das erklären? Sieht so aus, als wär da was vorgefallen. Ihr beiden, du und Terry, müsst ’ne wilde Nacht gehabt haben. Ziemlich wild.«

Alice öffnete den Mund, um etwas zu sagen, aber ihr fehlten die Worte. Es war alles zu viel – Terry tot, die Typen mit den Waffen, der viele Wodka auf nüchternen Magen.

Pig stieß eine graue Rauchwolke aus und sah Uncle Henry kopfschüttelnd an. »Der Scheißkerl ist tot.«

Alice spürte, wie der Druck der Pistole an ihrem Ohr nachließ, und Uncle Henry stand stöhnend auf, seine Knie krachten wie Knallerbsen.

»Tot? Was soll das heißen?«

»Das heißt, dass er steif wie ein Scheißbrett ist. Der ist schon seit Stunden hinüber.« Pig richtete seine Aufmerksamkeit wieder auf Alice. »Okay, Alice, wie wär’s, wenn du uns mal erzählst, wer du bist und was mit dem Scheißkerl dahinten passiert ist? Aber wenn du wieder mit den Spielchen anfängst und uns schlau kommst, dann schwör ich dir, mach ich dich fertig.«

Uncle Henry zog sich einen der Küchenstühle heran und ließ sich darauf sinken. Er legte die Pistole auf den Küchentisch, zog ein verdrecktes Taschentuch aus der Tasche und schnäuzte sich. »Kleine, ich rat dir, ehrlich mit dem guten Pig zu sein. Ernsthaft. Oder er tut, was er gesagt hat. Garantiert.«

Alice rutschte an die Wand und rieb sich das Ohr. Sie spürte den Abdruck der Waffe. »Ich arbeite in Terrys Klub.«

Pig nickte, als wäre das keine große Überraschung. »Ach ja? Dacht ich mir gleich, dass du wie ’ne Stripperin aussiehst.«

Alice schüttelte den Kopf. »Ich steh hinter der Bar. Ich bin keine Stripperin.«

»Oh! Da bitt’ ich vielmals um Entschuldigung.«

»Ich … ich erinnere mich nicht an alles. Ich hab gestern getrunken. Im Klub, nach der Sperrstunde. Ich erinnere mich nicht, mit

Terry mitgegangen zu sein. Ich erinnere mich eigentlich an nichts. Er hat mir ein paar Roofies in den Drink gemischt.«

Pig paffte an seiner Zigarette und dachte über ihre Worte nach. »Roofies. Klingt ganz nach Terry. Und wie kommt's, dass der Hirni tot ist?«

»Na wie wohl. Bei dem Konsum.«

Pig nickte. »Klingt plausibel. Hast du sein Gesicht so aufgehübscht?«

»Wahrscheinlich. So was passiert schon mal, wenn jemand was mit mir machen will, was ich nicht will«, sagte Alice.

Uncle Henry kicherte.

»Was denn? Stehst du auf Muschis?«, fragte Pig.

»Stehst du auf Arschlöcher?«

Wieder kicherte Uncle Henry.

»Okay, Alice. Schon gut. Reg dich ab. Wir haben, was wir wollten, und du hast uns netterweise die Entscheidung abgenommen, was wir mit Terry anstellen«, sagte Pig.

Alice bemerkte, wie Uncle Henry die Pistole nahm und den Finger um den Abzug legte.

»Jetzt steht nur noch eine andere Frage im Raum. Was stellen wir mit dir an?«

»Ihr habt euer Geld und eure Drogen. Ich hab mit alldem nichts zu tun«, platzte es aus Alice heraus. Unwillkürlich war ihre Stimme um zwei Oktaven höher gestiegen, sodass sie hysterisch und leicht irre klang.

Pig ließ die Zigarette in eine halb leere Flasche mit warmem Bier fallen, wo sie zischend verlöschte, und aus dem Hals quoll schwärzlicher Rauch wie ein Flaschengeist. »Tja, da irrst du dich leider. Du hast was damit zu tun, ob dir das gefällt oder nicht. Woher weißt du überhaupt von der Kohle? Wolltest du mit Terry zusammen abhauen, bevor er den Löffel abgegeben hat?«

»Nein. Ich hab für ihn gearbeitet. Drinks ausgeschenkt. Mehr nicht. Er hat mich betäubt. Mich hierhergebracht. Als ich aufgewacht bin, war er tot. Das ist alles. Mehr weiß ich nicht.«

»Und das Geld, Alice? Woher weißt du davon? Hast du vorhin vielleicht ein bisschen rumgeschnüffelt?« Pig spielte mit seiner Pistole. Wechselte damit von einer Hand zur anderen.

»Das Geld interessiert mich nicht. Terry hat gekriegt, was er verdient hat, oder nicht? Ich kenn euch nicht. Ich weiß nichts. Ich will nur weg und am liebsten alles vergessen.«

Pig stemmte sich aus dem Sofa hoch und baute sich drohend vor ihr auf, Uncle Henry tat es ihm nach. Es hatte etwas Eingeübtes. Die beiden sahen auf sie hinunter, die Pistolen locker in der Hand.

»Das Problem ist nur, dass du uns jetzt kennst. Du weißt, wie wir aussehen. Das ist das Problem. Du stinkst zwar wie eine Schnapsleiche, aber ich schätz mal, dass du nüchtern genug bist, um uns zu identifizieren.« Er warf Uncle Henry einen Blick zu, und der nickte bestätigend. »Ja, schade, Alice. Tut mir echt leid, dass Terry dir irgendwelche Drogen untergejubelt hat, weil er dich bumsen wollte und so, aber so ist es nun mal. Vielleicht hast du's ja auch verdient, in dem Laden zu arbeiten. Jeder sucht sich seine Gesellschaft selbst aus. Das ist das Problem.«

»Bitte. Lasst mich einfach gehen.« Alice wollte nicht so klingen, wie sie klang, so verzweifelt, bettelnd.

»Und dann? Ich hab schon mal gesagt, dass du eine ziemlich große Klappe hast. Glaubst du echt, wir gehen davon aus, dass du sie hältst? Tut mir leid, Alice. Das tun wir nicht.«

Pigs hängendes Auge wanderte zu Terrys Sideboard mit den riesigen Boxen. »Sieht aus, als wäre er gerade shoppen gewesen. Der Scheißer hat unser Geld rausgehauen. Himmel.« Er schaltete die Anlage ein und sah Terrys CD-Sammlung durch. Sein Finger glitt die Reihe entlang und blieb an einer CD hängen.

Er schob sie in den Player, und »Hells Bells« von AC/DC hämmerte durch den Trailer. Er drehte die Lautstärke so weit auf, dass er schreien musste. »Okay, Alice, dann wollen wir mal.«

Bevor sie reagieren konnte, hatte sich Uncle Henry schon auf sie gestürzt – trotz seines beträchtlichen Umfangs bewegte sich der Fettsack ziemlich schnell. Er warf sie herum, stemmte sein Knie in ihren Rücken und drückte ihren Kopf auf den Boden.

Alice stöhnte, als die Luft aus ihrer Lunge gepresst wurde. Sie wehrte sich – trat mit den Beinen, versuchte, sich aufzubäumen –, aber er war mindestens einen Zentner schwerer als sie. Außerdem war er auch noch stark wie ein Ochse.

»Schön stillhalten, Kleine. Es geht ganz schnell«, flüsterte Uncle Henry in ihr Ohr und verlagerte noch mehr Gewicht auf sein Knie.

Brian Johnson kreischte den finsteren Refrain von »Hells Bells« und konnte fast nicht mit der unnachgiebig treibenden Bassgitarre und dem schnellen Beat des Schlagzeugs mithalten. Pig sang stumm mit, während er ein Dekokissen von dem Sofa nahm und es auf Alice' Kopf legte.

Alice trat und wand sich, aber es nutzte nichts. Schließlich gab sie auf, dachte an Jason und ihre Eltern, mit denen sie seit mehr als sechs Jahren nicht gesprochen hatte. Sie wurde überschwemmt von all der Traurigkeit, dem Schmerz, der Einsamkeit, die sie schon so lange mit sich herumtrug. Vielleicht war es besser so. Dass ihrem sinnlosen Leben ein Ende gesetzt wurde.

Als Pig den Lauf seiner Pistole in das Kissen drückte, untermalte auf einmal ein dumpfes Pochen den Maschinengewehrrhythmus der Musik.

Alice' Gesicht wurde in den nach Fußschweiß stinkenden Teppich gepresst. Verzerrt sah sie aus dem Augenwinkel die Tür zwischen Pigs Sneakers. Hinter dem Türspalt bewegte sich etwas. Da war jemand. Krachend ging die Tür auf, und grelles Sonnenlicht fiel in die Küche. Zwei Paar Füße in glänzenden schwarzen Stiefeln mit dicken Sohlen traten in den Trailer.

Peng. Peng.

Pig knallte gegen die Wand, eine Kugel zerschmetterte sein Rückgrat, die andere drang in seinen Nacken und trat direkt unter seinem Adamsapfel wieder aus. Ein roter Schauer prasselte auf Alice nieder, und sie sah, wie er zusammenklappte. Er war tot, bevor er auf dem Boden auftraf.

Uncle Henry wirbelte herum und sah in die Mündungen der Dienstwaffen der beiden Polizisten aus Harrisburg. Sie überbrüllten die Musik, aber Uncle Henry konnte ihre Worte nicht verstehen, wobei die Botschaft auch so klar war. *Die Waffe runter. Sofort die Waffe runter.*

Uncle Henry tat das Gegenteil. Er wirkte weder nervös noch verängstigt oder überrumpelt. Stattdessen wirkte er erstaunlich ruhig. Er drückte den Abzug und erwischte den ihm näher stehenden Cop am Oberschenkel. Die Kugel durchschlug die Oberschenkelarterie. Der Cop taumelte rückwärts und fiel zusammen mit seinem Partner durch die Tür. Blut spritzte aus seinem Bein wie aus einem kaputten Sprinklerkopf.

Uncle Henry stemmte sich hoch und drückte noch zweimal ab. Das Gesicht des verletzten Cops verwandelte sich in eine breiige Masse aus Fleisch und Knochen.

Alice rollte sich zusammen, ihre Schreie waren über »Shoot to Thrill« kaum zu hören. Sie vergrub den Kopf in den Händen und konnte nicht aufsehen – wollte nicht aufsehen.

Uncle Henry nahm sich den anderen Cop vor. Er packte ihn an dem schwarzen Stiefel und zog ihn zurück in den Trailer. Als wäre er nur ein Sack Schmutzwäsche, riss er den zwei Zentner schweren Cop mit erstaunlicher Leichtigkeit herum. Der Cop schlitterte über den blutverschmierten Linoleumboden und krachte gegen die Ecke des Kühlschranks. Sein Kopf wurde zurückgeschleudert, aus einer hässlich klaffenden Wunde über seiner Nase quoll Blut.

Uncle Henry warf die Tür zu. Alice hörte seinen rasselnden

Atem. Mit gefletschten Zähnen hob er die Pistole. Zielte direkt auf den Kopf des Cops.

Endlich sah Alice auf, sah, was gleich passieren würde. Sie holte tief Luft und trat mit beiden Beinen zu, erwischte den Fettsack mit voller Wucht am Schienbein. Er taumelte zurück und landete in der sich ausbreitenden Blutlache, glitt aus und krachte genau in dem Moment auf seinen fetten Hintern, in dem er den Abzug drückte. Die Kugel ging ein paar Zentimeter am Gesicht des Cops vorbei und zerschmetterte seine Schulter.

Fluchend und schimpfend strampelte Uncle Henry auf dem Boden wie eine auf dem Rücken liegende Riesenschildkröte. Immer noch hielt er die Pistole in seiner fleischigen Hand. Als wäre sie mit ihm verwachsen. Als könnte er sie gar nicht loslassen. Nicht weit von seinen herumfuchtelnden Armen und Beinen entfernt schaffte es der Cop, sich aufzusetzen, und nahm die Waffe in die andere, funktionstüchtige Hand.

Mit Schwung drehte sich Uncle Henry auf den Bauch, zielte und drückte ab. *Peng*. Die Kugel drang in den Bauch des Cops und hinterließ eine klaffende große Wunde.

Irgendwie schaffte es der Cop, seine Pistole festzuhalten und auf den Fettsack zu zielen.

Uncle Henry warf sich auf den Mann. Das Stöhnen des Cops hörte abrupt auf, als Uncle Henry die Hände um seinen Hals legte und zudrückte.

Alice kroch weg von den beiden Männern, die in einer tödlichen Umarmung lagen. Sie sah, wie die Augen des Cops hervortraten, sein Gesicht dunkelrot anlief. Er kämpfte um sein Leben, aber er würde verlieren. Zu große Schmerzen. Zu viel Blut. Alice schrie, dass Uncle Henry aufhören sollte, aber dessen animalisches Stöhnen und die wummernde Musik übertönten ihr Kreischen.

Wieder ein Schuss. Uncle Henrys Camouflagejacke plusterte sich kurz auf, und aus dem Loch in seinem Rücken schoss Blut und spritzte an die Decke des Trailers. Er erschlaffte und kippte vornüber auf den Cop.

Der Cop rang nach Luft, und roter blasiger Schaum quoll aus seinen Mundwinkeln, als er keuchend ausatmete. Sein Atem ging schneller, rasselnd hob sich seine Brust. Das Gewicht des Toten drückte ihn zu Boden.

Alice schob sich weiter von den beiden weg, krabbelte über den Boden, bis sie an die vibrierenden Boxen stieß. Unter dem lauten Grölen von AC/DC schwebte schwarzer Rauch zur Decke und verbreitete scharfen Pulvergeruch.

Sie spürte Feuchtigkeit auf ihren Wangen. Sie wischte darüber, dachte, dass es eine Mischung aus dem Blut der vier Männer war, aber als sie auf ihre Hände blickte, war die Flüssigkeit klar. Auf der anderen Seite des Raums tat der Cop erschauernd seinen letzten Atemzug. Der Song endete mit einem Fadeout, und dann wummerte der dritte Track aus den Boxen. »What do you do for money, honey?«

Kapitel 6

Unablässig fiel der Schnee. Dicke Flocken trudelten aus dem grauen Himmel und nahmen ihr die Sicht. Alice hatte die Scheibenwischer auf die höchste Stufe gestellt, aber es half nicht viel. Sie sah kaum drei Meter weit, während die Reifen sich einen Weg durch den Schneematsch bahnten.

Alice hatte noch nie ein Auto mit Handschaltung gefahren. Sie trat auf die Kupplung und schaltete versehentlich in den vierten Gang – am dritten schrammte sie stracks vorbei –, Terrys Pick-up begann heftig zu ruckeln, und sie wurde nach vorn geworfen und rutschte beinahe von dem kalten Vinylsitz. Den Gurt hatte sie auch nicht angelegt. Sie war einfach unkonzentriert.

»Verdammt noch mal, Alice. Reiß dich zusammen.«

Schließlich passten Geschwindigkeit und Gang. Sie drückte das Gaspedal durch und fuhr über eine gelbe Ampel. Ein Stück vor ihr sah sie auf der rechten Straßenseite den Neonschein des Comfort Manor. Gleich war sie da. Wenn sie erst mal in ihrem Zimmer war, konnte sie wieder einen klaren Gedanken fassen. Überhaupt einen Gedanken. Der Wodka breitete sich über ihr Hirn wie ein nasser Lumpen, und ihre Ohren klingelten noch von den Schüssen.

Im Pick-up roch es nach Terrys billigem Rasierwasser und den Dosen Skoal, die im Fußraum herumkullerten. Alice öffnete die Scheibe einen Spaltbreit, um frische Luft hereinzulassen. In dem Moment geriet das Auto auf eine Eisplatte und fing an zu rutschen. Mit verschwitzten Händen umklammerte Alice das Lenkrad und kämpfte darum, die Kontrolle zu behalten. Sie sah auf ihre verkrampften Hände mit den mittlerweile getrockneten Blutspritzern. Wessen Blut es war, wusste sie nicht.

Als sie den Blick wieder hob, bemerkte sie hinter dem weißen Schleier rot leuchtende Rücklichter. Sie trat so fest auf die Bremse, dass die Räder blockierten, und der Pick-up schlitterte über ein Stück Glatteis, bevor er ein paar Zentimeter vor der Stoßstange eines blauen Cadillacs, der zu einem 7-Eleven abbiegen wollte, zum Stehen kam. Ihr Herz hämmerte, und ihre pochenden Schläfen erinnerten sie daran, dass sie zwei Kater auf einmal hatte.

Ihren hastigen Abgang aus Terrys Trailer hatte niemand beobachtet, keiner hatte wegen der dröhnenden Musik, der Schüsse oder des Streifenwagens neugierig aus dem Fenster gespäht. Vielleicht waren alle in der Arbeit, oder es interessierte sich niemand dafür. Vielleicht waren die Nachbarn daran gewöhnt, dass aus Terrys Trailer Lärm kam und die Polizei bei ihm auftauchte. Egal, für sie war nur von Bedeutung, dass niemand beobachtete, wie sie kiesspritzend von Terrys kleinem Grundstück fuhr und den Trailerpark wie von tausend Hunden gehetzt verließ.

Wenigstens glaubte sie, dass niemand sie beobachtet hatte.

Der blaue Cadillac vor ihr schien aus dem Abbiegen eine Wissenschaft machen zu wollen und kam fast zum Stehen.

Alice drückte drei-, viermal auf die Hupe und schlug auf das Lenkrad. »Mach schon, verdammt noch mal.«

Aus dem Fahrerfenster des Cadillacs erschien eine Hand und zeigte ihr den Mittelfinger.

Am liebsten wäre Alice aufs Gas gestiegen und dem Cadillac hinten reingefahren. Sie hätte alles und jeden über den Haufen fahren können, das ihr im Weg stand. Stattdessen biss sie sich auf die Lippe, holte tief Luft und wartete. Die drei, vier Sekunden fühlten sich wie eine Ewigkeit an.

Endlich, endlich bog der Cadillac auf den Parkplatz ein, und der Fahrer zeigte ihr zum Abschied noch einmal den Mittelfinger. Alice haute den ersten Gang rein, und der Pick-up machte erneut einen Satz. Sie hatte die Kupplung zu schnell losgelassen und hätte beinahe den Motor abgewürgt, aber dann gab sie mehr Gas und der Motor hörte auf zu stottern. So eilig hatte sie es noch nie gehabt, zurück in ihr Motelzimmer mit den wasserfleckigen Wänden und dem muffigen Teppich zu kommen. Sie wollte nur schnell rein, ihre Sachen packen und abhauen.

Ist das wirklich eine gute Idee?

Vielleicht war es noch nicht zu spät, umzukehren, die Cops zu rufen – ein zweites Mal – und das Ganze mit kühlem Kopf durchzustehen. Das Richtige zu tun. Nur: Seit wann tat sie das Richtige?

Im zweiten Gang fuhr sie auf den Parkplatz des Comfort Manor und bretterte über eine Bremswelle. Mit quietschenden Reifen kam sie vor ihrem Zimmer mit der Glückszahl Sieben zum Stehen. Sie schnappte sich Terrys Reisetasche, kramte den Schlüssel aus ihrer Handtasche und sprang aus dem Pick-up.

•••

Das Zimmer war in völliger Unordnung – genau so, wie sie es verlassen hatte. Es roch nach Schnaps und Zigarettenrauch. Überall lagen Kleider herum, das Bett war ungemacht. Für den Preis, den sie zahlte, bekam man eben keinen Zimmerservice, aber das war ihr gerade recht. Sie wollte nicht, dass irgendwelche Zimmermädchen durch ihre Sachen schnüffelten. Nicht dass sie etwas gegen solche Leute hatte. Sie hatte selbst schon Zimmermädchen gespielt und drei Monate lang in einem Motel 6 in Bethlehem gestaubsaugt, gewischt, gescheuert und hinter den Leuten hergeräumt. Vielleicht war es auch Lancaster gewesen. Jedenfalls hatte sie dabei in Koffern, Kulturbeuteln und Schubladen nach Bargeld und Schmuck gesucht und alles Verwertbare mitgehen lassen, um sich davon Essen und Schnaps zu kaufen.

Alice schloss die Tür und lehnte sich gegen die dünne Sperrholzplatte. Dann holte sie tief Luft und versuchte, ihren rasenden Herzschlag zu beruhigen. Alles drehte sich vor ihren Augen. Das Zimmer schwankte, als hätte sie einen Schlag auf den Hinterkopf bekommen.

Fünf Männer waren tot. Zwei davon Cops. Der ganze Trailer voller Blut. Und was machte sie? Sie schnappte sich eine Tasche mit Geld und haute damit einfach ab.

Die Drogen hatte sie zurückgelassen. Es war eine spontane Entscheidung gewesen. Außerdem hatte sie keine Verwendung dafür – sie war Alkoholikerin, andere Drogen nahm sie nicht. Die Tütchen mit Kokain und die Pillenfläschchen verteilte sie um die Leichen von Pig und Uncle Henry. Vielleicht würde das die Cops, wenn sie den Tatort entdeckten, auf eine falsche Fährte locken. Vielleicht würde überhaupt niemand wissen, dass Geld fehlte. Vielleicht würde die Sache wie eine schiefgegangene Drogenübergabe aussehen.

Oder man würde die Spur zu ihr zurückverfolgen. Gut möglich bei ihrem Glück. Die Probleme folgten ihr wie Hundewelpen der Hundemutter. Weit weg waren sie nie. Hingen an ihren Fersen. Und wenn ausnahmsweise mal die Probleme nicht zu ihr fanden, stolperte garantiert Alice darüber. Egal wo. Egal in welcher Stadt, egal in welchem Dorf. Aus irgendeinem Grund schaffte sie es immer, die falschen Jobs anzunehmen, umgab sich mit den falschen Leuten und machte Dinge, die dumm, gefährlich oder verrückt waren. Sie hatte mit Leuten zu tun, die mit Sicherheit falsche Entscheidungen trafen und sich immer tiefer in die Scheiße ritten. Aber das lag nur an ihr. Daran war niemand außer ihr schuld. Sie hatte gedacht, dass alles besser werden würde, wenn sie nicht mehr obdachlos war, aber da hatte sie sich geirrt – gründlich.

Im Nachbarzimmer stöhnte jemand. Die Bettfedern quietschten wie Käfigratten. War ein bisschen früh am Tag dafür, aber Alice fand, dass es Schlimmeres gab, was man mitten am Tag machen konnte. Zum Beispiel Zeuge werden, wie mehrere Leute sich gegenseitig abknallten.

Einen Moment lang stand sie reglos in dem Motelzimmer und sah sich um. Es war die letzten sechs Monate ihr Zuhause gewesen. Erbärmlich. Deprimierend. Eklig.

Wieder kam ein Stöhnen aus dem Nachbarzimmer. Lauter. Drängender. Dann verstummten die Bettfedern, und jemand fing an zu husten.

Sie holte ihre Kleidung aus der Kommode – nicht dass es viel gewesen wäre. Sie besaß zwei Jeans, aber keine Röcke oder Kleider. So was hatte sie nicht mehr getragen, seit sie vor sechs Jahren von zu Hause weggelaufen war. Eine Handvoll T-Shirts – eins davon das von Elton, das er ihr vor all den Jahren geschenkt hatte und von dem sie sich nie hatte trennen können. Sie starrte das blaue T-Shirt an, dachte an den netten Elton und sein kleines Haus. Dort hatte sie sich zum letzten Mal sicher und geschützt und gemocht gefühlt.

Alice stopfte das T-Shirt und die anderen Sachen in einen ramponierten roten Koffer, anschließend ging sie ins Bad, um auch das leerzuräumen. Keine Schminksachen. Dafür war sie nicht der Typ. Nur eine Shampooflasche und Tampons, eine Zahnbürste, Zahnpasta, Haarbürste. So hielt sie es seit Jahren. Leichtes Gepäck nur mit dem Nötigsten.

Die halbe Packung Zigaretten, die auf dem WC-Spülkasten lag, packte sie auch ein und wünschte, sie hätte was zu trinken. Sie könnte jetzt wirklich einen Drink brauchen, um den Alkoholpegel etwas zu erhöhen. Ihr Blick fiel auf eine Bierdose auf dem Waschbeckenrand. Sie musste noch halb voll sein. Dann bemerkte sie die Zigarettenasche an der Öffnung, und auch wenn sie wirklich gern etwas getrunken hätte, war es so dringend doch nicht.

Sie steckte zwar ständig in Schwierigkeiten und rannte vor etwas weg, aber mehrere Tote an den Hacken zu haben war neu. Zweimal war sie beim Ladendiebstahl erwischt worden. Das erste Mal hatte sie ein Eiersalatsandwich in einem kleinen Supermarkt in Baltimore mitgehen lassen. Sie hatte damals seit sechs Monaten auf der Straße gelebt, war hungrig und wusste vor Verzweiflung nicht mehr ein noch aus. Sie war völlig pleite und brachte es nicht über sich, zu betteln – das kam ihr aus irgendeinem Grund noch schlimmer als Stehlen vor.

Bevor Alice von zu Hause weggelaufen war, hatte sie nie geklaut. Ladendiebstahl wäre ihr wie ein Kapitalverbrechen vorgekommen. Aber der Hunger hatte alle Skrupel beiseitegewischt. Sie hatte das Sandwich in ihre Jackentasche geschoben und war bis zum Parkplatz gekommen, als der Wachmann sie abfing. Es ging nur um ein Eiersalatsandwich, aber der Filialleiter hatte darauf bestanden, die Polizei zu rufen und sie anzuzeigen. Sie war nicht einmal dazu gekommen, einen Bissen von dem verdammten Sandwich zu essen.

Der zweite Ladendiebstahl war nicht ganz so harmlos gewesen. Sie ließ in einem Kmart eine Uhr mitgehen, die sie auf der Straße oder in einer Pfandleihe verkaufen wollte. Sie brauchte Bargeld, aber nicht für Essen. Damals hatte sie bereits zu trinken angefangen und brauchte dringend Nachschub.

Beide Male wurde Alice erwischt und konnte sich nicht ausweisen. Sie besaß keinen Führerschein. Keinen Bibliotheksausweis. Nichts. So was gefiel den Cops nicht. Als sie das erste Mal erwischt wurde, war Alice dumm genug, ihren richtigen Namen anzugeben. Sie war damals knapp sechzehn und wusste es nicht besser. Aber aus irgendeinem Grund – vielleicht hatte der Verantwortliche keine Lust, Formulare auszufüllen, oder er hatte die Nase voll von Ausreißern – rief die Polizei nicht bei ihren Eltern an. Alice durfte die Polizeiwache wieder verlassen, allerdings hatte sie einen offiziellen Eintrag wegen des Diebstahls eines Eiersalatsandwichs. Damit war Alice O'Farrell aktenkundig.

Alice trat aus dem Bad und widerstand dem beinahe überwältigenden Drang, sich aufs Bett zu legen, die Augen zu schließen und wegzudämmern. Vielleicht würde sie ja aufwachen und nichts von diesen grauenvollen Dingen wäre passiert. Vielleicht würde sie nur mit einem hässlichen Kater aufwachen und wie immer beim Aufwachen würde sie ihren Zustand nach dem Ratingsystem von eins bis fünf einschätzen. Das wäre schön. Nichts im Kopf außer einem Kater. Seltsam, dass man sich manchmal im Leben auf Dinge freute, von denen man dachte, dass man sie zum Kotzen fand.

Alice riss das Laken von der Matratze und stopfte es zusammen mit dem Deckenbezug in eine Kissenhülle. Nicht einmal ihren Dreck wollte sie als Spur zurücklassen. Sie würde die eklige Bettwäsche irgendwo entsorgen und damit auch dem Motelmanagement einen Gefallen tun.

Alice sah auf die Uhr. Um die zwanzig Minuten. Vor ungefähr zwanzig Minuten war sie aus dem Trailer abgehauen. Wann waren wohl die Leichen entdeckt worden? Vor fünfzehn Minuten? Fünf? Egal. Daran konnte sie sowieso nichts ändern.

Sie trug den Kissenbezug zu Terrys Pick-up und warf ihn hinten hinein. Allein dadurch fühlte Alice sich schon etwas besser. Sie war einen Schritt weiter.

»Wollen Sie etwa unser Bettzeug stehlen, Alice?«

Alice sah auf. Da stand Ernie Soundso mit Schneeflocken in seinen fettigen Haaren und aß eine Banane, die mehr braun als gelb war. Ein matschiges Stückchen hing in seinem Mundwinkel, und er grinste dämlich. Er trug dieselbe knallrote Strickjacke wie immer. Er musste sie im Secondhandladen im Sonderangebot gekauft haben, und nach den ausgeleierten Ärmelbündchen und dem labbrigen Bund zu urteilen, war das zu Highschoolzeiten gewesen. Diese Art Strickjacke hatte der Kindersendungsmoderator Mister Rogers mit Stolz und Würde getragen. Aber an Mister Rogers sah sie gut aus. An Ernie nicht. An Ernies Klappergestell schlabberten die scheußliche Strickjacke und die eng gegürtete gebügelte Baumwollhose mit den alten Kaffeeflecken herum.

Alice zwang sich zu einem Lächeln und vergrub ihre blutbefleckten Hände in den Jeanstaschen. »Hey, Ernie. Aber nein, ich klau doch kein Bettzeug. Ich dachte nur, dass mal wieder eine Wäsche fällig wäre.«

Ernie schmatzte mit offenem Mund seine Banane. »Wenn Sie wollen, kann ich sie für ein paar Dollar von einem von unseren Mädels waschen lassen.«

Alice sah zu ihrem Zimmer. Die Tür stand offen, Terrys Reisetasche stand gut sichtbar auf dem Boden. »Das passt schon. Ich wasche sie besser selbst. Ich habe heute Nacht meine Periode gekriegt, zwei Tage zu früh.«

Das waren mehr Informationen, als Ernie verarbeiten konnte. Abrupt wandte er den Blick von Alice ab und sah in den fallenden Schnee. »Schneit echt heftig.«

»Ja.«

»Angeblich sollen es zwanzig Zentimeter werden.«

»Ehrlich?«

»Ich mag Schnee.« Er sah zu ihrem Zimmer und deutete auf die Tasche und den roten Koffer. »Verlassen Sie uns?«

Alice kaute auf ihrer Wange herum, gleich würde sie explodieren. »Nein. Also nur für ein, zwei Tage. Ich will eine Freundin besuchen.«

»Ach. Okay.« Er wandte den Blick von ihrem Zimmer ab. »Kann ich trotzdem heute in den Klub gehen? Sie wissen schon. Wenn Sie nicht da sind.«

Mann, Ernie!

»Warten Sie doch, bis ich zurück bin. Ich würde Sie lieber selbst bedienen. Terry weiß nichts von unserer kleinen Vereinbarung.«

Ernie nickte und konnte seine Enttäuschung nicht ganz verbergen. »Ach so. Na gut. Wann kommen Sie zurück?«

»Samstag.«

»Ach. Haben Sie nicht gesagt, Sie würden nur ein, zwei Tage wegfahren?«

Alice musste sich schwer beherrschen, um Ernie nicht anzubrüllen. Ihn nicht wegzustoßen und anzuschnauzen, er solle sie verdammt noch mal in Ruhe lassen. »Eine Freundin von mir in Allentown hat Probleme und braucht meine Hilfe. Deshalb könnte ich ein paar Tage weg sein.«

»Ach«, sagte Ernie. »Das tut mir leid. Was denn für Probleme?«

»Nichts Wichtiges. Nur ein paar kleine Probleme.«

»Mit dem Gesetz oder was in der Art?«

»Nein. Das nicht. Eheprobleme«, sagte Alice.

»Ach. Das ist schlimm. Will sie ihren Mann verlassen? Etwas in der Art?«

Alice hörte das Telefon an der Rezeption klingeln. Ein altmodisches Bimmeln. Laut und nervtötend. Sollte Ernie es hören, ignorierte er es.

»Ihr Telefon klingelt.«

Ernie sah zur Rezeption und zuckte mit den Achseln. »Ja.« Er deutete mit dem letzten Rest Banane auf den Pick-up. »Ist der neu?«

Das Telefon klingelte immer noch, und jetzt kam Sirenengeheul dazu. Polizeisirenengeheul.

»Gehört einer Freundin«, sagte Alice.

»Hübsch. Ich hätte auch gern einen Pick-up. Ich mag nicht mehr dauernd mit dem Bus fahren.«

Alice bewegte sich langsam auf ihr Zimmer zu.

»Was haben Sie gesagt, von wem der Pick-up ist?«

»Von einer Freundin.«

»Ach. Ich wusste gar nicht dass Sie so viele Freundinnen haben, Alice.«

»So viele sind es ja auch nicht. Nein.«

Das Sirenengeheul wurde lauter. Alice drehte den Kopf und sah ein Polizeiauto die Straße entlangrasen. Ihm folgten ein Rettungswagen und diesem wiederum zwei weitere Polizeiautos.

Ernie schien nichts davon zu bemerken. Er stopfte die Bananenschale in seine Gesäßtasche und sah wieder in Alice' Zimmer. »Ich hätte da mal eine Frage. Wegen des Klubs. Sie wissen schon. Wegen den Privatvorführungen. Reine Neugier. Ich hab mich gefragt, was so was wohl kostet.«

Endlich hatte Alice ihr Zimmer erreicht und schob einen Fuß über die Schwelle. »Ich steh nur hinter dem Tresen, Ernie. Außerdem muss ich jetzt los.«

Das Telefon fing erneut an zu klingeln.

Ernie nickte. »Okay. Aber was die Privatvorführungen angeht – kosten die mehr als zwanzig Dollar?«

»Ich sag Ihnen was, Ernie. Ich rede mit Tia, sobald ich zurück bin. Vielleicht gibt Sie Ihnen ja eine Vorführung für zwanzig.«

Ernies Gesicht lief dunkelrot an. »Ach. Tia? Echt? Ich weiß nicht.« Er zupfte an einem seiner roten Ohren. »Was passiert denn bei so einer Privatvorführung? Also, zum Beispiel wenn man mehr als zwanzig zahlt?«

»Ich muss jetzt wirklich los, Ernie. Wir sehen uns, wenn ich zurück bin.«

»Ich komme wahrscheinlich nur auf ein paar Drinks vorbei. Also, wenn Sie zurück sind. Was die Privatvorführung mit Tia angeht, weiß ich noch nicht.«

»Sie können es sich ja überlegen.«

»Okay. Samstag, oder?«

»Samstag.«

»Prima. Wollen Sie das Waschen wirklich selbst übernehmen? Es würde den Mädels sicher nichts ausmachen. Die sind ja selbst Frauen und so und kriegen das auch einmal im Monat.«

»Ich bin spät dran, Ernie. Wir sehen uns.«

Damit schloss Alice die Tür. Durch den Vorhang am Fenster sah sie Ernie noch einen Moment unschlüssig auf dem Gehweg stehen. Er blickte von Terrys Pick-up zu ihrem Zimmer, bohrte im Ohr, wischte den Finger an der Hose ab und kehrte an seine Rezeption zurück.

Alice sah sich im Zimmer um. Alles eingepackt oder entsorgt.

Inklusive der Schnapsflaschen. Ihr Blick fiel auf die feine, zwei, drei Zentimeter lange, erhabene rosa Narbe an der Innenseite ihres Unterarms. Sie fuhr ein paarmal mit dem Finger darüber, drückte darauf, als würde sie dadurch verschwinden, und alles, woran Alice dabei denken konnte, war ein Drink.

Kapitel 7
Oktober 2005

Die Flecken auf der Tagesdecke ließen sich partout nicht entfernen. Selbst nach mehrmaligem Waschen war der Nagellack immer noch zu sehen. Hellrote Flecken am Fußende des Betts, die genauso gut Blutflecken sein könnten. Das, was Alice morgens als Erstes und abends als Letztes sah. Eine ständige Erinnerung.

Über die Nagellackflecken auf der Tapete hängte sie ein Poster. *Rock Steady* von Gwen Stefani und No Doubt verdeckten Jasons letzte Wandmalereien. Alice dachte, auf die Weise könnte sie die Kritzeleien vielleicht verbergen – sie verstecken. Aber es funktionierte nicht. Nicht richtig.

Ihre Mom hatte ihr einen kleinen Teppich geschenkt, den sie über die Flecken auf dem Flokati legen konnte. Der neue dunkelbraune Teppich von Target passte überhaupt nicht in ihr Zimmer – er stach ins Auge wie ein Pickel auf der Nasenspitze. Ihr Dad gab ihr eine andere Tagesdecke aus dem Wäscheschrank, aber Alice legte sie sofort wieder zurück. Alle versuchten sie nur, etwas zu überdecken oder zu ersetzen, was nicht zu überdecken oder zu ersetzen war.

Jason war nicht mehr da. Ein Poster, ein Teppich und eine andere Tagesdecke konnten daran nichts ändern.

Sein Zimmer hatten sie seit dem *Unfall* – so nannten sie es – nicht mehr betreten, als wäre es kontaminiert. Ein verseuchter, abgeriegelter Ort. Das Bett war immer noch nicht gemacht. Auf dem Boden lag Spielzeug verstreut, Legosteine, eine Rennbahn, deren Elektrik kaputt war, ein Puzzle, bei dem einige Teile fehlten, drei oder vier Superman-Figuren. Ein T-Shirt mit einem Schlachtschiff darauf hing über einem Bettpfosten. In einer Steckdose brannte immer noch das orange Star-Wars-Nachtlicht.

Alice saß in Jeans und roter Bluse auf der Bettkante. Sie hatte sich für die Schule fertig gemacht. Wie jeden Morgen hatte sie geduscht. Die Haare durchgekämmt und trocken geföhnt. Die Zähne geputzt. Sich ein bisschen geschminkt. Was man eben so machte, bevor man in die Schule aufbrach.

Eigentlich hatte sie keine Lust, in die Schule zu gehen, aber zu Hause wollte sie auch nicht bleiben. An beiden Orten war es gleichermaßen unerträglich. Jeder in der Schule wusste, was passiert war. Jeder. Einige ihrer Mitschüler mieden sie. Sie starrten zu ihr herüber und verstummten, wenn sie in den Fluren an ihnen vorbeiging. Keiner erwähnte den Unfall. Jedenfalls fast keiner. Was sollten sie auch sagen? *Tut mir leid, dass dein Bruder gestorben ist. Tut mir leid, dass er in einem Wäschetrockner gestorben ist. Tut mir leid, dass du eigentlich auf ihn hättest aufpassen sollen.*

Mr. Houck, ihr Schwimmtrainer, sagte, dass ihm das alles fürchterlich leidtue. Eine Tragödie. Eine echte Tragödie. Ihm traten sogar Tränen in die Augen. Er fragte sie, ob er etwas tun könne. Sagte ihr, es sei in Ordnung, wenn sie am nächsten Wettkampf nicht teilnehme, sollte ihr nicht danach sein. Alice wusste, dass das nicht ganz ehrlich war – sie war nicht nur die Mannschaftskapitänin, sondern auch die beste Schwimmerin, und ohne sie würden sie mit ziemlicher Sicherheit nicht gewinnen.

Ihre Hausaufgaben machte sie allerdings gewissenhaft. Sie lernte für alle Exen, gab Aufsätze ab, las sogar Thornton Wilders *Die Brücke von San Luis Rey* für Englisch. Besser, sich zu beschäftigen, dachte sie. Jeden Tag ging sie nach der Schule zum Schwimmtraining. Sie suchte das Gefühl von Freiheit, das sie im Becken empfand, die Stille und Einsamkeit unter Wasser.

Ihre besten Freundinnen Shelly und Rhonda aßen immer noch mit ihr zusammen in der Schulmensa und gingen mit ihr zurück zum Klassenzimmer, auch wenn sie sich in ihrer Gegenwart unbehaglich fühlten und sich etwas seltsam verhielten. Am Tag zuvor hatte Shelly auf der Heimfahrt angefangen, von ihrem kleinen Bruder Barry zu erzählen. Was für eine Nervensäge er sei. Wie widerlich er sei. Barry sei ins Bad gekommen, als sie gerade aus der Dusche stieg, und habe sie nackt gesehen. Er habe ihre Brüste angestarrt, darauf gedeutet und gelacht. Shelly sagte, er sei so ein Idiot, so dumm, sie hasse ihn, dann unterbrach sie sich plötzlich, als Rhonda ihr einen warnenden Blick zuwarf. Shelly verstummte und wurde rot. Sie sah weg und sagte den Rest der Busfahrt nichts mehr. Nicht einmal, als sie an ihrer Haltestelle ausstieg, sah sie Alice an.

Alice starrte auf ihre Schuhe. Sie hatte sie noch nicht zugebunden. Sie wollte nicht in die Schule, auf gar keinen Fall. Es war erst Mittwoch. Noch drei Tage bis zum Wochenende. Drei Tage, dann müsste sie das ganze Wochenende zu Hause herumsitzen und ihren Eltern aus dem Weg gehen.

Sie könnte daheimbleiben. Ihre Eltern hätten nichts dagegen. Sie waren mit ihrem eigenen Kummer beschäftigt und interessierten sich nicht dafür, wie Alice ihre Zeit verbrachte. In der kommenden Woche hatten sie einen Termin bei einem Familientherapeuten. Jemand, der darauf spezialisiert war, Familien durch schwere Zeiten zu helfen. Ein Trauerbegleiter. Ihre Eltern wollten, dass sie einem völlig Fremden erzählte, was sie wegen Jasons Tod empfand. *Es wird dir helfen, damit fertigzuwerden,* hatte ihre Mutter gesagt. *Mit deinen Schuldgefühlen.*

Schule schwänzen war vielleicht doch keine so gute Idee. Ihre Mutter verschlief den größten Teil des Tages, weil sie nachts kein Auge zubekam. Alice hörte sie mitten in der Nacht durchs Haus geistern. Wie sie die Treppen rauf und runter tappte, von Zimmer zu Zimmer ging. Alice hatte keine Ahnung, was sie machte. Sie wollte es auch gar nicht wissen.

Endlich stand Alice auf. Sie nahm ihre Bücher und die Hefte vom Schreibtisch und stopfte sie in den Rucksack. Dann ging sie durch den Flur, der sie unweigerlich an Jasons Zimmer vorbeiführte. Sie wollte nicht langsamer gehen und auch nicht hineinschauen, aber als sie das Blubbern des Aquariums hörte, blieb sie an der Türschwelle stehen und sah in das Zimmer ihres kleinen Bruders, sah die vier Jahre seines Lebens und wie es einmal gewesen war. Sie fragte sich, wie lange es dauern würde, bis jemand in der Familie die Kraft aufbrachte und all die Sachen von Jason zusammenpackte und sie entweder in der Garage verstaute oder für einen Wohltätigkeitsbasar spendete, und wie lange es dauern würde, bis alles aus dem Zimmer, das an das vierte Familienmitglied erinnerte, entfernt war.

Sie betrachtete die drei Goldfische, die durch das Aquarium kreisten und in ihrer endlosen Fressgier ständig zur Wasseroberfläche schauten, und dachte daran, dass Jason wahrscheinlich der Letzte gewesen war, der sie gefüttert hatte.

Schließlich trat sie ein. Das Zimmer roch nach Jason, nach Babyshampoo und Vollkornkeksen und schmutzigen Strümpfen. Ihre Augen fingen an zu brennen, und alles um sie herum verschwamm, während sich in ihrer Kehle ein Klumpen bildete und immer größer wurde, sodass sie kaum noch schlucken konnte. Sie ging über den Flokati und setzte sich an Jasons Spieltisch. Auf der Tischplatte lagen angetrocknete rote und gelbe Knetebrocken, dazwischen Fetzen von Tonpapier, Filzstifte und eine Bastelschere. Sie blätterte den Stapel seiner selbst gemalten Bilder durch, Bilder von Tieren vermutlich, Katzen, Hunde und eine Kuh. Dann stieß sie auf die Zeichnung einer Strichmännchenfamilie. Mutter, Vater und zwei Kinder, eines größer als das andere. Ein Junge und ein Mädchen. Alice wischte sich die Tränen aus den Augen und sah ein Stück Knete, das zu einem Kopf geformt war, komplett mit Augen, Mund und langen Haaren.

Hinter ihr blubberte das Aquarium. Sie nahm die Fischfutterdose und streute ein paar Flocken auf das Wasser. Eine Minute lang sah sie den Fischen zu, die gierig nach dem Futter schnappten, und wünschte, sie wäre bei ihnen im Wasser.

Dann sah sie wieder auf die Knetebrocken, bis ihre Augen erneut zu brennen anfingen, und dieses Mal wischte sie die Tränen nicht weg. Ihre Finger tasten nach der Bastelschere, und sie drehte sie ein paarmal in den Händen, strich mit dem Finger über die Klinge, drückte ihren Zeigefinger fest genug darauf, dass sie einen Abdruck hinterließ.

Die Worte ihrer Mutter hallten in ihrem Kopf wider. *Es wird dir helfen, damit fertigzuwerden. Mit deinen Schuldgefühlen.*

Wie sollte das gehen? Wie sollte ihr jemand dabei helfen können, die lähmende Schuld loszuwerden, die aus ihrem Inneren nach außen drang, deren Gewicht sie erdrückte? Dieser Schmerz würde nie weggehen. Nie.

Sie drückte die Klinge an die Innenseite ihres Handgelenks, schloss die Augen und zog sie fest über die Haut. Sie spürte den stechenden Schmerz, als der Stahl die Haut aufritzte, drückte fester zu und ritzte sich noch mal. Und noch mal. Ihr Unterarm fühlte sich an, als würde er in Flammen stehen, und der Schmerz schoss ihr bis in die Schulter hoch. Als Blutstropfen über ihre Handfläche rollten und von den Fingerspitzen tropften, hielt Alice die Augen geschlossen, und für einen kurzen Moment spürte sie den Schmerz über Jasons Tod nicht.

Kapitel 8
Februar 2011

Alice hatte immer gedacht, dass man im Zug ein bisschen entspannter reisen könnte als im Bus, dass die Sitze größer und bequemer und der Service freundlicher wäre. Dass das Zugpersonal für das Wohlergehen der Passagiere sorgen würde. Aber dem war nicht so. Nicht mal annähernd. Die Sitze waren schmutzig und rochen. Der Bezug hatte ein psychedelisches blau-grün-gelb-oranges Muster, war verblichen und abgewetzt und mit dunklen Schmutzstreifen und Kaffee- und Kaugummiflecken verunziert. Auf den Fensterscheiben waren Abdrücke von Kinderhänden und Hinterlassenschaften von Niesattacken, die Kopfstützen glänzten von fettigen Haaren.

Alice hatte den Überblick verloren, wie viele Budweiser sie schon getrunken hatte. Vor der Ankunft in Philadelphia waren es zwei gewesen, während des Zwischenaufenthalts wieder zwei und seit sie den Bahnhof verlassen hatten, noch ein paar mehr.

Sie sah auf ihre Fahrkarte mit Ziel Wilmington, North Carolina, die sie in der Hand hielt. An ihrer Hand waren immer noch Blutflecken, wie sie erst jetzt bemerkte. Als sie an den Fahrkartenschalter getreten war, hatte sie keine Ahnung gehabt, wohin sie wollte. Sie wusste nur, dass sie aus Harrisburg wegmusste. Die Bahnangestellte musste sie zweimal nach ihrem Ziel fragen. Alice sah die Frau verständnislos an, dann blickte sie auf die Anzeigetafel hinter ihr, auf der alle Zielbahnhöfe aufgelistet waren, und ihr kam unvermittelt ein Name in den Sinn – Elton. Ihre Augen glitten zu der letzten Stadt auf der Anzeigetafel: Wilmington, North Carolina.

Geh zu Elton, befahl ihr eine innere Stimme. Sie überlegte nicht lange, sondern bezahlte für die einfache Fahrt nach Wilmington.

Von dort würde sie den Bus nach Shallotte nehmen. Dass sie in ihre Heimatstadt fahren würde – oder was einmal ihre Heimatstadt gewesen war –, gefiel ihr nicht, aber sie würde ja nur einen kurzen Zwischenhalt in Wilmington einlegen, bevor sie nach Shallotte weiterfuhr. Sie würde nicht in Wilmington bleiben. Konnte es nicht.

Shallotte. Damit ist eine Entscheidung schon mal gefallen.

Alice schaffte es, den Nebensitz frei zu halten, obwohl der Wagen sich langsam füllte. Vielleicht lag es an dem Alkoholgeruch, den sie ausdünstete. Oder vielleicht sah man ihr auch irgendwie an, dass sie gerade aus einem Trailer kam, in dem fünf Tote lagen.

Das Bier tat seine Wirkung. Die leichte Trunkenheit machte sie ein wenig ruhiger, ein wenig gelassener. In Shallotte würde sie sich einen vernünftigen Plan überlegen. Elton würde ihr helfen, Klarheit in die Angelegenheit zu bringen und zu entscheiden, was sie als Nächstes tun sollte. Alles würde gut werden. Alice trank noch ein paar Schluck Bier. Es war immer noch kalt und schmeckte ziemlich gut.

•••

Alice sah ein vielleicht fünfzehnjähriges Mädchen durch den Wagen eilen, den Kopf gesenkt, die Schultern bis zum Kinn hochgezogen, als wollte es sich zum Verschwinden bringen. Das Mädchen sah sich nach einem freien Sitzplatz um und wich dabei den Blicken der anderen Passagiere aus. Irgendein freier Platz. Alice spürte die Verzweiflung des Mädchens, dann bemerkte sie, dass es nicht allein reiste – was ihm wahrscheinlich lieber gewesen wäre. Ein abgehalfterter mittelalter Loser mit langem blondem Pferdeschwanz und zwei Dosen Budweiser in der Hand stiefelte hinter ihr her. Wie bei vielen Männern mit Pferdeschwanz waren seine Haare oben auf dem Kopf ziemlich dünn. Nicht mehr lange, und er hatte eine Glatze. Der Mann war groß, ein Klappergestell, so als könnte der nächste Windstoß ihn umwehen. Seine Jeans und das grüne Arbeitshemd waren abgetragen und dreckig, und an seinen Bauarbeiterstiefeln hing getrockneter Matsch, der die Farbe von Senf hatte. Auf eine der Hemdtaschen war ein Namensschildchen genäht: Buddy.

Buddy folgte dem Mädchen zu dem Sitz vor Alice wie eine Katze, die hinter einer Maus her ist – neugierig, wachsam, sprungbereit. Die beiden machten nicht den Eindruck, als seien sie gute alte Bekannte, wenn sie sich denn überhaupt kannten.

Das Mädchen war hübsch. Sie hatte eine makellose karamellfarbene Haut ohne jede Unreinheit. Mit dieser Haut könnte sie Werbung für Antipickelcreme machen. Die großen blauen Augen, fast zu groß für ihr Gesicht, ließen sie wie ein Manga-Mädchen aussehen und verliehen ihr etwas ganz und gar Argloses. Hektisch kaute sie auf einem rosa Kaugummi herum und antwortete nur mit einem *Hm-hm* oder *Mhm* auf Buddys Fragen oder seine Versuche, einen Scherz zu machen. Das Mädchen zog sich immer mehr in sich zurück, und im Gegenzug wurde der Bier süffelnde Buddy immer forscher. So ging es eine halbe Stunde hin und her, und Alice ließ die beiden währenddessen nicht aus den Augen – gleich würde es krachen.

Buddy rückte dem Mädchen immer mehr auf die Pelle, und es wiederum rutschte so weit wie möglich zu dem verschmierten Fenster. »Scheiße. Ich hasse Philly. Ernsthaft. Wenn du mich fragst, ist das ein echtes Drecksloch.«

Das Mädchen erwiderte nichts. Sie ließ einfach weiter ihren Kaugummi schnalzen. Plopp, plopp, plopp.

»Hoffentlich muss ich nie mehr einen Fuß in dieses Drecksloch setzen.« Er streckte die Arme über den Kopf und ließ seinen Rücken knacken und kam dem Mädchen damit noch näher, was ihn nicht zu stören schien. »Ich bin in Philly geboren und aufgewachsen. Hab meine Zeit dort abgesessen. Aber jetzt reicht's. Und du?«

Das Mädchen nickte. Das war zwar keine Antwort, aber mehr kam nicht.

»Jedenfalls hab ich mir einen Job auf dem Bau in Fort Myers besorgt, alles schon fix abgemacht. In Philly auf dem Bau zu arbeiten ist zum Kotzen. Dauernd klauen dir irgendwelche Arschgeigen das Werkzeug. Obdachlose und Junkies brechen ein, um auf den Baustellen zu campieren, und pinkeln und scheißen alles voll.« Jetzt spielte er mit seinem Pferdeschwanz. »Florida ist echt nett. Warst du da mal?«

»Mhm«, antwortete das Mädchen und starrte mit großen Augen aus dem Fenster. Sie sah aus, als wäre sie in diesem Moment überall lieber als hier.

»Ja. Ist verdammt nett da. Immer warm, auch nachts. Nie mieses Wetter. Klar, manchmal regnet's, aber ich mag Regen. Und du? Magst du Regen?« Er gab den Mädchen erst gar nicht die Gelegenheit zu antworten, sondern quatschte einfach weiter. »Die Leute in Florida stecken ihre Nase auch nicht ständig in die Angelegenheiten anderer. Die lassen einen in Ruh. Kümmern sich um ihren eigenen Scheiß. Die Schwarzen sind auch anders. Sorry, aber die Schwarzen in Philly sind Arschlöcher. In Fort Myers sind Schwarze einfach schwarz. Führen sich nicht auf, als würde die Welt ihnen Wunder was schulden.«

»Hm-hm«, sagte das Mädchen.

»Was bist du eigentlich? Du siehst aus, als wärst du halb-halb. Stimmt das? Halb schwarz, halb weiß?«

»Hm-hm«, sagte das Mädchen.

»Ja, das ist schlau. Das Beste aus beiden Welten, was? Kannst es dir nach Lust und Laune aussuchen, schwarz oder weiß. Scheiße, deine Mama ist bestimmt total hübsch.«

Dieses Mal nickte das Mädchen nur.

»Ja. Kann ich mir vorstellen.« Der Mann trank einen Schluck Bier, spielte weiter mit seinem Pferdeschwanz, strich darüber, als wäre er ein Haustier. »Willst du ein Bier?« Er hielt ihr eine der Dosen hin.

Das Mädchen schüttelte den Kopf.

»Wie? Trinkst du keinen Alkohol, oder was?«

Das Mädchen sah sich um. Sie wirkte zu verängstigt, um aufzustehen und wegzugehen, aber auch zu verängstigt, um zu bleiben. Ihre großen blauen Augen fingen an zu glänzen. Gleich würde sie in Tränen ausbrechen. Kurz sah sie mit einem verzweifelten Ausdruck im Gesicht zu Alice, dann blickte sie schnell wieder weg.

Alice konnte sich vorstellen, wie es dem Mädchen ging. Das war nicht schwer. Seit sechs Jahren lebte Alice so. Vor einem Leben davonlaufend, das unglücklich machte und nichts zu bieten hatte. Das Mädchen hatte Angst – genau wie Alice, als sie den Entschluss gefasst hatte, abzuhauen. Aber auch wenn man nach Monaten oder Jahren, in denen man in einer ausweglosen Situation gefangen war, endlich den Plan gefasst hatte, war man nicht vorbereitet auf den großen Schritt. *Weglaufen.* Das ganze Unglück hinter sich lassen, ein Leben, von dem man wusste, dass es nicht besser werden würde. Also warum nicht seinen Krempel zusammenpacken und es auf sich gestellt versuchen, warum nicht das Leben einer Ausreißerin führen? Alice war überzeugt gewesen, dass ihr Leben unerträglich war. Dass es nicht mehr schlimmer werden konnte.

Alice hatte beinahe Mitleid mit dem Mädchen. Beinahe. Es stand am Anfang eines Lebens, das es zerstören würde, Stück für Stück. Auf der Straße zu leben raubte einem die Seele. Aber das war nicht Alice' Problem. Sie nahm einen Schluck von ihrem mittlerweile warmen Bier.

»Mann, hast du deine Zunge verschluckt, oder was? Scheiße. Mach dich mal locker.« Er gluckerte das Budweiser runter wie Wasser. »Ich beiß nicht.«

Das Mädchen nickte. Sah weiter zum Fenster hinaus.

Buddy leerte die Dose, rülpste laut und wischte sich den Mund mit dem Ärmel ab. »Wohin fährst du überhaupt?«

Das Mädchen sah auf seine Hände und drückte sich noch näher ans Fenster. »Ich werde wo erwartet.«

Pffft. Er öffnete die zweite Dose. »Glaub ich nicht.« Sein heiterer, optimistischer Ton verdüsterte sich ein wenig. »Du weißt überhaupt nicht, wohin du willst, oder?«

Das Mädchen umklammerte seine Tasche. Sie wollte aufstehen, aber Buddy legte seine grobe Hand auf ihren Oberschenkel und hinderte sie daran. »Komm schon, Kleine. Sei nicht so. Ich will doch nur nett sein. Du hast doch nicht etwa ein Problem mit Leuten, die einfach nur nett sein wollen, oder?« Er bewegte seine Hand nicht von ihrem Schenkel weg.

»Ich glaube, ich wechsle lieber den Platz«, erwiderte das Mädchen, und es klang eher wie eine Bitte.

Er grinste und tätschelte ihren Innenschenkel. »Ach Quatsch. Der Platz hier ist doch okay. Wie heißt du eigentlich, Kleine?«

Das Mädchen rutschte auf seinem Sitz hin und her. »Bitte. Tut mir leid, aber ich setz mich wirklich lieber auf einen anderen Platz.«

Buddy kicherte und ließ seine Hand, wo sie war. »Das muss dir doch nicht leidtun. Sag mir einfach deinen Namen. Tut nicht weh, wenn du mir sagst, neben wem ich sitz, oder?«

Das Mädchen umarmte seine Tasche, als wäre sie ein Stofftier. »Delilah«, sagte sie leise.

»Und, war das so schlimm? Jetzt komm, trink ein Bier mit mir.« Er nahm die Hand des Mädchens und drückte die kalte Dose Budweiser hinein.

Die Hand zuckte zurück, als wäre die Dose ein Beutel mit Hundescheiße. Das Mädchen sprang auf. Die Dose kippte um und Schaum ergoss sich über die Bluejeans des Mannes.

»He, was soll denn das?« Er packte die Dose und hielt sie vor sich. Der Schaum tropfte auf den Boden.

Das Mädchen drängte sich an ihm vorbei, trat auf Buddys Stiefel und rannte mit gesenktem Blick den Mittelgang entlang, stieß auf der kopflosen Flucht gegen Armlehnen und Ellbogen.

»Verdammt.« Buddy sah auf seine nassen Jeans und Stiefel und schüttelte den Kopf. Seine Kiefermuskeln zuckten. »Was soll die Scheiße?« Dann stand er ebenfalls auf und folgte dem Mädchen durch den Mittelgang.

Alice sah zu, wie der Mann schimpfend und fluchend davonstapfte. Er hatte die Fäuste geballt, und sein langer, fettiger Pferdeschwanz schwang hin und her. Alice wusste, was jetzt kam. Solche Typen ertrugen keine Zurückweisung. Er war ein kindisches, unsicheres, intolerantes Arschloch – um nur eine kleine Auswahl zu nennen. Er führte sich auf, als hätte sie ihn blöde Schwuchtel genannt. Sie hatte einen wunden Punkt erwischt, und dafür würde er sich rächen. Und dem war das Mädchen garantiert nicht gewachsen.

Alice sah auf die Reisetasche zwischen ihren Füßen. »Ach, verdammt.« Sie hielt sich weiß Gott nicht für einen guten Menschen. Jeder sollte für sich selbst sorgen, fand sie. Karmapunkte sammelte sie auch nicht. Trotzdem packte sie die Reisetasche und bereute ihren Entschluss, kaum dass sie aufgestanden war.

Kapitel 9

Die Feierabendgäste hockten an mit billigem rotem Vinyl bezogenen kleinen Tischen, süffelten Fassbier und mampften frittierte Chicken Sticks, verbratene Burger und halb gare Pommes. Wie in den meisten abgetakelten Stripklubs war das Essen nicht besonders gut, besser gesagt war es kaum essbar. Die Kundschaft bestand hauptsächlich aus Truckern, Bauarbeitern und Collegestudenten, die beim Essen gern zusahen, wie barbusige Frauen sich um Stangen wanden. Ein paar Männer saßen an der Bar und suchten in ihren Drinks nach Antworten, die dort nicht zu finden waren.

Die Fenster des Frisky Pony waren schwarz getönt und die Vorhänge zugezogen. Wie in den Casinos in Las Vegas war auch in solchen Läden Tageslicht nicht gut fürs Geschäft, sodass der Kundschaft gnädige Nacht vorgespiegelt wurde. Eine Nebelmaschine war nicht nötig – grauer Zigarettenrauch hing schwer und drückend in der Luft. Rauchen schien eine Einlassbedingung zu sein. Alle qualmten wie die Schlote, die Gäste, die Bedienungen, die Barleute.

Der Technobeat wummerte nicht synchron mit den pulsierenden Lichtern auf der Bühne. Eine Wasserstoffblondine mit dickeren Schenkeln als die Tänzerinnen von der Nachtschicht legte lustlos ihren Poledance hin und rieb ihren Hintern an der Metallstange. Ihre Brüste wackelten kaum, eigentlich bewegten sie sich überhaupt nicht, was an den Riesenimplantaten lag. Die linke Brust war größer, runder und fester als die rechte. Der Silikonbeutel saß zu hoch unter der rosa Haut und sah aus, als würde er beim nächsten Niesanfall platzen. Die rechte Brust war zwar auch riesig, hatte aber eher Ähnlichkeit mit einem Butternutkürbis. Zusammen erzeugten sie den Effekt perfekter Asymmetrie.

Die Tänzerin – sie hieß Summer – bewegte sich weder anmutig noch leidenschaftlich. Jede Geste, jedes Schlängeln, jedes Wackeln mit dem pickeligen Hintern war eingeübt und im Takt mit der Musik, aber ihre Miene blieb dabei völlig ausdruckslos. Summer war im Kopf irgendwo anders, an einem anderen Ort, während sie ihren Rücken durchbog und die Stange hinunterglitt, bis sie es in den Spagat geschafft hatte. Das zog ihr immer heftig in den Knien, aber die Geschäftsführung verlangte von den Tänzerinnen, dass sie zumindest einen alles entblößenden Spagat pro Auftritt absolvierten. Summer steckte den Zeigefinger in den Mund, als würde sie sich die Temperatur messen, dann fuhr sie damit um die silberdollargroße rechte Brustwarze und hob die Kürbisbrust, bis sie mit der linken auf einer Höhe war.

Die Zuschauer, die Fabrikfleisch kauend zu ihr hochstarrten, fanden ungleiche Brüste nicht schlimm. Titten waren Titten. Und das waren große Titten. Und sie waren beide nackt. Außerdem lenkten sie ab von der Wampe mit den Dehnungsstreifen, die über dem roten G-String hing.

Ohne irgendeine Art von Betäubung wäre die gesamte Darbietung für Tänzerin und Zuschauer komplett deprimierend und demoralisierend gewesen. Bevor Summer auf die Bühne kletterte, trank sie deshalb ein paar Wodka Grapefruit, und danach wieder ein paar. Was die wenigen Zuschauer anging, die schütteten Bier wie warme Milch in sich rein.

Die Eingangstür schwang auf und tauchte den Raum schlagartig in gleißendes Sonnenlicht. Die trinkenden, mampfenden und glotzenden Zuschauer reagierten darauf wie ein Haufen Vampire. Sie hielten sich die Hand vor die Augen und lehnten sich zurück, als hätten sie Angst, in Flammen aufzugehen. Summer tanzte dagegen ungerührt weiter. Sonne hin oder her.

Gegen das helle Licht zeichneten sich die Silhouetten von zwei Männern ab, lächerlich groß und breit der eine, der andere klein und schmal. Der Auftritt der beiden war wie die Eröffnungssequenz einer Westernsatire. Dann schwang die Tür hinter ihnen zu, und als sich erneut selige Dunkelheit über den Raum senkte, begannen die anderen Gäste sich wieder Pommes in den Mund zu schaufeln und dem Rest von Summers stümperhafter Darbietung zuzusehen.

Die beiden Männer blieben auf der Schwelle stehen und warteten kurz, bis sich ihre Augen an das Dämmerlicht gewöhnt hatten, dann schritt der Kleine, der wie ein vierzehnjähriger Zeitungsjunge gebaut war, zum Tresen, während der Gorilla ein paar Schritte hinter ihm hertrottete. Der Kleine kletterte auf einen Barhocker, holte eine Packung Salem aus seinem makellosen Wildlederjackett und zündete sich eine an. Die zarten, kindlichen Gesichtszüge des Mannes passten zu seiner Statur. Blasse Haut, von der bitterkalten Luft gerötete Wangen und zwei erschreckend blaue Augen. Er nahm die Zigarette zwischen die fein geschwungenen Lippen und blies den Rauch aus den winzigen Nasenlöchern. Die schmalen Finger mit den perfekt manikürten Nägeln trommelten auf den Tresen. Mit seinen ordentlich geschnittenen und gekämmten Haaren und dem Seitenscheitel glich er einer Figur von Norman Rockwell und passte eher in ein amerikanisches Kleinstadtidyll der Fünfzigerjahre als auf einen abgewetzten Barhocker in einem Stripklub. Er war ein Mann, der dazu verdonnert war, im Körper eines Kindes zu leben – ein Kindmann.

Trotz seiner jungenhaft-unschuldigen Erscheinung und des wohlerzogenen Gehabes hatte er etwas Abstoßendes an sich. Sein Lächeln war verstörend. Es war das Grinsen des Nachbarjungen, der gerade die Katze gequält hatte. Gemeine kleine Gedanken bevölkerten seinen Kopf. Die Lippen des Mannes zogen sich zurück und entblößten zwei Reihen perfekter weißer Zähne, die er zusammenpresste wie eine bösartige Bauchrednerpuppe. Er und der riesenhafte, massige Mann, der hinter ihm aufragte, wirkten wie eine Vaudeville-Attraktion, die gleich ihren Auftritt hatte.

Die Barfrau, eine verlebte Dreißigjährige mit breiten Schultern und blauschwarzem Bürstenschnitt, wischte auf dem Weg zu den beiden Männern Wasserringe vom Tresen und entsorgte leere Bierflaschen in einen Mülleimer. Von ihren Lippen baumelte eine Newport. In beiden Nasenflügeln steckten Silberringe. Im Frisky Pony war sie jede Art von Gast gewohnt. Und wie meistens sah sie auch diesen beiden nicht in die Augen, als sie zwei Bierdeckel vor ihnen auf den Tresen warf.

»Was darf's sein?«

Nach wie vor unheimlich grinsend antwortete der Kleine, ohne dabei die Lippen zu bewegen. »Ich hätte gern einen White Russian. Ketel One, wenn Sie haben.«

Die Barfrau bejahte und sah zu dem Gorilla. »Und Sie?«

»Bud«, krächzte der Mann laut. Er sah ihr nicht ins Gesicht, sondern starrte unverhohlen auf ihre Brüste.

»Gezapft oder Flasche?«

»Flasche«, krächzte er, die Augen auf ihren Brüsten.

»Auf der Bühne gibt's so was in nackt, Chef.«

Der Gorilla wandte den Blick nicht ab.

»Auch egal«, sagte die Barfrau.

Während sie auf ihre Drinks warteten, drehte sich der Kleine mit baumelnden Füßen auf seinem Barhocker herum, paffte an seiner Salem und betrachtete leicht amüsiert die plumpen Bewegungen der Tänzerin. Als mit dem Song auch Summers Auftritt sich seinem Ende zuneigte, zog er einen neuen Zwanzigdollarschein aus einem dicken Bündel, faltete ihn ordentlich und reichte ihn über seine Schulter dem Gorilla. Der nahm den Schein mit seiner Pranke und trottete zur Bühne, um ihn der Tänzerin zuzustecken.

Der Kleine applaudierte höflich und zog damit in der plötzlich eintretenden Stille die Aufmerksamkeit der anderen, nicht applaudierenden Gäste auf sich. Insgeheim amüsierten sie sich über den seltsamen kleinen Mann und schüttelten den Kopf.

»Wundervoll. Ganz wundervoll«, rief er mit der glockenhellen

Stimme eines Kastraten. Wegen seines Wuchses und der hellen Stimme hatte man ihm im Laufe der Jahre viele Spitznamen verpasst. Kleiner Strolch. Tiny Tim. Pee-Wee. Die Leute lachten über ihn und nahmen ihn kein bisschen ernst. Aber das äußere Erscheinungsbild konnte täuschen.

Nachdem der Gorilla brav wieder zu ihm zurückgekehrt war, betrachtete der Kleine missbilligend dessen Hände. Der Gorilla nickte und grunzte, dann fing auch er an zu klatschen und hörte erst auf, als der Kleine die Hände in den Schoß legte.

Die Barfrau sah den Kleinen fragend an, als sie ihnen die Drinks brachte. »Wollen Sie eine Privatvorführung von Summer? Für den passenden Preis wird ihr auch der G-String runterrutschen.«

Der Mann lächelte. »Nein, danke. Vielleicht ein anderes Mal. Summer soll sich erst mal ausruhen.«

Die Barfrau zuckte mit den Achseln, ganz wie er meinte. »Das macht vierzehn Dollar. Es sei denn, Sie wollen weitertrinken.«

Der Kleine holte erneut sein Geldscheinbündel hervor und zog einen weiteren Zwanziger heraus. »Nur die eine Runde, danke. Stimmt so.«

Die Barfrau nickte und nahm den Zwanziger. Er ließ seine Finger einen Moment lang auf ihrer Hand liegen. Die Haut war eiskalt, so als würde er an Durchblutungsstörungen leiden.

»Ich frage mich, ob Sie mir vielleicht in einer persönlichen Angelegenheit weiterhelfen können.«

Die Barfrau entzog ihm ihre Hand. »Tut mir leid, Chef. Ich bin keine Tänzerin.«

»Wer sagt denn, dass Sie für mich tanzen sollen?« Er grinste wieder mit gefletschten Zähnen, zog einen Hunderter aus dem Bündel und legte ihn auf den Tresen. »Ich heiße Sinclair. Ich bin ein Freund von Terry.«

»Tut mir leid zu hören«, erwiderte die Barfrau mit kalter, ausdrucksloser Stimme.

Sinclair grinste weiter. »Ja. Kein Herzensbrecher, oder?«

»Das glatte Gegenteil.«

»Ja, eher ein Rüpel. An gewissen Umgangsformen fehlt es ihm einfach. So ein Mann ist nicht leicht zu mögen.«

»Was auch immer. Jedenfalls ist er nicht da.«

Sinclair nickte. »Dessen bin ich mir sehr wohl bewusst.« Er drückte seine Zigarette in einem Aschenbecher aus. »Dürfte ich Ihren Namen erfahren? Wenn ich so unverblümt fragen darf?«

Die Barfrau starrte ihn einen Moment lang an und überlegte, ob der Typ immer so geschwollen redete. Sie sah auf den Hunderter. »Tammy.«

»Ah. Tammy. Den Namen habe ich schon immer gemocht. Er klingt so nett. Meine erste Liebe hieß auch Tammy. Tammy Tucker. Das hübscheste Lächeln in der Dritten. Aber vermutlich interessieren Sie sich nicht für meine Tammy Tucker.«

»Kein bisschen, mein Lieber«, stimmte Tammy ihm zu.

»Ich mag es, wenn jemand ehrlich ist.« Er steckte sich eine neue Zigarette an. »Nun, dann hätte ich noch ein paar Fragen an Sie. Danach lasse ich Sie in Ruhe.«

»Nur zu, Chef.« Tammy zündete sich auch eine Zigarette an.

»Wunderbar. Sehr zuvorkommend. Ich würde gern etwas wissen. Ist heute sonst noch jemand nicht zur Arbeit gekommen? Eine der Künstlerinnen vielleicht?«

Bei dem Wort Künstlerinnen musste Tammy lächeln. »Nein. Sind alle da.«

Sinclair nahm ein Schlückchen von seinem White Russian. »Sehr fein.«

»Hm-hm«, stieß Tammy zusammen mit einer Rauchwolke aus.

»Hat sich vielleicht eine Ihrer Bedienungen krankgemeldet?«

Tammy hatte den Hunderter noch nicht genommen. »Warum wollen Sie das eigentlich wissen?« Sie fragte nicht, ob er ein Cop war, aber ihre Frage implizierte es.

Sinclair nahm noch ein Schlückchen. »Tja, Terry scheint leider in irgendwelche üblen Geschäfte verstrickt zu sein und vielleicht auch eine seiner Mitarbeiterinnen. Das vermute ich jedenfalls schwer.«

Tammy sah zu dem Gorilla. Die Flasche Budweiser, deren Hals er umklammerte, verschwand beinahe in seiner Pranke. Nach wie vor auf ihre Brüste starrend, hob er die Flasche an den Mund und ließ die Hälfte des Inhalts seine Kehle hinuntergluckern. »Kalt«, murmelte er mehr zu sich selbst als an einen der Anwesenden gerichtet.

»Wenn Sie irgendetwas wissen, wäre das sehr hilfreich für uns, Tammy. Ehrlich«, sagte Sinclair eindringlich.

Tammy sah wieder zu dem Hundertdollarschein – das war weit mehr als das, was sie an diesem Abend an Trinkgeld einnehmen würde. »Na ja, Alice ist spät dran. Was allerdings nicht ungewöhnlich ist. Die Kleine ist immer zu spät.«

Sinclair merkte auf. Sagte, ohne das Glas von den Lippen zu nehmen: »Alice?«

»Ja. Sie ist noch nicht lange dabei.«

»Hat Alice auch einen Nachnamen?«

»Bestimmt. Den kenn ich aber nicht. Da müssen Sie Terry fragen.«

»Stimmt. Terry. Ich werde dran denken.«

»Terry ist ein Arsch. Ich hoffe, dass er bis zum Hals in der Scheiße steckt. Würde ihm recht geschehen«, sagte Tammy.

»Ja. Er hat sich Probleme eingehandelt. Seien sie unbesorgt.« Er zupfte einen Fussel von seinem Wildlederjackett. »Ich vermute mal, dass Alice gut aussieht.«

»Ja. Kann man so sagen. Aber sie ist nichts für die Bühne.«

»Ach ja? Warum?«

»Keine Ahnung. Wahrscheinlich nicht nuttig genug. Außerdem sieht sie immer angefressen aus.«

»Verstehe. Interessant. Können Sie sie mir beschreiben?«

»Wie, beschreiben?«

»Wie sie aussieht. Ein paar Details reichen.«

Tammy drückte ihre Zigarette im Aschenbecher aus und seufzte, als würde sie sich über die Frage ärgern. »Grüne Augen. Lange braune Haare. Ziemlich groß. Sportlich. Könnte mal Volleyball oder Basketball gespielt haben. Sie hat immer noch Sommersprossen. Sieht ein bisschen aus wie Pippi Langstrumpf.«

»Okay. Das hilft mir schon weiter. Noch was?«

»Ja. Wie gesagt, sie verzieht das Gesicht kaum mal zu einem Lächeln.«

»Vielleicht hat Alice ja nicht viel Grund zu lächeln«, mutmaßte Sinclair.

Tammy zuckte mit den Achseln, als sei das nicht ihr Problem. »Kann sein. Aber man hat den Eindruck, als würde sie sich zu fein für den Laden hier fühlen.«

»Nicht jeder mag die Arbeit, die er macht, Tammy.«

»Klar. Auch egal.«

»Wissen Sie vielleicht, wo Alice wohnt?«

»Nicht genau. Irgendein Motel in der Nähe, glaub ich. Sie hat mich nie zu sich eingeladen.«

»Okay. Das ist schon mal was. Fällt Ihnen sonst noch was ein? Leberflecken? Tätowierungen? Irgendetwas in der Art?«

»Ich glaube, sie hat sich früher mal geritzt.«

»Geritzt?«

»Ja, geritzt. Sie hat ein paar Narben am Unterarm. Über dem Handgelenk.« Sie zündete sich eine weitere Zigarette an. »Ihnen würde das vielleicht nicht auffallen, aber sie ist nicht aus der Gegend. Redet, als käme sie aus dem Süden. Sie wissen schon, Georgia oder Alabama oder so. Klingt ein bisschen dümmlich, wenn Sie mich fragen.«

»Gut, gut. Das hilft mir sehr weiter. Fällt Ihnen noch etwas ein?«

»Nein.«

Sinclair trank aus und gab dem Gorilla zu verstehen, dass er das auch machen sollte.

»Wissen Sie, wenn Sie so mit Hundertern um sich schmeißen, wird Tia bestimmt einen Strip für Sie hinlegen, der Sie wieder so nett lächeln lässt. Und für Ihren Freund auch.«

»Nächstes Mal. Ganz bestimmt.«

Tammy sah zu, wie er das Geldscheinbündel zurück in seine Jacketttasche schob. »Soll ich Terry was ausrichten, wenn er reinschneit?«

Sinclair hüpfte von dem Barhocker. »Nein. Das wird nicht nötig sein. Ich fürchte, Terry wird nicht so bald wiederkommen.«

Eine andere Tänzerin betrat die Bühne, aber Sinclair schob sich bereits zwischen den Tischen hindurch, ohne zurückzusehen, und blieb an der Eingangstür stehen, damit der Gorilla sie für ihn öffnete, dann trat er in den spätnachmittäglichen Sonnenschein hinaus.

Kapitel 10

Buddy, der Mann mit dem Pferdeschwanz, holte das Mädchen ein paar Wagen vor dem Übergang zum nächsten Wagen ein. Hier befanden sich die Toiletten, und die Stelle war nicht so leicht einsehbar. Eine der Neonlampen war durchgebrannt, sodass die beiden im trüben Halbdunkel standen. Buddy versperrte ihr vor der Ausstiegstür den Weg. Er breitete seine mageren Arme aus und stemmte die Hände rechts und links von ihr an die Wand, die Beine gespreizt, sodass sie sich praktisch nicht mehr rühren konnte.

Unter ihnen erklang das Fabrikmaschinenrattern der Räder, die mit fünfundneunzig Meilen die Stunde auf den Gleisen dahinschossen, und das Ruckeln der Wagen ließ den Mann und das Mädchen vor und zurück schwanken, als würden sie fast zärtlich nach einem unregelmäßigen Rhythmus tanzen. Das Kreischen von Metall auf Metall und das stetige Klackern übertönten jedes andere Geräusch. Buddy grinste. Er genoss die Panik des Mädchens.

»Das war nicht nett. Echt nicht. Du hast mich voll mit Bier eingesaut. Manieren sind was anderes.« Nur war Buddy sich bei dem Wort Manieren nicht sicher und sagte stattdessen Marinieren.

Das Mädchen kaute so fest auf dem Kaugummi, dass es beinahe seine Kiefer zermalmte. Sie umklammerte ihre Tasche und wünschte sich ganz weit weg.

»Was denn? Riecht deine Scheiße nach Maiglöckchen? Ja? Bist du dir zu fein, um mit mir ein Bier zu trinken?«

»Nein«, flüsterte sie.

»Dann will ich dir mal was sagen, Schätzchen. Ich kenn so arrogante Zicken wie dich. Du hast meine Hose nass gemacht. Scheiße.«

»Tut mir leid«, sagte sie leise.

»Davon kann ich mir auch nichts kaufen.« Er starrte auf seine Jeans. »Ich sollte dich zwingen, das Bier aus meiner Hose zu lecken. Genau das.«

Das Mädchen kämpfte gegen die Tränen an, aber sie kamen trotzdem.

»Spar dir das Geflenne.« Er packte sie am Kinn. Zwang sie aufzusehen. Zwang sie, ihm in die Augen zu sehen. »Ich wette, du kannst gut lecken. Oder?«

Entsetzt sah das Mädchen ihn an, und das ließ Buddy noch breiter grinsen. Sie umklammerte ihre Tasche und kniff die Augen zusammen.

»Was hast du denn in deiner kleinen Tasche, hm?« Er streckte die Hand aus, aber das Mädchen entwand sie ihm. Ein Knurren entkam ihr – dabei fletschte sie die Zähne wie ein Jagdhund.

»Hey. Nicht so wild. Himmel. Du reißt mir ja die Hand ab.« Er starrte auf die Tasche. »Jetzt will ich erst recht sehen, was du da drin versteckst. Muss ja was ganz Besonderes sein.«

Das Mädchen drückte sich gegen die Wand, den Kopf auf die Seite gelegt. »Bitte, lassen Sie mich in Ruhe. Ich hab Ihnen nichts getan.«

»Noch nicht. Also, was ist in der Tasche?«

Das Mädchen presste sich noch fester an die Wand. Schüttelte den Kopf. »Nein.«

»Scheiße. Du willst es ja nicht anders.« Er griff nach der Tasche und riss daran, aber das Mädchen umklammerte die Riemen, als ginge es um sein Leben.

»Lass sie in Ruhe.«

Buddy warf einen Blick über die Schulter. Alice sah ihn an.

»Und lass die Tasche los.«

Buddy hielt die Tasche fest. »Wer bist du denn?«

»Niemand«, sagte Alice.

»Stimmt, niemand, seh ich genauso. Kümmer dich also um deinen eigenen Scheiß und verzieh dich.«

»Mach ich. Sobald du ihre Tasche losgelassen hast.«

»Sonst passiert was?«

Alice stellte ihre Reisetasche auf den Boden. »Zum letzten Mal. Lass – ihre – Tasche – los.«

Seine Augen wanderten an Alice' Körper rauf und runter und blieben einen Moment lang an ihren Brüsten hängen, bevor er ihr in die Augen sah. Wieder grinste er. »Ist sie deine Freundin, Schätzchen?«

»Nein. Und deine auch nicht.«

Der Zug fuhr eine Kurve, und die drei gerieten ins Schwanken.

Buddy lächelte immer noch, der Anblick gefiel ihm. Auch ohne Make-up und ziemlich erschöpft war Alice attraktiv. Endlich ließ er die Tasche des Mädchens los und hielt die Hände hoch, um seine volle Kooperation anzuzeigen. »Okay. Ich bin ja schon brav. Meinetwegen kann sie ihre Tasche behalten. Das Miststück ist sowieso zu jung.« Er trat vor Alice, die er um mehr als einen Kopf überragte. »Aber du nicht.« Erneut glitt sein Blick über sie.

»Ehrlich gesagt hatte ich keinen besonders guten Tag. Er war sogar ziemlich beschissen.«

Buddy strich sich über den Pferdeschwanz. »Dann bin ich vielleicht genau das Richtige für dich.«

»Das glaubst du ja wohl selbst nicht. Warum tust du uns nicht allen einen Gefallen, machst dir ein frisches Budweiser auf und entspannst dich?«

Er strich immer noch über seinen Pferdeschwanz. »Bist du dir sicher, Schätzchen?«

Alice roch seinen Bieratem, und als er sie anlächelte, sah sie seine nikotingelben Stummelzähne. »Danke, verzichte.«

Er sank ein wenig in sich zusammen. Sein Selbstvertrauen hatte einen Dämpfer erhalten. Aber so schnell gab er nicht auf. »Du siehst echt gut aus, wenn du sauer bist.« Er streckte die Hand nach Alice' Haaren aus.

Alice reagierte sofort – ihr Knie schoss hoch und traf ihn mit solcher Wucht zwischen den Beinen, dass seine Füße eine Sekunde lang vom Boden abhoben. Er grunzte und kippte um. Da lag er, ein Häuflein Elend, und umfasste mit beiden Händen seine pochenden Hoden. Melodramatisch stöhnend rollte er sich auf den Rücken.

Alice sah auf ihn hinunter. »Reicht das, Buddy? Gibst du jetzt endlich Ruhe?«

Tränen traten in die Augen des Mannes. »Fick dich, fick dich, du blöde Sau«, stieß er hervor. Er trat wild um sich und erwischte sie mit dem Absatz seines Arbeitsstiefels am Schienbein.

»Verdammt noch mal.« Alice warf einen Blick zu dem Mädchen. »Mach die Klotür auf.«

Das Mädchen rührte sich nicht. Sie starrte auf den nach Atem ringenden Mann.

»Los. Mach die Scheißtür auf«, bellte Alice.

Das Mädchen schreckte auf, ging in einem Bogen um Buddy herum zur Klotür, öffnete sie und trat von beiden weg.

Alice packte Buddy an den Armen und zerrte ihn ins Klo.

»Steh nicht so blöd rum. Gib mir deinen Gürtel«, sagte Alice barsch.

Das Mädchen sah wieder zu dem Mann und kaute hektisch auf dem Kaugummi.

»Los jetzt.«

Das Mädchen löste den Gürtel von der Taille und reichte ihn ihr. Alice fädelte das Gürtelende in die Schnalle, um eine Schlaufe zu bilden, und kniete sich auf Buddys Brust. Dann schob sie die Schlaufe um eines seine Handgelenke und wollte gerade nach dem anderen greifen, als er ausholte und sie voll am Kiefer erwischte. Der Schlag mit der offenen Hand war heftig genug, um Alice' Kopf nach rechts zu schleudern.

Sie sah, wie seine Hand zu seinem Hosenbein fuhr, direkt über dem Stiefel, und etwas packte. Ein Griff kam zum Vorschein. Als Nächstes eine Klinge. Fünfzehn Zentimeter polierter Stahl. Das Messer schoss nach vorn, und im letzten Moment konnte sie ausweichen. Die Klinge verfehlte sie um einen Zentimeter, aber Buddy gab nicht auf. Er stieß einen Schrei aus und versuchte, erneut zuzustechen.

Alice hatte keine Zeit, nachzudenken – stattdessen schlug sie mit der geballten Faust zu und traf ihn auf den Nasenrücken. Der Schlag war fest genug, um den Knorpel zu brechen, und sein Kopf knallte auf den Boden. Lautes Stöhnen, Blut aus beiden Nasenlöchern. Dann konnte Alice sein anderes Handgelenk packen und den Gürtel fest zusammenzuziehen, sodass seine Hände gefesselt waren.

»Was tust du da?«, fiepte das Mädchen.

»Nach was sieht's denn aus?« Alice schleifte ihn neben die Kloschüssel, wickelte das andere Ende des Gürtels um den Haltegriff und verknotete es. Sie stand auf, stemmte einen Fuß gegen die Wand und zog den Knoten zu, so fest sie konnte.

Buddy grunzte, flatternd öffneten sich seine Augenlider und schlossen sich wieder. Blut floss an seinem Kinn und seinem Hals hinunter.

Alice keuchte. Sie hatte angefangen zu schwitzen, strich sich die Haare hinter die Ohren und sah eine Sekunde auf den Mann hinunter, bevor sie über ihn hinwegtrat und das Klo verließ.

Das Mädchen wich zurück, als rechnete es damit, dass Alice es auch schlagen würde.

»Gern geschehen«, murmelte Alice, als sie die Reisetasche nahm und sie sich über die Schulter hängte.

»Willst du ihn da einfach so liegen lassen?«, fiepte das Mädchen.

Alice blieb stehen und sah das Mädchen an. »Hast du einen Stift und ein Stück Papier?«

»Was?«

»Ich brauch was zum Schreiben. Und was, worauf ich schreiben kann.«

Das Mädchen kramte in seiner Tasche und zog schließlich einen Füller und einen Fetzen Papier hervor.

Alice nahm beides und kritzelte etwas auf das Papier, steckte die Notiz in den Türspalt, und ohne ein Wort oder einen Blick zu dem Mädchen kehrte sie zu ihrem Sitzplatz zurück.

Das Mädchen sah Alice nach, dann sah es auf den Zettel: AUSSER BETRIEB.

• • •

Alice war selbst noch ganz durcheinander von dem, was gerade passiert war. Es war alles so schnell gegangen. Sie hatte einem Mann die Nase gebrochen. Einem Mann in den Schritt treten war das eine, aber ihm die Nase brechen? Woher kam das denn?

Himmel.

Klar, sie hatte sich schon öfter verteidigen müssen. Meistens gegen andere Frauen. Ein halbes Dutzend Mal oder so. Ohrfeigen, Kratzen, Haareziehen, einmal hatte sie einer sogar in den Knöchel gebissen.

Aber bis heute hatte sie erst eine körperliche Auseinandersetzung mit einem Mann gehabt. Sie hatte ihn in einer schmierigen Bar in der Nähe von Allentown kennengelernt. Er hatte allein getrunken und behauptet, er sei auf Geschäftsreise – anscheinend produzierte er *Erwachsenenfilme*. Alice setzte sich neben ihn, und obwohl er einen Ehering trug, ließ sie sich auf ein paar Drinks einladen. Sie hörte sich seine Geschichten über seine Erfolge als Produzent und sein Auge für Talente an und hielt beim Trinken mit. Es dauerte nicht lange, und sie spürte seine Hand auf ihrem Knie. Sie schob sie weg, aber davon ließ er sich nicht stören, seine Hand landete erneut auf ihrem Schenkel und kroch sogar noch höher. Alice stellte ihr Glas ab, schob die Hand noch einmal weg und erklärte, sie habe kein Interesse an ihm. Unbeeindruckt grinste er und bot ihr ein spezielles Vorsprechen für seine nächsten Filme an. Alice sagte, er könne sie mal. Augenblicklich verschwand das Grinsen aus dem Gesicht des Filmproduzenten, er packte sie am Handgelenk und riss so heftig daran, dass sie vom Barhocker rutschte. Schimpfend und fluchend bemerkte sie gar nicht, dass er mit der Faust ausholte. Er schlug zu, und sie stürzte zu Boden. In dem Moment ging der Barmann dazwischen. Er war nicht besonders groß, aber kräftig genug, um Prügeleien zu unterbinden und Trunkenbolde rauszuwerfen. Der Barmann packte den Filmproduzenten und drehte ihm den Arm auf den Rücken, sodass der sich auf die Zehenspitzen stellen musste. Ohne ihn loszulassen, schob er den Mann vor Alice und gab ihr einen Rat. *Entweder zielst du auf seine Eier oder sein Gesicht. Das funktioniert immer. Und wenn du zuschlägst, dann nur mit der Faust. Eine Ohrfeige bringt gar nichts. Jetzt versuch's mal.* Der Barmann schob den Mann noch ein wenig näher zu Alice und wartete. Sie konnte nicht, dachte sie. Sie konnte nicht jemand ins Gesicht schlagen. Dann grinste der Filmproduzent sie an. Nannte sie eine dumme Fotze. Das legte einen Schalter in ihr um – Alice ballte die Faust und schlug zu. Sein Kopf schleuderte zurück. Ihre Hand fühlte sich an, als hätte sie gegen eine Betonwand geschlagen. *Noch mal,* sagte der Barmann. *Und dieses Mal härter. Du wirst nicht immer eine zweite Gelegenheit kriegen.* Da schlug Alice noch einmal zu. Härter. Hart genug, um die Unterlippe des Mannes zu spalten und Blut fließen zu lassen. Sie sah zu, wie der Barmann den Filmproduzenten aus der Kneipe zog und neben einem Müllsack auf den Gehsteig stieß. Zurück hinter dem Tresen, schenkte er ihr einen Drink ein und schob ihr das Glas zu. *Nicht schlecht. Aber das nächste Mal bist du auf dich allein gestellt. Da muss der erste Schlag sitzen.*

Alice lehnte sich auf ihrem Sitz zurück. Ihre Hand tat immer noch von dem Schlag auf Buddys Nase weh.

Sie sah nicht zu dem Mädchen, das sich, getrennt durch den Mittelgang, schräg gegenüber hingesetzt hatte. Sie spürte ihre

Augen auf sich, aber sie wollte – *brauchte* – ihre Ruhe. Es war nur eine Frage der Zeit, bis jemand den Mann entdeckte. Und wer wusste, was er tun würde, sobald er aus dem Klo befreit worden war. Sie hoffte, es wäre ihm peinlich genug, dass er von einer wesentlich kleineren jungen Frau überwältigt worden war. Sie hoffte, dass er seine Wunden lecken, sein angeschlagenes Ego mit ein paar Bier aufpäppeln und sie in Ruhe lassen würde. Männer wie er wollten sicher nicht, dass irgendjemand erfuhr, was eine junge Frau ihnen angetan hatte. Aber wenn er Alarm schlug und heulend zur Polizei lief, wäre Alice geliefert. Sie würden Fragen stellen, ihre Daten aufnehmen, Verbindungen herstellen.

»Danke«, sagte das Mädchen leise, kaum mehr als ein Flüstern.

Alice hatte es gehört, reagierte aber nicht. Ihre Schläfen fingen an, scheußlich zu pochen.

»Ich heiße Delilah«, sagte das Mädchen.

»Ja, hab ich mitgekriegt.«

Das Mädchen kaute unablässig auf dem Kaugummi, nach wie vor die Tasche an die Brust gedrückt, als hinge sein Leben davon ab. »Glaubst du, der kommt da raus? Der Typ?«

Alice ließ den Kopf gegen die Kopfstütze sinken und schloss die Augen. »Vielleicht.«

»Und was wird er dann tun?«

»Das ist nicht mein Problem.«

Das Mädchen kaute. »Meinst du, ich soll dem Schaffner Bescheid sagen?«

»Ist mir egal. Mach, was du willst.«

Das Mädchen rieb sich die Knie. »Vielleicht sollte ich wirklich jemand Bescheid sagen.«

Alice drehte den Kopf und betrachtete sie. »Weißt du was, Delilah? Es ist mir egal, was du tust. Das ist nicht meine Sorge. Wahrscheinlich hätte ich mich gar nicht erst einmischen sollen, aber das hab ich nun mal. Das perverse Arschloch wird dich fürs Erste in

Ruhe lassen. Aber er wird nicht der Einzige bleiben, perverse Arschlöcher gibt es genug.«

Delilah nickte. Wieder sah sie so aus, als würde sie jeden Moment zu heulen anfangen.

»Auf dich allein gestellt wirst du da draußen nicht überleben. Niemals. An deiner Stelle würde ich den nächsten Zug nach Hause nehmen und dort alles wieder auf die Reihe bringen.«

Schweigend fuhren sie weiter, und Alice dachte schon, damit wäre es erledigt.

»Ich kann nicht«, sagte Delilah schließlich. »Ich kann nicht nach Hause.«

Alice fragte erst gar nicht, warum. Sie drehte sich zum Fenster, hinter dem der Mond durch eine Lücke in der finsteren Wolkendecke lugte und Regen den Schnee abgelöst hatte. Dicke Wassertropfen klatschten an die Scheibe, zuerst nur wenige, am Ende trommelten sie wild dagegen.

Kapitel 11
November 2005

Alice hasste es, allein mit ihrer Mutter im Auto zu sitzen. In dieser schrecklichen Stille mit ihr gefangen zu sein. Keine von ihnen sagte viel, keine wusste, was sie sagen sollte. Alice spürte die Traurigkeit ihrer Mutter wie eine Giftwolke über ihr hängen. Sie spürte sie in ihren Knochen, spürte sie über ihre Haut kriechen, das ganze Auto war davon erfüllt. Nur hatte ihre Mutter ein paar Wochen nach dem Unfall darauf bestanden, sie jeden Tag zur Schule zu bringen und wieder abzuholen, sodass sie zweimal am Tag diese grauenvollen zwanzig Minuten durchstehen musste.

Dass sie an diesem Tag auch noch zum Supermarkt fuhren, war so ziemlich das Letzte, was Alice wollte. Ihre Haare waren noch nass vom Schwimmtraining und rochen nach Chlor, und ihr war kalt in der feuchten Kleidung. Sie wollte einfach nur nach Hause, heiß baden, ihren Schlafanzug anziehen und dann gleich im Bett verschwinden.

An diesem Tag war es noch schlimmer als sonst. Als Alice eingestiegen war, hatte ihre Mutter so getan, als wäre sie gar nicht da. Stur starrte sie geradeaus, umklammerte das Lenkrad, als hätte sie Angst, es loszulassen, und sprach die ganze Zeit kein Wort. Nicht eins. Kein: *Wie war's in der Schule?* Kein: *Wie geht's dir?* Kein: *Wie war's beim Training?* Dieses ausgedehnte Schweigen war in der letzten Zeit allerdings nicht ungewöhnlich. Sie sprach eigentlich mit keinem mehr. Nicht mit Alice' Vater. Nicht mit ihren Freundinnen. Mit niemandem.

Alice streckte die Hand aus und schaltete das Radio ein, nur um die tödliche Stille mit Geräuschen zu füllen. Es war ein Klassikrock-Sender eingestellt. Gerade lief ein Uraltsong, der Sänger schrie mehr, als dass er sang, kreischte, er sei auf einem »Highway to hell«. Alice hatte den Song schon tausendmal gehört. Mit Klassikrock konnte sie nicht viel anfangen – besonders Heavy Metal –, aber ihre Mom mochte diese Musik, weil sie sie in der Highschool gehört hatte. Sie sang mit, bis ihr der Text ausging, dann summte oder pfiff sie, bis der Refrain kam und sie wieder mit dem Text einsteigen konnte. Alice tat immer so, als wäre sie genervt von der Singerei ihrer Mutter, aber eigentlich gefiel es ihr. Es war doof und peinlich, aber solange keine ihrer Freundinnen mitfuhr, sagte sie nichts. An diesem Tag hoffte sie, dass die Musik ihre Mutter aus ihrer Verzweiflung rütteln würde.

Sie hoffte vergeblich. Mit ausdrucksloser Miene streckte ihre Mutter die Hand aus und schaltete das Radio aus. Sie bog auf den Supermarktparkplatz, suchte einen freien Platz, stellte den Motor ab, zog den Schlüssel aus dem Zündschloss und saß ein paar Minuten nur da. Mit abwesendem Blick starrte sie durch die Windschutzscheibe. Ihre ungewaschenen strähnigen Haare hingen ihr über die Augen.

Alice wartete, dass ihre Mutter irgendetwas machte, aber sie machte nichts. Sie saß hinter dem Lenkrad, als erwartete sie, dass etwas geschah. Irgendwann hielt Alice es nicht mehr aus.

»Gehst du jetzt rein oder nicht?«

»Hm?«

»Gehst du in den Laden? Ich dachte, du willst was besorgen.«

Ihre Mutter nickte abwesend. »Ja.« Sie nahm ihre Tasche von der Rückbank, stieß die Tür auf, dann sagte sie mit leiser Stimme zu Alice: »Komm mit.« Es war weder eine Frage noch eine Bitte.

Bevor Alice etwas erwidern konnte, hatte ihre Mutter die Fahrertür zugeschlagen. Sie seufzte und sah ihrer Mutter hinterher, die in demselben ausgeblichenen rosa Jogginganzug unterwegs war, den sie seit zwei Wochen trug. Die Hose war fleckig. Gelbe Flecken.

Braune Flecken. Kaffee oder Suppe oder was auch immer. Sie sah aus wie eine Pennerin.

Alice streckte die Hand nach dem Türgriff aus, dabei sah sie unter dem hochrutschenden Ärmel die Schnitte an ihrem Unterarm. Sie waren noch nicht verheilt. Jeder Schnitt war zwei Zentimeter lang und lag knapp über dem Handgelenk. Wahrscheinlich würde sie Narben zurückbehalten. Beim Schwimmen verbarg sie sie mit Heftpflaster, und in der Schule trug sie langärmlige T-Shirts. Ihr Trainer wusste nicht Bescheid. Ihre Lehrer wussten nicht Bescheid. Nicht mal Rhonda oder Shelly. Nur zu Hause versteckte sie sie nicht – ihre Eltern sollten sie sehen.

Sie berührte eine der verschorften Wunden und dachte daran, dass ihre Mutter sich nie danach erkundigt hatte. Die Schnitte an Alice' Arm waren deutlich erkennbar, aber ihre Mutter hatte entweder nicht bemerkt, dass ihre Tochter sich ritzte, oder es war ihr egal. Es war ihr egal, dass sie für den Rest ihres Lebens mit Narben herumlaufen würde, die sie daran erinnerten, dass es eine unüberbrückbare Kluft zwischen dem Leben vor und nach Jasons Tod gab.

Alice zog den Ärmel über ihr Handgelenk, dann öffnete sie die Beifahrertür und folgte ihrer Mutter in den Supermarkt.

•••

In der Gemüseabteilung holte sie sie ein. Ihre Mutter schlurfte über den Schiebegriff des Einkaufswagens gebeugt durch den Gang und zog die offenen Schnürsenkel ihrer Turnschuhe hinter sich her. Außer ihrer Tasche lag nichts in dem Einkaufswagen.

Der Laden war voll mit Leuten, die nach der Arbeit noch schnell etwas besorgen wollten. Alle eilten in Gedanken herum und suchten Zutaten für das Abendessen zusammen. Das Klaviergeklimper aus den Lautsprechern war nichts als Hintergrundrauschen.

Alice ging neben dem Einkaufswagen her durch die Obst- und Gemüseabteilung, weder sie noch ihre Mutter blieben stehen, um etwas auszuwählen. Alice hatte keinen Hunger. Bei dem Gedanken an Essen wurde ihr schlecht. Sie fragte sich, ob sie jemals wieder Hunger haben würde.

Plötzlich blieb ihre Mutter mitten im Gang stehen und starrte auf eine Pyramide aus Ananas. Sie sah sich jede einzelne genau an, als suchte sie nach der perfekten Frucht, bis sie endlich eine nahm, sie in den Händen drehte und rundherum untersuchte.

»Mom. Du blockierst alles.«

Sollte ihre Mutter sie gehört haben, ignorierte sie sie. Sie ließ die Finger über die raue Oberfläche der Ananas gleiten und drehte sie weiter in den Händen.

Alice bemerkte, dass ein paar Leute ihre Mutter anstarrten. Befremdete Blicke. Unbehagliche Blicke. Ungeduldige Blicke. Alice nahm ihrer Mutter die Ananas ab und legte sie in den Einkaufswagen. »Was brauchst du noch?«

Ihre Mutter murmelte etwas und deutete den Gang hinunter. Alice bat ihre Mutter nicht, es zu wiederholen. Sie schob den Einkaufswagen den Gang hinunter und den nächsten wieder hinauf, und ihre Mutter zockelte hinter ihr her wie ein verträumtes Kind.

Alice warf einen Blick zu ihrer Mutter und war plötzlich stinksauer auf sie. Sie hasste es, wie still und merkwürdig und abwesend sie war, auch wenn sie den Grund dafür kannte. Immer noch starrten die Leute sie an, als sie an ihnen vorbeirollten. Sie starrten die ungewaschenen Haare ihrer Mutter an, den schmutzigen Jogginganzug, den zombieartigen Gesichtsausdruck. Sie wussten nicht, welchen Verlust sie erlitten hatte – sie sahen nur eine Frau, die leicht irre wirkte.

Alice wollte nicht mit ihr gesehen werden. Die Leute sollten sie nicht mit ihr in Verbindung bringen. Sie wusste, dass sie so nicht denken sollte. Dass sie sich nicht darum kümmern sollte, was andere dachten, aber sie konnte nichts dagegen tun. Sie wollte ihre Mutter an den Schultern packen und sie schütteln, ihr sagen, sie solle damit aufhören, solle sich nicht mehr so seltsam verhalten und so seltsam aussehen. Den anderen war es egal, dass Jason tot war.

Unvermittelt blieb ihre Mutter stehen und schlug die Hände vors Gesicht. »O Gott …«

»Was? Was ist denn jetzt wieder los?« Alice konnte ihre Ungeduld nicht verbergen.

Ihre Mutter antwortete nicht. Mit zitternder Hand deutete sie auf eine Mutter mit einem kleinen Kind, einem Jungen, vier oder fünf Jahre alt. Die Frau hielt die Hand des Kindes und plauderte mit ihm, ein vertrauter Moment zwischen Mutter und Sohn.

Auf einmal fing Alice' Mutter an zu rennen und sagte dabei immer und immer wieder: *O Gott. O Gott. O Gott.*

Alice sah, wie ihre Mutter sich an anderen Kunden vorbeidrängte, gegen ihre Einkaufswagen stieß, gegen Regale stieß und Dosen und Schachteln auf den Boden fielen. »Baby?«

Sie eilte ihrer Mutter hinterher, packte sie am Handgelenk und brachte sie zum Stehen. »Mom. Hör auf. Was machst du denn da?«

Abrupt drehte ihre Mutter ihr den Kopf zu. Ihre Augen waren weit aufgerissen, und sie sah sie mit irrem Blick an. »Lass mich los!« Sie entwand Alice ihre Hand und zischte sie an: »Fass mich nicht an. Wage es bloß nicht, mich anzufassen.« Einen Moment lang starrte sie Alice an, als wäre ihre Tochter etwas Ekelerregendes, Widerwärtiges, dann lief sie wieder los und verschwand hinter der nächsten Ecke.

Alice merkte, dass alle sie anstarrten. Die Leute sahen sie an und flüsterten sich dabei etwas zu. Am liebsten hätte sie sich umgedreht und wäre aus dem Supermarkt gelaufen und immer weiter gelaufen, bis sie weit weg von dem Laden und dieser peinlichen Situation war.

Aber sie tat es nicht. Stattdessen ging Alice in den nächsten Gang und sah entsetzt zu, wie ihre Mutter die Frau mit ihrem kleinen Sohn schließlich einholte.

»Jason«, schrie ihre Mutter. Ihre laute und schrille Stimme war im ganzen Laden zu hören. »Jason. Mein Kleiner.« Sie packte den Jungen am Arm und versuchte, ihn hochzuheben.

»Was tun Sie denn da?«, brüllte die Mutter des Jungen. »Lassen Sie ihn sofort los!« Sie versuchte, Alice' Mutter ihr Kind zu entwinden, aber die klammerte sich an ihn und wollte ihn nicht loslassen.

»Mein Kleiner, mein Kleiner …« Alice' Mutter sah das Kind an und streichelte über sein Gesichtchen, kniff zärtlich in seine dicken roten Wangen. Die runden Augen des Jungen wurden immer größer, dann verzog sich sein Gesicht, und er fing vor Angst an zu schniefen und zu schluchzen.

Endlich gelang es der Mutter, ihn zu sich zu ziehen, und sie drückte das heulende Kind an ihre Brust. »Sind Sie verrückt? Sie machen ihm Angst. Sie machen dem Jungen Angst.«

Wieder streckte Alice' Mutter die Arme nach dem kleinen Jungen aus, öffnete und schloss den Mund, aber es kamen keine Worte heraus.

»Lassen Sie uns in Ruhe!« Die Frau holte aus und gab Alice' Mutter eine Ohrfeige. Der Knall musste noch einige Gänge weiter zu hören sein.

Halb vor Schreck, halb vor Schmerz schrie Alice' Mutter auf. Sie taumelte rückwärts und stürzte in ein Regal. Ketchupflaschen krachten zu Boden und zerbarsten in tausend Stücke. Die dicke rote Sauce spritzte über das Linoleum wie Blut aus einer Schusswunde. Alice' Mutter rappelte sich auf, nur um sofort auf dem Ketchup auszurutschen und erneut in das Regal zu stürzen.

Der kleine Junge heulte lauter, und seine Mutter umarmte ihn fester, was dazu führte, dass er noch lauter heulte.

Wie erstarrt stand Alice am Ende des Gangs, ihr Herz trommelte in der Brust. Ihre Wangen waren heiß. Ihre Knie wurden weich. Schließlich zwang sie sich, zu der Frau und ihrem kleinen Jungen zu gehen und sie anzusehen. »Sie verstehen das nicht«, flüsterte sie kaum hörbar.

Alice' Mutter kämpfte sich wieder hoch und sah ihre Tochter an. Ihr Atem rasselte. Ihr Gesicht war rot angelaufen, die Haare standen wirr von ihrem Kopf ab. »Alice?«

»Schon gut, Mom.«

»Du …« Sie deutete mit dem Finger auf Alice, dann marschierte sie zu ihr und packte ihre Schultern. »Du solltest dich um ihn kümmern. Du solltest auf ihn aufpassen.«

Alice versuchte, sich ihr zu entziehen. Versuchte, sich aus dem Klammergriff ihrer Mutter zu winden. »Hör auf!«

Plötzlich breitete sich Totenstille im Laden aus. Kunden und Angestellte sahen zu ihnen herüber.

Alice' Mutter ließ ihre Tochter los und trat langsam zurück. Drängte sich an der Frau und dem Kind vorbei. Mit einem Blick zu Alice schüttelte sie den Kopf, dann gaben ihre Beine unter ihr nach, und sie brach zusammen, vergrub ihr Gesicht in den Händen und heulte und schrie und wiederholte immer nur das eine Wort: *Nein. Nein. Nein.*

Kapitel 12
Februar 2011

Die knisternde Durchsage des Schaffners gab die fahrplanmäßige Ankunft in Charlotte bekannt. Die Beleuchtung in dem Wagen wurde flackernd heller und weckte Passagiere aus einem unruhigen Schlaf. Es war beinahe Mitternacht, und die Stadt lag still da. Die gläsernen Hochhäuser waren hell erleuchtet, obwohl weit nach Feierabend alle verwaist waren. Die Ampeln an den Kreuzungen blinkten und zwangen die paar wenigen Autos und Laster, die auf den Straßen unterwegs waren, einen Moment anzuhalten. An einigen dieser Kreuzungen standen rauchende Frauen in Miniröcken und plauderten miteinander, während sie auf Kundschaft warteten. Vor den Bars standen Türsteher und sahen gelangweilt zu, wenn Betrunkene durch die Tür stolperten. In einer Straße mit vernagelten Schaufenstern sah man Grüppchen von Obdachlosen, mit alten Jacketts, Flaschen und Dosen gefüllte Einkaufswagen und windige Schlafstätten aus Pappkarton.

Ruckelnd hielt der Zug an, und einige Passagiere suchten ihre Habseligkeiten zusammen und machten sich zum Aussteigen bereit. Alice hatte den Kopf an die Scheibe gelehnt, ihre Augenlider waren schwer. Sie war müde. Verkatert. Durcheinander. Noch ein paar Haltestellen und sie erreichten Wilmington. Von dort würde sie in der Früh den Bus nach Shallotte nehmen. Dann wäre es nur noch ein kurzes Stück.

Ihr fielen die Augen zu, sie brauchte dringend Schlaf. Ein plötzlicher Aufruhr auf dem Bahnsteig schreckte sie auf. Sie hörte Gebrüll. Die im Gang auf den Ausstieg wartenden Passagiere drehten den Kopf zum Fenster. Zwei Polizisten liefen den Bahnsteig entlang.

Sie bewegten sich rasch auf den Aufruhr zu. Etwas oder *jemand* hatte ihre Aufmerksamkeit geweckt. Alice verdrehte den Kopf, um mehr zu sehen. Ein Armtrak-Schaffner führte ein hitziges Gespräch mit einem verärgerten Passagier. Die Polizisten gingen zu dem Schaffner, und er deutete auf den Zug. Jetzt erkannte Alice den Mann mit dem Pferdeschwanz. Er ging auf dem Bahnsteig auf und ab und beschimpfte den Schaffner. Dann wandte er sich den Cops zu.

Abrupt richtete Alice sich auf, ihr Herz setzte einen Moment aus. Sie hätte es besser wissen müssen. Probleme verschwanden nicht. Sie wurden schlimmer. Sie hätte sich nicht einmischen sollen. Was hatte sie denn erwartet? Dass der Typ sich nicht aus dem Klo befreien könnte? Dass er nicht sauer sein würde und sich rächen wollte? Die Cops würden Fragen haben – warum sie dem Mann die Nase gebrochen, ihn ins Klo geschleppt und gefesselt hatte. Was er dem Mädchen hatte antun wollen, würde sie nicht interessieren. Sie würden ihr Fragen stellen. Fragen, die sie nicht beantworten wollte.

Während sie aufstand und ihre Reisetasche schnappte, spürte sie Delilahs Augen auf sich.

»Steigst du aus?«

»Jep.« Alice sah die Enttäuschung in den großen blauen Augen des Mädchens.

»Wohnt deine Familie hier?«

»Nee.«

»Ach. Dann wohnst du hier?«

Alice sah kurz zum Fenster raus. Die Cops waren immer noch damit beschäftigt, Buddy zu beruhigen. Alice seufzte und griff in die Tasche, löste fünf Zwanziger aus einem Bündel. Sie packte das Mädchen am Arm und drückte ihm das Geld in die Hand. »Fahr heim, Delilah.«

Alice schlang sich die Reisetasche über die Schulter und ging in entgegengesetzter Richtung zu Buddy und den Cops den Gang entlang. Sie hoffte, die Cops würden eine Weile brauchen, um sich auf seine Schimpftirade einen Reim zu machen.

Sie sah nicht zurück. Mit gesenktem Kopf lief sie bis zum letzten Wagen. Der Gang war voller Leute, die aussteigen wollten. Alle bewegten sich viel zu langsam. Sie quetschte sich an einem alten Mann vorbei, der dabei beinahe auf einen unbesetzten Platz plumpste. Er sagte etwas, aber Alice ging stur weiter. Als sie den letzten Wagen erreichte, blickte sie auf den Bahnsteig hinaus. Von Buddy oder den Cops war nichts mehr zu sehen. Sie verließ den Zug und ging schnell auf die Bahnhofshalle zu. Hier waren zu wenige Leute, um zwischen ihnen zu verschwinden. Ihre einzige Chance war, im Gewirr der Straßen unterzutauchen.

Die Cops würden mit dem Mädchen reden. Sich ihre Version der Geschichte anhören. Sie hatte nichts Falsches getan. Eigentlich. Sie war einfach nur jung und naiv und das ideale Opfer für Männer wie Buddy. Alice wusste, dass Delilah nicht nach Hause zurückkehren würde. Sie selbst hatte diese Chance jedenfalls verpasst, und dass sie noch am Leben war, war reines Glück. Und wenn Delilah nicht ebenfalls ein bisschen Glück hatte, würde sie irgendwann schwanger sein oder tot – oder beides.

Das ist nicht dein Problem, sagte sich Alice. *Das ist nicht dein Problem.*

Kapitel 13

Sinclair stand da und wartete, bis der Gorilla die Tür zur Rezeption des Comfort Manor öffnete, und summte dabei »Camptown Races«. Er hatte das Lied im Musikunterricht gelernt, da musste er acht oder neun Jahre alt gewesen sein, und die schlichte Melodie nie vergessen, anders als Teile des Textes. Dieses Lied zu summen war eine Art mentales Yoga für ihn, es war entspannend und beruhigte ihn, wenn die Außenwelt für seinen Geschmack zu unvorhersehbar und chaotisch wurde. Weder schien er in Eile zu sein noch besonders gestresst, weil ihm jemand einundneunzigtausend Dollar geklaut hatte. Die betreffende Person hatte sie aus Terrys Trailer mitgenommen und aus irgendeinem Grund beschlossen, die Drogen zurückzulassen. So ganz verstand Sinclair das nicht, aber er würde den Grund bald rauskriegen. Er nickte dem Gorilla – seinem ständigen Begleiter –, der die Tür für ihn offen hielt, zu.

»Danke, Phillip. Wenn es dir nichts ausmacht, wartest du hier. Bleib am Fenster, wo ich dich sehen kann. Es sollte nicht länger als ein, zwei Minuten dauern.«

Phillip grunzte bestätigend.

Zuvor waren sie an Terrys Trailer vorbeigefahren und hatten gesehen, dass darin immer noch Cops zugange waren. Alles war mit Polizeiabsperrband gesichert – die Türen, die Einfahrt, das gesamte Grundstück. Detectives und Kriminaltechniker waren dabei, jeden Quadratzentimeter des Trailers unter die Lupe zu nehmen. In absehbarer Zeit würden sie keinen Zugang zu Terrys trostloser Blechschachtel bekommen. Aber das war nicht weiter schlimm. Sinclair würde mit einem einzigen Anruf in Erfahrung bringen, was die Cops gefunden hatten beziehungsweise was nicht – das war einer der Vorteile, wenn man jemanden von der Polizei auf der Gehaltsliste stehen hatte. Informationen waren wertvoll. Sie brachten zwar nicht so viel Cash wie die Waren, die er vertickte, aber sie waren dennoch von unschätzbarem Wert.

Uncle Henry und Pig waren tot. Es deprimierte Sinclair, dass er zwei seiner besten Männer verloren hatte – gute, loyale Leute zu finden war nicht leicht –, aber das Wissen, dass die beiden zwei Cops mitgenommen hatten, tröstete ihn. Auch Terry war tot. Seine Drogen lagen im Trailer verstreut. Aber kein Geld. Das war verschwunden.

Sinclair durchquerte die winzige Lobby – nicht viel größer als ein Kämmerchen – und trat an die mit einer Plexiglasscheibe geschützte Rezeption. Das war die sechste dieser Bruchbuden, die er und Phillip in den letzten paar Stunden aufgesucht hatten. Diese Motels waren alle gleichermaßen dreckig und stanken nach fauligem Obst. Er sehnte sich nach einer heißen Dusche, um den Gestank abzurubbeln. Sinclair holte tief Luft, schob die Sehnsucht nach der Dusche beiseite. Er tröstete sich mit dem Gedanken, dass es nur eine Frage der Zeit war, bis er an der richtigen Rezeption stand – bis er die junge Frau namens Alice fand. Da war Sinclair ganz zuversichtlich.

•••

Ernie stand hinter der Rezeption und leckte Umschläge an. Das machte er seit einer halben Stunde. Es gehörte zu seinen Aufgaben, die Rechnungen für das Comfort Manor zu begleichen, was ihm grundsätzlich nichts ausmachte – er war schließlich Teil des Managements –, aber er hasste es, die Umschläge anzulecken, und es gab immer noch zwei große Schachteln davon, die der vorherige Manager vor vielen Jahren gekauft hatte. Mehr als einmal hatte Ernie überlegt, ob er die Schachteln nicht einfach in den Müll werfen sollte, damit er neue, selbstklebende Umschläge kaufen konnte, die nicht nach einem Becken voll dreckigem Spülwasser rochen. Das wäre wirklich schön. Er könnte auch Klebeband nehmen, um sich das Lecken zu ersparen – auch darüber hatte er schon einige Male nachgedacht –, aber auf Dauer ging es mit Lecken wahrscheinlich schneller, als Klebebandstreifen abzureißen. Wenigstens waren die Briefmarken selbstklebend.

Ernie sah den kleinen Mann eintreten – vielleicht war es auch ein magerer Teenager. Ins Manor kamen alle möglichen Leute, und Ernie versuchte, ihnen möglichst vorurteilsfrei zu begegnen. Erneut leckte er einen Umschlag an, dann sah er durch die Plexiglasscheibe auf den Zwerg.

»Kann ich Ihnen helfen?«, fragte Ernie.

»Das hoffe ich stark.«

»Brauchen Sie ein Zimmer?«

Sinclair verzog das Gesicht. »Nein. Das wird nicht nötig sein. Ich bin hier, weil ich mich nach einer jungen Lady erkundigen will, Anfang bis Mitte zwanzig, von der ich vermute, dass sie in diesem Etablissement ihre Nächte verbringt. Sie heißt Alice.« Sinclair legte seine manikürten Hände auf den Tresen, nach einem kurzen Blick auf die verschmierte Resopalfläche beschloss er jedoch, dass es vielleicht besser war, sie herunterhängen zu lassen.

Ernie sah ihn durch die beruhigende Plexiglasscheibe an. Lecken, zukleben. Lecken, zukleben. »Ist sie eine Freundin von Ihnen?«

Sinclair lächelte sein perfektes Zahnpastalächeln und schüttelte entschieden den Kopf. »Aber nein. Ist sie nicht.«

Ernie wusste, was er zu sagen hatte. »Tja, nun. Ich darf keine …«

Sinclair winkte ab. »Das verstehe ich natürlich. Ehrlich. Aber Zeit ist von entscheidender Bedeutung. Sind Sie der Manager?«

Ernie trank einen Schluck Wasser. Sein Mund war von der Leckerei ganz trocken. »Sein Stellvertreter.«

»Ist der Manager da?«

»Nein. Nur ich.«

»Dann werde ich mich wohl mit Ihnen zufriedengeben müssen.« Sinclair trat ein wenig näher an die Plexiglasscheibe und sprach mit fester Stimme weiter. »Diese Lady. Alice. Sie hat etwas gestohlen, das von großem Wert für mich ist, und ich sollte sie so schnell wie möglich finden. Falls sie gerade nicht in ihrem Zimmer ist – vorausgesetzt, sie wohnt im Casual Manor – hoffe ich, dort etwas zu finden, das mir Aufschluss über ihren Verbleib gibt.«

Lecken, zukleben. »Comfort Manor«, sagte Ernie. Lecken, zukleben.

»Verzeihung?«

»Es heißt Comfort Manor. Nicht Casual Manor«, berichtigte Ernie.

»Oh, Entschuldigung. Comfort Manor.« Sinclair zog das Geldscheinbündel aus der Tasche und hielt es so, dass Ernie es gut sehen konnte. Er zählte drei Hundertdollarscheine ab und breitete sie einen neben dem anderen auf dem Resopaltresen aus, dann deutete er zu dem Fenster, vor dem Phillip stand. Phillip sah herein, die Nase fast an der Scheibe, sodass sein Atem das Glas beschlug.

»Das ist mein Freund Phillip. Er ist ziemlich kräftig, wie Sie sehen.« Sinclair tippte auf die Scheine. »Hier also mein Vorschlag. Im Tausch gegen diese drei Hundertdollarscheine würde ich gern einen kurzen Blick in Alice' Zimmer werfen.«

»Ich hab nicht gesagt, dass sie hier wohnt«, erwiderte Ernie. Lecken, zukleben.

»Das war auch nicht nötig.«

»Hören Sie. Ich hab zu tun.« Zur Demonstration leckte Ernie den nächsten Umschlag an und klebte ihn zu.

»Das verstehe ich. Wir haben alle zu tun. Wie heißen Sie noch mal?«, fragte Sinclair.

»Ernie.« Lecken, zukleben.

»Ernie. Das ist die Abkürzung von Ernest, vermute ich.«

Ernie sah Sinclair an, als würde er das zum ersten Mal hören.

»Jedenfalls hieß mein Onkel Ernest. Er hat als Mechaniker gearbeitet und zog die Gesellschaft von Automobilen der von Menschen vor. Vor einigen Jahren ist er an einem Gehirntumor gestorben. Ich wünschte, ich könnte sagen, dass ich ihn vermisse, aber das tue ich nicht.« Sinclair tippte erneut mit dem Zeigefinger auf die Geldscheine. »Ich sage Ihnen, wie es ist, Ernie. Wenn Sie nicht bereit sind, mein Angebot anzunehmen, und mir den Zutritt zu Alice' Zimmer verweigern, dann werde ich Phillip hereinbitten und ihm sagen, er soll Ihre Hoden mit bloßen Händen zerquetschen.«

Sinclair behielt sein strahlendes Lächeln bei.

Ernie hörte auf zu lecken. Hörte auf zuzukleben. »Was?«

»Phillip hat schon öfter Hoden zerquetscht. Ich habe es mit eigenen Augen gesehen.«

Ernie sah an dem kleinen Mann vorbei zu Phillip. »Hören Sie. Ich glaube nicht … Sie schaffen es gar nicht hinter diese Plexiglasscheibe.« Besonders überzeugt klang Ernie allerdings nicht.

»Das stimmt. Aber Phillip wird auf Sie warten, wenn Sie Feierabend haben, und wenn Sie die Polizei rufen, wird Phillip warten, bis die Polizei wieder gegangen ist, und danach Ihre Hoden zerquetschen. Er ist ein geduldiger Mensch. Er wird auf Sie warten.«

Ernie starrte Sinclair an.

»Dreihundert Dollar für zwei Minuten Ihrer Zeit, Ernie. Sie können sich hundertfünfzig Dollar die Minute verdienen. Wir werden nichts in Alice' Zimmer anfassen oder entfernen, möchte ich noch hinzufügen. Dreihundert Dollar. Oder soll ich rausgehen und mit Phillip reden?«

Ernie legte den Umschlag, den er noch nicht angeleckt hatte, auf den Tresen. Er wollte nicht, dass seine Hoden zerquetscht wurden. »Geben Sie mir einen Moment. Ich hole nur schnell den Schlüssel.«

•••

Das Motelzimmer war unverändert – die Matratze war nicht bezogen, die Kommodenschubladen waren aufgerissen. Der schuhschachtelgroße Raum roch immer noch nach Schnaps und Zigaretten. Die Vorhänge waren zugezogen, und die Deckenlampe funktionierte nicht, sodass der Raum wie die Höhle eines Tiers wirkte.

Sinclair hielt sich ein sauberes, gebügeltes Taschentuch vor Nase und Mund und sah sich in dem Zimmer um, während Phillip sich auf die Suche machte. Während des Wartens nahm Sinclair einen Moment lang das Taschentuch weg, damit er sich eine Zigarette anzünden konnte. Abwechselnd paffte er und hielt sich Mund und Nase mit dem glatten weißen Stoff zu.

Derweil trat Ernie an der Türschwelle von einem Fuß auf den anderen und sah immer wieder über seine Schulter. Er zupfte an seiner roten Strickjacke, weil er nervös war und etwas mit seinen Händen tun musste. Er sah zu, wie Phillip mit schweren Gorillaschritten durch das Zimmer trampelte. »Alice hat gesagt, dass sie für ein paar Tage verreist«, platzte er heraus. »Sie wollte nach Allentown, hat sie gesagt. Nur für ein paar Tage.«

»Hmmm«, brummte Sinclair.

Phillip drehte die Matratze um.

»Muss das sein?«, protestierte Ernie schwach.

Ungerührt machte Phillip weiter und hob den Lattenrost an.

»Alice hat gesagt, sie will eine Freundin besuchen. Eine Freundin, die Probleme hat. Eheprobleme. Das hat sie jedenfalls gesagt.« Ernie zog an seinen Ärmelbündchen.

»Hmmm«, brummte Sinclair wieder.

Ein anderer Motelgast ging vorbei, und Ernie trat rasch ins Zimmer und zog die Tür ein Stück zu, um ihm den Blick zu versperren. »Ich glaube nicht, dass Sie fündig werden. Oder? Glauben Sie, dass Sie fündig werden?«

»Das werden wir bald wissen«, erwiderte Sinclair.

»Was hat sie Ihnen denn weggenommen? Alice. Was hat sie Ihnen weggenommen?«

»Zum einen meinen Stolz.« Sinclair nuckelte wieder an seiner

Zigarette, als wäre es eine Zuckerstange. »Glauben Sie, dass Alice Sie angelogen hat, Ernie? Bezüglich Allentown?«

Ernie zog an seinem Halsausschnitt. »Weiß nicht. Wahrscheinlich. Könnte sein. Was meinen Sie?«

Sinclair setzte sich auf den schäbigen Sessel am Fenster, seine Füße reichten nicht ganz bis zum Boden. Er streckte seine halb gerauchte Zigarette in die Luft, und Phillip suchte rasch einen Aschenbecher und hielt ihn unter die brennende Zigarette. Sinclair klopfte die Asche ab und stieß einen langen, enttäuschten Seufzer aus.

»Es ist nicht leicht. Das sage ich Ihnen, Ernie, es ist nicht leicht. Ein Geschäft zu führen. Immer ist etwas. Besonders bei einem Geschäft wie meinem.«

Ernie nickte verständnisvoll.

»Schau bitte noch mal im Badezimmer, Phillip.«

Phillip nickte gehorsam und trottete ins Badezimmer.

Sinclair sah sich im Zimmer um und erschauerte. »Wie viel kostet ein Zimmer im Comfort Manor, Ernie? Was zahlen die Leute für diese Art Unterkunft?«

»Na ja. Ein Teil der Gäste zahlt stundenweise. Für. Sie wissen schon. Das kostet zwanzig. Für die Nacht sind es fünfzig.«

»Ah. Und werden nach der stundenweisen Benutzung die Betten frisch bezogen?«

Ernie nickte. Dann schüttelte er den Kopf. »Manchmal.«

»Interessant. Ehrlich. Unsere Gesellschaft, zumindest Teile davon, erstaunt mich doch sehr. Wie geht's Ihnen damit? Finden Sie das nicht abstoßend? Oder sind Sie mittlerweile abgestumpft?«

Ernie zuckte mit den Achseln. »Ich weiß nicht. Wahrscheinlich. Eigentlich denke ich nicht darüber nach.«

»Natürlich nicht.«

Ernie blickte zum Badezimmer. »Sind Sie beide bald fertig? Ich sollte zurück an die Rezeption.«

»Einen Moment noch, Ernie. Nur noch einen Moment.« Sinclair

wischte ein paar Ascheflöckchen, die auf sein Hosenbein gesegelt waren, weg. »Die Sache ist die, Ernie. Ich biete eine Ware an, die … sensibel ist. Ich denke, so lässt es sich am besten beschreiben. Darüber hinaus habe ich mit ziemlich unberechenbaren Menschen zu tun. Menschen, die instabil sind, verzweifelt, gierig und offen gestanden moralisch bankrott. Das ist in dieser Branche einfach so, und ich habe gewusst, worauf ich mich einlasse. Ich darf mich also nicht beklagen. Das darf ich wirklich nicht. Ich verdiene ungeheuer viel Geld. In zwei Wochen verdiene ich mehr Geld als Sie in einem Jahr, wage ich zu behaupten.«

Ernie sah aus, als würde er am liebsten aus seiner Strickjacke kriechen. Er war neben der Tür stehen geblieben und sah ständig über seine Schulter. »Okay.«

Im Badezimmer zerbrach etwas. Womöglich ein Glas. Vielleicht der Spiegel.

»Ihr Freund hat gerade etwas zerbrochen. Das wird er bezahlen müssen. Oder jemand anderes. Ich will keine Schwierigkeiten kriegen«, setzte Ernie an.

Sinclair musterte Ernie einen Moment lang. Inspizierte ihn vielmehr. Von Kopf bis Fuß. Ein leichtes Lächeln umspielte seine fein geschwungenen Lippen. »Sagen Sie mir eines, Ernie. Mögen Sie Ihre Arbeit? Und seien Sie bitte ehrlich. Erfüllt Sie Ihre Arbeit? Haben Sie das Gefühl, etwas zu leisten?«

Ernie sah zum Badezimmer – Phillip entfernte gerade den Deckel des Spülkastens und tauchte die Hand ins Wasser. Ernie erwiderte Sinclairs Blick, ohne zu wissen, wie er die Frage beantworten sollte. »Die Arbeit ist in Ordnung, denk ich. Reicht zum Leben.«

»Nur in Ordnung? Ist Ihnen das genug, Ernie? Dass Sie Ihre Miete zahlen können. Gerade so hinkommen. Von der Hand in den Mund leben. In einem schäbigen kleinen Apartment wohnen, wo aus dem Heizlüfter kalte Luft kommt und aus der Klimaanlage warme. Dosenobst und Dosengemüse aus dem Sonderangebot.

Kleidung aus dem Secondhandladen. Das hört sich für mich kein bisschen in Ordnung an. Sondern nach dem genauen Gegenteil, wenn Sie mich fragen.«

Ernie zuckte mit den Achseln – so hatte er sein Leben noch nie betrachtet. »Ich muss jetzt zurück an die Rezeption.«

Sinclair drückte seine Zigarette im Aschenbecher aus. »Müssen Sie das?«

Ernie nickte.

»Ach, unterhalten Sie mich doch noch ein bisschen, Ernie.«

Ernie wusste nicht genau, was er damit meinte. »Ich muss die Rechnungen fertig machen. Ich bin verantwortlich dafür. Verstehen Sie?«

»Vergessen Sie die Rechnungen, Ernie. Für den Moment.«

Phillip kehrte ins Zimmer zurück. Er schüttelte den Kopf.

»Ich suche alles an Informationen über Alice. Wären Sie bereit, mir alles zu erzählen, was Sie wissen?«

»Ich weiß gar nichts über Alice. Also nichts Genaues. Wie kommen Sie auf die Idee, dass ich was weiß?«

»Weil ich, wenn ich Sie so betrachte, einen neugierigen Menschen vor mir sehe, Ernie. Und ich sehe einen Mann, der in seiner Einsamkeit gefangen ist. Beides zusammen führt dazu, dass er der Versuchung erliegt, sich in das Leben eines Menschen zu drängen, dessen Teil er unbedingt sein möchte. Können Sie mir folgen?«

Ernie blickte erneut über seine Schulter. »Nein. Offen gestanden nicht.«

»Na gut. Um es rundheraus zu sagen, ich wette, dass Sie andere Leute belauschen und Ihre Nase in deren Angelegenheiten stecken. Ich glaube, dass Sie mehr über Alice wissen, als Sie zugeben.«

Ernie bekam knallrote Ohren, schüttelte aber den Kopf. »Ich finde, Sie sollten die Polizei rufen, wenn Alice Sie bestohlen hat.«

»Nun, das ist etwas, was ich offen gestanden im Moment nicht tun kann.«

»Das tut mir leid. Trotzdem. Ich habe kein gutes Gefühl dabei. Bei diesen Fragen über Alice.« Ernie schob sich etwas näher zur Tür. »Vielleicht sollte ich Ihnen Ihre dreihundert Dollar zurückgeben und die Polizei rufen.«

Phillip trottete zu Ernie, packte seinen dünnen Arm und zog ihn in die Mitte des Zimmers.

»Schade. Ich hatte auf etwas mehr Kooperation von Ihnen gehofft, Ernie.«

Sinclair nickte Phillip zu, der die Tür schloss, sie verriegelte und die Kette vorlegte.

Kapitel 14

Vom Bahnhof nach Downtown ging man mehr als eine halbe Stunde. Wie in den meisten amerikanischen Stadtzentren wirkten einige Straßenzüge wie ein neonhelles Licht, das all jene verzweifelten und hoffnungslosen Seelen anzog, die gezwungen waren, auf der Straße zu leben. In Charlotte befand sich dieser Teil der Stadt in der Nähe des Elmwood-Friedhofs an der Eighth Street – unweit des Urban Ministry Center für Obdachlose, des Männerwohnheims und der Zentralbibliothek. Es war ein beliebter Treffpunkt für Obdachlose, Junkies, Alkis und Ausreißer, kurz: den Ausschuss der Gesellschaft. Die meisten von ihnen hingen grüppchenweise herum, rauchten und reichten Flaschen hin und her. Aber es gab auch Einzelgänger. Männer in Rollstühlen, vergraben unter einem Haufen Decken. Andere, die auf dem Gehsteig saßen, vor sich hin schimpften und an ihren Haaren rissen. Und auf jedes Kautionsbüro kamen zwei Schnapsläden, vor denen Penner herumlungerten.

Die Reisetasche unterm Arm, betrat Alice einen Schnapsladen in der Graham Street, der sich von den benachbarten Schnapsläden durch nichts unterschied, außer dass er leer war und sie gerade keine Lust auf Leute hatte.

Ein Glöckchen bimmelte, als sie über die Schwelle in gleißendes, unangenehm bläuliches Licht trat. Eine der Neonröhren an der Decke flackerte knisternd, würde aber vermutlich nicht so bald ersetzt werden. Es roch nach Schweinekrüstchen und abgestandenem Zigarettenrauch, und Alice sah sofort, warum. Hinter einer zentimeterdicken Plexiglasscheibe, die über die gesamte rechte Ladenseite reichte, hockte ein enorm fetter Mann mit Nickelbrille, deren eines Glas gesprungen war. Sein Kinn verschwand in dem speckigen

Hals. Mit dicken rosa Wurstfingern hielt er in der einen Hand eine brennende Zigarette und steckte die andere in eine Tüte mit Schweinekrüstchen. Er trug ein fadenscheiniges, grau verwaschenes, fleckiges Carolina-Panthers-T-Shirt. So hässlich er auch war, seine ordentlich geschnittenen Haare trug er akkurat gekämmt. Selbst Alice musste zugeben, dass er richtig schöne Haare hatte.

Sie nahm eine Tüte Kartoffelchips und ein paar Schokoriegel – mit Nüssen – und legte sie auf den Tresen. Ohne aufzusehen, leckte der Dicke seine Finger ab.

»Haben Sie Crown?«, fragte Alice.

Der Dicke nickte.

»Kann ich eine große Flasche haben?«

Der Dicke sagte nichts. Konzentriert tippte er ihre Einkäufe in die Kasse.

»Kann ich eine große Flasche Crown haben?«, fragte Alice noch einmal.

»Ich hab schon verstanden.« Der Dicke seufzte, dann stieg er stöhnend von dem Holzhocker, der erstaunlicherweise nicht unter ihm zusammenbrach, und suchte in den Regalen nach dem Whiskey. Er watschelte bis zum letzten und nahm eine Flasche Crown Royal Black heraus. Als er wieder bei seinem Hocker ankam, war er leicht außer Atem. Er stellte die Flasche mit einem Knall auf den Tresen.

»Ich wollte eigentlich eine Flasche Reserve. Das hab ich mir heute verdient.«

Der Dicke sah auf die Flasche Crown Royal Black in seiner Hand. »Wir haben nur den Black.«

Alice blickte zum Whiskeyregal und entdeckte ein paar Flaschen Reserve auf dem obersten Regalbrett. »Da oben steht der Reserve. Ich nehme eine Flasche.«

Die Augen des Dicken folgten ihrem Blick. »Das Zeug ist aber viel teurer.«

»Ja, ich weiß. Aber das passt schon.«

Der Dicke hatte Alice noch immer nicht angesehen. »Der steht aber ganz hoch oben.«

Alice wollte einfach nur eine Flasche haben, sie aufschrauben und einen kräftigen Schluck nehmen. Oder zwei oder drei. »Ich schätz mal, das hat mit dem hohen Preis zu tun.«

Der Dicke schüttelte den Kopf. »Mag sein. Aber da komm ich nicht dran. Also.«

Alice wartete, dass er weitersprach. Aber es kam nichts mehr. »Also?«

»Da komm ich nicht dran.«

Alice wusste, dass sie sich mit der Flasche Black zufriedengeben sollte, aber nach dem Tag, der hinter ihr lag, nach alldem, was sie hatte miterleben müssen, wollte sie den Reserve. Nein, sie verdiente ihn. »Wie wär's, wenn ich zu Ihnen hinter den Tresen komme und ihn mir selbst runterhole?«

Endlich sah der Dicke Alice mit ernstem Blick in die Augen. »Sie dürfen nicht hinter den Tresen.« Er rückte seine Brille zurecht und wiederholte es. »Das dürfen Sie nicht.«

»Ich darf nicht oder Sie lassen mich nicht?«

»Hier ist der Zutritt nur Angestellten gestattet. Vorgabe des Besitzers.«

Alice fragte sich, wie es kam, dass sie sich an einem einzigen Tag mit so vielen Arschlöchern rumschlagen musste. »Verstehe. Und ist es auch Vorgabe des Besitzers, dass Sie nur rumsitzen und rauchen? Ja? Will er das so?«

Die gelangweilte Miene des Dicken veränderte sich nicht. »Sie haben eine ziemlich große Klappe.«

»Ja, hab ich schon mal gehört.«

Einen Moment lang standen sie nur da. Freunde würden aus ihnen nicht mehr werden.

»Und? Wollen Sie jetzt den Black oder nicht?«

»Nein. Ich will den Reserve.«

Der Dicke setzte sich auf seinen Hocker und fischte mit seinen Wurstfingern weitere Schweinekrüstchen aus der Tüte. Damit war die Debatte für ihn beendet.

Alice seufzte. Strich sich durch die Haare. »Mann, bitte, Ich hatte echt einen beschissenen Tag.«

»Da sind Sie nicht allein.«

»Okay.« Alice versuchte es mit einer anderen Taktik. »Wenn Sie einen Scheißtag hatten, einen echten Scheißtag, an dem wirklich alles schiefging, haben Sie da nicht auch mal auf etwas richtig Lust gehabt? Etwas unbedingt haben wollen? Was direkt vor Ihrer Nase steht?«

»Geht mir jeden Tag so.«

»Ach kommen Sie schon. Was ist mit der berühmten Südstaaten-Gastfreundschaft?«

Der Dicke mampfte eine Hand voll Schweinekrüstchen und zündete sich eine frische Zigarette an. »Keine Ahnung. Wissen Sie's?«

»Na schön. Dann nehm ich den Black. Und ein Päckchen Marlboro Red. Falls Sie das hinkriegen.«

Der Dicke nahm ein Päckchen Red aus dem Regal.

»Haben Sie Streichhölzer?«

»Nein. Die sind gerade ausgegangen.«

»Versteh ich.«

Der Mann grinste – das Grinsen des Überlegenen. »Ich hab Feuerzeuge.«

»Gut … wenn Sie meinen, dass Sie rankommen.«

Dem Dicken verging das Grinsen. Im Schneckentempo tippte er in Ruhe die Beträge ein, steckte alles in eine schwarze Plastiktüte, die unten ein Loch hatte, und rauchte und mampfte dabei die ganze Zeit weiter.

•••

Delilah drückte sich gegen das Schaufenster eines geschlossenen Elektroladens und sah den von Obdachlosen besiedelten Gehsteig rauf und runter. Es waren vor allem Grüppchen von Männern in zerlumpter Kleidung. Die meisten machten den Eindruck, als wären sie betrunken oder bekifft. Sie fühlte sich beobachtet. Angestarrt. Die Männer mussten spüren, dass sie verzweifelt und allein in einer fremden Stadt war. Freiwild.

Sie war nervös und atmete schnell, versuchte aber, sich nichts anmerken zu lassen, während sie weiter verstohlen den Gehsteig absuchte. Sie hatte die Frau aus dem Zug in den Schnapsladen gehen und einige Minuten darauf wieder rauskommen sehen. Sie war ihr gefolgt, aber als sie um eine Ecke bog, war sie plötzlich verschwunden.

Delilah kaute auf ihrem nach nichts schmeckenden Kaugummiklumpen herum und kämpfte vergeblich mit den Tränen. So weit war sie noch nie von zu Hause weg gewesen. Sie war noch nicht einmal außerhalb von Pennsylvania gewesen. Und auch nicht so spät auf der Straße. Dass sie eines Tages vielleicht in einer Gasse oder auf einer Parkbank schlafen müsste, wäre ihr nie in den Sinn gekommen. Sie hatte nur das Geld, das die Frau aus dem Zug ihr gegeben hatte, aber wie lange kam man mit hundert Dollar hin? Sie stand blank da. Komplett. Sie hatte keinen Plan. Es war alles so schnell gegangen. Sie hatte die Waffe gefunden, getan, was sie tun musste, und war zur Wohnungstür hinausgelaufen, ohne einen Blick zurückzuwerfen oder etwas zu ihrer Mama zu sagen, sie hatte sich nicht einmal von Dwayne verabschiedet. Sie war einfach nur gelaufen, an den Läden und Fast-Food-Lokalen und Bars vorbei, zwischen denen sie aufgewachsen war. Erst an der 30th Street Station war sie stehen geblieben. Ihr war klar gewesen, dass sie aus Philadelphia wegmusste. Irgendwohin. Egal wohin.

Vielleicht sollte sie zurück zum Bahnhof. Vielleicht könnte sie dort schlafen – es war bestimmt sicherer als hier draußen auf der

Straße. Sie sah sich um und hatte keine Ahnung, wo sie war. Sie hatte nicht auf den Weg aufgepasst, als sie aus dem Bahnhof gelaufen war.

Plötzlich hörte sie lautes Gelächter. Rasch drehte sie den Kopf und sah mehrere Männer, die sie mit bedrohlichem Blick anstarrten. Als Delilah wegsah, lachten sie noch lauter.

»Suchst du nach mir?«

Delilah zuckte zusammen – ein paar Meter vor ihr stand Alice, in der einen Hand die Reisetasche, in der anderen eine schwarze Plastiktüte.

»Was willst du eigentlich von mir?«, fragte Alice.

Delilah konnte Alice' Blick nicht standhalten und sah zu Boden. »Ich bin dir gefolgt.«

»Ich weiß. War ja kaum nicht zu bemerken.«

»Ich wusste nicht, wohin ich soll«, sagte Delilah, und ihre Stimme kippte und brach.

»Das hab ich mir gedacht.«

Dem Mädchen rannen Tränen über die Wangen.

»Mensch, lass das. Die Typen hier werden dich bei lebendigem Leib verspeisen.«

Delilah wischte sich übers Gesicht. Versuchte, ihren Atem zu beruhigen. »Tut mir leid.«

Alice rührte sich nicht, sie sah das Mädchen nur an.

»Und jetzt?«, fragte Delilah.

»Was?«, fragte Alice zurück.

»Ich hab Angst. Ich weiß nicht, was ich tun soll.«

»Und was hab ich damit zu tun? Ich bin nicht dein verdammter Babysitter. Geh zurück zum Bahnhof und lass mich in Ruhe.«

Delilah nickte, rührte sich aber nicht vom Fleck. »Ich versteh schon. Aber, aber du kennst dich aus, und da dachte ich ...«

»Ich kenn mich nicht aus, vergiss es. Geh einfach. Bitte. Ich kann diesen Scheiß nicht brauchen. Ernsthaft.«

»Der Typ im Zug hat die Cops gerufen.«
»Schön für ihn.«
»Sie haben nach dir gesucht.«
»Ach ja? Sieht so aus, als hättest stattdessen du mich gefunden.«
»Ich hab ihnen nichts erzählt. Den Cops.«
»Okay. Soll das heißen, dass ich jetzt in deiner Schuld stehe?«
»Nein. Du sollst es nur wissen. Dass ich nichts gesagt habe.«
»Toll. Dann bin ich ja auf der sicheren Seite.«
Alice stellte die Reisetasche auf den Gehsteig, holte das Zigarettenpäckchen heraus, zog eine raus und zündete sie an. Sie stieß den Rauch aus, schüttelte kurz den Kopf. »Das ist doch scheiße.« Sie nahm die Reisetasche, schob sich den Riemen über die Schulter und ging los. Nach ein paar Schritten sah sie zu Delilah zurück.
»Kommst du jetzt oder nicht?«

•••

Delilah ging drei Schritte hinter Alice und gab keinen Piep von sich. Sie fragte nicht, was sie tun würden oder wohin sie gingen, und Alice weihte sie nicht ein. Sie rauchte eine nach der anderen, während Delilah kaugummikauend versuchte, mit ihr Schritt zu halten.

Schließlich blieb Alice vor dem Clover Motel stehen. Es war das erste, an dem sie vorbeikamen. Morgen würde sie sich was Besseres suchen. Heute wollte sie sich nur betrinken. So schnell wie möglich.

»Warte hier«, befahl Alice dem Mädchen.

»Was hast du vor?«

»Warte einfach.« Und Alice betrat die winzige Lobby.

Wie in dem Schnapsladen saß auch hier der Verkäufer hinter einer dicken Plexiglasscheibe. *Muss an der Gegend liegen,* dachte Alice. Aber anders als der Mann im Schnapsladen sah der hier völlig ausgemergelt und krank aus. Aids vielleicht. Entweder das oder er war ein Meth-Junkie. Alice kannte genug von ihnen, um zu wissen, wie sie aussahen. Der Mann hatte dunkle Ringe unter den eingesunkenen Augen und mehrere verschorfte Stellen an seinem rasierten Schädel, vor allem an den Ohren. Sie sahen aus, als würde er ständig daran herumkratzen. Die schlimmste, mindestens so groß wie ein Daumennagel, war entzündet und eitrig. Alice zwang sich, nicht hinzustarren. Der Mann zwinkerte und blinzelte in einem fort und zog dabei an einer Mentholzigarette, als hätte er sich vorgenommen, sie möglichst schnell wegzurauchen.

Ja, eindeutig ein Meth-Junkie.

»Wie viel Stunden?«, fragte er, ohne den Blick von dem Fernseher auf seinem Tresen zu wenden.

»Die ganze Nacht.«

Alice hörte aus dem Büro hinter der Rezeption ein Husten. Jemand bewegte sich im Dunkeln. Sie bemerkte einen Schwaden weißen Rauchs, der hinter dem Meth-Junkie durch die Luft waberte. Wieder wurde gehustet, und Alice roch den scharfen Geruch von verbranntem Plastik. Sie schob den Gedanken daran beiseite. Das Einzige, was sie interessierte, war, ein Zimmer zu kriegen und sich einen Drink einzuschenken.

Der Meth-Junkie drückte die Zigarette aus und zündete sich sofort die nächste an. »Sechzig die Nacht.«

»Auf dem Schild steht aber neunundvierzig.«

Der Meth-Junkie zuckte mit den Achseln. »Dann haben sie es noch nicht geändert.«

Alice musste lachen. »Klar.«

Der Meth-Junkie zog an seiner Zigarette. »Sechzig. Bar auf die Kralle.«

»Gibt's ein Zimmer am Ende des Flurs?«

»Die 212«, sagte der Meth-Junkie.

»Ist das am Ende?«

Asche fiel von der Spitze der Zigarette auf seine eingesunkene Brust, aber falls er es überhaupt mitgekriegt hatte, war es ihm offenbar egal. »Wollen Sie jetzt das Zimmer oder nicht?«

Das Einzige, was Alice wollte, war, in einem dämmrigen Nebel davonzugleiten – der Drang danach war geradezu überwältigend. Außerdem, was waren schon sechzig Dollar, wenn sie mehr als neunzigtausend über der Schulter hängen hatte?

Die Augen des Meth-Junkies folgten Alice' Hand, die in die Tasche griff und ein paar Scheine herauszog, und einen kurzen Moment zuckte es in seinem Gesicht.

Sie schob drei Zwanziger unter der Plexiglasscheibe durch und bemerkte, dass die Schachtel, aus der der Meth-Junkie den Schlüssel fischte, voll mit Schlüsseln war. Das Motel war praktisch leer.

»Check-out ist um elf«, erklärte er.

»Es ist schon nach Mitternacht. Kann ich nicht wenigstens bis zwölf bleiben?«

Der Meth-Junkie zuckte mit den Achseln. »Klar. Kostet aber extra.«

Alice nahm den Schlüssel und ging raus, wo Delilah wartete – das Mädchen hatte sich nicht einen Zentimeter wegbewegt.

»Hier bleiben wir? In diesem Motel?«, fragte das Mädchen.

»Wenn du was Besseres weißt, immer gerne.«

Delilah murmelte eine Entschuldigung und sah zu, wie Alice die Stufen zum ersten Stock hinaufging. Dann warf sie einen Blick zur Straße, als wägte sie ihre Optionen ab, und lief Alice schnell hinterher.

Das Zimmer befand sich in der Mitte des Flurs. *Arschloch.*

Kapitel 15
November 2005

Der fast volle Mond hing hinter einer dichten hohen Wolkenwand, die aufzubrechen und noch mehr Regen zu bringen drohte. Der kalte Wind blies stärker, und Alice spürte die Feuchtigkeit auf dem Gesicht. Es kam Regen. Bald würde es losgehen.

Sie war den halben Tag am Highway 17 entlanggelaufen, gerade weit genug weg von der Straße, dass ein vorbeifahrender State Trooper sie nicht zwischen den Bäumen entdecken konnte. Zwölf Stunden war sie jetzt ohne Pause gegangen. Nach drei Stunden hatte sie die ersten Blasen bekommen – an beiden großen Zehen. Nach ein paar weiteren Stunden auf dem unebenen Grund spürte sie, wie die Blasen aufplatzten und eine warme Flüssigkeit in ihre Socken sickerte. Aber sie ging einfach immer weiter, weg von Wilmington, ihren Eltern, ihren Freunden, und ließ alles außer den Erinnerungen an Jason hinter sich.

Für den Bruchteil einer Sekunde zerriss ein weißer Blitz den Himmel, und Alice zählte leise mit.

Eins, zwei, drei, vier – bumm. Alice spürte, wie der Donner die Luft um sie herum zum Vibrieren brachte. Sie war nicht mal bis fünf gekommen. Fünf Sekunden entsprachen einer Meile. Das hatte ihr Vater ihr beigebracht. Der Sturm war nicht einmal eine Meile entfernt. Wenn es regnete, würde es nachts noch kälter werden.

In Shallotte lief sie die Main Street des Städtchens entlang. Alles hatte geschlossen. Das Haushaltwarengeschäft, der Lebensmittelladen, der Schönheitssalon, der Secondhandladen, die Post, die Bank und noch andere Geschäfte hatten dichtgemacht. Sie kam an Stan's Pub vorbei, in dessen Schaufenster eine rote Budweiser-Neonreklame leuchtete. Lachen drang heraus. Sie roch Zigarettenrauch und Bier. Alice schlich an der Tür vorbei und ging weiter.

Die Hauptstraße lag wie ausgestorben da. Auf den Veranden der meisten Häuser brannte kein Licht. Es war, als hätten alle einfach ihr Zeug gepackt und sich davongemacht.

Vor einem der wenigen Restaurants blieb Alice stehen. Lucy's Diner, auch es lag dunkel da. Sie entdeckte neben der Eingangstür die Tafel mit den Tagesgerichten und überflog das Angebot – Krabbensandwich, Shrimps in Bierteig, Austernsandwich, Pulled-Pork-Sandwich, zu den meisten Gerichten gab es Soße. Alles klang gut. Mit einem lauten Knurren beschwerte sich ihr Magen, weil er etwas anderes wollte als die fünf oder sechs Snickers, die er die letzten zwölf Stunden gekriegt hatte.

Die Wolkendecke am Himmel wurde von Minute zu Minute dicker und schwärzer, und es fing an zu tröpfeln.

Alice schob den Rucksack auf die andere Schulter und sah in beide Richtungen die Straße entlang, ob ein Polizeiauto zu sehen war. Die Main Street war völlig verwaist, und Alice bezweifelte, dass ein kleines Städtchen wie Shallotte überhaupt eine eigene Polizeistation hatte.

Wieder donnerte es, und dann brach der Himmel auf, als wäre er mit einem Teppichmesser aufgeschlitzt worden, und dicke Tropfen prasselten auf den Gehsteig und die Straße. Alice flitzte in die Gasse neben Lucy's Diner und suchte nach einem Platz, an dem sie vor dem Regenguss geschützt war. Hinter dem Restaurant lag ein Parkplatz mit ein paar rostigen Autos, einem Stapel abgefahrener Reifen und einem Haufen Pappkartons, die gegen einen großen blauen Müllcontainer lehnten. Alice rüttelte an sämtlichen Autotüren, aber sie waren entweder verriegelt oder festgerostet. Mittlerweile regnete es immer heftiger. Hinter dem Parkplatz erhoben sich dichte, dunkle Bäume. Alice hörte in der Ferne den Shallotte River träge dahinrauschen.

Regen klatschte gegen ihre Wangen und stach ihr in die Augen, und Alice rannte durch die Pfützen zu dem Müllcontainer, der an der Ziegelmauer des Diners stand. Sie trat in eine Lache aus Schweinefett, die aus dem Container gesickert war, rutschte aus und verlor das Gleichgewicht. Schnell streckte sie die Hände aus, um den Sturz abzufangen, landete aber dennoch mit dem Gesicht voran und schlitterte über den Asphalt. Dabei riss der Rucksack auf, und ihre Kleidung verteilte sich auf dem nassen harten Boden.

Bei dem Versuch aufzustehen, rutschte sie erneut aus und landete auf dem Rücken. Im mittlerweile strömenden Regen betrachtete sie ihre vom Asphalt aufgeschürften Handflächen, kleine Steinchen in den Wunden. Der Wind heulte und zerrte an den hinter ihr aufragenden Bäumen.

Alice kämpfte sich auf Hände und Knie, stopfte ihre nasse und fünfmal schwerere Kleidung in den Rucksack. Dann kroch sie durch die Pfützen und das Schweinefett hinter den Container und quetschte sich an die Wand.

Wasser pladderte aus einer löchrigen Regenrinne, stürzte wasserfallartig die Wand herunter und strömte um Alice. Sie kauerte sich zusammen, aber das Wasser ließ keinen Zentimeter an ihr trocken, durchdrang ihre Kleidung und Haare und brannte an den aufgeschürften Händen.

Alice hörte den Regen und den heulenden Wind und dachte an ihr Zimmer. An ihr Bett und die Decken, wie warm und trocken und sicher es dort jetzt war. Sie dachte an ihre Eltern. Was sie in diesem Moment wohl machten. Wie es ihnen wohl ging, nachdem sie den Brief gefunden hatten, den sie ihnen hinterlassen hatte. Ein halbes Dutzend Briefe mit einem halben Dutzend Erklärungen hatte sie aufgesetzt, und am Schluss hatte sie alle weggeworfen. Wen interessierte es schon, dass sie sich schuldig fühlte und traurig war oder dass sie sich wünschte, Jason nicht angebrüllt und andere Worte gewählt zu haben, oder dass sie wusste, sie hätte früher nach ihm suchen sollen. All das war jetzt egal. Und es war auch egal, dass sie von zu Hause weglief oder wie sie für sich sorgen sollte oder ob sie jemals nach Hause zurückkehrte. Sie hatte versucht, das zu Papier zu bringen, und jedes Mal, wenn sie es durchgelesen hatte, hatte sie das Blatt zusammengeknüllt und weggeworfen. Schließlich schrieb sie nur das Nötigste, nichts weiter. *Ich gehe weg. Das ist für alle besser.*

Alice starrte auf ihre aufgeschürften Handflächen, sah zu, wie der Regen das Blut zum Teil wegwusch, und fing an zu weinen. Sie weinte, weil es wehtat und weil ihr kalt war. Sie weinte, weil sie ihr Zuhause vermisste und ihre Eltern und ihre Freunde, weil sie wusste, dass sie sie nie wiedersehen würde. Sie weinte, weil sie Angst hatte und allein war und nicht wusste, wo sie hinsollte. Sie weinte, weil alles, was sie war und werden wollte, für alle Zeiten vorbei war – auch sie war in dem Keller gestorben. Vor allem aber weinte sie um Jason.

Der Regen ließ nicht nach. Er fiel immer weiter, prasselte auf den Asphalt und die Metallwände des Containers, übertönte Alice' Schluchzen, das ihre Brust erbeben ließ. Sie sank zur Seite, kauerte sich noch mehr zusammen und gab ihrem Schmerz nach, bis sie nicht mehr konnte und schließlich vom Schlaf überwältigt wurde.

•••

Alice' kurze Flucht vor der Wirklichkeit wurde jäh durch etwas kleines Flinkes, das über ihr Bein huschte, unterbrochen. Ein leises *Tapp, Tapp, Tapp.* Sie schreckte auf und sah einen dünnen braunen Schwanz unter dem Müllcontainer verschwinden.

Bevor Alice einen Schrei ausstoßen konnte, fiel durch den leichten Nieselregen ein greller Lichtkegel von der Ecke des Containers her auf ihr Gesicht.

»Was zum Teufel machst du da?«

Dem leichten Näseln und dem schleppenden Tonfall nach zu urteilen, gehörte die Stimme zu einem älteren Mann.

»Schau mich nicht so verschreckt an. Steh auf und komm da raus«, befahl der Mann.

Alice beschirmte ihre Augen mit der Hand, damit sie den Mann besser sehen konnte, aber das Licht strahlte ihr unbarmherzig ins Gesicht.

»Zwing mich nicht, dich da rauszuzerren. Für so einen Blödsinn bin ich zu alt.«

Alice überlegte, ob sie den Rucksack opfern und auf der anderen Seite des Containers rauskriechen und losrennen sollte, bis sie weit genug von dem Städtchen und dem Fremden mit der Taschenlampe entfernt war.

»Verflixt noch mal, ich werd langsam nass. Komm schon raus.«

Schließlich schob sich Alice mit ihrem Rucksack hinter dem Container hervor.

»Na, wen haben wir denn da?« Die Taschenlampe wurde ausgeknipst, und endlich konnte Alice den Mann erkennen. Er war mindestens fünfundsechzig. Dicker Bauch, die Haare waren ihm zum größten Teil schon vor langer Zeit ausgegangen. Er trug eine Lesebrille mit einem schmalen Silberkettchen um den Hals. Auf der rechten Brustseite seines olivgrünen Overalls prangte ein weißer Aufnäher, auf dem ELTON stand.

»Ich muss schon sagen, so eine große Ratte hab ich noch nie gefangen.« Der Mann grinste Alice an, nahm die Brille ab und dahinter kamen zwei hellblaue, fast weiße Augen zum Vorschein. Seine roten Wangen hingen schlaff herab. »Was zum Teufel suchst du denn hier, Kindchen?«

»Nichts.«

»Nichts?« Er steckte die Taschenlampe in seine Gesäßtasche. »Und was tust du *nichts* mitten in der Nacht hinter einem Müllcontainer, noch dazu bei diesem Wetter?«

Alice zuckte mit den Achseln.

In der Linken hielt der Mann eine schwarze Plastikbox mit einem

Loch an einer Seite. Als er sie auf den Boden stellte, bewegte sich darin etwas. »Und wie heißt du, Kindchen?«

Alice gab keine Antwort. Sie sah an ihm vorbei zu dem weißen Pick-up, der im Leerlauf lief. Auf der Fahrertür stand in schwarzer Schrift Parson's Pest Control.

»Kannst du auch sprechen oder nur mit den Zähnen klappern?«, fragte der Mann.

Alice nickte.

»Na, und?«

»Alice.«

»Alice also. Dann sag mal, Alice im Wunderland, magst du Ratten?«

»Nein.«

»Tja, in dem Fall hast du dir für dein Schläfchen wohl den falschen Platz ausgesucht. Ratten fressen gern aus Müllcontainern und bauen ihr Nest gern in alten Reifen.«

Automatisch trat Alice einen Schritt von dem Container und dem Reifenstapel weg.

Kichernd schnaubte der Mann durch seine dicke rote Nase. »Du wohnst wohl nicht in Shallotte, was?«

»Nein.«

»Dacht ich's mir doch. Ich kenn praktisch jeden hier in der Stadt, was nicht nur schön ist.«

Der Regen nahm wieder zu und prasselte auf sie nieder.

»Willst du mir nicht verraten, warum ein junges Ding wie du sich hinter unserem Diner versteckt?«

Alice schüttelte den Kopf.

»Hätte ich mir denken können.« Er setzte seine Brille wieder auf. »Ich sag dir was, Alice. Ich muss noch ein paar von den Rattenfallen einsammeln. Wird nicht länger als eine Viertelstunde dauern. Ich hab keine Ahnung von Ausreißern, aber wenn du ins Trockene und was anderes als Rattenfutter essen willst, steigst du am besten in den

Pick-up. Sobald ich alles erledigt hab, mach ich Feierabend. Hängt ganz von dir ab. Wenn du in meinem Pick-up sitzt, wenn ich hier fertig bin, ist mir das recht. Wenn du in der Dunkelheit und dem kalten Regen draußen rumlaufen willst, ist mir das auch recht. In Ordnung?«

Alice nickte.

»Gut.« Er nahm die schwarze Box vom Boden. »Solltest du dich fürs Weglaufen entscheiden, würd ich an deiner Stelle einen Bogen um den Wald machen. Nachts streifen am Fluss die Kojoten rum. Auf der Suche nach was zum Fressen.«

Damit zog Elton die Taschenlampe aus der Tasche, knipste sie an, ging an Alice vorbei und verschwand hinter der Regenwand.

Alice stand da und starrte auf die Stelle, an der Elton in der Dunkelheit verschwunden war. Sie warf einen Blick zu den Bäumen, hinter denen der Fluss lag, dann zurück auf den Pick-up des Alten.

Kapitel 16
Februar 2011

Der Sessel stand genau in der Mitte des Raums und Ernie ließ sich in das durchgesessene Polster sinken, als wollte er darin verschwinden. Seine Augen waren rot gerändert, und er blickte unverwandt zur Tür und betete im Stillen, dass jemand, egal wer, zu seiner Rettung käme. Aber das würde nicht passieren. Die Zimmermädchen hatten für heute schon Schluss gemacht, und selbst wenn sie noch da wären, würden sie wahrscheinlich keinen Finger für ihn rühren. Die Leute um ihn herum mochten ihn nicht und ignorierten ihn – so war es schon immer gewesen.

Phillip stand hinter dem stellvertretenden Manager und hatte seine Pranken auf dessen Schultern gelegt, damit er nicht aufspringen konnte. Direkt vor ihm stand Sinclair, in der Hand eine neue Zigarette, und sah ihn abwartend an.

»Ich hab doch schon gesagt, ich weiß nichts über Alice«, flüsterte Ernie mit brüchiger, zitternder Stimme.

»Ja, das haben Sie. Mehrfach. Aber ich glaube, Sie wissen sehr wohl was. Man muss Ihnen nur auf die Sprünge helfen. Ein kleiner Schubs – und schon fällt Ihnen noch etwas ein.«

Ernie wischte sich die Nase ab, und sein Blick huschte wieder zur Tür. »Warum tun Sie das? Das dürfen Sie nicht. Sie machen mir Angst.«

»Das stimmt nicht ganz, Ernie. Was Sie empfinden, ist Furcht. Wie William Barrett einmal sagte: ›Angst ist nicht Furcht, die sich immer auf etwas Bestimmtes richtet, vielmehr ist sie das unheimliche Gefühl, sich vor überhaupt nichts zu fürchten. Es ist also gerade das Nichts, das sich spürbar macht und Gegenstand unseres Grauens ist‹.«

Ernie sah Sinclair mit leerem, verständnislosem Blick an.

»Gehe ich recht in der Annahme, dass Sie noch nie von William Barrett gehört haben?«

Mit Tränen in den Augen schüttelte Ernie den Kopf.

Sinclair seufzte resigniert. »Geht heutzutage eigentlich niemand mehr in eine Bibliothek?« Er zog an seiner Salem. »Sie befinden sich in dieser Lage, Ernie, weil es offenbar die einzige Möglichkeit ist, Ihnen Informationen über Alice zu entlocken.«

»Aber ich weiß doch gar nichts. Das macht keinen Sinn.«

»Wenn, dann *ergibt* es keinen Sinn«, korrigierte Sinclair ihn. »Sie sollten ein bisschen mehr auf Ihre Sprache achten.«

»Entschuldigung, aber ich weiß wirklich nichts.«

»Das haben Sie jetzt schon öfter behauptet, und falls es tatsächlich so sein sollte, entschuldige ich mich nach unserem Gespräch aufrichtig und lasse Sie gehen.«

Sinclair zog an seiner Zigarette und stieß eine Rauchwolke aus. »Also, denken Sie gut und gründlich nach. Das ist die Gelegenheit für Sie, zu zeigen, was in Ihnen steckt. Entweder hinterlassen Sie bei mir Eindruck oder Sie enttäuschen mich. Also, was können Sie mir über Ihre Freundin Alice erzählen?«

Als Ernie sich wand und aufzustehen versuchte, verstärkte Phillip den Druck auf seine Schultern. Widerstrebend ließ Ernie sich wieder zurücksinken. »Zum Beispiel?«

»Erzählen Sie mir alles, was Sie von ihr wissen, Ernie. Selbst die kleinste Kleinigkeit. Fangen Sie einfach an, und wir werden sehen, wie es weitergeht.«

»Na ja. Sie ist hübsch. Nicht wie ein Model oder so, aber hübsch.«

»Okay. Weiter.«

»Sie ist nett, aber ziemlich verschlossen. Viel redet sie jedenfalls nicht.«

»Nun, das klingt etwas vage und hilft mir nicht weiter«, sagte Sinclair.

»Ich schätze mal, dass ich einfach nicht viel über Alice weiß. Nicht so richtig. Tut mir leid.«

»Hören Sie auf, sich zu entschuldigen, Ernie. Damit zeigen Sie nur Schwäche.«

»Tschuldigung. Aber es tut mir echt leid. Ich würde jetzt gern gehen. Darf ich?«

»Wie lange kennen Sie Alice?«

»Fünf, sechs Monate, schätz ich.«

»Aha. Und waren Sie jemals mit Alice intim?«

»Intim? Was meinen Sie damit?«

»Sie wissen genau, was ich damit meine, Ernie.«

»Nein. Da war nichts. Wir haben miteinander geredet. Mehr nicht.«

»Okay. Also nur ein freundlicher Umgang, ja?«

»Ja, würde ich sagen.«

»Mögen Sie sie, Ernie? Wollen Sie mehr von Alice?«

Ernie wand sich wieder. Errötete leicht.

»Ertappt! Sie mögen die junge Frau.«

Ernie zuckte mit den Achseln. »Na ja. Wie gesagt, sie ist nett. Aber ich glaube nicht, dass sie mich mag. Nicht so.«

»Das weiß man nie, Ernie. Frauen sind seltsam.«

»Wahrscheinlich.« Aber Ernie wirkte kein bisschen überzeugt.

»Was können Sie mir sonst noch erzählen? Hat Alice von Freunden gesprochen, wo sie herkommt, solche Dinge?«

»Sie hat nicht gerade viel geredet. Sie wissen schon. Kam und ging. Gezahlt hat sie tageweise, cash. Sie arbeitet im Frisky Pony.«

»Sie hat Ihnen doch bestimmt irgendetwas von sich erzählt, das Einblick in ihr Leben erlaubt.« Sinclair gab nicht auf.

Ernie ließ sich die Gespräche mit Alice durch den Kopf gehen. »Ich glaube, sie hat mal was davon gesagt, dass sie in South Carolina gelebt hat. Vielleicht war's auch North Carolina. Eins der Carolinas jedenfalls. Die bring ich immer durcheinander.«

»Okay. Das ist schon mal ein Anfang. Vielleicht erinnern Sie sich ja an den Namen einer Stadt?«

»Ich glaube, es war nicht weit von einem Strand, weil ich mich schwach erinnere, dass sie mal gesagt hat, sie hasst Sand. Komisch, oder, wenn jemand am Strand wohnt und Sand nicht mag.«

»Ja. Sehr komisch«, sagte Sinclair, ohne eine Spur von Lächeln. »Hat Alice mal Freunde mit ins Motel gebracht? Einen Liebhaber vielleicht?«

»Nein. Nie. Jedenfalls hab ich nichts davon mitgekriegt.«

Sinclair nahm einen tiefen Zug von der Zigarette.

»Langsam, aber sicher verliere ich die Geduld, Ernie. Ernsthaft. Ich würde vorschlagen, dass Sie zur Abwechslung etwas erzählen, mit dem ich was anfangen kann, sonst sehe ich für Sie reichlich schwarz.«

Ernie spürte, wie Phillip den Druck auf seine Schultern erhöhte. »Sie hat gesagt, dass sie für ein paar Tage zu einer Freundin in Allentown will. Das hat sie mir erzählt. Erinnern Sie sich? Vielleicht sollten Sie dort nach ihr suchen?«

Sinclair schüttelte den Kopf. »Nein. Das war eine Lüge.«

»Woher wollen Sie das wissen?«

»Weil ich jeden Tag mit Lügnern zu tun habe.«

Ernie blickte auf seine Hände und konnte kaum dem Drang widerstehen, auf den Nägeln zu kauen. »Was werden Sie mit Alice machen, wenn Sie sie finden? Wenn Sie Ihr Geld wiederhaben?«

»Darüber müssen Sie sich keine Gedanken machen, Ernie. Es reicht, wenn Sie wissen, dass es von Vorteil für Alice ist, wenn sie mir mein Eigentum wiedergibt.«

»Okay. Aber … wird sie Schwierigkeiten kriegen oder ins Gefängnis müssen?«

»Ich denke, dass wir fertig sind.« Sinclair warf Phillip einen Blick zu. Nickte leicht.

Ernie riss die Augen auf und fuhr sich mit der Zunge über die

Lippen. »Ach ja. Noch was. Alice hat heute den Pick-up von einer Freundin gehabt. Fällt mir gerade ein.«

Sinclair legte die Hände aneinander, als würde er beten. »Ach ja? Erzählen Sie mir von dem Pick-up, Ernie.«

»Ein großer schwarzer Pick-up. So einer mit XXL-Reifen.«

»Vielleicht ein Chevy? Mit getönten Scheiben?«

»Ja, ich bin ziemlich sicher. Sie hat gesagt, er gehört ihrer Freundin.«

Sinclair lächelte. Drückte seine Zigarette aus.

»Kann ich jetzt gehen? Sind wir fertig?«

»Ja, Ernie. Wir sind fertig mit Ihnen.«

Auch Ernie lächelte. Erleichterung breitete sich in ihm aus. Er bekam nicht mit, dass Phillip eine schwarze Plastiktüte aus der Gesäßtasche zog. »Heißt das, ich kann die Dreihundert behalten?«

»Natürlich Ernie. Abgemacht ist abgemacht«, sagte Sinclair leise.

In dem Moment stülpte Phillip Ernie die schwarze Plastiktüte über den Kopf und zog sie fest zusammen. Ernie stieß einen gedämpften Schrei aus. Er wollte aufstehen, wurde aber zurück auf den Sessel gestoßen. Der Gorilla wickelte die Plastiktüte fest um seinen Hals und drückte ihn mit Gewalt nach unten, während Ernie auf dem Sessel wild mit den Armen ruderte und um sich trat.

Sinclair sah einen Moment lang zu, dann zündete er sich eine frische Zigarette an, ging ins Badezimmer und erleichterte sich.

Kapitel 17

Die gut halb volle Flasche Crown – Black, nicht Reserve – stand in Griffnähe am Rand des Nachtkästchens. Alice hatte gehofft, dass sie sich die Situation, in die sie sich manövriert hatte, schöntrinken könnte.

Es hatte nicht geklappt. Kein bisschen. Betrunken war sie zwar – das wenigstens hatte geklappt –, aber die Geschehnisse dieses Tages spielten sich wieder und wieder in ihrem Kopf ab und ließen sich nicht verdrängen.

Aus dem Badezimmer war das Sprotzen der unter niedrigem Wasserdruck leidenden Dusche zu hören, unter der Delilah seit einer halben Stunde stand.

Gut. Meinetwegen kann sie da die ganze Nacht drinbleiben.

Alice schenkte sich nach.

Schlafen würde sie nicht können. Zu viel ging ihr durch den Kopf, selbst eine Wiederholung von *Judge Judy* im Fernsehen lenkte sie nicht ab. Sämtliche Gedankenspiele endeten mit zwei Szenarien – nämlich erwischt zu werden und im Gefängnis zu landen oder durch die Hand desjenigen zu sterben, der nach seinem Geld suchte. Denn nach so viel Geld würde mit Sicherheit jemand suchen. Man würde ihre Spur zum Frisky Pony zurückverfolgen, und dann wäre es ein Leichtes, sie aufzuspüren.

Was für einen Blödsinn denk ich da bloß.

Sie war nicht blöd. Wenigstens nicht sehr. Sie schenkte sich noch mal nach.

Keiner kennt meinen Nachnamen.

Das stimmte. Alice benutzte nie, niemals ihren Nachnamen. Sie arbeitete schwarz für einen beschissenen Stundensatz und

Trinkgeld in Schuppen wie dem Frisky Point, damit keiner Fragen stellte. Sie bezahlte ihre Motelzimmer oder Apartments in heruntergekommenen Vierteln immer bar und blieb nie lange. Sie besaß keine Kreditkarte. Hatte noch nie eine besessen. Sie hatte nicht einmal einen Führerschein – sie war von zu Hause weggelaufen, bevor sie ihn machen konnte. Aber sie konnte fahren. Eine Frau namens Candy hatte es ihr beigebracht, als sie ein paar Monate lang in Pittsburgh gelebt und für eine Reinigungsfirma als Putzfrau gearbeitet hatte. Candy war erst vierundzwanzig, hatte aber schon drei Kinder und war mit dem vierten schwanger. Alice mochte sie, auch wenn sie rücksichtslos und mehr als ein bisschen promisk war. Für Geld machte Candy alles. Bot ein männlicher Kunde ihr Geld dafür an, dass sie ihm einen runterholte oder blies, akzeptierte Candy grundsätzlich. Selbst ihre Schwangerschaft hielt sie nicht davon ab. Während Alice die Wohnung putzte, verzog sich Candy mit den Kerlen ins Schlafzimmer und verwöhnte sie mit ihrem Spezialservice, einem beidhändigen Handjob.

Alice sagte nie etwas zu dem Nebenverdienst, und auch nichts dazu, dass Candy aus den Wohnungen, die sie putzten, regelmäßig etwas mitgehen ließ: Bargeld, Ohrringe, Halsketten, alles, was sich leicht zu Geld machen ließ.

Wie erniedrigend der Job auch sein mochte, wegen Candy war es doch eine gute Zeit für Alice. Seit Alice von zu Hause weggelaufen war, war die junge Mutter die Erste, die für sie so etwas wie eine Freundin war. Jedenfalls dachte sie das. Als man Alice eines Frühlingsmorgens ins Büro des Chefs rief, wurde sie allerdings eines Besseren belehrt. Der Chef, ein älterer Armenier mit starkem Akzent und dicken Lippen, erklärte Alice, er wisse, was sie getan habe, und dass er sie nicht anzeigen werde, wenn sie das Diebesgut zurückgebe. Alice erklärte, sie habe keine Ahnung, wovon er rede. Der Chef seufzte, sagte, Candy habe ihm alles erzählt und dass er ihren

Lohn der letzten beiden Wochen einbehalten würde, wenn sie das Diebesgut nicht zurückgäbe.

Der Chef glaubte Alice nicht, als sie sagte, Candy habe die Sachen gestohlen. Er sagte, Candy sei eine ehrliche Haut und würde niemals stehlen. Wie es der Zufall wollte, gehörte der Chef zu den Nutznießern von Candys Spezialservice.

Mit Pittsburgh war sie fertig. Immerhin hatte sie zwei Dinge gelernt: Autofahren und dass sie nie dem Glauben aufsitzen sollte, dass es für sie so etwas wie echte Freundschaft gab.

Alice trank ihr Glas aus und wünschte immer noch, dass es der Crown Reserve wäre. Langsam fielen ihr die Augen zu. Sie hörte noch, wie Judge Judy der Klägerin eine Strafpredigt hielt, weil die ihren Verlobungsring behalten wollte, der ihr eindeutig nicht zustand, nachdem sie zugegeben hatte, mit den besten Freunden des Beklagten ins Bett gegangen zu sein – ja, Plural.

Judge Judys Stimme verlor sich. Der ersehnte Schlaf war nah.

Dann wurde die Dusche mit einem Quietschen zugedreht, und Delilah, in ein Handtuch gewickelt, trat aus dem Badezimmer. Sie blieb am Bett stehen und sah auf Alice runter, bis die ihre Augen öffnete.

»Was denn?«

»Können wir vielleicht reden?«

•••

Kaum war Alice zu der Überzeugung gelangt, dass Delilah ein verhuschtes Mäuschen war, jemand, den man sah, aber nicht hörte, wurde sie einen Besseren belehrt. Das Mädchen mit den großen Augen war noch nicht ganz aus dem Badezimmer getreten, da fing es an zu quatschen und hörte nicht mehr auf.

Mit halbem Ohr hörte Alice zu, als Delilah ihre Geschichte erzählte. Sie stammte aus dem Südwesten von Philadelphia. Ihren Vater hatte sie nie kennengelernt. Zwei jüngere Brüder – beide weiß – von zwei weiteren Männern, die sie auch nie kennengelernt hatte.

Zack, zack, zack. Mit zwanzig hatte ihre Mutter bereits drei Kinder. Delilahs jüngster Bruder Dwayne war schwer behindert und musste ständig einen Fahrradhelm als Kopfschutz tragen. Er war elf und wurde immer noch gewickelt. »Einem Baby die Windeln wechseln, geht ja noch«, sagte Delilah, »aber einem Elfjährigen? Puh.«

JJ, ihr anderer Bruder, war erst vierzehn, aber schon in einer Gang. Um seine Zugehörigkeit zu demonstrieren, trug er die entsprechenden Farben und Tattoos. JJ hatte die Schule abgebrochen und hing den ganzen Tag am Basketballplatz rum. Er war schon mehr als einmal mit einer gespaltenen Lippe, gebrochener Nase und einem Veilchen nach Hause gekommen. Er hatte Delilah erklärt, dass er nicht mehr JJ hieß. *Nenn mich T-Bone,* hatte er gesagt.

Zu Hause nahm Delilah ihrer Mutter so viel wie möglich ab und kümmerte sich um Dwayne, aber sie hatte eigentlich auch einen Schulabschluss machen wollen. Eine Ausbildung war ihre einzige Rettung, sonst würde sie so enden wie ihre Mutter, das wusste sie. Und sie hätte die Schule auch abgeschlossen, wäre da nicht Leon gewesen, der neue Freund ihrer Mutter. Leon war genauso ein Loser wie ihre Mutter. Er hatte keinen Job. Angeblich konnte er wegen einer alten Rückenverletzung nicht arbeiten, aber was er konnte, war saufen – und wie.

Leon bestand darauf, dass Delilah und ihre Mutter ihn von vorn bis hinten bedienten, aber ihre Mutter schaffte es morgens nicht mal aus dem Bett, weil sie so verkatert war. Für Dwayne bekam sie eine Behindertenrente. Dazu die Sozialhilfe. Leon hatte Delilah letzten Herbst gezwungen, die Schule zu schmeißen, damit sie sich rund um die Uhr um Dwayne kümmern konnte. Damals hatte sie sich das erste Mal gegen ihn aufgelehnt. Sie hatte ihm erklärt, dass er nicht ihr Vater war und dass sie weiter zur Schule gehen würde, was ihr eine dicke Lippe und einen abgebrochenen Schneidezahn einbrachte. Sie zeigte ihn Alice, die ihn bisher nicht bemerkt hatte, weil das Mädchen nie lächelte.

Alice hörte sich die Geschichte an, die die immer gleiche Geschichte war, und trank währenddessen weiter. Der Crown lief runter wie Öl. Irgendwann war sie kurz vorm Einnicken, als Delilah sie an der Schulter berührte.

»Da ist jemand an der Tür.«

Alice sah das Mädchen unter halb geschlossenen Lidern an. Sie saß mit angezogenen Knien, eine Hand auf ihre Tasche gelegt, auf dem anderen Bett, kaute hektisch Kaugummi und deutete zur Tür.

»Da ist jemand an der Tür.«

»Mir doch egal.« Alice' Kopf war Matsch. Die letzte richtige Mahlzeit lag eine Ewigkeit zurück. In den vergangenen vierundzwanzig Stunden hatte sie in erster Linie flüssige Nahrung zu sich genommen.

»Willst du nicht nachschauen?«, fragte Delilah und malmte weiter.

»Schau doch selbst. Ich schlafe.«

»Glaubst du, das sind die Cops?«, flüsterte Delilah.

Alice setzte sich auf die Bettkante. »Warum sollten das die Cops sein? Hast du nicht gesagt, dass du ihnen nichts verraten hast?«

»Hab ich ja auch nicht.«

»Warum sollten sie dann hier auftauchen?«

Delilah antwortete nicht.

»Sucht die Polizei etwa nach dir?«

»Nein«, sagte das Mädchen wenig überzeugend.

»Lüg mich nicht an …« Weiter kam Alice nicht, weil der Riegel zurückglitt und die Tür knarrend aufging.

»Jemand hat einen Schlüssel zum Zimmer«, sagte Delilah erschrocken.

Ein Mann trat ein. Er war um die dreißig und sah völlig fertig aus. Er war durchschnittlich groß, wirkte aber kleiner, weil er zaundürr war. Das löchrige T-Shirt hing an ihm runter wie ein Laken auf der Wäscheleine. Zwischen den ungewaschenen verfilzten Haaren waren ungefähr ein halbes Dutzend wunde Stellen zu sehen. Mit hervorquellenden Augen sah er von Delilah zu Alice. Die Drogen machten ihn zappelig und zittrig.

»Du hast dich in der Tür geirrt, Arschloch«, fuhr Alice ihn an.

Der Mann machte noch einen Schritt ins Zimmer. Er hielt einen Schlüssel in der Hand. Die andere hatte er hinter dem Rücken versteckt. »Wo ist sie?«

»Wo ist wer?«, fragte Alice.

Der Mann ließ seinen Blick durch das Zimmer schweifen und riss dabei angestrengt die Augen auf. Er fuhr sich mit der Zunge über die trockenen Lippen, schluckte ächzend, als hätte er Schmerzen. »Deine Tasche. Wo hast du sie versteckt?«

Alice hätte es besser wissen müssen, aber sie war betrunken und sauer, eine Mischung, die klares Denken unmöglich machte. Sie sprang auf, um den Junkie an seinem mageren Arm zu packen, aber da schoss dessen versteckte Hand nach vorn, und etwas Hartes traf sie mit voller Wucht am Kopf. Weiße Streifen schoben sich über ihr Gesichtsfeld, und sie stürzte zu Boden. Ein gellender Schrei durchschnitt den Schleier in ihrem Kopf. Blut rann warm ihren Hals hinunter.

Alice versuchte, aufzustehen, fiel aber sofort zurück auf den Hintern. Über das Klingeln in ihren Ohren hinweg konnte sie Delilah kreischen hören.

»Halt's Maul«, fuhr der Junkie sie an.

Alice sah auf, als er die Tür ins Schloss warf. In seiner Rechten hielt er ein Metallrohr, etwa einen halben Meter lang und an beiden Enden rostig. Er umklammerte es so fest, dass seine grindigen Knöchel weiß hervortraten.

Mit der improvisierten Waffe fuchtelte er vor Delilahs Gesicht herum. »Hinsetzen.« Seine Augen zuckten noch hektischer.

Delilah gehorchte. Sie machte einen Schritt zurück und sank auf Alice' Bett.

»Ich weiß, dass in der Tasche massenhaft Kohle ist. Also, wo ist sie?«

Alice fasste sich ans Ohr und blickte dann auf das Blut an ihren Fingerspitzen. Das Kreischen in ihrem Kopf wurde noch gellender, bis es nahezu unerträglich war. Erneut versuchte sie, auf die Füße zu kommen, aber der Junkie rammte ihr seinen Stiefel in die Seite. Ein scharfer Schmerz durchfuhr sie, und sie krümmte sich, das Gesicht auf dem Teppich, der nach Zigarettenrauch stank.

Der Junkie stapfte mit aufgerissenen Augen durch das Zimmer, die Lippen von den verfaulten Zähnen zurückgezogen. »Ich weiß, dass in der Tasche Kohle ist. Wir haben's gesehen. *Wir haben's gesehen!*«

Delilah hielt sich mit der Hand den Mund zu, um ihre Schreie zu ersticken.

Alice wollte etwas sagen, aber sie bekam nicht genug Luft.

»Ich will jetzt wissen, wo die Scheißtasche ist!« Der Junkie schnappte sich die Flasche Crown und warf sie gegen die Wand. Glassplitter prasselten wie ein tödlicher Regenschauer herab.

Er richtete das Metallrohr wieder auf Delilah, die sich nicht mehr zurückhalten konnte und laut wimmerte. »Du kriegst das hier gleich übergezogen. Halt's Maul und leg dich hin.«

Wimmernd kauerte sich das Mädchen auf dem Bett zusammen.

Der Junkie fing an, das Zimmer auseinanderzunehmen – er riss Schubladen raus, warf das Nachtkästchen um, sah im Schrank und unter den Betten nach, dann steckte er den Kopf ins Bad. Die ganze Zeit fluchte er halb unverständlich vor sich hin. Schließlich schaffte Alice es, sich aufzusetzen, und berührte vorsichtig ihre Schläfen. Beim Einatmen spürte sie ein scharfes Stechen auf der Seite mit der gebrochenen Rippe. Es fühlte sich an, als würde ihr jemand ein langes Steakmesser in den Rücken rammen.

Alice sah den Junkie aus dem Badezimmer taumeln, in der einen Hand die Reisetasche, in der anderen immer noch das Rohr. Er warf die Tasche auf Delilahs Bett und zog den Reißverschluss auf. Das Zähnefletschen wich langsam einem Grinsen. »Scheiße.« Er fuhr sich mit der Zunge über die Lippen.

Alice pochte der Schädel, und der Schmerz an den Rippen war kaum auszuhalten. Der ganze Raum schwankte. Sie glaubte, sich jeden Moment übergeben zu müssen oder ohnmächtig zu werden. Oder beides.

Delilah fing wieder an zu heulen. Ein leises Schluchzen.

»Hältst du endlich dein blödes Maul!«

Delilah legte die Hand über den Mund und biss hinein.

Alice fasste sich ans Gesicht. Wischte das Blut weg. Alles drehte sich. »Bitte …« Sie streckte die Hand nach der Tasche aus, aber der Junkie riss sie weg und schrie dabei wie ein in die Falle gegangenes Tier.

»Das ist jetzt meine Kohle.«

Alice warf sich nach vorn und packte den Riemen, um ihm die Tasche zu entwinden.

»Lass los, du dumme Schlampe.«

Aber Alice ließ nicht los. Es war zu viel passiert. Sie würde nicht loslassen.

Wieder schrie der Junkie. Versuchte, ihr den Riemen zu entwinden und sie abzuschütteln, aber das Einzige, was er damit erreichte, war, sie über den Boden zu schleifen. »Lass los!«

Alice umklammerte den Riemen und hörte Delilah schreien, sie solle loslassen.

»Verdammte Scheiße«, zischte der Junkie. Er setzte sich rittlings auf Alice' Brust und nagelte ihre Arme mit seinen knochigen Knien am Boden fest.

Alice starrte in seine Augen, deren Pupillen zu großen schwarzen Löchern erweitert waren. In der Aufregung biss er sich auf die Zunge, und Blut rann ihm aus dem Mund übers Kinn. Er legte das kalte Rohrstück über Alice' Kehle und lehnte sich darauf.

Alice wehrte sich, aber so mager der Junkie auch war, wog er sicher fünfundzwanzig Pfund mehr als sie, und seine grindigen Hände waren stärker, als sie aussahen. Je mehr sie sich aufbäumte, desto mehr Gewicht legte er auf das Rohr und drückte ihr langsam, aber sicher den Kehlkopf ein. Alice rang nach Luft. Ihre Augen traten hervor, und ihr Blick verschwamm – langsam verschwand alles hinter einem dunklen Schleier.

Alice hörte ein leises Ploppen, und ihr erster unklarer Gedanke war, dass der Junkie ihr das Genick gebrochen hatte. Sie hörte ihn stöhnen. Spürte, wie der Druck des Rohrs gegen ihren Hals nachließ und das Gewicht auf ihr leichter wurde.

Ihr Kopf rollte zur Seite, und ihre Wange sank in den dreckigen Teppich. Langsam rutschte der Junkie von ihr herunter, und sie sah aus dem Loch, wo einmal sein linkes Ohr gewesen war, Blut quellen. Die Absätze seiner Stiefel knallten mehrmals auf den Boden, dann hörten sie unvermittelt damit auf, als er das Bewusstsein verlor. Sein Körper zuckte nur noch, und sein Atem kam röchelnd, aber seine Hand hielt das Rohr nach wie vor fest umklammert.

Nach Luft ringend setzte sich Alice auf. Lichtpunkte zischten durch ihr verschwommenes Gesichtsfeld. Sie senkte den Kopf und betrachtete das aus der Wunde des Junkies quellende Blut. Immer noch stöhnte er, seine blicklosen Augen klappten auf und zu.

Dann hörte Alice ein Wimmern. Sie sah zu Delilah hoch. Das Mädchen stand mitten auf dem Bett, in der einen Hand seine offene Tasche, in der anderen eine Pistole.

Aus der Kehle des Junkies drang ein Gurgeln wie von Wasser, das über Felsbrocken strömte, und das war das Letzte, was Alice mitbekam, bevor sie ohnmächtig wurde.

Kapitel 18
November 2005

Bestimmte Geräusche ließen Alice immer an Jason denken – laufendes Badewasser, das Knistern seiner Pop-Tarts, die morgens als Erstes getoastet worden waren, das Quietschen eines Filzstifts auf Papier. Erinnerungen waren an Geräuschen festgemacht, besonders die schlimmen, und sie ahnte, dass sie dem womöglich nie entkommen würde. Woher dieses spezielle Geräusch zu ihrer Rechten stammte, wusste sie, ohne hinzuschauen. Die meisten Leute würden es wahrscheinlich gar nicht bemerken, es würde für sie im Hintergrundrauschen untergehen. Winzige Luftbläschen, die an der Wasseroberfläche zerplatzten. Stundenlang hatte Jason seinen Goldfischen zugesehen, wie sie von dem einen Ende des Aquariums zum anderen flitzten, gelegentlich auf der Suche nach Futter an die Oberfläche schwammen, dann wieder zum Boden, wo sie farbige Steinchen aufsaugten und gleich wieder ausspuckten. Die Fische waren unablässig in Bewegung. Ihre ganze Welt war zwischen diesen vier Glaswänden.

Endlich blickte sie zu Eltons Aquarium, das viel größer und besser ausgestattet war als das von Jason. Das Filtersystem pumpte einen steten Strom Sauerstoff ins Wasser, und das war das einzige Geräusch, das die Stille im Haus störte.

Alice saß auf der Kante von Eltons dick gepolstertem geblümtem Sofa und sah sich um. Das Wohnzimmer passte überhaupt nicht zu einem alten Kammerjäger. Schwere, schön fallende Vorhänge, die genau auf den Sofabezug abgestimmt waren. Eine Ecke des Zimmers wurde von einem Klavier beherrscht, das Erkerfenster daneben sah auf den Fluss hinaus. Bücher reihten sich in Holzregalen, hier und da standen Vasen mit frisch gepflückten Blumen. Alles war hübsch und sauber und genau an der richtigen Stelle.

Als sie angekommen waren, hatte Elton Alice stolz erklärt, dass er das einstöckige Ziegelhaus samt Fundament eigenhändig gebaut hatte. Er hatte die Wände hochgezogen, Stromleitungen gelegt, Installateursarbeiten durchgeführt, Böden verlegt und es innen und außen gestrichen, selbst das Dach hatte er selbst gedeckt. Das Haus lag direkt am Shallotte River, und das Wohnzimmer öffnete sich zu einer Holzveranda hin, die über das Flussufer ragte und um das ganze Haus lief.

Alice blickte aus dem Erkerfenster. Endlich hatte es aufgehört zu regnen, und es hatte sich dichter, undurchdringlicher Nebel gebildet, der über die glatte Oberfläche des träge dahinfließenden Flusses waberte.

Aus ihren nassen Haaren, die an ihrem Gesicht und ihrem Hals klebten, tropfte Wasser auf den glänzenden, frisch gebohnerten Holzboden und bildete kleine Pfützen.

Vor ihr dampfte Kräutertee in einem Becher auf einem Untersetzer. Daneben lag in der Mitte des Glastischs ein Schachbrett aus Marmor.

Elton betrat das Zimmer mit einem Stapel fein säuberlich gefalteter Wäsche: Badetuch und Waschlappen, blaues T-Shirt und Männerschlafanzughose. Er legte den Schlafanzug neben sie auf das Sofa, dann hielt er ihr das Badetuch hin. »Du musst deine Haare trocknen, sonst kriegst du eine Erkältung.«

»Danke.«

»Und es wär auch gut, wenn du das nasse Zeug ausziehst, dann kann ich es in die Waschmaschine und in den Trockner stecken.« Er sah auf ihren Rucksack, der in einer Pfütze stand. »Kannst mir auch gleich die Sachen da drin geben. Du bist ja wie durchs Wasser gezogen.«

»Danke.«

»Und hör auf, dich zu bedanken. Ich will nur nicht, dass du mir meinen schönen Boden kaputt machst.«

»Entschuldigung.«

Elton winkte ab. »Lass dich nicht von mir auf den Arm nehmen, Kindchen.«

Elton wirkte in seinem Haus ganz anders. Obwohl es fast Mitternacht war, hatte er sich umgezogen und trug jetzt statt des grünen Overalls eine gebügelte Baumwollhose und ein frisch gestärktes Hawaiihemd. Seine Haare waren gekämmt, und Alice hatte den Verdacht, dass er sich sogar rasiert hatte. Fast machte er den Eindruck, als wollte er noch ausgehen.

Alice rubbelte ihre Haare trocken und sah sich weiter um. »Wohnen Sie hier allein?«

»Inzwischen.«

»Dann waren Sie mal verheiratet?«

»So was in der Art.«

»Geschieden?«

Elton kicherte und schüttelte den Kopf. »Weißt du, was? Ich zeig dir jetzt mal das Bad, und dann kannst du dir was Trockenes anziehen. In der Zwischenzeit mache ich uns was zum Essen, und wir unterhalten uns ein bisschen. Was hältst du davon?«

Eigentlich hätte ihr die Situation seltsam und beängstigend vorkommen müssen – nachts in einer fremden Gegend in den Pick-up eines wildfremden alten Mannes steigen, mit zu seinem Haus fahren und seinen Schlafanzug anziehen –, aber Elton in seiner gebügelten, fast bis unter die Achseln hochgezogenen Hose sah Alice mit seinen hellen Augen so freundlichen an, dass sie sich geborgen und wohl wie seit Langem nicht fühlte.

Aber auch wenn Alice ihm vertraute, war ihr bewusst, dass sie nicht einmal einen Tag auf sich allein gestellt durchgehalten hatte. Nur ein paar Stunden nachdem sie von zu Hause weggelaufen war, war sie frierend, nass, hungrig und komplett hilflos gestrandet.

Elton schien ihre Gedanken lesen zu können. »Soll ich deine Eltern anrufen?«

»Nein.«

»Sicher?«

»Ja.«

»Wie du meinst, Kindchen. Ich weiß ja nicht, warum du von daheim ausgerissen bist, aber du hattest bestimmt deine Gründe. Für diese Nacht bist du hier jedenfalls gut untergekommen, und vielleicht denkst du nach ein paar Stunden Schlaf schon anders darüber. Vielleicht kommt dir morgen früh alles nur noch halb so schlimm vor.«

»Vielleicht.«

»Ich bin sicher, dass deine Eltern sich furchtbare Sorgen um dich machen.«

»Ja.«

»Deswegen wär's vielleicht keine ganz schlechte Idee, sie anzurufen, damit sie wissen, dass du noch lebst.«

Alice betrachtete den gefalteten Schlafanzug. Sie öffnete den Mund, um etwas zu sagen, aber es kam nichts heraus.

»Schon gut. Eine Muschel lässt sich am besten öffnen, indem man sie überbrüht, aber ich werd dich trotzdem nicht in einen Topf mit kochendem Wasser werfen. Du redest, wenn du bereit dazu bist.«

Sie erwiderte sein Lächeln und nahm den Schlafanzug vom Sofa. »Danke, Mister Parsons.«

»Sag einfach Elton zu mir. Kein Mensch nennt mich Mister.«

»Okay.«

»Gut. Dann geh dich mal waschen, Kindchen.«

Alice folgte ihm einen langen Flur hinunter, an dessen Wänden auf beiden Seiten Dutzende von gerahmten Fotos hingen. Auf den meisten war Elton zu sehen. Viele stammten aus einer Zeit, als er noch jünger gewesen war und mehr Haare auf dem Kopf gehabt hatte. Fotos von ihm am Strand, auf einem Pferd, wie er eine Leine mit aufgefädelten Fischen hielt, ein paar Schnappschüsse auf der Veranda. Meist war neben Elton ein anderer Mann mit einem roten Vollbart zu sehen, der eine Brille mit dickem Gestell trug und ein ansteckendes breites Grinsen hatte. Auf einigen hatten Elton und der Rotbärtige die Köpfe aneinandergelehnt oder standen Arm in Arm da. Auf dem letzten Foto trugen Elton und der Rotbärtige dunkle Anzüge und wild gemusterte Krawatten, sie hatten die Haare zurückgegelt und wirkten beide sehr fröhlich und aufgeregt. Alice' Blick verharrte auf dem Foto, sie betrachtete Elton, ein in der Zeit erstarrter Moment, in dem er zufrieden und glücklich neben dem Mann mit dem roten Bart stand.

»Gut. Das ist dein Badezimmer. Wenn du magst, kannst du duschen oder dich in die Wanne legen. Was dir lieber ist. Es dauerte ein bisschen, bis das heiße Wasser kommt, lass dir also Zeit mit dem Reinsteigen.«

»Okay.«

»Ich mach uns Omelette, wenn's dir recht ist.«

»Klingt gut.«

»Magst du Paprika und Zwiebeln?«

»Sicher.« Besonders sicher klang sie allerdings nicht.

Elton grinste sie an. »Du magst weder das eine noch das andere, stimmt's?«

Alice errötete leicht und überspielte es mit einem Lächeln. »Nicht besonders, schätz ich mal.«

»Na also. Sag's, wie's ist. Käseomelette?«

»Ja. Super.«

Er hielt ihr die Badezimmertür auf. »Unter dem Waschbecken findest du Shampoo. Altmännershampoo, mit dem du wie ein Seefahrer riechst, aber was anderes hab ich nicht.«

»Das passt schon.«

»Gut. Ich erwarte dich in der Küche, wenn du nicht mehr wie ein Rattennest stinkst.« Er drehte sich um und ging den Flur hinunter.

»Danke, Elton.«

Er hob die Hand, ohne sich umzudrehen. »Ich sollte dir danken. Ein bisschen Gesellschaft tut mir gut.«

Alice schloss die Badezimmertür und verriegelte sie, dann betrachtete sie sich im Spiegel. Sie sah schrecklich aus. Die Haare nass und strähnig. Dunkle Ringe unter den Augen. Fleckige Haut von dem Stress, dem Schlafmangel, der Traurigkeit. Sie zwang sich, den Blick abzuwenden, und sah auf das T-Shirt und die Schlafanzughose, die Elton ihr gegeben hatte. Sie faltete das T-Shirt auseinander. Es war viel zu groß, und normalerweise hätte sie es niemals angezogen. Auf dem Rücken prangte die Zeichnung einer Ratte in einem durchgestrichenen roten Kreis. Darunter stand Parson's Pest Control – Shallotte, NC.

Das T-Shirt fühlte sich weich und trocken an und roch angenehm. Und eigentlich gefiel Alice auch die Ratte. Sie legte das T-Shirt auf die Ablagefläche, drehte den Badewannenhahn auf, und das Wasser wurde nach einer Weile wunderbar warm.

Kapitel 19
Februar 2011

Terrys Pick-up stand quer über der Trennlinie zwischen zwei Parkplätzen, von denen einer außerdem noch für Behinderte reserviert war. Jemand hatte einen Zettel mit einem empörten Kommentar hinter den Scheibenwischer geklemmt, aber der war mittlerweile unter ein paar Zentimetern Neuschnee verschwunden, und der Besitzer des Pick-ups würde den Zettel sowieso nie lesen – denn Terry war tot.

Sinclair stand mit in den Hosentaschen vergrabenen Händen da und sah zu, wie Phillip eine dünne Metallschiene einen Bügel zwischen Beifahrerfenster und Türgummi schob. Um sie herum fiel weiterhin sanft und gemächlich dichter Schnee und ließ den Bahnhof hinter ihnen fast verschwinden.

»Woher wusstest du eigentlich, dass sie hierhergefahren ist?«, fragte Phillip, während er die Metallschiene einige Male hin und her schob.

Sinclair grinste beinahe anzüglich. »Ganz einfach, weil es nicht schlau ist, länger in einem geklauten Auto herumzufahren. Sie musste also zum Bahnhof oder zum Flugplatz gefahren sein, und Alice hätte ihr Diebesgut kaum in ein Flugzeug schmuggeln können.«

Der Gorilla trug dicke Handschuhe und bewegte die Metallschiene weiter in der Türabdeckung hin und her, bis es endlich klick machte und die Türverriegelung aufging.

Phillip stieg in die Kabine und durchsuchte sie, kramte im Handschuhfach und warf einen Blick unter die Sitze. Derweil wartete Sinclair leise summend, ein Sinnbild der Ruhe und Gelassenheit.

Aus seinen Nasenlöchern drangen weiße Atemwölkchen und lösten sich in der grauen Morgenluft auf.

Phillip stieg aus dem Pick-up und schüttelte den Kopf. Er betätigte die Verriegelung, warf die Tür zu und wartete darauf, dass Sinclair ihm sagte, was er als Nächstes tun sollte.

Sinclair sah ihn einen Moment lang an. »Hast du alles durchsucht?«

Phillip nickte. »Nichts.«

»Du hast wirklich überall nachgesehen?«

Wieder nickte Phillip. »Nichts.«

»Hm. Seltsam«, sagte Sinclair nachdenklich. Er trat vor und warf einen Blick auf die Ladefläche des Pick-ups. »Phillip.«

Phillip trottete neben Sinclair. Sah ebenfalls auf die Ladefläche. »Schnee.«

»Ja, Phillip, Schnee. Und sonst? Was könnte sich wohl unter dem Schnee befinden?«

Phillip steckte die Hand in die pulvrige weiße Schicht, zog eine prall gefüllte Kissenhülle hervor und warf sie auf den Asphalt. Er schüttelte Laken und Bezüge heraus und schob sie mit dem Fuß auseinander. »Dreckige Wäsche.«

»Richtig. Such weiter.«

Phillip griff noch einmal in den Schnee und hob einen eisverkrusteten roten Koffer von der Ladefläche. Der Gorilla sah zu Sinclair, als wüsste er nicht so recht, was er damit anstellen sollte.

»Na, mach schon auf«, sagte Sinclair.

Phillip ging in die Hocke und öffnete den Reißverschluss des Koffers. Stück für Stück zog er Kleidungsstücke heraus und warf sie über seine Schulter, wühlte durch die Toilettenartikel – Zahnpasta, Zahnbürste, Tampons, Haarbürste. Er sah in den Seitentaschen nach, zerriss das Futter, drehte den Koffer um, schüttelte ihn. Er blickte zu Sinclair hoch. »Nichts.«

Sinclair seufzte. »Man muss schon ein bisschen gründlicher sein,

Phillip.« Er beugte sich vor und hob eines der T-Shirts auf. Ein blaues. Es sah wie ein Männer-T-Shirt aus. Abgetragen, winzige Löcher am Ausschnitt.

»Ist nur ein altes T-Shirt«, sagte Phillip.

Sinclair lächelte. Zog die Lippen über den winzigen Zähnen zurück. »Da kann man anderer Ansicht sein.« Er drehte das T-Shirt um. Der Aufdruck auf dem Rücken war verblasst und abgewetzt, aber noch gut lesbar. Parson's Pest Control – Shallotte, NC.

Phillip las den Aufdruck einige Male. »Und?«

»Und, Phillip, das könnte eine Verbindung zu unserer Freundin Alice sein. Durchaus möglich.« Sinclair nahm ein zweites T-Shirt und breitete es auf dem vereisten Boden aus, damit seine Hose nicht nass wurde, wenn er sich vor den Koffer kniete. Mit ausgestrecktem Zeigefinger stocherte er in den Sachen herum, halb neugierig, halb angeekelt.

»Wonach suchst du?«, fragte Phillip.

»Nach mehr, Phillip. Nach mehr.« Er wühlte weiter durch die Kleidung, dann fasste er in die Gesäßtasche einer Bluejeans und zog einen abgegriffenen Zettel heraus, der ein paarmal säuberlich gefaltet war. »Aha.« Sinclair hielt den Zettel vor sich und faltete ihn langsam auseinander. Er studierte ihn, lächelte, faltete ihn sorgsam wieder zusammen und steckte ihn in seine Brusttasche.

»Was gefunden?«, fragte Phillip.

Sinclair erhob sich und inspizierte seine Hose, ob sie an den Knien schmutzig oder nass war. War sie nicht. »Pack alles zusammen. Jetzt gleich, bitte.«

Phillip kniete sich hin und fing an, die Sachen zurück in den Koffer zu stopfen.

Immer mehr Schneeflocken wirbelten durch die graue Luft. Wind kam auf und blies über den Parkplatz. Sinclair sah zu, wie Phillip über den Boden krabbelte, und zog eine Salem aus dem Päckchen. Er schützte das Feuerzeug mit der Hand gegen den

Wind, und nach einigen Versuchen gelang es ihm, die Zigarette anzuzünden.

Kapitel 20

»Wie viel Geld ist das eigentlich in deiner Tasche?«, fragte Delilah.

»Warum trägst du in deiner eine Pistole mit dir rum?«, fragte Alice zurück.

Die beiden jungen Frauen hatten in der hintersten Reihe Platz genommen und saßen dicht aneinandergedrängt da, obwohl der Bus nur spärlich besetzt war. Der Himmel erstrahlte in einer Mischung aus Carolina-Blau und Zuckerwatterosa, während die Sonne sich langsam von der Horizontlinie löste. An einem normalen Tag würde man ein solches Spektakel genießen und wäre glücklich, auf der Welt zu sein. Für Alice und Delilah war der Himmel an diesem Tag allerdings das Letzte, woran sie dachten.

Nachdem Alice ihre erste Frage nicht beantwortet hatte, stellte Delilah einfach die nächste. »Warum Wilmington?«

»Wilmington ist nur ein Zwischenstopp. Wir fahren in ein kleines Kaff südlich davon. Shallotte.«

»Shallotte? Was ist da?«

»Willst du etwa in Charlotte bleiben?«, fuhr Alice sie an, von der Fragerei langsam genervt. Ihre eine Seite fühlte sich an, als würde sie sich in einem Haufen Scherben wälzen. Bei jedem Atemzug jagte die verletzte Rippe einen stechenden Schmerz durch sie, und gegen ihren Willen entkam ihr ein leises Stöhnen.

»Alles in Ordnung?«, fragte Delilah.

»Was glaubst du? Meine Rippe ist wahrscheinlich gebrochen, mein Ohr tut höllisch weh, und in ein paar Stunden werde ich einen fetten Bluterguss am Hals haben. Nein, es ist nicht alles in Ordnung.«

»Tut mir leid.«

»Mir auch.«

»Willst du ins Krankenhaus?«

Alice sah das Mädchen an. »Klar. Gleich nachdem ich bei der Polizei war und den Junkie wegen Körperverletzung angezeigt habe.«

Eine Weile kaute Delilah auf ihrem Kaugummi. »Kann ich dir irgendwie helfen?«

»Hast du Wodka? Ibu?«

»Nein.«

»Dann kannst du mir nicht helfen. Nein.«

Delilah sah aus dem Fenster, während der Bus durch den spärlichen frühmorgendlichen Verkehr die Tryon Street entlangzockelte. Lieferwagen, Stadtbusse mit Pendlern, ein paar Taxis.

Schweigend saßen sie da und dachten beide an den Showdown mit dem Junkie.

»Er hätte dich umgebracht. Das weißt du, oder?«, sagte Delilah schließlich.

»Wie wär's, wenn du noch ein bisschen lauter redest?« Aber niemand hatte das Mädchen gehört. Die anderen Fahrgäste saßen alle im vorderen Teil des Busses und hielten ein Nickerchen oder waren in Gedanken.

»Glaubst du, er wird sterben?«

»Keine Ahnung. Vielleicht. Kümmert dich das?«

»Ich musste es tun. Oder? Mir blieb nichts anderes übrig. Ich hatte keine Wahl.«

Alice erwiderte nichts. Kein Wort, um das Mädchen zu trösten oder von seinen Schuldgefühlen zu befreien.

Delilah fing wieder an zu wimmern, erst leise, dann immer lauter. Bald würden die Leute zu ihnen herblicken.

Alice rieb sich fest über die pochenden Schläfen, der Crown kreiste immer noch in ihrer Blutbahn. »Ich denke, du hast getan, was du tun musstest.« Etwas Tröstlicheres brachte Alice in ihrem gegenwärtigen Zustand nicht zustande.

Delilah nickte, und das Wimmern wurde leiser.

»Gar nicht so leicht, auf jemand zu schießen. Kann es sein, dass du die Pistole schon mal benutzt hast?«, fragte Alice vorsichtig.

Erneutes Wimmern.

»Hast du auf den Freund deiner Mom geschossen? Diesen Leon?«

Noch mehr Wimmern. Ein bisschen lauter.

»Okay.« Alice drang nicht weiter in sie. Sie wollte Delilah nicht sagen, dass sie erledigt war. »Der Junkie kommt bestimmt wieder auf die Beine. Die sind unkaputtbar wie die Kakerlaken.«

»Glaubst du«, Delilah verschluckte sich und hustete, »glaubst du, jemand hat den Schuss gehört?«

»Ja. Das glaube ich.«

Das Mädchen stöhnte. »Die Cops?«

»Jetzt hol erst mal Luft und hör mir zu. Der Typ an der Rezeption des Motels ist auch ein Junkie, er hat dem anderen unseren Zimmerschlüssel gegeben. Er wird nichts sagen. Und in der Gegend gibt's sicher hin und wieder eine Schießerei. Ein paar Stunden haben wir. Vielleicht sogar mehr.«

Alice spürte, wie Delilahs Hand nach ihrer tastete und sie drückte, und sie wartete einen Moment, bevor sie ihr ihre Hand entzog und erneut ihre Schläfen rieb.

»Kennst du jemand in Shallotte?«, fragte Delilah.

»Ja. Da kenn ich jemand.«

»Kann er uns helfen?«

»Uns?«, fragte Alice ein bisschen zu scharf.

Das Gesicht des Mädchens verzog sich, und es fing wieder an zu wimmern.

»Verflixt noch mal. Ich hab genug eigene Probleme.«

Delilah nickte. Nicken konnte sie wirklich gut. »Ich weiß. Aber das mit dem Mann … in dem Zimmer … wenn er überlebt … er weiß, wie wir aussehen.«

»Wir überlegen uns was, wenn wir in Shallotte sind.«

Delilah sah aus dem Fenster, als der Bus die Auffahrt zum Highway 74 Richtung Süden nahm.

»Deine Mutter sucht bestimmt nach dir«, sagte Alice.

Bei der Erwähnung ihrer Mutter versteifte sich Delilah. »Glaub ich nicht.«

Alice sah sie an und wartete, dass das Mädchen ihren Blick erwiderte. »Was soll das heißen?«

»Sie war blau, als es passiert ist. Das mit Leon.«

»Leon. Was genau ist denn mit Leon passiert?«

Delilah wollte die Frage beantworten, aber sie brachte kein Wort heraus.

»Was hast du mit Leon gemacht?«

»Nur das, was ich tun musste.«

»Könntest du bitte mal aufhören, in Rätseln zu sprechen? Ist Leon tot?«

»Er hat es verdient«, flüsterte das Mädchen.

»Himmel.«

»Niemand hat mich gesehen. Mama nicht. Niemand.«

»Und? Was glaubst du, was sie denkt, wer es war? Deine Brüder? Vielleicht dein kleiner Bruder?« Alice musste nicht aussprechen, dass er zu so etwas überhaupt nicht in der Lage wäre.

»Leon hat es verdient«, wiederholte Delilah.

»Das hast du schon gesagt. Aber darum geht es nicht. Die Cops werden nach dir suchen. Vielleicht tun sie es schon. Egal was das Arschloch dir angetan hat.«

»Und nach dir sucht keiner?«

»Doch.«

»Und wer?«

»Ich weiß es nicht. Das werde ich erfahren, wenn sie mich gefunden haben.«

Delilah musterte Alice' Hals. Langsam zeichnete sich der Bluterguss ab. Hellrot mit fünf dunkleren Flecken, die die Finger des

Junkies hinterlassen hatten. »Hast du schon mal jemand umgebracht?«

»Nein, Delilah, ich habe noch nie jemand umgebracht. Und wie wär's, wenn du endlich mit der Fragerei aufhörst? Wär besser für uns beide.«

»Okay.« Das Mädchen sah aus dem Fenster auf den vorbeirauschenden Verkehr. »Ich hab Hunger.«

»Ich hab dir hundert Dollar gegeben. Du kannst dir beim nächsten Halt was kaufen.«

»Okay.«

Alice schloss die Augen und ließ den Kopf zurücksinken. Sie versuchte, möglichst flach zu atmen, ihre Seite brannte immer noch höllisch. »Und du solltest die Pistole loswerden. Und zwar schnell.«

Dieses Mal nickte Delilah nicht. Sie drückte ihre Tasche noch fester an sich und sah unverwandt zum Fenster hinaus.

Kapitel 21

Geduldig wartete Sinclair in der Schlange vor dem Fahrkartenschalter, bis er an die Reihe kam. Das alte Paar vor ihm zahlte mit einem Haufen verkrumpelter Fünfdollarscheine und stapelweise Vierteldollarmünzen. Während der Mann das Geld auf den Tresen zählte, rechnete seine Frau sorgfältig mit. Es dauerte enervierend lange, aber Sinclair rollte weder mit den Augen noch schnaubte er ungeduldig. Er stand einfach da und hielt mit beiden Händen das blaue T-Shirt umklammert.

Währenddessen wartete Phillip wie angewiesen bei den Verkaufsautomaten. Der Gorilla starrte blind vor sich hin und schlenkerte nervös mit den Händen, als würde er gern etwas mit ihnen anstellen.

Sinclair wartete immer noch geduldig, und als das alte Paar den Haufen Scheine und die Münzstapel endlich gegen zwei Fahrscheine eingetauscht hatte, lächelte er sie an. »Gute Reise.«

Die alte Frau erwiderte sein Lächeln. Der alte Mann nicht.

Sinclair trat vor und bedachte die Fahrkartenverkäuferin mit demselben starren Lächeln. »Einen schönen guten Morgen.«

Unwillkürlich erwiderte die Frau das Lächeln. »Guten Morgen.« Sie hatte graue Haare und zu viel Rouge auf den schlaffen Wangen. Ihre Lippen waren feuerwehrrot angemalt. Sie war vermutlich um die sechzig, sah aber um einiges älter aus. »Kann ich Ihnen helfen?«

»Das hoffe ich. Ich hatte einen schlimmen Tag. Wirklich sehr schlimm. Aber wissen Sie, was? Ihr Lächeln muntert mich sofort wieder auf.«

Die Frau errötete, sodass ihre Wangen noch mehr leuchteten, und senkte kurz den Blick. »Das ist aber nett. Was kann ich denn nun für Sie tun?«

Sinclair warf einen Blick auf ihr Namensschildchen. »Dolores. Ein hübscher Name. Er klingt so wunderbar altmodisch.«

Dolores lehnte sich zurück und saugte jedes Kompliment begierig auf.

»Meine Musiklehrerin in der Sechsten hieß Dolores. Eine reizende Frau. Natürlich nannten wir sie Miss LaFrance. Damals nannten die Schüler ihre Lehrer ja noch nicht beim Vornamen.«

»Dolores hieß meine Großmutter. Ich wurde nach ihr benannt.«

»Der Name passt ausgezeichnet zu Ihnen. Ehrlich.« Sinclair blickte kurz zu Boden und ließ die Schultern hängen, um noch ein wenig verzagter zu wirken, dann sah er Dolores mit kläglichem Blick an. »Ich hoffe, dass Sie mir helfen können. Ich bin wirklich verzweifelt.«

Dolores merkte auf. »Ach ja?«

»Ja. Nun, ich will nicht lange um den heißen Brei reden. Können Sie mir sagen, ob Sie jeden Tag hinter dem Schalter sitzen?«

Dolores nickte. »Montag bis Freitag. Von 8:00 bis 16:00 Uhr.«

»Haben Sie auch gestern gearbeitet?«

»Ja. Natürlich.«

»Und wenn ich so indiskret sein darf: Haben Sie Kinder?«

Dolores beugte sich zu dem klein gewachsenen Mann vor. »Zwei Jungs und ein Mädchen. Aber die sind schon längst erwachsen. Warum fragen Sie?«

»Weil ich auf Ihr Verständnis hoffe. Ich habe leider keine Kinder, aber mein Bruder. Eine Tochter. Zumindest hatte er sie. Sie heißt Alice. Und Alice steckt in Schwierigkeiten.«

»Oje.«

Jetzt beugte auch Sinclair sich vor und sprach in vertraulich leisem Ton weiter. »Meine Nichte hat mit Drogen angefangen, den harten. Sie ist süchtig. Und zu allem Überfluss ist sie jetzt auch noch vor ihren Problemen weggelaufen.«

Dolores schüttelte nur den Kopf.

»Und um die Sache noch schlimmer zu machen, hat Alice ein Baby, das sie einfach zurückgelassen hat. Die Kleine ist sechs Monate, ein Engel mit den blauesten Augen, die man sich vorstellen kann.«

»Das ist ja furchtbar. Die Drogen und all das.«

»Ja. Drogen sind des Teufels.« Er hielt einen Moment inne, dann fuhr er fort. »Alice braucht Hilfe. Und sie gehört nach Hause zu ihrem Baby.«

»Ja, da gebe ich Ihnen völlig recht.«

»Und deshalb komme ich zu Ihnen, Dolores. Mein Bruder und ich müssen sie finden, bevor sie sich etwas antut. Und dabei müssen Sie mir helfen.«

Dolores presste die Hände an die Brust. »Was kann ich tun?«

»Ich glaube, sie war gestern Nachmittag hier. Ich glaube, sie ist mit dem Zug oder dem Bus von hier weggefahren.«

»Es kommen jeden Tag viele Menschen hierher. Sehr viele.«

»Das kann ich mir vorstellen. Ich vermute, dass sie zu einem Ort namens Shallotte in North Carolina wollte, allerdings kann ich das nicht mit Sicherheit sagen. Aber bevor ich nicht weiß, wohin sie wollte, brauche ich gar nicht erst anzufangen, sie zu suchen.«

»Gestern?«

»Vermutlich am späten Nachmittag.«

»Und Sie sind sicher, dass sie von diesem Bahnhof aus gefahren ist?«

»Ja. Da bin ich ziemlich sicher.«

»Was ist mit der Polizei? Kann die Ihnen nicht helfen?«

Ernst schüttelte Sinclair den Kopf. »Alice ist volljährig. Eine Drogensüchtige, die vor ihren Problemen davonläuft, steht nicht gerade weit oben auf der Prioritätenliste der Polizei.«

»Verstehe.« Dolores blickte auf ihren Bildschirm. »Wie sieht Ihre Nichte denn aus?«

»Groß. Sportlich. Braune Haare. Sommersprossen. Außerdem

hat sie einen leichten Südstaatenakzent.« Sinclair zog das zusammengefaltete Blatt aus seiner Brusttasche. Er glättete es und schob es über den Tresen. »Vielleicht hilft das ja weiter.«

Doloros warf einen Blick auf das Blatt – ein Foto der vierzehnjährigen Alice, über dem stand: VERMISST. Haben Sie dieses Mädchen gesehen? Darunter eine Telefonnummer.

»Das ist ein paar Jahre alt. Damals war sie noch ein Kind«, sagte Sinclair mit einem Hauch Melancholie in der Stimme.

»Ja, ich erinnere mich an sie. Tatsächlich. Natürlich sieht sie inzwischen älter aus. Ein bisschen verhärmt. Sie schien in Eile zu sein.«

»Das klingt nach Alice.«

»Wir speichern die Namen der Kunden nicht, aber ich kann mir mal den Fahrplan anschauen.«

»Das würde mir sehr helfen, Dolores. Sehr.«

Dolores nahm eine Lesebrille vom Tresen, setzte sie auf und klapperte auf der Tastatur herum. »Dauert nur einen Moment.«

»Lassen Sie sich Zeit, Dolores. Ich kann warten.«

»Wie hieß die Stadt noch mal?«

»Shallotte in North Carolina.«

Sie tippte noch etwas ein und scrollte. Ihre Augen huschten über den Bildschirm. »Okay. Amtrak hält nicht in Shallotte. Die nächstgelegene Haltestelle ist Wilmington.«

»Verstehe. Dann ist sie vielleicht nach Wilmington.«

Dolores nahm die Finger von der Tastatur und deutete auf den Bildschirm. »Ja. Da habe ich was. Sieben Fahrgäste sind hier gestern in den Zug nach Wilmington zugestiegen. Und nur einer hat einen Fahrschein für eine einfache Fahrt gekauft. Das könnte Ihre Nichte sein.«

Sinclair lächelte. Er streckte die Hand über den Tresen und fasste Dolores am Arm. »Sie sind meine Rettung, Dolores. Ich weiß gar nicht, wie ich Ihnen danken soll.«

Dolores nahm die Brille ab und drückte seine Hand. »Finden Sie das Mädchen und bringen Sie es zurück zu seinem Baby.«

»Das mache ich, Dolores. Das mache ich.« Er schob das Blatt wieder in seine Brusttasche. »Ihnen ist jetzt schon ein Platz im Himmel sicher.«

Kapitel 22

Was, wenn Elton gar nicht mehr dort wohnt? Die letzten hundert Meilen war Alice diese Frage nicht mehr aus dem Kopf gegangen. Elton könnte weggezogen oder gestorben sein. Oder er wollte vielleicht nichts mehr mit ihr zu tun haben. Nach allem, was der alte Mann für Alice getan hatte, nachdem er ihr nur Freundlichkeit und Verständnis entgegengebracht hatte, war sie ohne Abschied abgehauen. Kein Dank. Kein Brief. Kein gar nichts. Sie war ebenso schnell aus seinem Leben verschwunden, wie sie darin aufgetaucht war.

Wahrscheinlich arbeitete er inzwischen nicht mehr als Kammerjäger und genoss seinen Ruhestand. Nicht jeder war wie sie und verschwendete ohne Nutzen und Ziel seine Zeit, machte immer wieder dieselben Fehler und hatte absolut nichts im Leben vorzuweisen.

Doch, einundneunzigtausend Dollar habe ich vorzuweisen, versuchte sie sich einzureden.

Aber selbst wenn Elton noch in Shallotte lebte, was könnte er schon für sie tun? Sie in seinem Gästezimmer übernachten lassen, sie zum Angeln mitnehmen, und, *ja klar,* ihr dabei helfen, das gestohlene Geld zu verstecken?

Nein. Sie erwartete keine Wunder. Sie hoffte nur darauf, dass Elton ihr sagte, es werde alles wieder in Ordnung kommen. Dass er ihr noch einmal ein Gefühl der Sicherheit gab. Ihr vielleicht zuhörte, ohne sie auszuhorchen oder ihr ein schlechtes Gewissen zu machen wegen dem, was aus ihr geworden war. Die schlichte und hässliche Wahrheit war jedoch, dass sie keine anderen Optionen hatte – nicht eine – und nicht wusste, wohin sie sonst gehen und wem sie sonst vertrauen konnte.

Also ging sie zu Elton. Ihre einzige Hoffnung. Realistisch betrachtet war es vielleicht nur eine weitere lausige Idee, die perfekt zu all den anderen lausigen Ideen passte, die sie vor sämtlichen Problemen wegrennen ließen, für die sie allein und nur sie allein verantwortlich war. Aber dieses Problem war größer als alle, mit denen sie bisher zu tun gehabt hatte. Es war grauenvoll. Und um die Situation noch schlimmer zu machen, hatte sie auch noch Delilah an der Backe, die einem Typ das Ohr weggepustet hatte. Vielleicht war der Junkie verblutet, vielleicht auch nicht. Wenn er überlebte, würde er der Polizei sicher erzählen, wer auf ihn geschossen hatte.

Das Beste – das einzig Vernünftige – wäre, wenn sie den Schaden begrenzte und Delilah ihrem Schicksal überließ, damit sie allein mit der Scheiße, in die sie sich manövriert hatte, klarkam. Es war schließlich nicht Alice' Problem, wenn sie vom Freund ihrer Mutter missbraucht worden war. Dass Delilah ihn erschossen hatte, war allerdings Alice' Problem, wenn sie weiterhin zusammen mit ihr unterwegs war. Die Cops würden nach dem Mädchen suchen. Sie hatten ihren Namen, ihre Beschreibung und kannten die Stadt, aus der sie geflohen war. Es war nur eine Frage der Zeit, bis sie sie erwischten. Und wenn das geschah, würde Alice mit ihr untergehen.

Alice warf einen Blick zu Delilah, die sie unverwandt ansah.

»Du willst mich loswerden, oder?« Es klang eher wie eine Feststellung als eine Frage.

Alice drehte den Kopf wieder nach vorn und beobachtete zwei Typen, die offenbar einer Studentenverbindung angehörten und eine Flasche in einer braunen Papiertüte hin und her gehen ließen. »Nein.«

»Ich würde dir das nicht übel nehmen. Ehrlich. Wäre vielleicht das Klügste, also von deiner Seite aus betrachtet.«

Alice sah weiter den Studenten zu, die sorglos tranken und lachten. Am liebsten wäre sie aufgesprungen, hätte ihnen die Flasche entrissen und sie in einem Zug ausgetrunken. Sie sehnte sich nach dem vertrauten Brennen in der Kehle, der angenehmen Schwummrigkeit im Kopf, sehnte sich danach, dass der Alkohol sie in einen betäubenden Kokon hüllte, der sie vor der Realität schützte.

»Ja. Das stimmt. Es wäre das Klügste«, sagte Alice.

»Warum tust du es dann nicht?«

Schließlich sah Alice das Mädchen wieder an. »Weil ich wahrscheinlich nicht besonders klug bin.«

Delilah lächelte. Sie lächelte tatsächlich. Zum ersten Mal zeigte sie so etwas wie Freude, und das Lächeln veränderte sie komplett. Sie sah nicht mehr aus wie jemand, der Schuld auf sich geladen hatte und auf der Flucht war. Sie sah aus wie ein Mädchen, dessen größtes Problem darin bestand, dass es in einen Jungen verknallt war, der diese Gefühle nicht erwiderte.

»Jedenfalls würde ich nichts sagen, wenn du mich loswerden willst. Also, ich würde der Polizei nichts von dir erzählen, wenn sie mich erwischt.«

Unwillkürlich musste jetzt auch Alice lächeln.

»Glaubst du mir nicht?«, fragte Delilah. »Ehrlich, ich würde der Polizei nichts erzählen. Ich schwöre. Du bist … ich weiß nicht. Nett zu mir. Du bist der erste Mensch seit Ewigkeiten, der nett zu mir ist.«

»Ich? Nett? Dann musst du echt tief in der Scheiße stecken, wenn du meinst, ich wäre nett.«

Delilah errötete leicht.

»Noch was. Du solltest vielleicht nicht immer sofort mit der Wahrheit rausplatzen. Das ist mein erster Rat. Den gibt es noch umsonst.«

Delilah nickte. »Nicht die Wahrheit sagen. Verstanden. Sonst noch was?«

»Halt dich von Drogen und Arschlöchern fern.«

»In der Reihenfolge?«, fragte Delilah ernst.

Alice spielte mit. »Ja. In der Reihenfolge.«

Delilah senkte den Blick und fummelte am Riemen ihrer Tasche herum. »Wie alt warst du, als du weggelaufen bist?«

»Wer sagt, dass ich weggelaufen bin?«

Delilah ließ sich nicht abbringen. »Nur so. Also, warum bist du weggelaufen?«

»Das geht dich nichts an. Über bestimmte Dinge rede ich nicht, sorry.«

»Warum?«

Alice erwiderte nichts und verkroch sich wieder hinter ihrem Schutzwall. Das hier wurde ihr langsam zu persönlich. Ging ihr zu nah.

»Hast du Geschwister?«, versuchte Delilah es wieder.

»Hör mal zu. Nur weil wir hier zusammen im Bus sitzen, sind wir noch lange keine Freundinnen. Okay? Ich habe keine Freunde und ich will auch keine.«

»Tut mir leid. Ich war nur neugierig. Ich wollte einfach ein bisschen mehr über dich erfahren.«

»Mag sein, aber das will ich nicht.«

»Tut mir leid.«

»Das hast du schon gesagt. Außerdem lässt es dich schwach wirken.«

Delilah machte den Mund auf. Wollte sich erneut entschuldigen. Stattdessen presste sie die Lippen aufeinander.

Alice stand auf und ging mit ihrer Reisetasche ein paar Sitzreihen nach vorn. Sie ließ sich auf einen Sitz sinken und schloss die Augen. Sie brauchte Schlaf und versuchte, die Schmerzen auszublenden – das Pochen in ihrem Kopf, das Stechen in der Seite, das Brennen an ihrem Ohr und in der Kehle –, aber es gelang ihr nicht. Sie war fertig. Und das nicht nur körperlich.

Zum tausendsten Mal wünschte sich Alice, dass sie statt Jason an diesem Abend gestorben wäre.

•••

In Goldsboro hatten sie eine Viertelstunde Zwischenaufenthalt, und die Fahrgäste konnten den Bus verlassen, um sich die Beine zu vertreten und sich aus dem Verkaufsautomaten Snacks zu holen – Chips, Kekse, Schokoriegel, Schweinekrüstchen oder irgendetwas anderes, Hauptsache, zu viel Salz oder zu viel Zucker. Alice fütterte den Automaten mit Vierteldollarmünzen und entschied sich für zwei Snickers. Sie hatte Heißhunger auf Schokolade und dachte, dass die Erdnüsse ihr das nötige Protein verschaffen könnten. Als sie sich vorbeugte, um die Snickers aus dem Ausgabefach zu holen, bewegte sie sich zu schnell, und ein heftiger Stich fuhr durch ihre Seite. Sie krümmte sich und legte die Hand an die verletzte Rippe. In Wellen spürte sie Hitze unter ihrem T-Shirt aufsteigen. Es tat verdammt weh. Sie beschloss, einen kurzen Blick zu wagen, was sie, kaum dass sie ihr T-Shirt hochgeschoben hatte, bereute. Die ganze Seite war dunkelrot und in nicht allzu langer Zeit wäre sie hässlich lila. Vorsichtig strich sie mit dem Finger über die schmerzende Stelle und stöhnte unwillkürlich auf – selbst die leichteste Berührung tat ihr weh. Als bohrten sich von innen Glasscherben in sie.

Langsam und vorsichtig richtete sie sich auf und hoffte, dass sie keine falsche Bewegung machte. Sie brauchte etwas gegen den Schmerz. Ibu oder irgendwas anderes. Vielleicht wäre auch ein Verband gut. Eine elastische Binde. Aber dazu musste sie erst mal eine Drogerie finden.

Der Busfahrer, ein untersetzter kleiner Asiate, hatte den Fahrgästen unmissverständlich erklärt, dass der Bus nach der viertelstündigen Pause die Türen schließen und den Busbahnhof verlassen würde. Er würde keine Minute warten. Der Fahrer trug weiße Baumwollhandschuhe, die an den Fingerspitzen schwarz waren, und die Hemdknöpfe über seinem mächtigen Bauch hingen an dünnen Fäden, die zu reißen drohten. Zusätzlich zu einer getönten Brille trug er ein Sonnenschild mit dem Greyhound-Schriftzug.

Hinter seinem Ohr klemmte ein Zahnstocher. Die Fahrgäste, die sich zum Aussteigen entschlossen hatten, hatte er mit einem missbilligenden Blick bedacht, da er wusste, dass jeder Einzelne von ihnen die fahrplanmäßige Abfahrt gefährdete.

Alice aß die beiden Snickers auf einmal und sah sich dabei nach einer Drogerie um. In der unmittelbaren Umgebung konnte sie keine entdecken, aber gegenüber dem Busbahnhof war ein Schnapsladen. Und wie vor sämtlichen Schnapsläden in Harrisburg, Philadelphia, Charlotte und jeder anderen Stadt war auch hier der Bodensatz der Gesellschaft zu finden, heruntergekommene Typen, die ihre letzte Zigarette rauchten und Vorbeigehende anbettelten. Wer genug Geld zusammengeschnorrt hatte, ging sofort in den Laden, kaufte sich was zum Saufen und trank auf dem Parkplatz aus in braunen Tüten steckenden Flaschen, um sich zu betäuben. Und dann begann der Teufelskreis von vorn.

Alice wollte auch so eine Flasche in einer Tüte, am liebsten mit etwas Hartem. Sie hatte sogar schon die Straße überquert, um den Laden zu betreten, hielt jedoch noch einmal inne. Wenigstens eine Zeit lang sollte sie einen klaren Kopf behalten. Musste sie einen klaren Kopf behalten. Sie musste endlich vernünftige Entscheidungen treffen. Wenn sie nicht betrunken gewesen wäre, wäre sie niemals mit Terry nach Hause gegangen. Wenn sie nicht betrunken gewesen wäre, hätte sie wahrscheinlich auch nicht das Geld geklaut. Im Grunde könnte sie diese Liste endlos fortsetzen.

Zieh das durch. Du musst es nach Shallotte schaffen.

Die beiden Studenten gingen zum Bus zurück. Beide trugen Sigma-Phi-Epsilon-T-Shirts und hatten ihre Baseballkappen verkehrt herum aufgesetzt. Der größere, besser aussehende, der bei seinen Kommilitoninnen bestimmt gut ankam, schenkte Alice ein nettes Lächeln, inklusive Grübchen. »Hey«, sagte er.

Alice erwiderte seinen Blick. Eine richtige Zuckerschnitte mit seinen dunkelblonden Haaren und den tiefblauen Augen unter dichten Wimpern. Ausgebleichte Levi's und ein absichtlich etwas zu enges T-Shirt ließen seinen durchtrainierten Körper erahnen. Wenn Jason nicht durch ihre Schuld gestorben wäre, könnte dieser Junge jetzt Alice' Freund sein. Sie könnte jetzt aufs College gehen, das Hauptfach wechseln, einer Studentinnenverbindung beitreten und die nächsten Ferien planen, statt mit einer Tasche voll geklautem Geld auf der Flucht sein.

Alice antwortete nicht. Lächelte nicht. Stattdessen sah sie wieder zu dem Schnapsladen.

Alle anderen Fahrgäste saßen wieder auf ihren Plätzen. Sie war die Letzte. Die Viertelstunde war verstrichen. Auf die Sekunde genau sprang der Motor an und brachte den Greyhound-Bus zum Vibrieren. Alice warf einen letzten Blick zu dem Schnapsladen, dann stieg auch sie ein.

Der Fahrer schüttelte den Kopf. »Auf den letzten Drücker, was?«

Alice zuckte mit den Achseln. »Nach Goldsboro kommt man schließlich nicht alle Tage.«

»Sehr witzig«, erwiderte der Fahrer und ließ die hydraulischen Türen zugehen. »Ihre Freundin wird es wahrscheinlich nicht so witzig finden.«

Alice sah zum Ende des Busses – die Sitzreihe war leer. Sie ging hin, aber Delilah war weg. Genau wie ihre Jacke, ihre Tasche, alles.

Der Bus rollte rückwärts, und Alice musste sich an einer Sitzlehne festhalten, um nicht umzufallen. Bei der ruckartigen Bewegung kreischte ihre Rippe, und sie bohrte die Fingernägel in das Vinyl.

»Scheiße«, fluchte sie lauter als gewollt und fing sich dafür den strengen Blick einer älteren Frau ein.

Die Frau setzte zu einer Rüge an, als sie die Blutergüsse an Alice' Hals und den blutigen Schorf an ihrem Ohr bemerkte. Unbehagen machte sich auf ihrem Gesicht breit, gefolgt von Angst. Schnell schloss sie den Mund und starrte geradeaus.

Alice sah aus dem Fenster und suchte den Parkplatz nach Delilah ab, konnte das Mädchen aber nirgends entdecken.

»Warten Sie. Geben Sie ihr noch eine Minute«, rief Alice dem Fahrer zu.

Er sah sie in dem über seinem Kopf mit den ordentlich gekämmten Haaren befestigten Rückspiegel an. »Geht nicht. Fünfzehn Minuten.« Dann kurbelte er das Lenkrad nach links und legte den Vorwärtsgang ein.

»Müssen Sie so ein Arschloch sein?«, schimpfte Alice.

Jetzt drehten sich sämtliche Köpfe zu Alice um, die Studenten grinsten.

»Setzen Sie sich bitte«, wies der Fahrer sie an.

Alice hörte nicht auf ihn, sondern marschierte den Gang nach vorn und sah auf den dicken Fahrer hinunter. »Geben Sie ihr noch eine Minute. Sie ist doch noch fast ein Kind.«

»Geht mich nichts an. Setzen Sie sich endlich.«

»Hören Sie … sie ist von zu Hause weggelaufen. Geben Sie ihr eine Chance.«

Der Fahrer stieg auf die Bremse, schaltete in den Leerlauf, drehte sich auf seinem Sitz herum und deutete mit dem weißen Baumwollzeigefinger auf Alice. »Mag sein, dass sie weggelaufen ist. Aber das geht mich nichts an. Entweder setzen Sie sich jetzt oder Sie steigen aus.«

»Sie sind echt ein Arschloch.«

Der Fahrer lief dunkelrot an und presste die Kiefer zusammen. »Sie haben ein loses Mundwerk, junge Frau.«

»Was Sie nicht sagen.«

Der Fahrer hatte den Mund schon zu einer Erwiderung geöffnet, aber Alice war schneller.

»Machen Sie endlich die Scheißtür auf.«

Kapitel 23
November 2005

Elton hockte auf einem grün-weißen Aluminiumklappstuhl am Rand der Veranda, in der einen Hand eine Angelrute, in der anderen einen Becher Kaffee. Der Tag war noch jung, und die Sonne spitzte gerade erst über den Horizont am anderen Flussufer. Unablässig strich ein leichter Wind über das Wasser, verfing sich in den Zweigen der Amberbäume und zupfte an den letzten braunen Blättern, die sich noch nicht gelöst hatten. Einige gaben nach und wirbelten und tanzten im Wind, bevor sie auf der Wasseroberfläche zur Ruhe kamen und wie winzige Boote davontrieben. Bis auf das melodiöse Rauschen des Wassers über Felsen und Baumstämme war es still und friedlich.

Alice trat in Eltons Schlafanzug und mit verwuschelten Haaren auf die Veranda. Sie ließ sich auf den Stuhl neben ihm sinken und sah über den Fluss.

»Guten Morgen, Kindchen«, begrüßte Elton sie.

»Morgen.«

Elton sah nachdenklich auf den Fluss und trank einen Schluck Kaffee. »Schön hier, was? Ich sitz jetzt seit mehr als dreißig Jahren fast jeden Morgen an dieser Stelle und werd nie müde, dem alten Fluss beim Fließen zuzuschauen. Nie.«

Alice drehte den Kopf und sah den Fluss in beide Richtungen entlang. »Wohnt hier sonst niemand?«

»Nur ich und die Vögel.« Elton trank noch einen Schluck aus seinem Becher. »Hast du gut geschlafen?«

»Ja. War wahrscheinlich ziemlich müde.«

»Gestern war ein langer Tag für dich.«

Alice nickte.

»Von mir aus hättest du gern länger schlafen können.«

»Ging nicht.«

»Bist wohl Frühaufsteher wie ich?«

Alice zuckte mit den Achseln. »Gewohnheit von der Schule.«

»Ja, stimmt, die Schule. Heute lässt du sie wohl ausfallen.«

»Sieht so aus.«

Er zog die Angelrute zurück und spielte mit der Schnur. »In welche Klasse gehst du eigentlich?«

»Zehnte.«

»Zehnte. Die Zehnte hab ich gehasst. Und die Elfte und Zwölfte auch.«

»Warum?«

Er stellte seinen Becher auf den Boden und holte Stück für Stück die Angelschnur ein. »Zum einen, weil ich ständig gepiesackt wurde.«

»Echt? Warum denn?«

»Wahrscheinlich weil ich anders war als die andern.«

»So anders kommen Sie mir nicht vor.«

Elton lachte leise. »Sag das denen, die andere piesacken.«

Sie sah zu, wie er den Rest der Schnur aufspulte, danach warf er sie mit einer raschen Bewegung aus dem Handgelenk wieder aus, und der Köder flog über die Viertelbreite des Flusses.

»Haben Sie schon was gefangen?«

»Nein. Normalerweise fang ich nie was. An mir ist kein Angler verloren gegangen, muss ich zugeben.«

»Warum machen Sie es dann?«

»Wahrscheinlich mag ich einfach die Herausforderung.«

Sie saßen noch eine Weile in der frühmorgendlichen Stille da und sahen zu, wie der Fluss an ihnen vorbeifloss. Ein Windstoß fuhr durch die Bäume und wiegte die Äste hin und her. Ein Schwarm Krähen ließ sich auf mehreren Sumpfkiefern am anderen Flussufer nieder und fing an zu krächzen.

»Rufen Sie nicht die Cops? Um ihnen zu sagen, dass ich hier bin?«, fragte Alice, ohne Elton dabei anzusehen, stattdessen blickte sie unverwandt zu dem Krähenschwarm.

Er zuckte mit den Achseln. Trank noch einen Schluck. »Ich weiß nicht. Könnte ich. Hast du was gestohlen oder was anderes Verbotenes getan?«

»Nein.«

»Okay. Dann werde ich die Polizei wohl nicht rufen müssen.«

Schließlich sah Alice zu dem Alten. »Sind Sie nicht neugierig? Von wo ich komme? Warum ich abgehauen bin?«

»Klar. Durch meinen Dickschädel zischen alle möglichen Fragen, aber ich schätz mal, du wirst es mir schon erzählen, wenn du bereit dazu bist. Wir haben alle unsere Gründe, warum wir was machen, und nichts, was ich sag, wird dich dazu bringen können, damit rauszurücken. Wär so, als würde man einen Tomatenstrauch aus der Erde ziehen, wenn er noch vor Kraft strotzt. Man kann es schaffen, aber es kostet einen ziemlich viel Schweiß. Ich finde es besser, wenn man die Pflanze in Ruhe lässt. Und rauszieht, wenn sie tot ist.«

Alice lächelte. »Super. Dann bin ich also eine Tomatenpflanze, und Sie warten, bis ich tot bin?«

Elton stutzte kurz. »Na ja. Das war vielleicht nicht der allerbeste Vergleich.«

»Sie haben keine Kinder, oder?«

»Merkt man das?«

»Ein bisschen. Eltern warten nicht gern auf Antworten und Erklärungen.«

»Gut zu wissen. Falls ich mich doch noch dafür entscheiden sollte, ein Kind zu kriegen.«

Alice sah zu, wie er die Schnur einholte und erneut auswarf. Sie musterte sein Profil, sein weiches Kinn und die dicke Nase, die kahle Stelle auf dem Kopf, beobachtete, wie er sich mit der Zunge über die Lippen fuhr. Er sah aus wie eine Zeichentrickfigur. Elton musste ungefähr im Alter ihres Großvaters sein, vielleicht ein paar Jahre jünger, aber er wirkte irgendwie anders.

»Wer ist der Mann auf den Fotos? Ihr Bruder?«

Elton unterdrückte mühsam ein Lächeln. Ein paarmal schüttelte er den Kopf. »In gewisser Hinsicht war er wie ein Bruder, aber er war viel mehr als das. Ben war mein allerengster Freund.«

Alice sah weg. Mit leichter Verwirrung dämmerte ihr, was er damit meinte. »Oh.«

Elton lachte und tätschelte ihr Knie.

»Er sieht nett aus.«

»Das war er auch. Er hat mich zur Ruhe kommen lassen.«

»Ist er gestorben?«

»Ja. Lange vor seiner Zeit.«

Etwas am anderen Flussufer erschreckte die Krähen, und der Schwarm stob auf. Krächzend flatterten sie über ihre Köpfe hinweg davon.

»Hat Ben gerne geangelt?«, fragte Alice.

»Und wie. Von ihm hab ich die Freude daran. Er hat mir auch beigebracht, dass es nicht so sehr darauf ankommt, was du fängst oder wie viel. Vielmehr geht es darum, ganz bei dir zu sein, allein mit deinen Gedanken, den Moment zu genießen. Du und der Fluss, nichts anderes ist wichtig. Hat eine halbe Ewigkeit gebraucht, bis ich es kapiert hab, aber jetzt weiß ich, was Ben gemeint hat.«

Alice sah zu dem leeren Eimer, in dem kein einziger Fisch lag. »War er ein besserer Angler?«

Elton folgte ihrem Blick. »Das kann man wohl sagen! Besser im Angeln und in so gut wie allem anderen.«

»Was ist mit ihm passiert?«

Wieder tätschelte er ihr Knie. »Für jemand, der nicht gern Fragen beantwortet, stellst du selbst eine ganz Menge.«

»Das nennt man Abwehr.«

»Ach. Abwehr. Das kannst du ziemlich gut.«

»Ist eine Copingstrategie.«

»Puh, das ist aber ein schwieriges Wort. Da frage ich lieber gar nicht, was es bedeutet.«

Sie spielte mit dem Saum des T-Shirts. »Vermissen Sie ihn?«

»Vermisst du deine Familie oder einen anderen Menschen, den du zurückgelassen hast?«

Alice nickte, darüber musste sie nicht lange nachdenken. »Ja.«

»Na ja, wenigstens könntest du sie wiedersehen, wenn du wolltest.«

Sie grinste den Alten an – sie begriff, wo er hinsteuerte. »Angeln Sie deshalb?«

Er zwinkerte ihr zu. »Ja, deshalb angle ich.«

Ein Windstoß vom Fluss her fuhr in Alice' Haare und wirbelte sie durcheinander. Elton sah zum Himmel und bemerkte, dass die Wolken dunkler wurden und näher rückten.

»Sieht aus, als wär's das gestern noch nicht gewesen. Gleich wird's lospladdern.«

Sie sahen beide zu, wie die Wolken sich immer mehr zusammenballten, im nächsten Moment zerriss ein Blitz den Himmel, und der kurz darauf folgende Donner hob sie beinahe aus ihren Stühlen.

»Ist es okay, wenn ich noch bleibe? Nur ein paar Tage. Bis ich mir was überlegt hab«, fragte Alice.

Elton wandte die Augen nicht vom Himmel ab. Dachte einen Moment lang nach. »Wenn ich Nein sage, läufst du dann wieder kopflos weg?«

»Was sollte ich denn sonst tun?«

»Hab ich mir schon gedacht.« Elton fuhr sich mit der Zunge über die Lippen. Spielte mit der Angelschnur. »In Ordnung, ein paar Tage. Ich fänd's ja gut, wenn du deine Familie anrufst, aber ich schätz mal, dass du das nicht tun wirst.« Er stellte den leeren Becher ab.

»Soll ich Ihnen noch einen Kaffee holen?«, fragte Alice.

»Das wäre nett.«

Alice stand auf und nahm den Becher. »Ich weiß nicht, wie ich Ihnen danken soll.«

»Aber ich. Wenn du wirklich ein paar Tage hierbleiben willst, musst du deinen Beitrag leisten. Sobald du mir den Kaffee gebracht hast, gehst du und ziehst dir was an. Es wartet Arbeit auf uns. Deine Kleider sind gewaschen und liegen auf dem Sofa im Wohnzimmer.«

»Sollen ich Ihnen helfen, Ratten umzubringen?«

»In meinem Beruf spricht man von exterminieren.«

»Aber danach sind sie tot?«

»Das sind sie.«

Alice lächelte und hielt den Becher in die Höhe. »Milch und Zucker.«

»Genau. Drei Löffel Zucker. Und einen anständigen Schuss Milch.«

»Drei Löffel?«

»Drei gehäufte Löffel. Nicht knausern.«

»Das ist nicht gesund, das wissen Sie, oder?«

»Am Kaffee von jemandem rumzupfuschen bekommt einem auch nicht.«

Alice sah zu, wie er die Angelschnur einholte, dann ging sie in die Küche, um dem Alten einen frischen Becher Kaffee zu holen.

Kapitel 24
Februar 2011

Delilah war nur deswegen aus dem Bus ausgestiegen, weil sie die blöde Waffe loswerden wollte. Sie wollte sie wegwerfen und nie mehr sehen. Das Ding brachte nur Unglück. Wahrscheinlich hätte sie sie schon früher wegwerfen sollen, aber sie war zu ängstlich, zu hektisch, zu verwirrt gewesen, um klar zu denken.

Nachdem sie aus dem Bus ausgestiegen war, überlegte sie, ob sie die Waffe im Abfalleimer der Damentoilette entsorgen sollte, aber da würde sie vermutlich bald entdeckt werden. Irgendeine Reinigungskraft würde sie finden und sie mit all den Fingerabdrücken darauf der Polizei übergeben. Also verließ Delilah den Busbahnhof und suchte weiter nach einem Ort, wo sie sie loswerden konnte.

Die Pistole gehörte Leon. Er stand auf Pistolen und besaß mehrere davon. Eine in seinem Auto, eine unterm Bett, eine andere in seinem Werkzeugkasten. Dass er auch eine im Garderobenschrank aufbewahrte, hatte sie nicht gewusst. Sie hatte in seinen Jackentaschen nach Zigaretten gesucht und stattdessen die 9-Millimeter-Pistole gefunden. Leon lag ausgeknipst auf dem Sofa. Er hatte die halbe Nacht gesoffen, ein paar Stunden geschlafen und sofort nach Sonnenaufgang weitergesoffen. Er war völlig dicht und hatte eine Stinklaune, und als er sie so komisch anglotzte, wusste Delilah, was er wollte. Er hatte sie schon ein paarmal vergewaltigt. Das erste Mal sechs Monate zuvor. Er war nachts in ihr Zimmer gekommen, hatte ihr den Mund zugehalten und ihr ins Ohr geflüstert, er würde sie umbringen, wenn sie schrie. Dann hatte er ihr die Unterhose runtergerissen und war in sie eingedrungen. So schlimme Schmerzen hatte sie noch nie gehabt. Es war ihr erstes Mal gewesen. Aber sie war ganz still geblieben. Sie wusste, er würde seine Drohung wahr machen. Er würde sie umbringen. Gerade wenn er besoffen war.

Danach hatte er sie wochenlang nicht angefasst. Sie nicht einmal angesehen. Delilah dachte, dass er es vielleicht vergessen hatte. Es passierte wieder, als sie gerade unter der Dusche stand. Er zog sie aus der Wanne, zwang sie, sich übers Klo zu beugen und nahm sie von hinten. Dabei grunzte er wie ein Schwein. Als er fertig war, stieg Delilah unter die noch immer laufende Dusche, kauerte sich zusammen und weinte, bis ihre Mutter an die Tür klopfte und brüllte, sie solle endlich ihren Hintern bewegen und Frühstück machen.

Danach passierte es noch öfter. Bestimmt sechsmal. Und immer ohne Vorwarnung. Beim letzten Mal war ihre Mama im Zimmer nebenan, und sie war betrunken, aber nicht besinnungslos betrunken. Sie saß am Küchentisch und rauchte ihre Newports, trank Wein und hörte zu, wie ihr ältestes Kind von dem Mann, den sie nicht mehr befriedigen konnte, vergewaltigt wurde.

Deshalb wusste Delilah in dem Moment, in dem sie die Pistole fand, dass sie sie benutzen würde.

Hinter dem Busbahnhof verlief eine Gasse, und dort standen drei Container mit Pappkartons und Mülltüten aus einem Chinarestaurant und einer Pizzeria. Delilah zog eine schwarze Mülltüte voll Hühnerfett, klebrigen Nudeln und einem Haufen Zigarettenkippen heraus und steckte die Pistole hinein. Sie wollte sie loslassen. Wollte sie aus der Hand fallen lassen, aber es ging nicht, es war, als wäre die Pistole festgewachsen. Als wäre sie ein Teil von ihr. Vielleicht hatte sie ihre Aufgabe noch nicht ganz erfüllt.

Einen kurzen Moment stand sie da, die Hand in der Mülltüte. Dann traf sie eine Entscheidung. Schob die Waffe zurück in ihre Tasche und entfernte sich weiter vom Bahnhof. Sie lief die Gasse entlang und gelangte auf eine Straße, die mitten durch Goldsboro führte.

Delilah erinnerte sich, dass der Busfahrer nach einer Viertelstunde weiterfahren wollte. Er schien ihr jemand zu sein, dem sein Fahrplan wichtig war. Der Bus dürfte schon weg sein. War wahrscheinlich besser so.

Alice wollte sie sowieso loswerden. Das hatte sie ihr ziemlich deutlich gemacht. Warum sollte sie sich auch noch mit ihren Problemen herumschlagen?

Delilah dachte an den armen kleinen Dwayne. Wer würde jetzt für ihn sorgen? Ihre Mama sicher nicht. Wenn sich das Jugendamt um ihn kümmern und eine gute Pflegefamilie für ihn finden würde, wäre das besser für ihn. Drei Mahlzeiten am Tag. Ein richtiges Bett zum Schlafen. Medikamente, wenn er krank war.

Sie kam an einem großen Park vorbei. Hier gab es mehr Gras, als sie jemals gesehen hatte, Spielfelder, Schaukeln und Rutschen und einen Sandkasten, in dem Kinder buddeln und rumrennen konnten. Ein paar Mädchen spielten Fußball. Sie mussten zwölf, dreizehn Jahre alt sein, trugen hübsche Trikots und alle die gleichen Sneakers. Ihre Haare hatten sie zu ordentlichen kurzen Pferdeschwänzen zusammengebunden. Goldglänzende Haare. So viele weiße Kinder hatte Delilah auch noch nie gesehen.

An der Seitenlinie des Fußballplatzes saßen Eltern auf Gartenstühlen, tranken Limonade und aßen selbst gemachte Sandwiches, die sie in Kühltaschen mitgebracht hatten. Sie plauderten und lachten in der Mittagssonne. Jüngere Geschwister rannten schreiend herum, spielten Fangen und kugelten sich auf dem frisch gemähten Rasen.

Alle wirkten so glücklich. So normal. Delilah hatte nie in einer Mannschaft gespielt. Sie musste nach der Schule immer gleich nach Hause, um Dwayne zu versorgen. Sie erinnerte sich nicht, dass ihre Mama jemals mit ihr und ihren Brüdern in den Park gegangen war.

Delilah setzte sich in das weiche Gras und sah den weißen Mädchen beim Kicken zu. Sie kannte die Fußballregeln nicht, wusste nur, dass es darum ging, den Ball ins Tor zu schießen, was ihr ein bisschen langweilig vorkam. Aber als sie jetzt den herumrennenden Fußballerinnen zusah, wurde sie traurig, weil diese Mädchen jeden Abend in ein richtiges Zuhause gingen, wo richtige Eltern auf sie warteten, die Jobs hatten und ihre Töchter genug liebten, um sie in den Park zu begleiten und ihnen bei einem blöden Fußballspiel zuzusehen. Sie würde niemals die Schule abschließen können. Würde es nie zu etwas bringen, würde nie all das sein, was ihre Mama nicht war.

»Was zum Teufel?«

Delilah sah auf, und da stand Alice. Sie machte ein wütendes Gesicht und schwitzte. Ihr rot geschwollener Hals sah schlimm aus.

Alice starrte auf sie runter und ließ die Reisetasche fallen. »Der Bus ist weg. Vielen Dank auch. Jetzt hängen wir hier fest.«

Delilah nickte nur, dann wandte sie ihren Blick wieder den Fußballspielerinnen zu. »Das würde ich auch gern lernen. Ich wär bestimmt gut.«

Kapitel 25

Sinclair warf einen Blick zu Phillip – der hinter das Lenkrad des Grand Marquis gequetschte Gorilla sah aus, als bräuchte man eine Brechstange, um ihn aus dem Auto wieder rauszukriegen. Seine Schädeldecke streifte das Wagendach, seine Knie klemmten unter dem Lenkrad, und seine linke Schulter war gegen die getönte Scheibe der Fahrertür gepresst. Sollten bei einem Auffahrunfall die Airbags ausgelöst werden, würde seiner sich kaum aufblasen.

Dafür spielten Phillips Füße erstaunlich entspannt mit Bremsund Gaspedal, und seine Pranken lagen locker auf dem Lenkrad. Für die meisten Leute war Autofahren etwas Lästiges, das sie jeden Tag machen mussten. Kaum waren sie sechzehn, saßen sie stundenlang hinterm Lenkrad, fuhren täglich zur Arbeit und nach Hause, fuhren in die Ferien, fuhren hierhin und dorthin. Autofahren geschah mit derselben Gedankenlosigkeit wie das morgendliche Duschen – etwas, das eben absolviert werden musste. Sinclair dagegen hatte nie hinter einem Lenkrad gesessen mit Ausnahme eines Kinderkarts im Knoebels-Vergnügungspark in Elysburg, Pennsylvania. Klar, ein Auto ließ sich mit Pedalverlängerungen und einem speziellen Sitz ausstatten, damit auch ein Kleinwüchsiger es sicher steuern konnte. Die Kosten waren nicht das Problem. Überhaupt nicht. Der eigentliche Preis war die Bloßstellung. Er würde sich wie der zehnjährige Junge fühlen, der damals mit dem Kart im Vergnügungspark herumgekurvt war.

Mit dreizehn oder vierzehn hatte Sinclair seinen Zustand akzeptiert – damals ließ sich sowieso nichts dagegen machen. Dafür war es zu spät. Die Hänseleien auf dem Spielplatz, die er seine gesamte Kindheit hindurch hatte ertragen müssen, hatten ihn nur stärker und selbstbewusster gemacht. Während die Kinder um ihn herum jeden Monat größer und kräftiger wurden, konzentrierte sich Sinclair auf seine Intelligenz. Während seine Mitschüler wuchsen, bis sie irgendwann die durchschnittliche Größe eines Erwachsenen erreichten, fütterte Sinclair seinen Verstand und verschlang Bücher und Informationen wie andere Süßigkeiten.

Die Ursache für sein gehemmtes Wachstum war eine Hormonstörung, verursacht durch eine seltene Kinderkrankheit, die unbehandelt zu einem Mangel an Wachstumshormonen führte. Seine Hirnanhangdrüse produzierte einfach nicht genug davon. Im Alter von zwölf hörte er ganz auf zu wachsen. Seine Eltern erwarteten, dass er irgendwann einen Schub machen und die anderen Kinder einholen würde, aber der kam nie. Sie warteten zu lange. Hätten seine Eltern ihn rechtzeitig zu einem Spezialisten gebracht, dann hätte der vielleicht medikamentös die Produktion des Wachstumshormons anregen oder eine Substitutionstherapie anordnen können. Aber aus irgendeinem Grund taten sie es nicht.

Seine Eltern waren beide hochgeachtete Psychologen und gehörten zu den Besten ihrer Zunft. Von solchen Leuten erwartete man nicht unbedingt, dass sie eine Familie gründen wollten, weil Kinder einfach nicht in die Karriereplanung passten. Dennoch hatten sie ihn bekommen, als sie beide schon über vierzig waren. Er war ein Einzelkind, und Sinclair ging davon aus, dass er ein Unfall gewesen war.

Als die Ärzte ihnen mitteilten, dass ihr Sohn das Wachstum eingestellt hatte, nahmen sie es gelassen auf. Wenn überhaupt etwas, dann waren seine Eltern allenfalls fasziniert von der Kleinwüchsigkeit ihres Sohnes. Ihr Beruf und ihre Leidenschaft war das Studium der menschlichen Seele. Seine Eltern interessierten sich sehr viel mehr für die Vorgänge der Seele als die des Körpers. Die körperlichen Einschränkungen ihres Sohnes schienen sie nicht nur zu akzeptieren, sondern sogar zu begrüßen, und sie konzentrierten sich auf sein intellektuelles Potenzial, das ihrer Überzeugung nach gerade wegen der körperlichen Mängel überdurchschnittlich sein musste. Sie behandelten ihn wie eine Fallstudie, brachten ihn dazu, über sich selbst hinauszuwachsen und seinen kleinen Wuchs zu kompensieren, und dabei beobachteten sie ihn die ganze Zeit wie ein Versuchskaninchen. Mannschaftssportarten, Herumtollen oder Außer-Haus-Spielen verboten sie ihm, genauso wie andere Vergnügungen. Fernsehen durfte er nur selten. Kindische Brettspiele, die intellektuelle Fähigkeiten nicht förderten, waren nicht erlaubt. Stattdessen gehörten anspruchsvolle Diskussionen zu seinem täglichen Training. Seine Eltern waren gnadenlos. Fordernd. Dafür ließen sie ihrem Sohn ihre psychologischen Fähigkeiten zuteilwerden und nutzten ihren Einfluss, weil sie wussten, dass etwas Großes aus ihm werden konnte. Sinclair hasste sie für das, was sie taten und was sie nicht taten.

Wenn seine Eltern noch leben würden, würde ihnen die Berufswahl ihres Sohnes sicher sehr zu schaffen machen. Sie würden sich fragen, warum ihr Sohn – immerhin hatte er eine Eliteuniversität besucht und es war ihm auch sonst der bestmögliche Start ins Leben mitgegeben worden – sich dagegen entschieden hatte, ein wichtiges und wertvolles Mitglied der Gesellschaft zu werden. Arzt oder Wissenschaftler. Vielleicht sogar Politiker. Aber Sinclair wusste, dass er in einem solchen Beruf niemals wirklich respektiert oder anerkannt werden würde, selbst wenn er sich ihm ganz verschrieb. Man würde ihn auf seine Größe reduzieren. Das wäre das Erste, was seine Kollegen sehen und beurteilen würden – einen kleinen Mann. Außerdem fehlte all diesen Berufen etwas, wonach er sich sehnte – Gefahr. Bei Gefahr lief Sinclair zu Höchstform auf. Sie tat seiner Seele gut. Das hätten seine Eltern nie verstanden. Die meisten Leute verstanden das nicht.

Er sah aus dem Fenster und beobachtete, wie auf beiden Seiten der Interstate 95 die Bäume vorbeiwischten. Phillip fuhr konstant siebzig Meilen die Stunde.

»Ziemlich ländlich hier, oder?«, bemerkte Sinclair.

»Mhm«, erwiderte Phillip.

Sinclair deutete auf ein näher kommendes Ausfahrtsschild. »Hier ist es gut. Fahr bitte ab.«

Phillip betätigte den Blinker und verließ die Interstate. Eine Weile zockelten sie durch die Hügellandschaft Richtung Osten. Nur gelegentlich kamen sie an einem Farmhaus oder einem am Straßenrand stehenden Trailer vorbei.

Sinclair zündete sich eine Zigarette an, ohne den Blick von der Landschaft vor der Windschutzscheibe zu wenden. »Das habe ich nie verstanden.« Er deutete auf einen auf Betonblöcken aufgebockten Trailer, der gerade einmal zehn Meter vom Straßenrand entfernt stand. »Wenn man schon draußen in der schönen Natur wohnen möchte, warum sucht man sich dann einen Platz neben der Straße? Wenn ich aus der Stadt wegziehen wollte, vor dem Lärm und Gestank fliehen, und ich hätte all die Landschaft zur Verfügung, würde ich mir doch ein Plätzchen suchen, an dem ich einen schönen Ausblick habe. Ich würde Vögel und Bäume und Berge von meinem Fenster aus sehen wollen. Stattdessen ziehen die Leute lieber in eine kleine Blechbüchse, einen Schritt von der Straße entfernt, und haben einen mehr als mauen Ausblick. Warum machen die das, Phillip?«

Der Gorilla zuckte mit den Achseln.

»Überleg doch bitte mal. Mir zuliebe.«

Phillip sah in den Rückspiegel und musterte den kleiner werdenden Trailer, bevor die Straße eine Kurve machte und sie plötzlich von nichts anderem mehr als Bäumen und wild wucherndem Kudzu umgeben waren. »Weiß nicht. Vielleicht gefällt's ihnen ja. An der Straße zu wohnen.«

»Du glaubst also, sie wollen das so? Dass sie sich dafür von sich aus entscheiden?«

Wieder zuckte der Gorilla mit den Achseln, gefolgt von einem Gedanken. »Vielleicht ist ihnen der Ausblick egal. Oder sie haben keine Wahl, weil sie sich nicht mehr leisten können. Manche Leute haben keine Wahl. Sie nehmen, was sie kriegen.«

Sinclair, insgeheim amüsiert über die Beobachtungen des Gorillas, sah zu ihm hinüber. Normalerweise beschränke Phillip sich auf zwei- oder dreisilbige Antworten. »So habe ich das noch nie gesehen.« Er deutete mit seiner Zigarette zum Fenster hinaus. »Und du? Würdest du gern hier draußen leben? In der schönen Natur?«

»Zu still.«

Sinclair lächelte darüber, wie schnell Phillip wieder zu seinem sparsamen Wortgebrauch gefunden hatte. »Genau aus diesem Grund hätte ich gedacht, gefällt es dir. So ruhig und beschaulich.«

»Nein.«

»Dann magst du also das Leben in der Stadt?«

»Ja.«

»Warum?«

»Weiß nicht.« Phillip rutschte hin und her. Rieb sich das Kinn. »Wahrscheinlich, weil ich's gern laut mag. Lenkt mich ab.«

»Lenkt dich ab? Wovon denn?«

Das Auto näherte sich einer alten unbefestigten Straße, die sich einen dicht bewachsenen Hügel hinaufwand. Phillip deutete auf die Straße. »Hier?«

Sinclair schnippte seine Zigarette aus dem Fenster. »Ja.«

Nach einem kurzen Blick in den Rückspiegel stieg Phillip auf die Bremse und bog ab. Die beiden Männer wurden auf den Ledersitzen hin und her geworfen, als der Grand Marquis die stark ausgefahrene Straße entlangholperte.

Schweigend fuhren sie die nächste Meile, während die Straße immer schlechter und unwegsamer wurde.

Sinclair tippte mit dem Zeigefinger an die Scheibe des Beifahrerfensters. »Das sollte reichen, denke ich.«

Phillip ging vom Gas und lenkte das Auto an den Straßenrand. Ohne den Motor abzustellen, schob er sich ächzend von seinem

Sitz, beugte sich vor und ließ den Kofferraumdeckel aufspringen. »Ich kümmer mich drum.«

Sinclair löste den Gurt und stieß die Tür auf. »Ach, weißt du, ich leiste dir ein bisschen Gesellschaft. Ich muss mir sowieso die Beine vertreten.«

Die beiden Männer gingen zum Heck des Autos, und Sinclair holte tief Luft. »Gut. Dann wollen wir mal.«

Phillip klappte den Kofferraumdeckel hoch, griff hinein und zog Ernies Leiche heraus. Die schwarze Plastiktüte war immer noch fest um seinen Kopf gewickelt. Die Leichenstarre hatte bereits eingesetzt.

Sinclair sah zu, wie sich Phillip Ernies Leiche so mühelos wie einen Baseballschläger über die Schulter legte, und musterte kritisch den Pullover, die Hose und schließlich die abgetretenen Absätze von Ernies Schuhen. »Es will mir nicht in den Kopf, warum die Leute nicht ein wenig mehr auf ihre Kleidung achten. Das Erscheinungsbild ist doch wichtig. Der berühmte erste Eindruck.« Er zündete sich eine Zigarette an und deutete zum Wald. »Hundert Meter müssten reichen. Vielleicht findest du eine Schlucht. Den Rest überlassen wir den Tieren.« Er zog an seiner Zigarette. »Und beeil dich. Ich bekomme langsam Hunger.«

Phillip rückte Ernie auf seiner Schulter zurecht, dann trottete er in den Wald.

Kapitel 26

»Ganz ungefährlich ist das aber nicht, wenn zwei junge Ladys wie ihr beide zu einem Wildfremden ins Auto steigt.«

Alice und Delilah hatten den Trucker im Golden Chicken Diner in Goldsboro kennengelernt. Der Mann verputzte gerade einen Berg Pancakes, dazu dicke Scheiben gebratenen Speck und eine große Portion Maisbrei, der in Butter und Ahornsirup schwamm. Während des Essens rauchte er unablässig und schüttete literweise Kaffee in sich rein, ohne auch nur einmal zum Pinkeln zu verschwinden. Er redete mit allen, die ihm zuhörten, und auch mit denen, die ihm nicht zuhörten. Mit Kellnerinnen, Gästen, Aushilfen, Lieferanten, wem auch immer. Der Mann war klein und stämmig, unter dem offen stehenden Hemdkragen kam ein dichter Teppich schwarzen Brusthaars zum Vorschein. Seine abgetragene, schlichte grüne Baseballkappe hatte er nach hinten geschoben, sodass man die ordentlich geschnittenen Haare sah.

Er hieß Dale, wie er sich jedem ungefragt vorstellte. Das Reden übernahm zum größten Teil er. Er sprach von den schweren Regenfällen, mit denen zu rechnen war, davon, wie gut der Speck im Golden Chicken schmeckte, von einer verdammt lustigen Serie über eine Art Alien-Stofftier, das bei einer Familie lebte. Würde im Free-TV laufen – an den Titel erinnerte er sich nicht. Dann wechselte er zur bevorstehenden Wahl und dass er keinem der Kandidaten über den Weg traute. Er fuhr einen Sattelschlepper, der mit Haustierfutter beladen war – für Hunde, Katzen, Kaninchen, Fische, was man sich nur denken konnte –, und war auf dem Weg nach Lumberton.

Gut, damit lautete ihr nächstes Ziel also Lumberton – eine andere Möglichkeit bot sich Alice und Delilah nicht. Entweder das, oder sie müssten sich an den Straßenrand stellen und den Daumen raushalten, was mit der Gefahr verbunden war, von einem State Trooper aufgegabelt zu werden. Alice überlegte, dass ihnen in Lumberton schon was einfallen würde, wie sie nach Shallotte kamen. Wahrscheinlich war es sogar besser so. Der Trucker könnte sie identifizieren, und wenn es dazu käme, wäre es gut, wenn ihre Spur in Lumberton endete. Von dort könnten sie es noch mal mit dem Bus probieren und sich unter die anderen Fahrgäste mischen.

Dale war ein viel zu geselliger Typ für den Job eines Truckers, wo er die ganze Zeit allein in dem Führerhaus eines Sattelschleppers sitzen musste. Deshalb war er sofort einverstanden, als sie ihn baten, sie ein Stück mitzunehmen, freute sich sogar, dass ihm die beiden jungen Frauen ein paar Hundert Meilen Gesellschaft leisten würden.

Das Führerhaus roch nach getragenen Socken, salzigen Chips und dem Kieferndufibäumchen, das am Rückspiegel baumelte. Knirschend legte er den vierten Gang ein, und der Sattelschlepper ächzte über die Auffahrt zur Interstate 95 Richtung Süden. Dale zündete sich eine frische Camel Light an und warf das Streichholz aus dem Fenster.

»Das ist echt nett von Ihnen. Wir haben nämlich unseren Bus verpasst, und der nächste fährt erst in ein paar Stunden«, erklärte Alice. Sie wusste nicht, ob das stimmte, dachte aber, dass sie ihm irgendeine Story auftischen sollte.

Dale schüttelte den Kopf. »In so einem Greyhound bin ich noch nie gefahren und werde ich hoffentlich auch nie. Die Vorstellung, dass andere meinen dicken Hintern durch die Gegend schippern, gefällt mir nicht. Ich geb keinen guten Beifahrer ab.« Schnaubend kicherte er.

Alice nickte, das glaubte sie ihm sofort.

»Wenn ihr mich fragt, sollten die meisten Leute, die auf den

Straßen unterwegs sind, sich gar nicht hinters Lenkrad setzen. Ständig quatschen sie ins Handy, tippen diese Dings, diese SMS, und schauen nicht auf die Straße. Schlimm. Verkehrsunfälle sind die Todesursache Nummer eins in Amerika. Wusstet ihr das? Nicht Mord oder Krebs oder irgendeine andere heimtückische Krankheit. Jeder denkt, dass er fahren kann. Aber das ist kompletter Unsinn. Wenn ihr mich fragt, sollten die meisten Leute einfach nicht fahren.« Wieder kicherte er. Dieses Muster wiederholte sich, während er quasselte: Gib eine Plattitüde zum Besten, dann kichere, als wäre es der beste Witz der Welt.

Alice hockte auf dem Beifahrersitz und bekam das meiste von der hirnlosen Quasselei ab. Hinter ihr kauerte Delilah auf der Kante der ungemachten Koje. Ihre Miene verriet, dass sie sich davor ekelte, das verschmutzte Laken, auf dem der Trucker schlief, zu berühren.

»Ich will ehrlich zu euch beiden Ladys sein. Normalerweise nehm ich keine Fremden mit, auch keine Tramper oder so. Die meisten haben nicht alle Tassen im Schrank. Da draußen rennen massenhaft Verrückte rum. Als ich jung war, hab ich mal den Fehler gemacht und ein paar von denen mitgenommen, und die halbe Zeit hab ich nicht gewusst, ob sie mir den Schädel einschlagen oder anfangen, wie die Hähne zu krähen. Eins ist sicher: Leute gibt's, die gibt's gar nicht.«

Dale zwinkerte Alice zu. Asche fiel von seiner Zigarette zwischen seine Beine, aber er achtete nicht darauf.

»Ihr beiden werdet mir keine Schwierigkeiten machen, oder? Ihr werdet mich nicht erschießen oder wie die Hähne krähen, oder?« Wieder das ausgedehnte Kichern.

Alice schüttelte den Kopf. »Nein, aber vielleicht werden wir Sie ja zu Tode langweilen.«

Der Trucker wieherte los, seine dicke Wampe wackelte auf und ab. »Also, ich werde euch jedenfalls nicht zu Tode langweilen, aber vielleicht das Ohr abkauen. Ist so. Meine liebe Gattin sagt immer, dass ich zu viel rede, und wahrscheinlich hat sie recht. Ich rede sogar mit mir selbst. Laut. Ich stell mir eine Frage, und dann geb ich mir die Antwort. Wenn das kein eindeutiges Zeichen ist, dass einer anfängt zu spinnen, weiß ich auch nicht.«

Dale zog an seiner Zigarette und warf einen Blick darauf, wie weit es noch bis zum Filter war, dann schob er sie zurück in den Mundwinkel.

»Kann ich eine haben?« Alice deutete auf das Zigarettenpäckchen.

»Na klar. Bedien dich. Ich hab hinten ein paar Stangen liegen. Das ist einer der Vorteile, wenn man Fuhren in den Süden hat, weil da die Zigaretten nämlich nicht die Welt kosten. Neben einer Tasse guten Kaffee sind Fluppen einfach der beste Freund des Truckers.«

Alice zündete sich eine an und genoss den Nikotinkick. Sie ließ ihren Kopf gegen den Sitz sinken und hoffte auf einen kurzen Moment der Stille.

Nicht mit Dale. »Was habt ihr beiden Ladys eigentlich in Lumberton vor? Ferien?«

Einen Moment zögerte Alice, bevor sie antwortete. »Eine Beerdigung. Ein Freund von uns ist gestorben.« Sie hoffte, dass das den Trucker eine Weile zum Schweigen bringen würde.

Aber nein.

»Ach je. Das tut mir leid. Kam es überraschend? Wenn ich fragen darf.«

Alice war von der Zigarette ein bisschen schwindlig. »Autounfall.«

Der Trucker nickte, als hätte er so etwas erwartet. »Schlimm. Man denkt nie, dass es einen erwischt, den man kennt. Aber Gott weiß, dass ich schon genug Autounfälle in meinem Leben gesehen hab. So was passiert im Bruchteil einer Sekunde. Bumms. Schlimmstes Geräusch der Welt, das Brechen von Glas und das Knirschen von Metall. Furchtbare Art zu sterben.«

»Ja. Danke.« Alice drückte die Zigarette im Aschenbecher aus, der vor Kippen überquoll – ein Massengrab für Zigaretten. »Wenn es Ihnen nichts ausmacht, würde ich gern ein bisschen die Augen zumachen. Die letzten beiden Tage waren ziemlich anstrengend.«

»Bitte. Mach das. Während ihr beiden Ladys euch ausruht, werde ich eine Weile meine große Klappe halten, versprochen. Vielleicht träller ich ein bisschen vor mich hin, aber sonst werdet ihr keinen Pieps von mir hören.«

Alice schloss die Augen. Sie wollte nicht schlafen, aber sie musste sich eine Weile von dem Geschnatter erholen. Das Summen der achtzehn Reifen auf dem Asphalt ließ sie jedoch schnell einschlafen. Sie hörte noch, wie der Trucker ein Streichholz anriss, roch den Schwefel und den vorbeiziehenden Rauch, sank in sich zusammen und ließ sich von der Dunkelheit verschlucken.

• • •

Das laute Geräusch beim Ausschalten des Motors riss sie aus dem Schlaf. Zum Glück. Sie hatte wieder einmal einen Albtraum von Jason gehabt. Wie immer steckte er im Trockner, wie immer knallte sein kleiner Körper gegen die Trommelwände und machte dieses schreckliche Geräusch. *Ka-Wumm. Ka-Wumm. Ka-Wumm.* Alice riss die Augen auf und wusste im ersten Moment nicht, wo sie war, bis sie zu Dale sah, der sie mit einem zahnlückigen Lächeln bedachte.

»Die Kleine hier braucht was in den Tank. Dauert nur eine Minute oder so.« Dale kicherte und schüttelte den Kopf. »Muss ein aufregender Traum gewesen sei. Du hast laut geredet und mit den Händen gefuchtelt. Das volle Programm.«

Alice rieb sich verschlafen die Augen und stellte fest, dass Delilah schließlich den Ekel vor dem Bettzeug des Truckers überwunden hatte. Zusammengekauert lag sie auf der durchgelegenen Matratze und bekam nichts von der Welt mit.

»Willst du eine Limo oder so?« Dale stieß die Fahrertür auf und kletterte hinaus. Als er auf dem Boden stand, ragte nur noch sein Quadratschädel über den Sitz.

»Nein, danke. Sie sollen ja nicht alle paar Meilen halten, nur weil ich pinkeln muss«, sagte Alice.

»Ach, das macht doch nichts. Ich bring euch beiden eine Orangenlimo mit.« Der Trucker schob sich die Kappe noch weiter in den Nacken und tappte zur Tankstelle.

Alice sah noch einmal nach Delilah. Das Mädchen rührte sich nicht. Schlafend wirkte sie kindlicher und unschuldiger als eine Fünfzehnjährige. Aber so jung sie auch war, steckte sie schon bis zum Hals in Schwierigkeiten. Alice wusste, dass sie das Mädchen in Goldsboro hätte zurücklassen sollen, dass sie im Bus hätte sitzen bleiben und weiterfahren sollen, aber aus irgendeinem Grund hatte sie es nicht gemacht. Sie ahnte, dass es ein Fehler gewesen war.

Seit dem morgendlichen Kaffee war sie nicht pinkeln gewesen, und sie beschloss, sich auf die Suche nach einer Toilette zu machen. Bis Lumberton waren es noch mindestens zwei Stunden, und wenn sie sich die ganze Zeit das Gejammere des Truckers über seine Frau, Baseball und den Milchpreis anhören musste, wollte sie das lieber mit einer leeren Blase tun.

Hinter der Tankstelle entdeckte sie den Waschraum, der genauso verdreckt war, wie man das bei einer Tankstelle an einer viel befahrenen Straße erwartete. Graffitis bedeckten die Wände, Kritzeleien von Frauen mit gigantischen Vaginen und noch viel größeren Brüsten. Ein weiteres beliebtes Motiv waren männliche Genitalien, auch die in XXL.

Der Spiegel über dem Waschbecken war vergilbt und rostig, weil es von der Decke tropfte. Ihr verzerrtes Spiegelbild starrte sie an – sie sah schlimm aus. Ihr Gesicht war verquollen von der Sauferei und vom Schlafmangel und gezeichnet von dem selbst verursachten Stress der letzten Tage. Der Bluterguss an ihrem Hals war mittlerweile dunkelrot. Die Wunde an ihrem Ohr war aufgeplatzt und hatte wieder zu bluten angefangen. Sie erkannte die verunstaltete Frau, die ihr entgegenstarrte, kaum noch. So konnte es nicht weitergehen. Immer auf der Flucht. Es war ja schon länger als nur die letzten dreißig Stunden so.

Sie spritzte sich kaltes Wasser auf Gesicht und Hals, aber das änderte weder etwas an ihrem Aussehen noch an ihrem Zustand.

Scheiß drauf.

Sie riss die Tür auf und sog gierig die frische Luft ein. Die Sonne war angenehm warm, und sie wünschte, sie könnte sie genießen. Auf dem Weg zurück zum Sattelschlepper bemerkte sie den Trucker auf der anderen Seite der Tankstelle, wo er sich in eine gläserne Telefonzelle gequetscht hatte und hektisch in den Hörer brabbelte. Dabei wedelte er mit seiner freien Hand herum. Er schien eine lange Geschichte zu erzählen und wirkte ziemlich nervös. Seine Lippen bewegten sich in Rekordtempo, während er ständig zu seinem Sattelschlepper sah.

Alice blieb stehen und beobachtete ihn eine Weile. Aufgeregte Gesten. Nervöses Herumtänzeln. Dann deutete er zum Laster, nickte, lauschte einen Moment und legte auf. Er starrte auf den Apparat und rieb sich mit beiden Händen übers Gesicht, holte tief Luft und ging langsam zu dem Sattelschlepper zurück. Alice bemerkte er nicht, weil er zu sehr mit seinen Gedanken beschäftigt war.

Alice sah zu der Tankstelle und entdeckte über dem Tresen einen Fernseher, in dem gerade Nachrichten liefen. Ein Mann wurde interviewt. Ein Mann, der eine Polizeiuniform trug. In der oberen Ecke des Bildschirms war das Foto einer jungen Frau eingeblendet. Auf die Entfernung konnte Alice sie nicht erkennen, aber es war eine Afroamerikanerin. Mehr musste sie nicht sehen.

Als sie auf den Beifahrersitz kletterte, empfing der Trucker sie mit zuckenden Augenlidern. Das breite Grinsen war ihm aus dem Gesicht gerutscht.

»Da bist du ja. Dachte schon, du wärst verloren gegangen«, sagte Dale und ließ ein Kichern hören. Es klang anders. Nicht mehr vergnügt.

Delilah war aufgewacht, setzte sich wieder auf die Kante der Schlafkoje und schob sich einen frischen Kaugummi in den Mund.

»Musste mal für kleine Jungs«, sagte Alice und sah den Mann an, der mit den Schlüsseln herumfummelte.

»Ach so. Gut. Gut.«

»Haben Sie schon getankt?«, fragte Alice.

Dale sah sie an, als hätte sie ihn gefragt, ob er seine Frau verprügelte. »Was?«

»Ich dachte, Sie haben angehalten, um zu tanken.«

Dale warf einen Blick über die Schulter zu Delilah. »Ja. Stimmt. Tja. Ich fürchte, der Motor muckt.«

»Echt? Der Motor muckt? Soll ich ihn mir mal anschauen?«, fragte Alice.

Er sah sie an, versuchte, wieder zu kichern, versagte aber kläglich. »Nein, nein. Nicht nötig. Der Mechaniker von der Tankstelle wirft mal einen Blick darauf. Könnte aber ein bisschen dauern.« Erneut sah er kurz zu Delilah. »Ein paar Minuten. Also. Also werden wir hier wohl warten müssen.«

Alice bemerkte, dass der Mann heftig zu schwitzen angefangen hatte. In Strömen floss ihm der Schweiß über den Hals. Sie nickte und nahm sich noch eine seiner Zigaretten. »Okay.«

Nachdem Alice sie angezündet hatte, schnappte sich der Trucker die Packung und zündete sich ebenfalls eine an.

»Haben Sie die Orangenlimo vergessen?«, fragte Alice.

»Was?«

»Orangenlimo. Wollten Sie nicht welche mitbringen?«

»Oh. Die hab ich echt komplett vergessen. Ich kann gleich welche holen, wenn du magst.«

Alice zog an ihrer Zigarette. »Nein. Passt schon.«

»Sicher? Dauert nur einen Moment.« Der Mann redete schnell. Rutschte auf seinem Sitz herum.

»Nein, nein, kein Problem. Trotzdem danke.«

Kurz war es still. Dale spielte mit den Schlüsseln und sah keins der Mädchen an.

»Delilah, mein Handy ist in deiner Tasche. Kannst du sie mir mal geben?«, sagte Alice.

Delilah blickte auf ihre Tasche, die wieder in ihrem Schoß lag – und legte den Kopf schief wie ein Hund, der ein seltsames Geräusch gehört hat. »Dein Handy?«

Alice streckte die Hand nach hinten. »Ja. Mein Handy. In deiner Tasche.« Alice wartete nicht, bis Delilah reagierte, sondern entwand ihr die Tasche. »Wobei ich natürlich auch zur Telefonzelle gehen könnte.« Sie sah zu dem Trucker. »Dahinten ist doch eine Telefonzelle, oder? Ich glaube, ich habe Sie da drin gesehen.«

Dale zog heftig an seiner Zigarette. »Nein … ich … Was?«

»Die Telefonzelle. Neben der Tankstelle. Ich habe Sie telefonieren gesehen.«

»Nein. Nein.« Nervöses Lachen. »Das war ich nicht.«

»Echt? Komisch. Dann müssen Sie einen Zwillingsbruder haben.«

Der Trucker umklammerte das Lenkrad. Zehn weiße Knöchel.

»Mit wem haben Sie geredet?«

»Mit niemand.« Dale streckte die Hand nach dem Türgriff aus, hörte ein Klicken und sah wieder zu Alice, die die Pistole auf seinen Bauch richtete.

»Ist hinten verschlossen?«, fragte Alice, beide Hände um die Pistole gelegt.

Dale antwortete nicht. Er hatte die Hände von sich gestreckt und starrte den Lauf der Pistole an.

»Das Rolltor hinten am Laster. Ist es verschlossen?«

Dale nickte. Die Zigarette in seinem Mundwinkel verglühte

langsam, und der Rauch stach ihm in die Augen, aber er ließ seine Hände, wo sie waren.

»Okay. Ich sag Ihnen, was jetzt passiert. Wir werden zur Rückseite des Lasters gesehen. Sie werden das Tor öffnen und reinklettern. Ich schätz mal, dass Sie so lahm sind, dass Sie keine Chance gegen mich haben, also versuchen Sie erst gar nicht, davonzulaufen. Haben Sie das kapiert?«

Delilah und der Trucker sahen sie beide mit aufgerissenen Augen an.

Alice bohrte Dale die Pistole in die Seite. »Haben Sie das kapiert?«

Er nickte.

»Delilah«, sagte Alice.

Das Mädchen sah wie gebannt auf ihre Waffe in Alice' Händen.

»Delilah. Du kommst mit. Nimm meine Reisetasche, während ich unseren Freund hier nach hinten begleite.«

»Was ist denn los?«, flüsterte Delilah Alice zu, als könnte der Trucker sie nicht hören.

»Du hast es in die Nachrichten geschafft. Jetzt nimm meine Tasche und steig aus. Okay?«

Delilah starrte sie immer noch an. Kaute weiter. Brachte aber ein Nicken zustande.

Alice drückte den Pistolenlauf noch ein bisschen fester in den wabbeligen Bauch des Mannes und wartete darauf, dass er ausstieg. Als er aus einem Reflex heraus die Hände höher hob, sagte Alice leise: »Hände runter. Wir wollen kein Aufsehen erregen.«

Wegen des Rauchs blinzelnd ließ Dale die Hände sinken und öffnete gehorsam die Tür.

Alice schob sich an der von der Tankstelle abgewandten Seite des Lasters entlang. Die Pistole hielt sie nach unten gerichtet, während sie dem Trucker folgte. Von der Tankstelle aus hatte man eine gute Sicht auf die Rückseite des Sattelschleppers, und Alice blickte zur

Eingangstür und zu dem Tankwart, der am Tresen stand und rauchend zum Fernseher hochsah.

Dale fummelte an seinem Schlüsselbund herum – an dem Ring hingen sicher zwanzig verschiedene Schlüssel.

»Was haben sie in den Nachrichten gesagt? Über das Mädchen?«

Der Mann blickte auf, sein Gesicht weiß wie ein Laken, und schluckte. »Dass sie vermisst wird.«

»Mehr nicht? Und deshalb sind Sie so nervös?«

Er sah auf die Schlüssel. »Dass sie mit ihr reden wollen. Sie sagen, sie hätte in Philadelphia einen Mann umgebracht. Erschossen. Und dass sie sie suchen.«

Alice nickte. »Okay. Jetzt sperren Sie auf.«

Seine Hände zitterten so sehr, dass er beinahe die Schlüssel fallen gelassen hätte. Er versuchte es noch einmal. Stocherte den Schlüssel ins Schloss, und endlich ging es mit einem scharfen Klick auf.

»Hat sie den Mann wirklich umgebracht?«, stieß der Mann hervor.

Alice streckte die Hand aus und nahm ihm die Kippe aus dem Mundwinkel. Warf sie auf den Boden. »Wollen Sie es wirklich wissen?«

Dale wollte lieber nicht.

»Dann schieben Sie das Tor hoch.«

Schnaufend machte er sich an die Arbeit.

»Klettern Sie rauf.«

Irgendwie schaffte er es, mit seinen kurzen Beinen hochzuklettern, und stieg in den Auflieger.

»Danke fürs Mitnehmen, Dale. Tut mir leid, dass wir Ihnen Schwierigkeiten gemacht haben. Ist die Polizei schon unterwegs?«

Er nickte.

»Ziehen Sie das Tor wieder runter.«

Mit einem lauten Knall rastete das Tor ein. Alice drehte den Griff zurück und verriegelte es. Den Schlüssel warf sie in einen Gully und hörte in der Tiefe ein metallisches Klimpern.

Delilah kauerte immer noch auf der Kante der Matratze im Führerhaus. Das Mädchen hatte sich nicht vom Fleck gerührt.

Alice streckte den Kopf hinein. »Wir müssen los.«

Für einen kurzen Moment unterbrach das Mädchen das Kaugummikauen. »Warum?«

»Deinetwegen. Darum. Jetzt nimm meine Tasche.«

Delilah rührte sich immer noch nicht. »Nein. Wegrennen hat doch keinen Sinn. Dafür ist es zu spät. Die Cops suchen mich schon.«

»Stimmt. Du wusstest, dass das irgendwann passieren würde. Du kannst also entweder hierbleiben und dich verhaften lassen oder du kommst mit mir mit.«

»Ich will nicht mehr weglaufen«, sagte das Mädchen.

»Das ist erst der Anfang, Delilah. Das ist erst der Anfang.«

Das Mädchen sah auf seine Hände.

»Okay. Wie du willst.« Alice hatte die Nase voll. Von jetzt an würde sie sich nur noch um sich kümmern, und das hieß, dass sie auf der Stelle von hier verschwand. Sie nahm ihre Reisetasche und sprang von dem Tritt.

Delilah machte eine Kaugummiblase. Sah Alice nach, die über den Parkplatz ging, dann kletterte sie schnell aus dem Laster und stolperte wie ein kleiner Hundewelpe hinter ihr her.

Schnurstracks ging Alice auf einen Mann mittleren Alters zu, der eine Camouflagehose und das dazu passende Hemd trug und gerade dabei war, den Tankverschluss seines Kombis zuzudrehen. Auf dem Dach des Autos war ein drei Meter langes verbeultes und zerkratztes Boot befestigt. Aus dem Heck des Aluminiumboots ragten mehrere Angeln.

»Entschuldigung, Sir, aber wäre es wohl möglich, dass Sie uns ein Stück mitnehmen?«

In einer Backe des Anglers steckte ein Klumpen Kautabak, und die Haut auf seiner Nase schälte sich infolge eines heftigen Sonnenbrands. Er sah Alice an. Dann Delilah. Dann wieder Alice. »Mitnehmen?«

»Ja. Wenn es Ihnen nichts ausmacht. Wir sind in dem Laster da drüben mitgefahren, aber der hat irgendein Problem mit dem Motor.«

Der Angler steckte einen Finger ins Ohr. Kratzte darin herum, als würde ihn etwas jucken. »Nee, macht mir nichts aus. Aber ich fahr nur ein, zwei Meilen die Straße hoch.«

»Das passt. Genau dahin wollen wir.«

Der Angler kratzte sich im anderen Ohr. Bedeutete ihnen mit einer Kopfbewegung, sich auf die Rückbank zu setzen.

Als Alice die Autotür öffnete, roch sie toten Fisch. Mehr als ein, zwei Meilen würde sie den Gestank sowieso nicht ertragen.

Kapitel 27

Der Parkplatz des Willkommenszentrums an der Grenze zwischen North Carolina und Virginia war voll mit Pkw, Minivans, Pick-ups und, in einem eigenen Bereich, Lastern, abgestellt in ordentlichen Reihen. Fahrer vertraten sich die Beine, Familien aßen Snacks an den weit von den Toiletten entfernt stehenden Picknicktischen, und Hundebesitzer ließen ihre vierbeinigen Lieblinge von der Leine, damit sie herumlaufen, schnüffeln und dem Ruf der Natur folgen konnten.

Mit Phillip im Schlepptau spazierte Sinclair über das Gras zu einem öffentlichen Telefon, das offenbar schon eine ganze Weile nicht mehr benutzt worden war. Das silberne Gehäuse war verstaubt und verdreckt, und unentzifferbare Tags in verschiedenen Farben waren draufgekritzelt. Sinclair wartete, bis Phillip den Hörer abgehoben und zwei Tütchen Desinfektionstücher aus seiner Tasche geholt hatte, und sah zu, wie er sorgfältig die Sprech- und die Hörmuschel abrieb.

»Schmutzig«, sagte Phillip.

»Und wie. Mir wird ganz anders bei dem Gedanken, wer da alles seine Lippen draufgepresst hat«, sagte Sinclair.

Phillip wischte und wischte und wartete auf ein Zeichen von Sinclair, dass es jetzt genug sei.

»Hast du die Münzen?«

Phillip grunzte zustimmend.

»Und einen Stift?«

Erneutes Grunzen. Er reichte Sinclair einen Füller.

»Wenn du die Nummer gewählt hast, hätte ich gern ein Mountain Dew und Kekse aus dem Verkaufsautomaten. Bitte nichts mit Rosinen. Ich brauche nicht mehr als eine Minute.«

Phillip wählte die Nummer, die auf dem Zettel stand, dann steckte er mehrere Münzen in den Schlitz und wartete, bis die Verbindung hergestellt war. Er reichte Sinclair den Hörer.

Leise zählte Sinclair mit, bis endlich jemand abhob, und zauberte ein falsches Lächeln auf seine Lippen. »Guten Tag. Ich heiße Mark Weatherford. Dürfte ich fragen, mit wem ich spreche?«

Der Mann nuschelte eine Antwort.

»Es freut mich, Ihre Bekanntschaft zu machen, Robert, auch wenn Sie keine Ahnung haben, wer ich bin. Das hier kommt vielleicht etwas unvermittelt, daher will ich nicht lange um den heißen Brei reden ...«

Der Mann unterbrach Sinclair barsch.

»Nein, Robert, ich will Ihnen gewiss nichts verkaufen. Bitte legen Sie nicht auf und hören Sie mir einen Moment lang zu. Zeit ist von essenzieller Bedeutung. Sagen Sie, haben Sie zufällig eine Tochter namens Alice?«

Einen Moment lang herrschte Totenstille am anderen Ende, dann antwortete der Mann stammelnd mit hysterisch hoher Stimme.

»Jaja, Alice lebt, aber ...« Sinclair lauschte kurz dem hektischen Strom von Fragen. »Ich verstehe Sie. Ehrlich. Ich kann mir gut vorstellen, dass Sie tausend Dinge wissen wollen, aber fürs Erste muss es genügen, wenn ich Ihnen sage, dass ich ein Freund von Alice bin und Ihnen helfen will.«

Alice' Vater bombardierte ihn erneut mit verzweifelten Fragen.

»Ja, ich habe sie vor Kurzem gesehen, nur steckt sie leider in Schwierigkeiten, was sie sich selbst zuzuschreiben hat.«

Weitere Fragen. Weitere Bitten.

»Ich weiß, dass das schwer für Sie ist.«

Im Hintergrund hörte Sinclair eine heisere, flehende Frauenstimme, und Alice' Vater sagte der Frau, sie solle still sein.

»Hören Sie zu, Robert. Ich stehe an einem Münztelefon, und mir geht das Kleingeld aus. Ich kann Ihnen versichern, dass Alice im Moment nichts zu befürchten hat, aber die Schwierigkeiten, in denen sie steckt, sind nicht ganz ohne. Ich halte es für das Beste, wenn wir uns persönlich treffen.«

Eine automatische Stimme meldete sich zu Wort und forderte ihn auf, weitere Münzen einzuwerfen.

»Robert, wir haben nicht mehr viel Zeit. Sagen Sie mir doch bitte, wo ich Sie finden kann, dann werde ich Ihnen alle Fragen persönlich beantworten.«

Sinclair lauschte der Stimme am anderen Ende der Leitung einen Moment und notierte sich eine Adresse auf der Rückseite des Zettels mit Alice' Foto. »Danke, Robert. Wir sehen uns bald, und Sie können mir vertrauen, wir werden das alles in Ordnung bringen. Das verspreche ich Ihnen.«

Er hängte den Telefonhörer ein, und in dem Moment kam Phillip auf ihn zu, in der Hand eine Dose Cheerwine und eine Packung Schokokekse.

»Ich habe dich doch gebeten, Mountain Dew mitzubringen.«

»Ausverkauft.« Der Gorilla hielt Sinclair die Cheerwine-Dose hin.

»Nun ja, dann werde ich mich wohl damit begnügen müssen.«

Kapitel 28

Der Angler hatte während der fünfminütigen Fahrt über die schlaglochübersäten Straßen kein Wort von sich gegeben. Den Bauch unter das Lenkrad des Kombis gequetscht, reinigte der Mann während des Fahrens mit einem Taschenmesser seine Fingernägel. Das Auto rumpelte und quietschte, und einige Schmeißfliegen brummten herum, ließen sich gelegentlich kurz irgendwo nieder und schwirrten weiter.

Alice wusste, dass Delilah sie mit ihren großen mandelförmigen Augen ansah, aber sie hatte keine Lust, etwas zu sagen. Das Auto nahm eine lang gezogene Kurve, und sie rutschten über die Vinylrückbank, die klebrig war und nach etwas Verrottetem roch.

Der Kombi fuhr an einem von Kugeln durchsiebten Stoppschild vorbei, ohne auch nur kurz langsamer zu werden, und passierte das schwarz verkohlte Gerippe einer Scheune, das jeden Moment zusammenzubrechen drohte. Nach einer weiteren Minute trat der Angler auf die quietschende Bremse und hielt vor einer kleinen Hütte mit einem kaum leserlichen handgemalten Schild über dem Eingang. Es sah aus, als hätte ein Kind die Buchstaben gepinselt – *Larry's Market.*

»Endstation«, sagte der Angler und spuckte einen tabakbraunen Batzen aus dem Fenster.

Alice und Delilah hatten nichts dagegen. Sie schoben sich aus dem Auto und sogen begierig die frische Landluft ein. Noch bevor Alice die Tür ins Schloss gedrückt hatte, fuhr das Auto schon wieder los und verschwand in einer braunen Staubwolke auf der einspurigen unbefestigten Straße, die im Schatten von mit Louisianamoos überwucherten Eichen und Zypressen lag.

Das Motorengeräusch erstarb in der Nachmittagsluft und wurde von dem beständigen lauten Zirpen der Grillen und Zikaden ersetzt. Sie standen mitten in der Pampa. Außer der Hütte keine Häuser. Keine Autos. Nur die Geräusche der Insekten, die mit jeder Sekunde schriller zu werden schienen.

Delilah starrte die Bäume und den Kudzu an, dann stellte sie sich ganz dicht neben Alice und flüsterte, als wären sie in der Kirche: »Und was machen wir jetzt?«

»Ich schätz mal, wir werden mit Larry reden.« Alice ging die Stufen zu Larrys Veranda hoch und umrundete dabei ein großes Loch in dem morschen Holz. Etwas Braunes huschte in die rettende Dunkelheit unter den Dielenbrettern. Sie riss ihren Blick von dem Loch los und trat auf die völlig vermüllte kleine Veranda. Leere Baked-Beans-Dosen, die als Aschenbecher herhielten. No-Name-Katzenfutter, neben einem Korbschaukelstuhl Stapel von schwarz schimmeligen alten Zeitungen. Als Alice die Fliegengittertür öffnete, kreischte diese wie ein in eine Falle getappter Fuchs.

Der vordere Raum lag dunkel da, weil kein Sonnenstrahl es durch die Schmutzschicht auf den kleinen Fenstern schaffte. Eines der Fenster war mit Pappe zugeklebt, die über die Jahre verblichen und vom Regen aufgequollen war. Zwei Hirschgeweihe hingen an der rückwärtigen Wand und waren voller Spinnweben, in denen sich massenhaft Fliegen verfangen hatten. Ein ausgestopfter Waschbär, ein paar ausgestopfte Frischlinge und ein ausgestopfter Vogel, der einmal ein Truthahn gewesen sein könnte, standen mitten in der Bewegung erstarrt an der Wand neben der Tür.

Das Angebot von Larry's Market bestand im Grunde nur aus No-Name-Limonade, gekochten Erdnüssen und hausgemachtem Trockenfleisch in einer rostigen Schubkarre. Der Pökelgeruch, der in der Luft hing, konnte gegen den nach Katzenpisse allerdings nicht anstinken.

Alice bemerkte die Sauerstoffflasche in einer Ecke des Raums, bevor sie sah, wohin der Schlauch daran führte.

»Wollt ihr was?«, zischte eine belegte Stimme aus dem Schatten.

Delilah schrie leise auf und packte Alice' Arm. Sie versuchte, einen Satz zur Tür zu machen, aber Alice umklammerte das Handgelenk des Mädchens und hielt es fest, dann trat sie einen Schritt in Richtung der Stimme.

»Hallo.«

Ein alter Mann, mehr tot als lebendig, hockte reglos auf einem umgedrehten Gurkenfass und sah selbst aus wie ausgestopft. Er trug eine Jeanslatzhose und darunter ein fadenscheiniges Hemd, das vor zehn Jahren vielleicht einmal rot gewesen war. Auf seinem Schoß hatte sich ein fetter Kater zusammengerollt, der genauso alt wie der alte Mann sein musste. Der Sauerstoffschlauch schlängelte sich über dem Kater zum Hals des Mannes, teilte sich und verschwand in den Haarbüscheln, die aus seinen Nasenlöchern wucherten.

»Die gekochten Nüsse machen eins fünfzig die Tüte«, schnaufte der Alte. Jedes Wort schien ihn große Anstrengung zu kosten.

»Sind Sie Larry?«, fragte Alice.

Das Pfeifen, das er aus seiner Lunge hervorquetschte, war keine Antwort auf ihre Frage, aber mehr kam nicht.

»Wir brauchen eine Mitfahrgelegenheit.«

»Was für eine Mitfahrgelegenheit?«, pfiff Larry.

»Wir müssen nach Shallotte. Wir sind hier gestrandet. Kennen Sie vielleicht jemand, der bereit wäre, uns dorthin zu fahren?«

Larry sah sie mit gelbstichigen Augen an, zog einen Tabakbeutel und Papierchen aus der Brusttasche seiner Latzhose und drehte, ohne auch nur einmal hinzuschauen eine perfekt geformte Zigarette. »Eine Mitfahrgelegenheit nach Shallotte? Bis runter nach Myrtle Beach?«

»Ja. Natürlich zahlen wir dafür.«

Eine krumm gebeugte alte Frau kam angeschlurft und kaute in ihrem zahnlosen Mund auf etwas herum. Alice nickte ihr zu, und die kauende alte Frau sah zu Delilah, als wäre sie nicht sicher, was sie von ihr halten sollte.

»Was wollt ihr denn in Shallotte?«, brachte Larry hervor.

Alice zwang sich zu einem Lächeln und sah zu der alten Frau, die Delilah nicht aus den Augen ließ. »Wir wollen ein paar Freunde besuchen und haben den Bus verpasst.«

»Das hier ist ein Laden. Wir verkaufen Getränke und Nüsse und so«, pfiff Larry.

»Ja. Verstehe. Ich dachte nur, dass Sie vielleicht jemand kennen. Wir wären bereit, dreihundert Dollar zu zahlen.«

»Cash?«, fragte der alte Mann und krümmte sich hustend.

Alice wartete, bis der Hustenanfall vorbei war. »Ja. Cash. Und im Voraus natürlich.«

Larry spuckte etwas Braunes in die Kaffeedose zu seinen Füßen, dann zog er wieder an seiner Selbstgedrehten. Er stieß eine graue Rauchwolke aus und fing wie die alte Frau an zu mümmeln. »Dreihundert ist eine Menge für eine Fahrt, was?«

»Stimmt, aber wir müssen unbedingt dahin. Außerdem sind wir etwas in Eile. Vielleicht kennen Sie ja jemand, der hier in der Gegend wohnt und ein Auto hat.«

»Eli Brown hat ein Auto.«

»Okay. Super.«

»Ist aber kaputt. Schon seit ein paar Monaten. Getriebe, schätz ich mal.«

»Okay. Gibt's hier sonst noch jemand?«

»Die Shoemakers wohnen ein Stück die Straße runter. Ungefähr eine Viertelmeile.«

»Und die haben ein Auto?«

»Nee. Billy hat sich diese multiple Sklerose eingefangen.«

»Schade, da kann man wohl nichts machen«, sagte Alice.

Larry grunzte und kaute. Sah Delilah an. »Wenn's auch ein Pritschenwagen tut, den hätt ich.«

Alice nickte. »Ein Pritschenwagen ist okay. Solange er uns ans Ziel bringt.«

»Fährt wie 'ne Eins. Ford. Keine von diesen ausländischen Blechbüchsen.«

»Super. Das wäre echt toll.«

Larry drehte sich zu der alten Frau um, und als hätte sie nicht die ganze Zeit neben ihm gestanden, rief er ihr zu: »Ich muss wohin. Wird ein bisschen dauern. Kannst ja das Hühnchen braten, bis ich zurück bin.«

Die alte Frau legte den Kopf schief und kaute weiter.

»Werd auch ein bisschen tanken müssen. Für hin und zurück wird's nicht reichen.«

Alice nickte. »Klar. Das übernehmen wir auch.«

»Gut, gut. Dann hol ich mal die Schlüssel.« Larry schnäuzte sich in ein Taschentuch und schob es zurück in die Hosentasche. »Wenn ihr wollt, könnt ihr eine Tüte Nüsse mitnehmen.« Ächzend stand er auf, und der Kater plumpste auf den Boden. Er schlurfte zu Alice und deutete mit dem Daumen auf Delilah. »Die da setzt sich aber hinten drauf.«

•••

Zwischen Alice und Larry klemmte die Sauerstoffflasche. Zusammen mit einigen leeren No-Name-Bierdosen war sie zwischen die beiden Schalensitze gequetscht. Der Kater hatte sich wieder auf Larrys warmem Schoß eingerollt, so als wären die beiden an den Hüften zusammengewachsen. Im Mundwinkel des alten Mannes steckte ein abgebrannter Zigarettenstummel, und er mümmelte nach wie vor auf etwas herum.

Alice warf einen Blick auf den Tacho – der alte Ford-Pritschenwagen zockelte mit vierzig Meilen die Stunde auf der Interstate 95 Richtung Süden. Autos und Laster rasten an ihnen vorbei, die Fahrer hupten und zeigten ihnen den Mittelfinger, aber das brachte Larry nicht aus der Ruhe.

»Wo sind wir eigentlich?«, fragte Alice.

Der Mann bedachte sie mit einem Blick von der Seite. »Wie, wo sind wir?«

»Wir trampen schon eine Weile rum. Ich weiß nicht genau, wo wir gerade sind.«

Larry grunzte. »In der Nähe von Hope Mills.«

»Nicht viel los hier, oder?«

»Kommt drauf an, wonach man sucht«, sagte Larry.

»Und wie weit ist es nach Shallotte?«

Larry kratzte sich kurz am Ohr. »Weiß nicht. Neunzig Meilen, vielleicht auch hundert.«

Alice überschlug es kurz im Kopf. Bei dem Schneckentempo, in dem Larry fuhr, würden sie mehr als zwei Stunden brauchen.

Reifen summten, Hupen plärrten. Der Kater auf Larrys Schoß erhob sich, drehte sich ein paarmal und ließ sich an genau derselben Stelle wieder nieder.

Alice rutschte auf ihrem Sitz herum. Machte eine falsche Bewegung, und ihre Rippe stach zu. Sie biss sich auf die Lippe, um ein Stöhnen zu unterdrücken. Dann holte sie ein paarmal flach Atem und achtete darauf, sich nicht wieder in die falsche Richtung zu bewegen.

»Dürfte ich mir eine Zigarette drehen?«, fragte Alice, in der Hoffnung, dass Rauchen sie von den Schmerzen ablenkte.

»Klar, nur zu.« Er zog den Tabakbeutel und die Papierchen aus seiner Brusttasche und reichte sie Alice.

»Danke. Hab schon Ewigkeiten keine mehr gedreht«, sagte Alice.

Larry nickte. »Was anderes kann man nicht rauchen, wenn du mich fragst.«

Alice zog etwas Tabak aus dem Beutel und verteilte ihn auf dem Papierchen.

»Seid ihr beiden, du und die Farbige, Freundinnen?« Larry deutete mit seinem schmutzigen Daumennagel zur Ladefläche des Pritschenwagens, wo Delilah gegen das Führerhaus gelehnt saß. Das Mädchen hockte inmitten eines Haufens Schrott – ein alter Fahrradrahmen, ein kaputter geblümter Sessel und mehrere Kartons mit fettigen Böden, in denen Autoteile, Toaster und Marmeladengläser mit einem Sammelsurium an Nägeln und Schrauben verstaut waren.

Alice leckte die Klebefläche an und rollte eine halbwegs gelungene Zigarette. »Ich weiß nicht, ob ich uns wirklich als Freundinnen bezeichnen würde. Wir haben uns erst kennengelernt, aber sie ist in Ordnung.«

»Ich für meinen Teil halt mich von denen lieber fern. Ist besser so.«

»Von Mädchen?« Aber Alice wusste genau, was er meinte.

»Nee. Von Farbigen. Die sind anders als wir Weiße. Wie Öl und Essig.«

Alice wusste nicht, warum sie ihn provozieren wollte, aber sie tat es. »Ehrlich, warum?«

Larry lachte schnaubend, als wäre das die dümmste Frage, die er je gehört hatte. »Das sag ich dir gern. Die arbeiten nicht. Klauen und saufen und was weiß ich.«

Alice entdeckte eine Streichholzschachtel auf dem Armaturenbrett und zündete sich die Zigarette an. »Ich weiß nicht, Larry. Ich kenne massenhaft Weiße, die klauen und saufen und noch schlimmere Dinge tun.«

Larry schüttelte den Kopf. »Das ist was anderes. Du bist einfach noch zu jung. Irgendwann wirst du es verstehen. Jedenfalls sollte man denen besser nicht den Rücken zukehren.«

Die Zigarette brannte Alice in der Lunge. Starker, ungefilterter Tabak. Alice wollte nicht husten. Der Schmerz würde sie umbringen. »Na ja, ich glaube jedenfalls nicht, dass wir irgendwelche

Probleme mit ihr kriegen. Wie gesagt, sie ist noch ein halbes Kind.«

Larry nahm den Zigarettenstummel zwischen die Finger und schnippte ihn aus dem Fenster. »Ist egal, wie alt die sind.«

Alice zwang sich, weiter aus dem Fenster zu sehen, auf das viele Grün, das den Freeway säumte – Zypressen, Goldruten, Pinien. Einen Moment lang war es still, und sie genoss das Schweigen.

»Reich mir mal die Tüte mit den Nüssen rüber, ja? Hab noch nichts zu Mittag gegessen.«

Alice gab ihm eine große braune Papiertüte, deren Boden schwarz und weich von Erdnussöl war. Larry murmelte einen Dank, dann stopfte er sich eine Handvoll Nüsse in den Mund, samt Schale.

Das Nikotin stieg Alice sofort in den Kopf, und ihr wurde leicht schwindlig. Sie legte den Kopf in den Nacken und sah zu, wie die Landschaft von North Carolina an ihnen vorbeizog. Wieder wurden ihre Augenlider schwer. Sie drückte die Zigarette aus und überlegte, ob sie versuchen sollte, ein wenig zu schlafen.

Gerade als ihr die Augen zufallen wollten, erblickte Alice etwa hundert Meter vor ihnen einen Streifenwagen der North Carolina State Trooper. Er stand auf dem Grasstreifen, der die beiden Fahrbahnen voneinander trennte. Das schwarz-silberne Fahrzeug schimmerte frisch poliert in der Sonne. Sie streckte die Hand nach hinten aus und klopfte an die Scheibe. Delilah hob den Kopf. Alice zeigte auf den State Trooper und bedeutete dem Mädchen, sich wegzuducken.

Delilah riss die Augen auf und warf sich flach auf die Ladefläche.

Der alte Ford tuckerte auf den Streifenwagen zu, dann trat Larry auch noch leicht auf die Bremse und wechselte auf die Spur neben dem Mittelstreifen. Alice sah auf den Tacho. Mittlerweile fuhr der Pritschenwagen nicht einmal mehr fünfzehn Meilen die Stunde.

»Was ist los?«, fragte Alice und versuchte, die in ihr aufsteigende Panik zu unterdrücken.

»Ich muss nur was erledigen. Dauert nicht lang.«

»Wir müssen aber möglichst schnell nach Shallotte.«

Larry nickte. »Keine Sorge.« Der Pritschenwagen holperte über den Mittelstreifen und blieb mit einem Ruck hinter dem Streifenwagen stehen. Larry drückte auf die Hupe. Einmal. Zweimal.

Alice warf einen Blick durch die Heckscheibe und sah Delilah auf der Ladefläche liegen. Als sie den Kopf wieder nach vorn drehte, wälzte sich der State Trooper gerade aus dem Streifenwagen, rückte die Polyesterhose über dem Hängebauch zurecht und schlenderte auf den Pritschenwagen zu. Das Gesicht des Mannes war tomatenrot von der Sonne, und seine linke Wange beulte sich von einem Brocken Kautabak. Brauner Tabaksaft tüpfelte sein Doppelkinn.

Stöhnend und ächzend kurbelte Larry sein Fenster ein Stück runter, den Rest der Scheibe musste er mit beiden Händen nach unten drücken. »He, du da, ich muss was mit dir bereden.«

Der State Trooper hakte die Daumen in den Gürtel. Kaute und spuckte und sah kein bisschen erfreut aus, dass er gezwungen worden war, aus dem Auto auszusteigen. »Ach ja?«

Larry spuckte seinerseits. »Jep.«

Die Rechte des State Troopers wanderte zum Griff seiner Dienstwaffe. »Und was, alter Mann?«

Larry sah kurz zu Alice und schüttelte den Kopf, dann wandte er seine Aufmerksamkeit wieder dem State Trooper zu. »Wenn ich's nicht besser wüsste, würd ich sagen, dass du dir seit Neuestem deine gekochten Nüsse irgendwo anders besorgst, Mackie.«

Mackie spuckte noch mal aus und beugte sich ins Fenster. Er hatte dicht behaarte, muskulöse Unterarme. Hätte da nicht die Timex an seinem rechten Handgelenk geprangt, wäre er von den Ellbogen abwärts als Affe durchgegangen. »Nee. Das weißt du ganz genau, Larry, dass du die besten weit und breit hast. Das weiß jeder.«

»Wo zum Teufel bist du dann geblieben?«

»Wieder diese blöden Nierensteine. Der Arzt sagt, ich soll ’ne Weile die Finger von Erdnüssen lassen. Ach was, von allen Nüssen. Walnüssen, Pekannüssen, Mandeln. Von jeder einzelnen Nuss. Meine Fresse.«

Larry kratzte sich das stoppelige Kinn. »Ehrlich? Nierensteine?«

Mackie nickte. »Ja. Echt nicht schön.«

»Nierensteine hatt ich auch mal, ist ewig her. Hat verdammt wehgetan, kann ich dir sagen. Hat sich angefühlt, als würd ich Reißzwecke pissen.«

Mackie spuckte wieder aus. »Wem sagst du das? Gibt nicht viel, was mich zum Heulen bringt und neben dem Klo auf die Knie zwingt. Lieber nehm ich’s mit ’nem Bären auf, als noch mal Nierensteine rauszupinkeln.«

Larry prustete los, was mit einem schmerzhaften, abgehackten Hustenanfall endete.

Mackie wartete geduldig, bis der alte Mann sich ausgehustet hatte, lächelte Alice an, und kurz rutschte sein Blick zu ihren Brüsten. »Und wer ist deine hübsche Freundin da? Hast Sally wohl gegen ein neueres Modell ausgetauscht?«

Larry kicherte und hustete noch mal. »Nee. Die bring ich nur wohin.«

Mackie lächelte weiterhin und warf noch einen Blick auf Alice’ Brüste. »Sind Sie sicher, dass Sie mit dem Kerl da fahren wollen, Lady? Diesen alten Männern kann man nicht trauen.«

Alice erwiderte das Lächeln und beugte sich ein wenig vor, um den Trooper mit dem aufreizenden Anblick davon abzuhalten, sich der Ladefläche des Pritschenwagens zuzuwenden. »Bisher hat sich Larry wie ein echter Gentleman verhalten. Sehr nett und rücksichtsvoll.«

Mackie wieherte und schlug auf das Dach des Führerhauses. »Meine Fresse! Wetten, das ist das erste und das letzte Mal, dass jemand Larry Gentleman nennt.«

Larry nickte bestätigend. »Ich nehm, was ich krieg. Bin ja nicht doof.«

»Mannomann.« Mackie wischte sich die Lachtränen weg. »Geht's der Frau gut? Ärgert sie dich auch immer schön?«

Larry kaute auf ein paar Nüssen und nickte. »Die ist immer noch bösartig wie ein dreibeiniger Köter mit Flöhen und Zecken. Ich schwör's dir, eines Tages bringt sie mich um.«

»Kann ich mir gut vorstellen«, stimmte Mackie zu.

»Und bei dir? Dein Jüngster schießt bestimmt wie Unkraut in die Höhe.«

»Ja. Bis zum Kinn reicht er mir schon. Der wird mal ein Mordsbrocken. Verdammt guter Footballspieler. Left Tackle. In dem steckt was drin.«

»Hab ich schon gehört. Schickst du ihn aufs College?« Larry drehte sich noch eine Zigarette und brauchte zwei Streichhölzer, bis sie brannte.

»Ja, wenn ich's mir leisten kann.« Mackie schnäuzte sich, dann faltete er das Taschentuch zusammen und rieb sich damit über den Nacken. »Kommt Zeit, kommt Rat. Zuerst muss er mal die Highschool schaffen.«

Einen Moment lang schwiegen sie. Larry rauchte, und Mackie schlug nach einer Fliege, die an seinem Ohr brummte.

»Ist was los, Mackie? Oder sitzt du einfach nur gemütlich in deinem Streifenwagen und schaust der Zeit beim Vergehen zu?«

»Nee, nichts. War ziemlich ruhig, ehrlich gesagt. Heute Morgen hab ich einen angehalten, der hatte vorn rechts einen Platten. Ist auf der Felge gefahren, bis die Funken gesprüht haben, aber mit fünfzig Sachen rumbrettern. Was für ein Trottel.«

»Ha. Bestimmt ein Yankee«, sagte Larry.

»Ja.«

Larry rieb sich erneut das Gesicht. »Sag mal, wie sieht's auf der 95 aus? Viel Verkehr Richtung Shallotte?«

Mackie sah ihn fragend an. »Shallotte? Was willst du denn in Shallotte, Larry?«

Larry zuckte mit den Achseln. Deutete auf Alice. »Die beiden jungen Dinger abliefern. Müssen dorthin.«

Mackie sah zu Alice. »Die beiden? Ich seh nur eine.«

»Die andere ist auf der Ladefläche. Hier drin war kein Platz mehr. Jedenfalls nicht für so eine.«

Mackie machte Anstalten, einen Blick auf die Ladefläche werfen, als sein Funkgerät zu quäken begann. »Verdammt. Was wollen die denn schon wieder?« Mackie machte einen Schritt vom Pritschenwagen weg, zog seine Hose hoch und ging auf den Streifenwagen zu.

Alice beugte sich noch weiter vor, bis ihr die Brüste fast aus dem Ausschnitt fielen. »Officer?«

Mackie sah zurück zu dem Pritschenwagen und seine Augen wanderten über Alice' Auslage. »Ma'am?«

Das Funkgerät quäkte erneut, und Alice lächelte Mackie nett und freundlich an. »Richten Sie Sally bitte aus, dass ihr Mann in guten Händen ist, falls er es heute Abend nicht heimschafft.«

Das Gequäke ging immer weiter, aber Mackie hatte kein Ohr dafür. Sein Gesicht erschlaffte einen Moment, und er sah Alice in ihre großen grünen Augen, dann grinste er breit und kicherte. Noch einmal schlug er auf das Dach des Pritschenwagens.

»Sie sind mir ja eine. In guten Händen. Mannomann. Das ist witzig. Das ist echt witzig.«

Das Funkgerät verstummte, und Alice lehnte sich wieder zurück.

»Tja, ich schätz mal, wir sollten weiterfahren und dich deine Arbeit machen lassen. Grüß deine Frau von mir«, sagte Larry.

Mackie zog wieder seine Hose hoch – das blöde Ding rutschte ständig runter. »Na denn. Passt auf euch auf.« Ein letztes Mal schlug er auf das Dach des Pritschenwagens.

»Und Sie passen wegen Ihrer Nierensteine auf, Officer.« Lächelnd zwinkerte Alice ihm zu.

»Das werd ich. Das werd ich, ganz sicher«, sagte er und zwinkerte zurück.

Als Larry den alten Ford wieder auf die Fahrbahn lenkte, holte Alice tief Luft und wünschte, sie hätte etwas zu trinken dabei, stattdessen nahm sie sich eine Handvoll Erdnüsse.

Kapitel 29
Dezember 2005

Als Erstes fiel Alice auf, dass Mr. Roberts ihr nicht zunickte, als sie durch die Tür trat. Sie nahm sich einen Einkaufskorb von dem Stapel an der Tür des kleinen Lebensmittelladens, ging an der Kasse vorbei und sah ihn an, aber er wandte grußlos den Blick ab.

Seltsam, dachte Alice.

Außer einem Food Lion war es das einzige Lebensmittelgeschäft in Shallotte. Die Kundschaft bestand fast ausschließlich aus älteren Leuten, die aus einem überschaubaren, überteuerten Sortiment einkauften. Mr. Roberts hatte Weißbrot, Milch und Limonaden, Kaffee und Bier, Konserven, Zigaretten, Süßigkeiten, Chips und Boulevardzeitungen im Angebot.

Mittlerweile kannte Alice sich in dem Laden aus. In den letzten Wochen war sie zu Eltons Botenmädchen geworden und radelte jeden zweiten Tag auf einem alten Schwinn-Rad, das in seiner Garage stand, hierher. *Deinen Beitrag leisten*, nannte er es. Sie übernahm seine üblichen Einkäufe: Lakritze, Salzstangen und ein paar Flaschen Root Beer.

Wie immer saß Mr. Roberts auf einem Hocker hinter dem Tresen. Er trug die übliche weiße Schürze und hörte Radio, das auf einen Sportsender eingestellt war, von dem vor allem Rauschen zu hören war.

Das Dutzend Mal, das Alice im Laden gewesen war, hatte sie ihn nie lächeln gesehen oder auch nur ein Wort sagen gehört, aber auf seine Art wirkte er freundlich. Nach einer Weile dachte sie, dass er vielleicht stumm war. Sie hatte Elton danach fragen wollen, es aber vergessen. Dann packte sie der Ehrgeiz, ihn zum Sprechen zu bringen. Sie sagte *Hallo* und *Danke* und *Wie geht es Ihnen* und *Bis bald,* erhielt jedoch nie eine Antwort. Nach wieder einer Weile nannte sie ihn für sich nur noch den Nicker. Wenn sie in den Laden kam, sah er vom Tresen auf, nickte ihr zu und beobachtete sie dabei, wie sie durch die Gänge lief, aber nicht aus Misstrauen, sondern aus Langeweile. Jedes Mal, wenn Alice zu ihm hinsah, nickte er mit unbewegter Miene. Wenn sie ihre Einkäufe bezahlte, deutete er auf die an der Kasse angezeigte Summe und nickte erneut. Sobald sie gezahlt und er ihre Einkäufe in eine Tüte gepackt hatte, nickte er ihr ein letztes Mal zum Abschied zu. Er war ein menschlicher Wackeldackel.

Heute jedoch nicht. Nicht ein Nicken. Sein scharfer Blick folgte ihr. Registrierte jede ihrer Bewegungen. Als sie in seine Richtung sah, drehte er sich schnell weg und fummelte an dem Radio herum.

Alice trug den Einkaufskorb zum Tresen und holte die Einkäufe heraus. »Guten Morgen.«

Mit gesenktem Kopf tippte Mr. Roberts die Preise für ihre fünf Sachen ein. Hinter ihm knisterte das Radio, eine Zusammenfassung der Spielergebnisse einer College-Liga. Immer noch mit gesenktem Kopf räusperte er sich. »Du wohnst bei Elton, oder?«

Bei dem Klang seiner Stimme schreckte Alice regelrecht zusammen. Sie war tief und heiser und passte nicht so recht zu seinem Erscheinungsbild. »Ja, Sir. Kennen Sie Elton?«

»Ich weiß über ihn Bescheid.« Noch immer sah der Mann sie nicht an.

»Ich hätte gedacht, dass hier jeder jeden kennt.«

»Wie gesagt, ich weiß Bescheid. Ein Freund von ihm bin ich sicher nicht.«

Alice wusste nicht, ob der Mann einen Scherz machte, aber nach seinem angespannten Kiefer und den verkniffenen Lippen zu urteilen, meinte er es todernst. »Das würde sich vielleicht ändern, wenn Sie ihn kennenlernen. Er ist wirklich nett.«

Mr. Roberts warf ihre Einkäufe in eine braune Papiertüte und schob sie über den Tresen. »So einer sollte jemanden wie dich nicht unter seinem Dach wohnen lassen. Das ist nicht richtig. Das ist einfach nicht richtig.«

Alice lächelte unbehaglich. »Ich verstehe nicht, was Sie meinen.«

Mr. Roberts sah sie scharf an und schüttelte den Kopf. »Ein Mann wie Elton könnte alle möglichen Probleme kriegen, wenn er so was macht.«

Sie lief rot an. »Ich verstehe wirklich nicht, was Sie meinen. Was tut er denn Falsches?«

»Tu nicht so unschuldig. Du kannst niemandem hier was vormachen.« Er sah zum Schaufenster hinaus, dann kehrte sein Blick zu ihr zurück. »Das macht zehn achtzig.«

Alice gab ihm einen Zwanziger. Wartete auf das Wechselgeld.

»Am besten erledigt ihr eure Geschäfte von jetzt an woanders. Das kannst du Elton ausrichten.«

»Tut mir leid. Aber ich weiß wirklich nicht, was Sie meinen.«

»Ich hab genug gesagt. Geh jetzt. Ich will, dass du meinen Laden verlässt.«

Alice wurde plötzlich wütend und war verwirrt und beschämt, und alles zusammen verknotete sich in ihrem Bauch ineinander. Auch wenn sie Elton erst seit wenigen Wochen kannte, hatte sie bereits einen Beschützerinstinkt entwickelt und fand es schlimm, wenn Leute wie Mr. Roberts schlecht von ihm sprachen. Sie wollte dem Ladenbesitzer etwas erwidern. Wollte ihm sagen, dass er kein Recht habe, so über andere Menschen zu reden. Stattdessen biss sie sich auf die Zunge, nahm die Tüte mit den Einkäufen und verließ schnell den Laden, ohne einen Blick zurückzuwerfen.

• • •

Vor dem Laden hing rechts neben einem Zeitungsautomaten die Anschlagtafel der Gemeinde. Hinweise auf Hausflohmärkte, abzugebende Katzenjunge, baldige Wohltätigkeitsveranstaltungen und

Terminankündigungen der Gemeinde. Viele der Zettel waren von der Sonne verblasst, zerknittert und wasserfleckig, aber in der Mitte der Anschlagtafel prangte ein brandneues DIN-A4-Blatt aus festerem Papier, das einen regelrecht ansprang. Es war knallorange, damit es möglichst viel Aufmerksamkeit erregte. Und das tat es. In der Mitte war ein Foto von Alice zu sehen, das an ihrem vierzehnten Geburtstag aufgenommen worden war. Es war eine glücklichere Zeit – vor Jasons Unfall. Sie lächelte breit, sah direkt in die Kamera und wirkte sorglos und fröhlich. Dass ihr kleiner Bruder in wenigen Monaten tot sein würde, konnte sie nicht ahnen.

Unter dem Foto stand in großen Blockbuchstaben: VERMISST. HABEN SIE DIESES MÄDCHEN GESEHEN? Wer immer Informationen zum Verbleib des lächelnden Mädchens hatte, sollte unter der darunter angegebenen Telefonnummer anrufen.

Beinahe hätte Alice beim Anblick ihres Fotos die Tüte mit den Einkäufen fallen gelassen. Sie sah den Flyer zum ersten Mal. Bislang musste sie immer daran vorbeigegangen sein. Sie wich zurück und stolperte beinahe über ihr Fahrrad, ohne den Blick von dem Foto zu wenden. Es war seltsam, das eigene Foto an einer Anschlagtafel zu sehen. Alice konnte sich fast nicht mehr daran erinnern, einmal dieses Mädchen gewesen zu sein. Rasch ging sie Richtung Straße und fühlte sich, als hätte sie keinen festen Grund unter den Füßen, als würde sie in der Luft hin und her schweben wie der Samen einer Pusteblume.

Sie bemerkte, dass Mr. Roberts ihr durch das Schaufenster nachsah. Sie kehrte um, riss den Flyer von der Tafel und zerknüllte ihn, aber dann hielt sie inne. Sie blickte auf den Papierball in ihrer Hand und strich ihn langsam wieder glatt, faltete ihn und schob ihn in ihre Gesäßtasche. Eine Minute stand sie reglos auf dem Gehsteig, drückte die Tüte mit den Einkäufen wie ein Stofftier an ihre Brust und wusste nicht, wohin sie sich wenden sollte. Sie spürte Mr. Roberts' missbilligenden Blick in ihrem Rücken, und so ging sie langsam die Main Street entlang und blieb erst stehen, als sie weitere Flyer an Laternenpfählen und Ladenschaufenstern bemerkte. Zuerst zählte sie sechs, dann sieben. Sie schienen überall zu sein. Die Fotos ihres jüngeren Ichs flatterten im Wind, winkten ihr zu, als forderten sie sie auf, nach Hause zurückzukehren.

Kapitel 30
Februar 2011

»Es tut mir sehr leid, dass wir uns unter diesen Umständen kennenlernen«, sagte Sinclair mit trauriger Miene. Er stand allein auf der rot geziegelten Veranda – Phillip hatte er angewiesen, ein Stück die Straße runter zu parken, wo er nicht gesehen werden konnte – und hatte ehrerbietig die Hände ineinander verschränkt. »Und ich möchte mich entschuldigen, dass ich vorhin am Telefon so kurz angebunden war, nur hat die Einrichtung, für die ich arbeite, leider nicht die Mittel, uns Handys und solche Dinge zur Verfügung zu stellen.«

Alice' Eltern standen eng aneinandergedrückt in der Diele ihres Hauses und sahen beide erschöpft und müde aus. Sie waren Mitte vierzig, wirkten aber wie knapp sechzig. Die Haare fast vollständig ergraut. Tiefe Falten um Mund und Augen. Alice' Vater hatte ein Doppelkinn, sein Gesicht war vom Alkohol aufgedunsen und teigig. Die Haare der Mutter standen von ihrem Kopf ab. Das schlichte blaue Kleid hing an ihrem mageren Körper herunter. Ihre Augen waren das Schlimmste. Dunkle Ringe unter einem abwesenden Blick, als hätte man sie lobotomiert.

»Ich sollte mich erst einmal richtig vorstellen«, sagte Sinclair. »Ich heiße Mark. Wenn ich kurz ins Haus darf, erzähle ich Ihnen alles über mich und die Situation, in der sich Ihre Tochter befindet.«

Alice' Vater schüttelte Sinclairs Hand – eine leichte Überraschung huschte über sein Gesicht, weil die Hand des klein gewachsenen Fremden so weich war –, dann bat er ihn hinein.

...

Nach vorn gebeugt saßen Mr. und Mrs. O'Farrell, Robert und Kathy, auf der Kante ihres Sofas, damit ihnen keines von Sinclairs geschliffenen Worten entging. Sie wirkten beide so zerbrechlich, so zart, als könnten sie jeden Moment in tausend Stücke zerspringen. Hinter ihnen erstreckte sich über die gesamte Wand ein Regal, in dem gerahmte Fotos von Alice standen – als Baby auf einer Decke im Gras, als Kürbis verkleidet an Halloween, auf dem Schoß des Weihnachtsmanns, Klassenfotos, bei Schwimmwettbewerben mit der Highschoolmannschaft –, und von Jason, der rasend schnell größer wurde, bis die Fotoreihe abrupt abbrach, als er vier Jahre alt war.

Sinclair sah Alice' Eltern abwechselnd in die Augen und schenkte ihnen ein freundliches Lächeln, das tröstend, aber nicht mitleidig war. Er bemerkte das leichte Zittern von Roberts Hand, als der Mann an einem Glas nippte, in dem etwas Alkoholisches sein musste.

»Was ist das für eine Einrichtung, für die Sie arbeiten, Mark?«, fragte Robert mit schwerfälliger Zunge.

»Wir sind ein gemeinnütziger Verein, der sich in erster Linie an junge Frauen, die sich in einer schwierigen Lage befinden, richtet. Er heißt Safe Choices und konzentriert sich auf die Gegend von Philadelphia. Vor allem richten wir uns an junge Frauen, die von zu Hause weggelaufen sind. Mädchen, die sich in einer Situation wiederfinden, mit der sie allein nicht fertigwerden. Uns geht es darum, den Mädchen beizubringen, wie sie die schädlichen Verhaltensmuster, die dazu geführt haben, dass sie auf der Straße leben, ablegen.«

Bei diesen vier Worten – *auf der Straße leben* – schlug Alice' Mutter eine Hand vor den Mund. Ihre Lippen bebten leicht, und sie umklammerte den Saum ihres Kleides, während sie sich bemühte, ihre Gefühle wieder in den Griff zu bekommen.

»Ich weiß. Ich verstehe Sie. Es ist nicht leicht, wenn in so unmissverständlichen Worten über das eigene Kind gesprochen wird. Aber ich kann Ihnen versichern, dass es den jungen Frauen in unserer Obhut gut geht. Wir geben ihnen ein Dach über den Kopf, bieten ihnen drei Mahlzeiten am Tag, und vor allem werden sie bei uns therapeutisch betreut.«

Alice' Mutter zupfte an ihrem Kleidersaum und zog mit wachsender Verzweiflung am Stoff. »Wann haben Sie Alice das letzte Mal gesehen?« Ihre Stimme war kaum mehr als ein Flüstern.

»Vor ein paar Tagen.«

»Aber was ist passiert? Warum hat sie Ihre Einrichtung verlassen? Warum ist sie weggelaufen?«

Sinclair schlug die Beine übereinander und beugte sich näher zu ihnen. Einen Moment überlegte er, was er sagen sollte. »Als unsere Einrichtung auf Alice aufmerksam wurde, lebte sie auf der Straße. Sie war süchtig. Heroin. Sie tat alles, um zu überleben und ihre Sucht zu bedienen.«

Alice' Vater stellte das Glas ab und nahm es sofort wieder hoch.

»Wir nahmen Alice bei uns auf, und nach und nach wurde sie clean. Das ist jetzt ein bisschen länger als ein Jahr her. Zwölf Monate sind eine echte Leistung. Sie hat große Fortschritte gemacht. Wir waren alle sehr stolz auf sie.«

»Warum ist sie dann weg?«, fragte Alice' Vater.

»Nun, dazu muss ich ein wenig ausholen. Damit Sie die Sache besser einschätzen können.« Er hielt inne und legte die Hände aneinander. »Als wir auf Ihre Tochter stießen, war sie bereits straffällig geworden. Sie hatte zweimal vor Gericht gestanden, jedes Mal ging es um Bagatelldiebstähle, öffentlichen Drogenkonsum und Körperverletzung. Nachdem wir Alice davon überzeugen konnten, unsere Hilfe anzunehmen, arbeitete sie sich Schritt für Schritt aus dem Sumpf heraus, leistete Wiedergutmachung und kam von den Drogen los. Sie befand sich eindeutig auf dem Weg der Besserung.« Erst jetzt wandte Sinclair den Blick von ihnen ab und erzielte damit den erwünschten Effekt. Er richtete die Augen auf seine im Schoß verschränkten Hände. »Wie die meisten Süchtigen erlitt sie jedoch einen Rückfall. Vielleicht ausgelöst durch etwas aus ihrer Vergangenheit. Ein Moment der Schwäche. Vielleicht begegnete sie jemanden, der an ihre Erinnerungen rührte. Wie dem auch sei, jedenfalls fing sie wieder an, Drogen zu nehmen.«

Die Mutter stand auf. Sie ballte die herabhängenden Hände zu Fäusten, löste sie wieder.

»Ich dachte, Alice wäre zurück zu Ihnen, als sie von uns weggelaufen ist. Ich dachte, sie würde das hier als sichere Zuflucht betrachten.«

Sie schüttelten beide den Kopf, dann ergriff der Vater das Wort. »Alice war seit fünf Jahren nicht zu Hause.« Er trank einen Schluck. Trank, bis das Glas leer war. »Vor fünf Jahren gab es einen Unfall. Ihr kleiner Bruder. Sie hat sehr darunter gelitten. Sich verantwortlich gefühlt. Wir haben sie nicht mehr gesehen, seit sie weggelaufen ist. Wir haben nach ihr gesucht. Die Polizei. Privatermittler. Himmel und Hölle haben wir in Bewegung gesetzt. Aber wir wissen nicht, wo sie hin ist … oder ob sie überhaupt noch … Sie wissen schon.«

Alice' Mutter ging auf und ab und kaute auf ihrer Unterlippe. »Wir müssen die Polizei benachrichtigen. Sie lebt. Sie ist irgendwo da draußen, Robert. Sie lebt!«

Sinclair nickte. Stellte die Füße nebeneinander. »Ja, natürlich, nur ist die Lage etwas kompliziert. Wie gesagt, Alice hat schon zwei Vorstrafen.«

»Und? Was hat das damit zu tun, dass wir zur Polizei gehen, damit sie unsere Tochter sucht?«, herrschte die Mutter den fremden Besucher an. Sie funkelte Sinclair an, danach ihren Mann und wartete darauf, dass er etwas sagte, dass er ihr recht gab. »Robert? Sag doch was.«

Alice Vater räusperte sich, doch dann starrte er nur in sein leeres Glas.

»Wenn ich noch etwas ergänzen dürfte?«, sagte Sinclair schmeichelnd. Als Alice' Vater nichts einwandte, fuhr er fort. »Vor einigen Tagen brach Alice in unser Büro ein und stahl Geld. Nicht besonders viel, aber für einen kleinen Verein wie unseren ist es eine nennenswerte Summe. Mit dem Geld verschwand Alice aus Philadelphia. Sie verließ die Stadt, und nach allem, was wir in Erfahrung bringen konnten, gehen wir fest davon aus, dass sie entweder nach Hause wollte oder in eine Stadt namens Shallotte.«

Alice' Mutter setzte sich wieder und spielte erneut an ihrem Kleidersaum herum. »Shallotte? Warum denn Shallotte?« Stärke und Trotz wichen Zweifel und Verzweiflung.

»Das weiß ich nicht. Ehrlich nicht. Aber es ist gut möglich, dass sie auf dem Weg hierher ist.« Er stand auf und streckte die Arme aus, als würde er ihnen ein Geschenk überreichen. »Könnten wir die Polizei hinzuziehen? Sicher. Aber sollten wir das? Vielleicht. Ich bin da zwiespältig, und zwar aus folgendem Grund: Wenn wir die Polizei hinzuziehen, wird Alice angezeigt und höchstwahrscheinlich das dritte Mal verurteilt werden.« Er begann gestikulierend auf und ab zu gehen. »Ich mag Ihre Tochter. Ich mag sie sehr. Ich glaube, dass es nicht mehr lange dauert, bis sie clean ist und sich endgültig auf dem richtigen Weg befindet. Vielleicht ist es ein dummer Gedanke, aber ich hatte gehofft, dass wir die Polizei außen vor lassen und die Sache anders lösen können.«

»Und wie?«, flüsterte der Vater.

Sinclair streckte die Hand aus und strich mit dem Finger über ein Regalbrett, als prüfte er, ob es verstaubt war. »Wie? Indem wir sie so schnell wie möglich finden. Indem sie das gestohlene Geld zurückgibt, bevor sie den nächsten Schritt macht. Bevor es zu spät ist. Und am wichtigsten: Indem wir sie dorthin bringen, wo sie hingehört. Zu ihrer Familie.«

Alice' Mutter umklammerte die Hand ihres Mannes. Nach Roberts Zusammenzucken zu urteilen, war er überrascht, und es tat ihm weh. »Glauben Sie wirklich, dass Sie sie finden können?«

»Ja. Ja, das glaube ich.«

»Sagen Sie uns, was wir tun können«, bat sie.

Sinclair drehte sich um und betrachtete die Fotos von Alice. Er lächelte und entblößte dabei seine kleinen Zähne, als er ein Foto nahm, auf dem Alice einen kleinen Jungen huckepack trug. »Ist das ihr Bruder?«

Beide nickten. Das bisschen Leuchten in ihren Augen verlöschte sofort.

»Jason. Er hieß Jason«, sagte die Mutter leise.

»Ah«, sagte Sinclair. »Ein entzückender kleiner Kerl.« Er musterte die beiden. Bemerkte die Verzweiflung, die in ihrem Inneren wütete. »Sie können Alice helfen, bevor es zu spät ist. Das können Sie wirklich.«

Sie sahen den Fremden an, der in ihrem Wohnzimmer stand, und wussten nicht, was er meinte.

»Wenn ich sie finde, und das werde ich, ganz sicher, müssen Sie sofort kommen.«

»Natürlich«, sagte die Mutter flehentlich.

»Gut.« Sinclair tippte mit dem Zeigefinger auf das Foto von Alice und Jason. »Dürfte ich mir das ausleihen? Die Erinnerung an das Gute in der Vergangenheit bringt Menschen manchmal dazu, endlich Hilfe zu akzeptieren und zu denen zurückzukehren, zu denen sie gehören.«

Jetzt fing Alice' Mutter ohne Scham vor dem Fremden an zu weinen. Ihr Mann legte seine Hand auf ihren Rücken und tätschelte sie, als wollte er ein wimmerndes Baby trösten.

»Ich werde gut darauf aufpassen. Das verspreche ich«, sagte Sinclair leise, sodass es über dem abgehackten Schluchzen der Frau gerade noch zu hören war. »Und ich werde Ihre Tochter finden. Das verspreche ich Ihnen auch.«

Kapitel 31

In den sechs Jahren, die Alice nicht in dem Städtchen gewesen war, hatte es sich kaum verändert, es war wie in der Zeit stehen geblieben. Larry fuhr über die Main Street von Shallotte, und Alice sah durch die Windschutzscheibe dieselben Läden und Geschäfte, die sie in den paar Wochen ihres Aufenthalts hier aufgesucht hatte. Den Lebensmittelladen von Mr. Roberts gab es noch. Genau wie Lucy's Diner und Stan's Pub. Neu war ein Burger King. Und ein Café, aber das war es auch schon.

Alles kam ihr bekannt und zugleich fremd vor. Sie fühlte sich wie die unerwünschte Besucherin aus einem fernen Land, eine Außenseiterin. Sie hatte hier nicht dazugehört und würde es auch nie. Alice wusste nicht, was sie an diesem Ort zu finden erwartete. Klare Antworten oder Lösungen sicher nicht, aber sie hoffte, dass sie sich erneut sicher fühlen würde. Sie wollte Elton beim Angeln Gesellschaft leisten, mit in seinem Pick-up herumfahren, ihm beim Aufstellen der Rattenfallen helfen, für ihn Kaffee kochen und über nichts nachdenken – nicht über Jason, ihre Eltern, ihre Ziellosigkeit, ihr Alkoholproblem und auch nicht über die Tasche mit dem gestohlenen Geld. Auf der Fahrt in Larrys altem Ford bereute sie in einem plötzlichen Moment der Klarheit, das Geld überhaupt genommen zu haben.

Der Pritschenwagen fuhr an den letzten Gewerbebauten am Rand des Städtchens vorbei, und auf beiden Seiten drängte der Wald an die schmaler werdende Straße heran. Amberbäume, Flussbirken und Rotulmen kämpften um Platz, reckten sich in die Höhe und streckten ihre Äste über die Straße. Mühsam manövrierte Larry den Ford durch immer engere Kurven, hustete und fluchte und verlangsamte die Geschwindigkeit, bis er mit nicht einmal mehr zehn Meilen dahinkroch.

»Sind wir bald da? Wohin fahren wir überhaupt, verflixt?«

Alice sah zum Fenster hinaus und suchte nach dem Abzweig zu Eltons Haus. »Es ist schon eine Weile her, dass ich hier war, aber ich glaube, es dauert nicht mehr lange.«

»Wird bald dunkel. Ich schipper nicht gern durch die Landschaft, wenn ich nichts seh.«

»Hier abbiegen«, rief Alice und zeigte auf eine Schotterstraße, die nach links abging.

Larry bremste, und der Kater plumpste auf seine Füße und riss ihm dabei den Sauerstoffschlauch ab. »Verflixt, Lilly! Pass doch auf.«

Mit ausgefahrenen Krallen trat Lilly zu seinen Füßen um sich. Vor Schreck stieg Larry voll auf die Bremse, sodass der Pritschenwagen einen Satz machte und der Schrott auf der Ladefläche nach vorn rutschte. Delilah knallte gegen das Heckfenster, und Alice hörte sie fluchen. Endlich schaffte Lilly es, auf die Pfoten zu kommen, und hüpfte zurück auf den Sitz und direkt auf Alice' Schoß.

»Vergiss es, Mieze«, sagte Alice, hob das Schwergewicht hoch und verfrachtete es zurück auf Larrys Schoß. »Von hier aus ist es ungefähr noch eine Meile. Direkt beim Fluss.«

»Eine Meile?«

»Ja.«

»Direkt beim Fluss?«

»Ja.« Alice konnte es kaum erwarten, Larry und Lilly loswerden.

»Was für ein Himmelfahrtskommando!« Larry griff nach dem Schlauch und legte ihn sich wieder um. Die ganze Zeit paffte er dabei an einer krummen Zigarette.

Im Inneren des Pritschenwagens wurde es dunkler, weil das Blätterdach über der Schotterstraße immer dichter wurde. Die Straße wurde unwegsamer, die Spurrillen und Schlaglöcher tiefer, und

Blaubeerbüsche kratzten und schlugen gegen die Seiten des Pritschenwagens.

»Himmelfahrtskommando, sag ich nur, verflixt noch mal«, schimpfte Larry wieder.

Nach der nächsten Kurve wichen die Bäume endlich einer Lichtung, und da stand es: Eltons einstöckiges Ziegelhaus mit den leuchtend weißen Fenster- und Türumrahmungen. Von den tiefen Ästen einiger Hainbirken hingen Vogelfutterspender. Der Rasen war frisch gemäht, und kein Unkräutchen war zu sehen. Entlang des Gartenwegs, der bis zur Haustür führte, waren Rosenbüsche gepflanzt. Gegen das Verandageländer lehnten ungefähr ein Dutzend fein säuberlich aufgereihte Angeln.

Larry hielt an und deutete auf das Haus. »Das da?«

Alice sah zu dem Haus, das für kurze Zeit so etwas wie ihr Zuhause gewesen war. »Ja. Das ist es.«

Delilah hob den Kopf, ihre Haare waren windzerzaust und standen wild ab, einzelne Blätter und Papierfetzen hatten sich darin verfangen.

Alice griff nach ihrer Reisetasche, zählte fünf Zwanziger ab und reichte sie Larry. »Danke, Larry. Die zusätzlichen Hundert sind Trinkgeld.«

Larry nahm die Scheine und steckte sie in die Brusttasche seiner Latzhose, als hätte er nichts anderes erwartet. »Also dann.«

Alice stieg aus dem Pritschenwagen und streckte ihre steifen Beine. Sie bemerkte, dass Larry dasselbe machte. »Vielen Dank fürs Herfahren.«

»Jaja.« Larry nahm seine Sauerstoffflasche vom Fahrersitz. »Bevor ich mich auf den Rückweg mach, würd ich gern ein Bierchen trinken.« Damit spuckte er auf die Straße und schlurfte den Gartenweg zum Haus hoch.

»In der Stadt ist ein Lebensmittelladen, Larry. Wir sind dran vorbeigefahren«, sagte Alice.

Larry schlurfte weiter. »Glaub ich gern. Aber ich zahl keine zwei Dollar für eine mickrige Dose Bier.«

Alice schob sich die Riemen der Reisetasche über die Schulter und stöhnte – ständig vergaß sie ihre verletzte Rippe. Kurz atmete sie durch, dann beeilte sie sich, den Alten einzuholen.

»Wissen Sie, was, Larry? Ich geb Ihnen noch Geld für ein paar Bier. Die gehen auf mich. Ich weiß ja nicht mal, ob mein Freund zu Hause ist.«

Larry schleppte sich mühselig die Verandastufen hoch und blieb oben stehen, um wieder zu Atem zu kommen. »Ich hab's nicht eilig. Muss sowieso erst mal pinkeln.« Der Alte ließ sich auf einen Korbstuhl sinken und hielt mit einer Hand die Sauerstoffflasche auf seinem Schoß fest, während er mit der anderen Hand nach seinem Tabakbeutel kramte.

»Ach nein! Wen haben wir denn da? Hallo, Kindchen.«

Alice blickte auf, und da stand Elton in der Tür. Sein Gesicht war schmaler, als sie es in Erinnerung hatte. Seine Baumwollhose und das hellblaue Hemd waren ordentlich gebügelt, und er trug immer noch eine Brille, aber die Gläser waren viel dicker und ließen die Falten um seine Augen deutlicher hervortreten. Leicht gebeugt stand er da und stützte sich auf einen handgeschnitzten Stock. Alice roch den frisch gebrühten Kaffee im Haus, und das erste Mal seit einer halben Ewigkeit hatte sie das Gefühl, daheim angekommen zu sein.

Kapitel 32

Weiße Schaumkronen tanzten auf dem aufgewirbelten braunen Wasser des Flusses und schimmerten im roten Licht der untergehenden Sonne, die rasch am Horizont verschwand. Die starken Regenfälle der letzten Zeit hatten den Fluss anschwellen lassen, und das Wasser stand um einiges höher als sonst zu dieser Jahreszeit. Das laute Klopfen eines Spechts, der eine störrische Baumrinde aufzuhacken versuchte, hallte durch die feuchte Luft.

Alice und Elton saßen auf der hinteren Veranda auf denselben grün-weißen Klappstühlen, auf denen sie vor vielen Jahren so oft gesessen hatten. Der Bretterboden der Veranda war offenbar vor nicht allzu langer Zeit abgeschliffen und ochsenblutfarben gestrichen worden. Die Glasschiebetüren in ihrem Rücken waren geschlossen. Delilah hatte es sich im Haus gemütlich gemacht, lag auf dem Sofa und zappte durchs Fernsehprogramm.

Elton nippte an einem Becher Kaffee. Alice hatte ihren noch nicht angerührt. Schweigend saßen sie da, um sich wieder an die Gesellschaft des anderen zu gewöhnen, sie mussten nichts überstürzen. Gemeinsam lauschten sie dem leisen, beruhigenden Flusslied, dem beständigen Plätschern und Gurgeln. Die Welt um sie herum war perfekt – die untergehende Sonne, die Wölkchen, die leichte Brise, die so warm war, dass sie auf einen Pullover verzichten konnten.

Schließlich brach Elton das einvernehmliche Schweigen. »Dieser Larry ist echt eine Nummer. Wo hast du den denn ausgegraben?«

»Sie hätten erst mal seine Frau sehen sollen.«

Elton lachte schnaubend. »Tja, er stammt aus einer anderen Zeit, einer anderen Lebensweise. Ich schätz mal, es braucht auch solche Typen.«

»Ich dachte schon, er würde nie mehr gehen.«

Elton zuckte mit den Achseln. »Euch zwei Hübschen hierherzufahren war wahrscheinlich das Aufregendste, was der Alte seit Jahren erlebt hat.«

Alice nickte, und erneut breitete sich Schweigen zwischen ihnen aus.

»Der Fluss führt mehr Wasser, oder?«, setzte Alice schließlich an.

»Ja. Tut er. Die letzten paar Wochen gab's hier Dauerregen. Und es soll noch mehr runterkommen. Das sagt jedenfalls der hiesige Wettermann, wobei man auf den normalerweise nicht viel geben kann.«

Sie sahen zu, wie ein Rotschulterbussard aus dem Nichts herabstieß, auf der Suche nach Beute über die Wasseroberfläche strich und dabei laut *Kii-ah, Kii-ah* rief. Seine Flügelspannweite betrug bestimmt mindestens einen Meter, und die Federspitzen berührten beinahe die Wellen. Unvermittelt vollführte der Vogel eine Wende, stieg hoch und ließ sich auf einer Seidenkiefer nieder.

»Das ist Daisy. Sie nistet jetzt seit vier Jahren in den Kiefern.«

»Daisy haben Sie sie genannt?«

Elton sah sie achselzuckend an. »Ja. Nicht besonders einfallsreich, schätz ich mal. Jedenfalls leistet sie mir Gesellschaft.«

Sie sahen zu, wie Daisy die Flügel ausbreitete und schüttelte und an ihrem Nest herumzupfte.

»Angeln Sie noch?«, fragte Alice.

»Wenigstens tu ich so.«

Einen Moment lang spielte Elton mit seinem Stock. Klopfte damit auf den Boden zwischen seinen Füßen. »Also, Kindchen. Jetzt raus mit der Sprache, wie geht es dir?«

»Gut«, sagte Alice schnell. »Und Ihnen? Bringen Sie immer noch Ratten um?«

»Nein, nein, das habe ich vor zwei Jahren aufgegeben. Ich bin lange genug auf allen vieren in Kellern und Dachböden und hinter

Mülltonnen rumgekrochen. Dachte, ich sollte den Herbst des Lebens genießen, bevor ich zu alt dazu bin.« Er pustete auf seinen Kaffee. »Du bist immer noch gut im Abwehren.«

Alice nickte nur.

»Dieses Copingstrategie-Dingsbums, oder?«

»Ja.«

»Dann hast du dich wohl nicht sehr geändert.«

Alice lachte, aber es klang kein bisschen fröhlich. »Doch. Das hab ich. Mehr, als Sie ahnen.«

»Na, kann ja auch was Gutes sein, wenn man sich ändert, oder?«

»Klar. Nur nicht in meinem Fall.«

»Verstehe. Tja, ich schätz mal, du hast einen Grund, herzukommen, Kindchen. Und dieses Mal hast du sogar eine Freundin mitgebracht.«

Sie drehten beide den Kopf und sahen zu Delilah. Das Mädchen lag inzwischen bäuchlings auf dem Boden – es hatte die Schuhe abgestreift und trank aus einer Flasche Cola, das Gesicht zwei Armlängen vom Fernseher entfernt.

»Deine Freundin macht einen netten Eindruck. Noch ziemlich jung«, sagte Elton.

»Ja. Wobei sie keine richtige Freundin ist. Nur jemand, den ich unterwegs kennengelernt hab.«

»Unterwegs wohin?«

Alice sah zum Fluss. »Das weiß ich nicht genau.« Sie fuhr sich durch die Haare und bemerkte, wie schmutzig und zerzaust sie waren. »Ich steck in Schwierigkeiten, Elton.«

»Ach ja? Ein bisschen oder ein bisschen viel?«

»Letzteres.«

»Na, dann wollen wir mal sehen. Was hast du angestellt?«

Alice' erster Impuls war, den alten Mann anzulügen. Ihm irgendeine harmlose oder zumindest geschönte Geschichte aufzutischen. Ihm zu erzählen, sie wäre in der Gegend gewesen und hätte gedacht, dass sie mal bei ihm vorbeischauen könnte. Oder zu sagen, sie wäre schwanger und suchte für ein paar Wochen einen Unterschlupf. Irgendwas. Irgendwas anderes als die Wahrheit.

Aber dann fing sie an zu reden, und all die hässlichen Wahrheiten und Details sprudelten aus ihr heraus. Sie erzählte ihm die Geschichte von Anfang an – Terry, das Geld und die Drogen, die Schießerei, die Auseinandersetzung mit dem Junkie in Charlotte, wie sie den Trucker in seinen Sattelschlepper eingesperrt hat. Alles. Zu viel.

Die ganze Zeit über hörte Elton nur zu. Er trank seinen Kaffee und unterbrach sie nicht ein einziges Mal. Keine Spur von Missbilligung lag in seinen Augen, während er Alice betrachtete, als sie stotternd ihre Beichte ablegte und sich die Last von der Seele redete.

Alice hielt nicht inne. Sie redete, bis ihr Mund trocken war, und trank einen Schluck von ihrem Kaffee. Dabei fragte sie sich, ob Elton das Zittern ihrer Hand bemerkte.

»Ich will nicht mehr weglaufen, Elton. Ich hab das Gefühl, dass ich seit fünf Jahren nichts anderes mache. Ständig bin ich weggelaufen und hab gehofft, dass es am nächsten Ort besser wird, hab darum gebetet. Dass es beim nächsten Job besser wird. Aber das wurde es nie.« Ihre angespannte Stimme klang, als würde sie jeden Moment brechen. »Ich sehne mich nach echten Freunden. Nach einer ordentlichen Wohnung, damit ich nicht mehr in runtergekommenen Motels oder auf dem Rücksitz irgendeines Auto schlafen muss. Ich will nicht mehr ständig darauf achten, ob mir einer folgt. Ich will Sicherheit. Ich will nicht mehr jedem misstrauen, dem ich begegne. Ich will das alles nicht mehr.«

Sie sah ihn an und wartete auf eine Antwort.

Elton holte tief Luft. Schüttelte den Kopf. »Was du da erzählst, bricht mir das Herz. Kindchen. Du verdienst was Besseres als so ein Leben.«

»Da bin ich mir nicht sicher.«

»Du vielleicht nicht, aber ich.«

»Ich würde es ja gern glauben. Ehrlich.« Alice strich sich eine Haarsträhne aus dem Gesicht. »Ich weiß nicht mal genau, warum ich hierhergekommen bin. Zu Ihnen. Als hätten Sie keine eigenen Probleme.« Sie sah zum Fluss. »Es tut mir leid, Elton.«

»Papperlapapp. Nichts muss dir leidtun. Und ein Problem bist du bestimmt nicht für mich.« Er drehte den Stock in seinen Händen. »Ehrlich gesagt bin ich ganz aus dem Häuschen, dass du zurückgekommen bist. Dass du gerade an mich gedacht hast, bedeutet mir viel. Und dass du meine Hilfe brauchen kannst.«

»*Wieder.*«

»Na, jeder braucht hin und wieder Hilfe.« Er nahm seine Brille ab und putzte die Gläser mit einem weißen Stofftaschentuch. Zufrieden mit dem Ergebnis faltete er das Taschentuch zusammen und steckte es zurück in seine Gesäßtasche. »Und das Geld? Hast du gedacht, dass es etwas ändern könnte?«

Sie lachte. »Albern, was?«

»Geld kann man immer brauchen.«

»Ich soll es also behalten?«

»Denkst du denn, dass du es behalten sollst? Lassen sich damit deine Probleme lösen?«

Alice erwiderte nichts.

Elton streckte die Hand aus und tätschelte ihr Knie. Drückte es. »Hier bist du sicher, Alice. Wirst du immer sein. Verstehst du, was ich damit sagen will?«

Alice bejahte.

»Soll ich meinen Senf zu der Sache dazugeben?«

Sie lächelte ihn an. Ein echtes Lächeln dieses Mal. »Ich hab ein bisschen Angst davor, aber ja. Geben Sie Ihren Senf dazu.«

»Gut. Aber vorher muss ich dir ein Geständnis machen.«

»Sie haben sich doch für Kinder entschieden?«

Elton grinste und spielte mit. »Ja. Einen kleinen Jungen oder ein kleines Mädchen. Das ist mir völlig gleich.« Er kicherte leise und klopfte zur Bekräftigung mit dem Stock auf den Boden.

Dann stellte er den Kaffeebecher ab und sah auf den Fluss hinaus, auf den er nun schon seit dreißig Jahren hinaussah. »Ich sag dir eins, Kindchen. Das nagt schon sehr lange an mir. Es tut mir leid, dass ich nicht mehr für dich getan habe, als du das erste Mal hier warst. Seit du weg bist, habe ich praktisch jeden Tag daran gedacht. Du warst ein verlorenes kleines Lämmlein, und ich hab rein gar nichts getan, um dir weiterzuhelfen. Ich hab nicht versucht, mit dir gemeinsam zu überlegen, wie du mit deiner Situation zurechtkommst.«

»Das stimmt nicht, Elton.«

Er hob eine Hand. »Sei still. Ich hab dir zugehört, jetzt hörst du mir zu. Ich weiß genau, was ich getan hab und was nicht. Es war nämlich so, dass ich's genossen hab, als du hier warst. Es hat mir gefallen, dass jemand da war, mit dem ich reden konnte, wenn ich morgens aufgewacht bin. Wahrscheinlich wollte ich dich nicht mit irgendwelchen schlauen Ratschlägen vertreiben. Ich wollte deine Gesellschaft, und meine Bedürfnisse waren mir wichtiger als deine.« Einen Moment lang drückte er den Stockgriff an die Lippen. »Tausendmal habe ich drüber nachgedacht. Hätte ich die Polizei rufen sollen? Hätte ich wenigstens versuchen sollen, mit deiner Familie Kontakt aufzunehmen? Hätte ich mich mit dir zusammensetzen und versuchen sollen, dich zur Vernunft zu bringen?«

Er sah Alice an. »Ja. Das alles hätte ich verdammt noch mal tun sollen und hab's nicht getan. Es war selbstsüchtig und falsch, und es wird mir für alle Zeiten leidtun.«

Alice nahm seine Hand und drückte sie – seine Finger waren krumm und knotig von Arthritis »Sie haben das Richtige getan. Ich brauchte einen sicheren Ort, einen Ort, an dem ich nicht verurteilt wurde. Ich brauchte Ruhe. Es war für mich wichtig, beim

Aufwachen zu wissen, dass ich mit meinem Anblick nicht jemandem das Herz breche.«

Elton erwiderte den Händedruck. »Aber dann bist du einfach gegangen. Puff, warst du weg.«

»Ich musste.«

»Warum? Weil deine Eltern dich gesucht haben? Weil sie dich bald gefunden hätten?«

Alice trank einen Schluck Kaffee. Das Zittern ihrer Hände war stärker geworden. »Nein. Wenn sie mich hier bei Ihnen gefunden hätten, hätte Sie das in Schwierigkeiten gebracht. Nicht mich. Sie.«

Elton dachte kurz darüber nach. »Ach, Kindchen. Ich hab doch keine Angst vor dem, was die Leute von mir denken.«

»Aber ich. Auch jetzt noch.« Sie trank noch einen Schluck Kaffee, auch wenn sie etwas viel Stärkeres brauchte – etwas zur Beruhigung. »Also, geben Sie jetzt endlich Ihren Senf dazu oder nicht?«

»Na gut.« Er klopfte ein paarmal mit dem Stock auf den Boden. »Du hast es gerade selbst gesagt. Dass du nicht mehr weglaufen willst. Und das ist richtig. Weglaufen ist kein Leben. Dass du immer hoffst, dass es am nächsten Ort anders ist. Dass es besser ist. Hast du das nicht gesagt?«

Alice bejahte.

»Na, gut möglich, dass ich es mir zu einfach mache, aber vielleicht solltest du endlich aufhören wegzulaufen, Kindchen. Vielleicht ist es an der Zeit, nach Hause zurückzukehren. Denn das, wovor du wegläufst, das, wovor du eigentlich wegläufst, ist das, wovor du nie wirst weglaufen können. Ich weiß das. Aus eigener Erfahrung. Du kannst nicht vor dem Menschen weglaufen, der dir jeden Morgen aus dem Spiegel entgegenblickt. Das geht nicht.«

Alice' Hand zitterte immer noch, als sie den Becher austrank und auf den Boden stellte. »Haben Sie was Stärkeres als Kaffee?«

Elton nickte. »Ja. Ich hab einen ganzen Schrank voll Schnaps. Aber willst du ihn oder brauchst du ihn?«

Alice sah auf ihre zittrigen Hände. »Ist das so offensichtlich?«

»Kindchen, ich mag steinalt sein, aber blind bin ich nicht. Du bist weiß Gott nicht die Erste.«

»Dann geben Sie mir also nichts zu trinken?«

»Ich geb dir noch einen Becher Kaffee, mehr nicht.«

Alice verschränkte die Hände und drückte sie an die Brust.

»Dich hat's richtig erwischt, was? Bist im Würgegriff von dem Zeug, oder?«

Alice nickte.

»Geht dir wirklich schlecht, oder?«

Alice fing an zu lachen, aber die Tränen ließen nicht lange auf sich warten. Sie versuchte, sie zurückzudrängen, aber es half nichts, alles musste raus. Sie vergrub das Gesicht in den Händen, schämte sich, diese Verletzlichkeit zuzulassen.

»Kindchen, denk dir nichts. Brauchst dich nicht zu schämen. Du hast eine Menge durchgemacht. Da darf man schon mal die eine oder andere Träne vergießen.«

Alice konnte ihn immer noch nicht ansehen. Sonst würde sie bestimmt noch mehr weinen.

»Ich sag dir was, Kindchen. Ich werd uns mal frischen Kaffee kochen. Einen schönen starken Kaffee, in dem der Löffel stehen bleibt. Und dann erzählst du mir von dem jungen Ding, das es sich in meinem Wohnzimmer gemütlich gemacht hat. Ich wette, sie hat auch ihre Geschichte.«

Alice wischte sich die Tränen weg und räusperte sich. »Hat sie. Da haben Sie sich zwei lustige Vögel aufgehalst.«

»Ach, alles ist besser, wenn es paarweise kommt. Bleib schön sitzen, bin im Handumdrehen wieder da.«

Alice sah zu, wie er sich auf die Füße kämpfte und auf den Stock gestützt ins Haus schlurfte.

Kapitel 33

Auf der Suche nach einer bequemen Position wälzte sich Alice im Bett hin und her. Schlussendlich legte sie sich auf den Rücken und starrte an die Decke. Sie konnte nicht schlafen, Gedanken schossen ihr durch den Kopf wie ein aufgeschreckter Schwarm Krähen. Erst vorhin, als sie sich bettfertig gemacht hatte, war ihr aufgefallen, dass sie ihren Koffer in Harrisburg zurückgelassen hatte – sie hatte ihn einfach auf der Ladefläche von Terrys Pick-up vergessen. Nachdem sie erst ihre sämtlichen Besitztümer zusammengepackt hatte, ließ sie sie dann liegen, damit sie gefunden wurden – genug Hinweise, die schließlich zu ihr führen würden. Wie hatte sie nur so dämlich sein können?

Weil du besoffen warst.

Worüber sie sich jedoch am meisten aufregte, war, dass sie Eltons altes blaues T-Shirt in dem Koffer zurückgelassen hatte. Das andere Zeug war ihr egal, aber Eltons abgetragenes T-Shirt war die letzten fünf Jahre ihr Trost gewesen. Das Ding war nichts wert – nichts weiter als ein abgetragenes Stück Stoff –, aber es war nun mal ihr wertvollster Besitz.

Nachdem sie noch ein paar Minuten lang versucht hatte einzuschlafen, setzte sie sich auf und sah zu Delilah, die zusammengerollt neben ihr lag und nichts von der Außenwelt mitbekam. Das Mädchen war ihr die ganze Zeit nicht von der Seite gewichen – als hätte es Angst, dass Alice weglaufen könnte. Aber kaum befand sie sich in der Waagerechten, schlief sie auch schon.

Dieses Glück hatte Alice nicht.

Sie zog das neue T-Shirt aus, das Elton ihr gegeben hatte. Es war völlig durchgeschwitzt und klebte an ihr. Ihre Hände und Füße kribbelten und zuckten vor überschüssiger Energie. Sie war nervös und unruhig, ihr Herz schlug viel zu schnell. Ihr Kopf wollte endlich Ruhe finden und einschlafen, nur wollte der Rest ihres Körpers etwas anderes.

Das letzte Mal hatte sie vor zwölf Stunden etwas getrunken, und die Sucht forderte vehement ihren Tribut. Dieser Zwischenzustand zwischen Trunkenheit und Nüchternheit war immer am schlimmsten – ein mentales Tauziehen, bei dem die Abstinenz niemals den Sieg davontrug. Sie musste den Zittermann loswerden. Den Schmerz und die Zweifel loswerden. Ruhiger werden. Sie wollte einfach nur ruhiger werden. Vielleicht ein Glas Whiskey oder ein paar Schluck Wodka oder ein kaltes Bier. Um sich entspannen und schlafen zu können.

Sie stand auf. Der Holzboden knarrte, aber Delilah rührte sich nicht. Vorsichtig tappte sie aus dem Zimmer, an Eltons Schlafzimmer vorbei in die Küche. Seit sie das letzte Mal hier gewesen war, hatte sich nichts verändert. Derselbe Kühlschrank und Herd. Derselbe Küchentisch, dieselben Stühle. Über der Spüle derselbe Vorhang mit dem bunten Muster aus winzigen Füllhörnern, aus denen Obst und Gemüse quollen.

Systematisch durchstöberte sie die Küchenschränke und hatte binnen kürzester Zeit gefunden, wonach sie suchte. Eine Flasche Rum und eine Flasche Wodka, beide ungeöffnet. Ein paar Flaschen Rotwein. Dahinter stand der Hauptgewinn – eine Flasche Tequila. Die Neonlampen brachten die hellbraune Flüssigkeit zum Schimmern. Mehr als halb voll. Das reichte und würde ihr über das Schlimmste hinweghelfen.

Ruhe. Ruhe. Ruhe.

Sie betrachtete die Flasche Tequila. Ihr Mund war auf einmal wie ausgedörrt, ihre Hände zitterten, und ihre Kehle verlangte heftig nach dem gewohnten Brennen. Es wäre so leicht, die Kappe abzudrehen, die Flasche anzusetzen, zu schlucken und zu warten. Im

Kopf ging sie schon die nächsten Schritte durch. Der erste Schluck würde ihr sagen, dass es in Ordnung war, dass es richtig war, dass alles gleich besser werden würde. Der zweite Schluck würde ihr die Sicherheit geben, dass die Wirkung einsetzte und dass es kein Zurück mehr gab. Der dritte würde sie vergessen lassen, dass sie überhaupt versucht hatte, aufzuhören. Er würde die Stimme in ihr zum Schweigen bringen, die sich ständig einmischte und sagte, sie solle endlich, endlich aufhören. Der Rest wäre leicht. Von da an würde es wie von selbst laufen. Das Schlucken geschähe automatisch. Sie würde weitertrinken, bis die Gegenwart ausgeblendet und die Vergangenheit egal wäre – die Fehler, das Versagen, die Sünden, alles hinter einem Vorhang versteckt.

Alice wusste nicht, wie lange sie schon in der Küche stand und auf das Fach mit den Flaschen starrte, als wäre es ein Altar. Eine halbe Minute? Drei Minuten? Schließlich griff sie hinein, packte die Tequilaflasche am Hals und verließ entschlossen die Küche.

Sie schob die Glastür zur Veranda auf und setzte sich auf Eltons Stuhl, lauschte dem Gesang der Grillen und dem basstiefen Quaken der Ochsenfrösche. Dann streckte sie die Hand aus und stellte die Flasche auf das Geländer, und das Mondlicht schimmerte durch das Glas. Zu ihren Füßen plätscherte der Fluss, unablässig in Bewegung.

Alice lauschte den Nachtgeräuschen, roch den Fluss und das regennasse Laub, spürte die feuchte Luft auf ihrer Haut und wartete darauf, wohin die Mitternachtsstunde sie entführen würde.

Kapitel 34

Phillip lenkte den Grand Marquis vom Highway 17 auf die Green Swamp Road. Sie fuhren etwa eine Meile, bis sie eine Tankstelle fanden – sechs Zapfsäulen vor einem Supermarkt, in dem sich ein Dairy Queen und ein Little Caesars befanden. Beide schienen beliebt zu sein, weil Leute aus der Gegend mit leeren Hände hineingingen und mit Minipizzen in Pappkartons und Eis in Styroporbechern wieder rauskamen.

Sinclair zückte sein Zigarettenpäckchen und zählte leise, wie viele Zigaretten ihm noch blieben. »Ich bräuchte eine Packung Zigaretten, wenn du so nett wärst. Oder bring besser gleich zwei mit. Und ein Feuerzeug.«

Phillip grunzte bestätigend.

»Wie weit noch?«

»Sieben Meilen.«

»Gut. Sehr gut.«

Sinclair sah Phillip nach, wie er in den Supermarkt trottete, dann löste er seinen Gurt und stieg aus. Gerade kam eine fünfköpfige Familie aus dem Supermarkt, in den Händen Pizzakartons, Milkshakes, Chipstüten und eine Auswahl an Schokoriegeln. Jeder von ihnen, die Mutter, der Vater und die drei kleinen Kinder, war der Inbegriff der landestypischen Fettleibigkeit. Sie wuchteten sich in ein verdrecktes Auto mit röhrendem Auspuff und verbogener Antenne und fingen sofort an, ihre fettreichen Snacks zu vertilgen.

Nachdem sie weggefahren waren, wandte sich Sinclair der Umgebung zu. Viel war nicht zu sehen. Müll auf der Straße. Eine geschlossene Reifenhandlung auf der anderen Seite. Die Reste eines platt gefahrenen Waldmurmeltiers auf dem Mittelstreifen. Öde und deprimierend.

Gerade als er die Hand wieder nach dem Türgriff ausstreckte, hörte er das leise Plätschern von Wasser. Er drehte sich um und entdeckte hinter dem Supermarkt den Fluss, und er lauschte dem Rauschen, einem Geräusch, das er kaum kannte. Am Ufer standen Grüppchen von Leuten und angelten. Er sah zu, wie ein Kind seine Angel hochriss und einen kaum fünfzehn Zentimeter langen Fisch aus dem Wasser zog.

Sinclair trat zu einem großen Mann, dessen Bart fast bis zur Brust reichte. Er tankte gerade seinen Pick-up auf und bemerkte Sinclair nicht gleich. »Entschuldigung. Können Sie mir sagen, wie der Fluss heißt?«

Der Mann drehte den Kopf und sah Sinclair einen Moment lang an. Ein kleines Grinsen umspielte seine Lippen, als er ihn von Kopf bis Fuß musterte. »Das ist der Lockwood Folly River.«

»Und welche Fische fängt man im Lockwood Folly River?«

Immer noch grinsend zuckte der Mann mit den Achseln. »Vor allem Barsch. Hin und wieder Trommler. Warum? Sind Sie Angler?«

»Das werde ich bald herausfinden.« Aus einem Impuls heraus beschloss Sinclair, zum Flussufer zu gehen und die Fische zu füttern. So etwas hatte er noch nie gemacht. Seine Eltern waren nie mit ihm angeln oder jagen gewesen oder hatten etwas anderes mit ihm in der freien Natur unternommen. Außerdem wollte er einen lebenden Fisch aus der Nähe sehen. »Ja. Ich werde es bald herausfinden.«

Er holte die Packung mit Schokokeksen aus dem Auto, ging quer über den Parkplatz und stieg über einen niedrigen weißen Zaun in das vertrocknete kniehohe Unkraut. Von dort stapfte er durch einen Flecken Kudzu. Heuschrecken stoben davon und hüpften an seinem Kopf vorbei.

Je näher er dem Fluss kam, umso weicher und nasser wurde der Boden. Seine auf Hochglanz polierten Lederschuhe sanken ein, und er hörte das Schmatzen des Schlamms bei jedem seiner Schritte. Ungerührt ging er weiter durch das brusthohe Gras auf sein Ziel zu.

Eine kleine felsige Böschung fiel uneben und steil zum Flussufer ab. Sinclair wählte den flachsten Felsbrocken als Trittstein und schob sich Zentimeter um Zentimeter zum Ufer vor. Hier unten wehte der Wind kälter über die Wasseroberfläche und riss an seiner Kleidung.

Einen Moment lang betrachtete er das strömende Wasser, dann brach er ein kleines Stück von einem Schokokeks ab und warf es in den Fluss. Das Bröckchen drehte sich auf der Wasseroberfläche, und Sinclair wartete darauf, dass ein Fisch kam und danach schnappte. Stattdessen wurde es von der Strömung mitgerissen und war bald nicht mehr zu sehen.

Er versuchte es noch einmal, mit demselben Ergebnis.

Weder sah noch hörte Sinclair den kleinen Jungen, der sich von seiner Familie entfernt hatte und mit großer Entschlossenheit auf ihn zusteuerte.

»Darf ich auch füttern?«, fragte der Junge hoffnungsvoll.

Sinclair drehte den Kopf und sah den vielleicht fünf oder sechs Jahre alten Jungen an. Sein Gesicht war eisverschmiert, in seinen Mundwinkeln klebte Schokolade, und aus seiner Nase lief Rotz.

»Darf ich die Fisch füttern?«, fragte er erneut.

»Der Plural ist Fische, nicht Fisch. Und nein, darfst du nicht.« Sinclair sah auf der Suche nach den Eltern des Jungen am Ufer entlang. »Wo ist deine Mutter?«

Das Kind zuckte mit den Achseln und deutete auf mehrere Angler, die auf Felsen saßen, die Angelruten zwischen Steine geklemmt. »Da hinten, bei meinem Papa, angeln.«

»Und warum angelst du nicht mit ihnen?«

Wieder zuckte der Junge mit den Achseln. »Mag nicht.«

»Warum bist du dann hier?«

»Weil mein Papa angeln mag.«

»Verstehe. Das ist blöd für dich, oder?«

Der Junge sah Sinclair nur an.

»Warum läufst du nicht rum und spielst im Fluss?«

Der Junge wischte sich die Nase am Ärmel ab. »Warum fängt du keine Fische?«

»Genau das mache ich doch.«

Der Junge grinste, als hätte der Mann einen Witz gemacht. »Nein, tust du nicht. Du fütterst die Fische und fängst gar keine.«

»Genau so fange ich Fische, du Naseweis. Jetzt zisch ab und geh jemand anderem auf die Nerven.«

»Tut mir leid.«

»Mir auch.«

Sinclair wartete darauf, dass der Junge wegging. Aber er blieb stehen.

»Ich hab noch nie gesehen, wie jemand Fische mit Keksen füttern tut.«

»Bringen sie euch das in der Schule bei? Füttern tun?«

»Nein.«

»Dann lass es bleiben. Titen, taten, toten sind verboten, kann man sich doch leicht merken.«

»Okay.«

Sinclair warf noch ein Stückchen Keks ins Wasser, und sie sahen beide zu, wie es auf den Wellen schaukelte und davontrieb.

»Magst du Fische? Essen?«, fragte der Junge.

»Nein. Nicht besonders.«

Der Junge schüttelte den Kopf. »Ich auch nicht. Ich mag Würstchen.«

»Verstehe. Aber du weißt, dass Würstchen aus Schweineabfällen bestehen. Hufe. Rüssel. Und andere Körperteile, die ich gar nicht nennen will.«

Der Junge sah ihn wieder nur an.

Sinclair brach den Keks in zwei Teile und reichte dem Jungen eines davon. Der Kleine dankte ihm nicht und sagte auch sonst nichts. Er warf den Brocken einfach ins Wasser.

»Du musst kleine Stückchen hineinwerfen«, sagte Sinclair. Er gab dem Jungen den Rest von seinem Keks. »Kleine Stückchen.«

Der Junge trat näher an Sinclair heran. Drückte sich an seine Seite, als wäre Sinclair sein großer Bruder oder Onkel. Er brach Stückchen von dem Keks ab und schnippte sie einen nach dem anderen ins Wasser. Jedes trieb davon, ohne auch nur einen Fisch anzulocken. Als er nichts mehr in Händen hielt, sah der Junge zu Sinclair hoch. »Klappt nicht. Vielleicht mögen die Fische keine Kekse.«

»Da könntest du recht haben.«

Der Junge wischte sich die Nase am anderen Ärmel ab.

»Mehr hab ich nicht. Also, mach, dass du weiterkommst.«

Der Junge tat nichts dergleichen. Er sah Sinclair unverwandt mit seinen riesengroßen Augen an. »Du bist klein.«

»Das weiß ich.«

»Warum bist du so klein?«

»Weil ich aufgehört habe zu wachsen.«

»Warum?«

»Weil ich groß genug war.«

»Aber du bist viel zu klein. Ich werd mal größer als du.«

»Das ist gut möglich.«

»Wetten, dass ich eines Tages größer bin als du?«

»Das hast du schon gesagt. Du wiederholst dich. Ich denke, du solltest jetzt zurück zu deinen Eltern gehen.«

Einen Moment lang standen sie nur da. Der Wind fegte über den Fluss und zupfte an ihren Haaren.

»Bist du gern so klein?«, fragte der Junge.

Sinclair sah den Lockwood Folly River entlang, der sich schäumend und glitzernd im Süden verlor. »Nein. Nein, das bin ich nicht.«

Kapitel 35

Alice schob den Einkaufswagen über den Linoleumboden und fühlte sich seltsam fremd unter den anderen Kunden – eine Hausfrau mit drei Kindern im Schlepptau, ein Junggeselle, der Dosensuppe in seinen Einkaufskorb lud, und zwei junge Leute, die Billigbier kauften und nie im Leben schon einundzwanzig waren –, und sie dachte an das letzte Mal, als sie in dem Laden gewesen war. Mr. Roberts, der menschliche Wackeldackel, stand nicht mehr an der Kasse. Stattdessen stand dort jetzt ein unbeholfen wirkender Teenager mit riesigen Ohren und einem Bürstenschnitt, der die Größe seiner Ohren noch mehr hervorhob. Aber anders als Mr. Roberts lächelte der Teenager, begrüßte jeden und bot seine Hilfe an, wenn ein Kunde etwas suchte. Der Junge war das glatte Gegenteil von Mr. Roberts. Womöglich hatte der endlich seine Schürze an den Nagel gehängt und nickte jetzt aus dem heimischen Lehnstuhl schweigend seiner Frau und seinen Enkeln zu.

Ein paar Schritte vor Alice ging Delilah und suchte die Regale ab. Sie nahm Kekspackungen heraus und betrachtete sie eingehend, als sollte man die Entscheidung für eine Sorte wohlbedacht und nicht überhastet treffen. Das Mädchen wirkte unbekümmert, die Last der schrecklichen Dinge, die es in den letzten Tagen miterlebt und selbst verschuldet hatte, fiel langsam von ihm ab. Alice fragte sich, ob Delilah tatsächlich imstande wäre, zu vergessen, dass sie einen Menschen getötet hatte. Sie würde sie darum beneiden.

Endlich entschied sich Delilah für eine Kekssorte und kam damit zum Einkaufswagen. »Magst du Oreos? Ich schon. Ich liebe Oreos. Ich könnte allein eine ganze Packung essen.«

»Dann nimm lieber zwei.«

Delilah grinste, nickte und holte eine zweite Packung.

Sie schlenderten weiter an den Regalen entlang und blieben schließlich vor der Kaffee- und Teeauswahl stehen. Alice suchte einen guten Kaffee aus und spürte plötzlich, wie das Mädchen sie musterte. Sie reagierte nicht darauf und legte eine Packung Zucker in den Einkaufswagen, aber das Mädchen sah sie unverwandt an.

»Was denn?«

»Nichts.«

»Warum guckst du dann so?«

»Tu ich doch gar nicht.«

»Wenn du etwas zu sagen hast, spuck's aus.«

»Na ja.« Jetzt sah das Mädchen überallhin, nur nicht zu Alice. »Es ist nur … ich weiß nicht. Es gefällt mir hier. Elton ist echt nett. Cool. Sein Haus ist schön und sauber. Und hier ist es warm und immer scheint die Sonne. Ganz anders als in Philly.«

»Ja. Besser als in Philly ist es hier auf jeden Fall.« Alice schob den Einkaufswagen weiter.

Delilah holte sie ein. Sie hüpfte sogar ein bisschen, wie eine Sechsjährige. »Warum bist du überhaupt von hier weg?«

»So halt.«

»Ach, komm schon, Alice. Nie erzählst du was.«

»Da gibt's nicht viel zu erzählen.«

»Du wirst schon nicht gleich tot umfallen, wenn du's tust. Also, warum bist du von hier weg?«

Alice blieb stehen und beugte sich über den Griff des Einkaufswagens. »Ich bin von hier weg, weil es mir nicht weit weg genug von zu Hause war.«

»Von deinen Eltern?«

»Ja.«

»Haben sie nach dir gesucht?«

»Ja. Sie haben nach mir gesucht.«

»Da hast du's. Ich wette, meine Mama sucht nicht mal nach mir.«

»Das muss nichts Schlechtes sein. Wenn man ernsthaft abhauen will, ist es leichter, wenn keiner nach einem sucht.«

»Kann sein.« Delilah öffnete die Kekspackung und gab Alice einen, dann nahm sie sich selbst einen. »Warum bist du überhaupt abgehauen? Haben deine Eltern was gemacht?«

»Nein. Ich habe was gemacht.«

Delilah wartete darauf, dass Alice weitersprach, aber die schob stumm den Einkaufswagen weiter.

»Was denn? Was ist passiert?«

»Nichts.«

»Komm schon, Alice. Ich habe dir alles von mir erzählt. Es gibt nichts, was du nicht von mir weißt.«

Alice bereute es, überhaupt Andeutungen gemacht zu haben. »Ich habe nichts getan, als ich etwas hätte tun sollen.«

Delilah konnte ihr nicht folgen.

»Du hast dich doch um deinen kleinen Bruder gekümmert, oder? Hast auf ihn aufgepasst und ihn versorgt.«

Delilah nickte. »Ja. Kann man so sagen.«

»Na ja, ich hatte auch einen kleinen Bruder. Und ich habe das nicht gemacht. Ich habe nicht auf ihn aufgepasst, als ich es hätte tun sollen.«

»Ist ihm was passiert?«

»Ja. Es ist ihm was passiert.«

»Und du glaubst, dass es deine Schuld war?«

»Ja.«

»Aber du warst doch selbst noch ein Kind, oder?«

»Du bist auch noch ein Kind und hast trotzdem schon auf deinen Bruder aufgepasst.«

»Musste ich ja. So wie meine Mutter drauf ist.«

Auf einmal standen sie vor dem Regal mit den Alkoholika.

»Eltern sind scheiße, wenn du mich fragst. Ich werde nie so enden wie meine Mama. Nie«, erklärte Delilah rundheraus.

Alice starrte das Kühlregal mit dem Bier an. Die Flaschen mit der bernsteinfarbenen Flüssigkeit, an denen das Kondenswasser hinabperlte, sahen überaus verlockend aus.

»Ich weiß nicht, Alice. Wenn es ein Unfall war, solltest du dir keine Schuld geben für das, was deinem Bruder passiert ist.«

»Ich tu's aber.«

»Dein Bruder hat bestimmt gewusst, dass du ihn lieb hast. Oder? Du solltest nicht so streng mit dir sein.«

»Jason. Er hieß Jason.« Alice schnappte sich einen Zwölferpack Michelob und stellte ihn in den Einkaufswagen. »Und weißt du, was das Letzte war, was ich zu ihm gesagt habe?«

Delilah schüttelte den Kopf.

»Er war vier. Er ist in mein Zimmer, hat meinen Nagellack gefunden und alles damit vollgeschmiert. Die Megakatastrophe, dachte ich damals.« Sie sah auf das Bier im Einkaufswagen. »Ich hab ihn aus meinem Zimmer geworfen und angeschrien. Ich hab gesagt, dass ich ihn hasse. Dann hab ich gesagt, ich wünschte, er wäre nie geboren worden.« Sie sah Delilah an. »Das ist das Letzte, was ich zu meinem Bruder gesagt habe. Die letzten Worte, die er hörte, bevor er starb.«

Alice warf einen Blick auf den Zwölferpack. Noch nie hatte sie so dringend ein Bier gebraucht, spüren wollen, wie die kalte Flüssigkeit über ihre Zunge strömte und ihre Kehle hinunterrann. Aber das eine Bier würde zum zweiten führen, und danach würde es kein Halten mehr geben. Mit einer Entschlossenheit, die Alice sich nicht zugetraut hätte und von der sie nicht wusste, wie lange sie andauern würde, nahm sie den Zwölferpack und stellte ihn zurück ins Kühlregal.

•••

Langsam gingen sie den Gehsteig entlang, jede schleppte zwei Tüten mit Einkäufen. Die Mittagssonne brannte von einem wolkenlosen Himmel auf sie nieder. Seit sie den Laden verlassen hatten, hörte

Delilah überhaupt nicht mehr auf zu reden, und Alice bemühte sich, das Gequatsche auszublenden.

»Ich bin mal mit einem weißen Jungen gegangen. Na ja, nicht richtig, aber fast. In der Achten. Gary Mack. Weißer ging's nicht. Mittelscheitel und eine Riesenlücke zwischen den Schneidezähnen. Er hat mich mehrmals die Woche von der Schule nach Hause begleitet, und auf dem Weg sind wir in einen 7-Eleven und haben uns eine Tüte Chips mit Barbecue-Geschmack und einen großen Becher Mountain Dew geholt.«

Alice nickte nur. Ihr ging es dreckig. Es war viel zu heiß, und ihre Schläfen pochten, das Kopfweh kam in immer heftigeren Wellen. Schweiß rann ihr den Rücken und die Achseln hinunter. Ihre Handflächen waren glitschig, und sie musste die Tüten fester packen, damit sie ihr nicht aus den Händen rutschten.

»Viel hat Gary nicht geredet. In der Mittagspause hat er immer allein gegessen. Er hat sich nicht mit den anderen Jungs rumgetrieben, und die meisten haben ihn in Ruhe gelassen. Ich glaube, er war ein bisschen langsam im Kopf, aber das war mir egal. Als wir das letzte Mal zusammen zu dem 7-Eleven sind, haben wir uns auf die Bordsteinkante gesetzt, und er hat mich mitten auf den Mund geküsst. Der Kuss selbst war nicht so toll, aber ich mochte es, wie ich mich dadurch gefühlt hab.«

Auf der Straße kreischte eine Hupe, und das durchdringende Geräusch ließ Alice zusammenzucken, aber Delilah redete immer weiter.

»Der Kuss dauerte nur ein oder zwei Sekunden, aber selbst in der kurzen Zeit hat eine Freundin von meiner Mama mich gesehen. In der Nacht kam Mama nach Hause, total blau und stinkig und stürzte sich auf mich, während ich schlief. Zuerst dachte ich, es ist Leon. Aber es war Mama, die einen richtigen Wutanfall hatte. Sie hat gesagt, dass ich nichts mit Gary anfangen darf. Dass er dumm ist und White Trash. Als ich Gary am nächsten Tag davon erzählt hab – nicht das mit dem dumm und dem White Trash –, zuckte er nur mit den Achseln und sagte okay. Das war's. Er hat mich nicht mal mehr angesehen. Wie kann man nur so sein? Den einen Tag küsst er mich, und am nächsten Tag tut er so, als würde er mich nicht kennen?«

Plötzlich war Alice speiübel. Ihr Magen hob sich, und sie dachte, sie würde sich mitten auf der Main Street übergeben müssen. »Warte mal.« Sie stellte die Einkaufstüten ab, lehnte sich gegen eine Ziegelwand und rutschte in die Hocke.

Delilah drehte sich zu ihr um. »Was ist denn?«

»Mir geht's nicht gut.«

Delilah sah, wie Alice an einem Zigarettenpäckchen herumfummelte und kaum die Flamme ruhig genug halten konnte, um sich eine Zigarette anzuzünden. »Mensch, Alice. Du zitterst ja total.«

Alice zog an der Zigarette, lehnte den Kopf gegen die Wand und stieß den Rauch langsam aus, wartete darauf, dass die Übelkeit verging.

»Bist du krank? Du siehst aus, als würdest du gleich ohnmächtig werden. Hast du einen Herzanfall oder so?«

Alice verneinte. Zog an der Zigarette. »Entzug.«

»Entzug? Von was?«

»Was glaubst du denn?«, fuhr Alice sie grob und giftig an.

Delilah sah auf die Straße. Hielt den Kopf gesenkt wie ein geprügelter Welpe.

Alice schnippte die Zigarette weg. »Tut mir leid. Mir geht's einfach scheiße.«

Delilah stellte die Tüten ab, kniete sich neben sie, holte eine Packung Kaugummi aus der Tasche, reichte Alice einen Streifen und schob sich selbst einen in den Mund. »Wie lange dauert das? Dieser Entzug?«

»Keine Ahnung. Mach ich das erste Mal.«

Schweigend saßen sie da, kauten auf ihren Kaugummis und

sahen den Autos zu, die die Main Street auf und ab fuhren. Die Leute parkten, gingen in Läden rein und wieder raus, erledigten ihre Besorgungen und blieben für einen kleinen Tratsch mit Nachbarn stehen.

Dann sahen sie einen Grand Marquis an ihnen vorbeifahren und vor Lucy's Diner stehen bleiben. Wie auf Befehl wurden beide Türen gleichzeitig aufgestoßen, und zwei Männer, die unterschiedlicher nicht hätten sein können, kletterten heraus. Der Fahrer war groß und kräftig, seine Brust noch breiter als seine Schultern. Er bewegte sich unbeholfen und sah aus wie ein Profi-Wrestler, der nur seinen Wrestlinganzug gerade nicht trug. Der Kopf des Beifahrers ragte kaum über das Autodach, und er wirkte wie ein übertrieben elegant gekleideter Vierzehnjähriger, aber so schmal und zierlich er auch war, machte er doch einen überaus zielstrebigen Eindruck.

Delilah musste grinsen und stupste Alice an. »Sieh dir die beiden an. King Kong und sein Baby.«

Obwohl Alice sich beschissen fühlte, musste sie lachen.

Grinsend beobachteten die beiden jungen Frauen, wie das ungleiche Paar zum Diner ging. Ein Glöckchen an der Tür bimmelte, und sie verschwanden im Inneren.

Kapitel 36

Sinclair merkte, dass ihm langsam der Geduldsfaden riss und er zunehmend gereizter wurde. Er war es gewohnt, mit unangenehmen Situationen umzugehen – Dealer, die sich an den Vorräten bedienten, Kunden, die über ihre Verhältnisse konsumierten, Drogenermittler und Undercover-Cops, die hinter ihm herschnüffelten –, aber mit so einem Problem hatte er noch nie zu tun gehabt. Eine Einundzwanzigjährige, die ihn beklaute. Ihm dauernd entkam. Sich über ihn lustig machte. Er malte sich aus, was er mit dieser Alice anstellen würde. Er würde der jungen Frau eine Lektion erteilen, aus der sie viel lernen konnte. Dessen war er sich vollkommen sicher.

Sie wählten einen Tisch an einem Eckfenster, möglichst weit von anderen Lunch-Gästen und neugierigen Ohren entfernt. Sinclair nahm die Speisekarte, die aus ein paar spiralgebundenen laminierten Blättern bestand, und ging die Auswahl durch.

»Offenbar hat sich dieses Lokal auf Bratensoße spezialisiert. Brötchen mit Bratensoße. Truthahn mit Bratensoße. Hackbraten mit Bratensoße. So geht das immer weiter.«

Phillip sah auf seine Speisekarte. »Ich mag Soße.«

»Ja. Das überrascht mich nicht, Phillip.«

Eine Kellnerin trat an ihren Tisch. Die Frau hatte dicke Knöchel und ein Doppelkinn, das bis zu ihren Ohren reichte. Gelbe Zähne und Fingernägel verrieten, dass sie zu viel rauchte. »Was darf's sein? Kaffee?«

»Für mich bitte ohne Koffein«, sagte Sinclair. »Danke.«

»Und für den Großen?«

»Saft«, stieß Phillip hervor.

»O-Saft?«

»Nein.«

»Traube, Grapefruit, Ananas?«

»Halb Ananas, halb Traube.« Phillip würdigte die Frau keines Blickes.

»Okay. Dann hol ich schon mal die Getränke. Bin gleich wieder da.« Sie klickte auf den Drücker ihres Kulis, schob ihn sich in die hochtoupierten Haare und ging los, um die Bestellung zu holen.

»Also wirklich, Phillip. Wie oft haben wir schon darüber geredet? Deine Manieren. Ein einfaches ›Bitte‹ und ›Danke‹ bringt einen weiter im Leben. Wir sollten uns alle um einen höflichen Umgang bemühen. Beschäftigte in der Dienstleistungsbranche haben es schwer. Sie arbeiten für einen erbärmlichen Lohn und außerdem müssen sie auch noch unfreundliche Leute bedienen.«

Phillip nahm einen Zahnstocher aus einem kleinen Becher, zog ihn aus der Hülle und schob ihn sich in den Mundwinkel. »Okay.« Mit hängenden Schultern beugte er sich vor, und seine ohnehin ausdruckslose Miene wurde noch ausdrucksloser.

»Was geht dir durch den Kopf, Phillip? Du kommst mir ein wenig bedrückt vor.«

»Nichts«, murmelte Phillip.

»Ich werde auch langsam ungeduldig, Phillip. Das kannst du mir glauben. Aber wir werden diese Angelegenheit bald hinter uns gebracht haben.«

Phillip seufzte tief. Stocherte mit dem Zahnstocher zwischen seinen Zähnen. »Vielleicht ist sie ja nicht mal hier.«

Sinclair starrte Phillip an. Sah zu, wie er seine Zähne bearbeitete. »Bitte, Phillip. Das ist eine wirklich abstoßende Angewohnheit.« Er wartete, bis Phillip den Zahnstocher aus dem Mund nahm, was der sogleich tat. »Sie ist hier. Alice ist hier.«

»Woher weißt du das?«

»Intuition.«

»Weiß nicht. Sie könnte überall sein. Oder tot.«

»Was schlägst du vor? Dass wir aufgeben und uns mit eingezogenem Schwanz nach Hause trollen?«

Phillip dachte kurz nach. »Ich glaub dir ja. Hab ich immer. Und ich tu, was du sagst.«

»Aber?«

»Aber bei der Sache sollten wir vielleicht einen Rückzieher machen.«

Sinclair betrachtete seine manikürten Hände und schien über jeden einzelnen Finger zu sinnieren. »Du bist sehr loyal, Phillip. Das weiß ich.«

Der Gorilla grunzte erfreut.

»Aber was du da vorschlägst, ist unmöglich. Wenn wir zulassen, dass mich jemand bestiehlt, und nichts dagegen unternehmen, schaffen wir einen Präzedenzfall, und das darf nicht sein. Es hat viel Blut und Schweiß gekostet, mein Unternehmen aufzubauen. Und in diesem Fall die andere Wange hinzuhalten könnte, ach was, würde höchstwahrscheinlich einen gewaltigen Kollateralschaden verursachen.«

Phillip spielte mit dem Zahnstocher. »Okay.«

»Nein, das ist nicht okay. Du musst begreifen, worum es mir geht. Es ist sehr wichtig, dass wir an einem Strang ziehen. Diese junge Frau hat mehr getan, als Geld von mir zu stehlen. Sie ist verantwortlich für den Tod von Henry und Pig. Zwei gute Männer, die mich sehr lange Zeit begleitet haben. Sie hat mir sehr viel genommen, Phillip, und ich werde erst Ruhe geben, wenn ich sie gefunden habe.«

»Warum zeigen wir nicht den Flyer rum? Mit dem Foto von ihr. Vielleicht hat sie ja einer gesehen.«

Sinclair nahm eine Serviette aus dem Serviettenspender und wischte über einen Fettfleck auf dem Tisch. Er rieb, inspizierte den Tisch und rieb noch einmal. Schließlich legte er die Serviette beiseite, verschränkte die Hände und sprach weiter. »Wenn du mir immer glaubst, warum glaubst du mir dann eigentlich jetzt nicht?«

Phillip wandte den Blick von ihm ab und sah aus dem Fenster.

Sinclair seufzte. »Jetzt schmoll nicht, Phillip. Das ist albern. Ich werde deine Frage beantworten. Alice ist eine Ausreißerin. Eine junge Frau. Wenn wir hier rumspazieren und den Leuten den Flyer vor die Nase halten, wird sie das misstrauisch machen. Ein verzweifeltes Mädchen. Zwei Männer, die nach ihr suchen. Das könnte den Leuten komisch vorkommen. Vielleicht schaltet einer die Polizei ein. Nein. Auf diese Weise werden wir Alice nicht finden.«

Phillip sah wieder zu Sinclair. »Wie dann?«

Sinclairs Kiefer spannte sich an. Sein Gesicht rötete sich. »Wenn man eine Ratte finden will, muss man nach ihrem Nest suchen. Feststellen, wohin sie in der Nacht verschwindet. So kann man sie ausräuchern und töten.«

Die Kellnerin mit den dicken Knöcheln brachte den Kaffee und den Saft. »Wissen Sie beide schon, was Sie essen wollen?«

Sinclair zauberte sich ein Lächeln ins Gesicht. »Können Sie die Brötchen mit Bratensoße empfehlen?«

»Dafür sind wir bekannt. Klar.«

»Wunderbar. Dann werde ich das probieren. Danke.«

Die Kellnerin sah zu Phillip. »Und Sie?«

»Brötchen mit Soße.« Phillip spürte Sinclairs mahnenden Blick auf sich. »Danke«, sagte er. Das Wort knirschte wie ein Hühnerknochen in seinem Mund.

Sinclair warf einen Blick auf das Namensschild der Kellnerin. »Dürfte ich Sie etwas fragen, Connie?«

Schmatzend kaute sie Kaugummi. »Klar, Schätzchen. Fragen Sie.«

»Gehe ich recht in der Annahme, dass Sie aus der Gegend sind?«

»War nie woanders.«

»Verstehe. Ich habe mich nur gefragt, ob Sie sich hier eher North

Carolina oder South Carolina zuordnen, nachdem Shallotte ja direkt an der Grenze liegt, oder sagen Sie einfach, dass Sie aus Carolina sind?«

Sie lachte, als hätte er gerade einen richtig guten Witz gemacht. »Schätzchen, da liegen Welten dazwischen. Ich bin ein North-Carolina-Mädel durch und durch und verdammt stolz drauf.«

»Worin liegt denn der Unterschied? Inwiefern ist North Carolina besser als South Carolina?«

Sie kicherte immer noch. »Um nur ein paar Dinge zu nennen: das Barbecue, die NCAA-Basketballmannschaft der Herren, und wir waren die Ersten, die geflogen sind. Das reicht doch schon.«

»Ja, da haben Sie recht.« Er lächelte die Frau an, hauptsächlich, weil er sie so leicht zum Reden gebracht hatte, weniger wegen dem, was sie gesagt hatte. »Vielleicht können Sie mir bei einem kleinen Problem helfen?«

»Klar. Um was geht's denn?«

»Ich habe kürzlich eine bescheidene Immobilie hier in der Gegend gekauft und musste leider feststellen, dass ich ein Nagerproblem habe. Eine echte Plage. Vor allem Ratten.«

Die Kellnerin wirkte kein bisschen überrascht. »Ratten haben wir hier viele, hat mit der Nähe zum Fluss zu tun. Ist was ganz Natürliches.«

»Ja. Jedenfalls muss ich etwas dagegen unternehmen, und ich habe gehört, dass Parson's Pest Control sehr gute Dienste leistet. Kennen Sie die Firma?«

Die Kellnerin nickte, sodass das Doppelkinn zum Dreifachkinn wurde. »Sie meinen Eltons alte Firma.«

»Das ist gut möglich.«

»Elton Parsons war mal der hiesige Kammerjäger. Er hat sich um jeden hier im Ort gekümmert. So vor zwei, drei Jahren hat er den Laden allerdings dichtgemacht.«

»Verstehe. Wohnt er noch hier?«

»Sicher. Aber wie gesagt, er hat sein Geschäft aufgegeben.«

»Pech für mich. Aber vielleicht kann er mir ja einen Tipp geben.«

»Gut möglich. Er weiß alles darüber, wie man Insekten und Ratten loswird, selbst Opossums. Er wohnt nicht weit weg. Nur ein paar Meilen die Straße entlang. Wenn Sie wollen, suche ich Ihnen seine Telefonnummer raus.«

»Ich würde lieber persönlich bei ihm vorbeisehen. Wenn er mir niemand anderen empfehlen kann, kann ich ihn vielleicht überreden, seinen Ruhestand kurz zu unterbrechen. Gegen gutes Geld, natürlich.«

Die Kellnerin zwinkerte ihm zu. »Geld kann man immer brauchen, was, Schätzchen?« Sie zog den Kuli aus ihren Haaren und kritzelte etwas auf eine Serviette. »Sein Haus ist gar nicht zu verfehlen. Es steht direkt am Fluss. Sehr hübsch dort.«

»Danke, Connie.«

»Ich hoffe, Sie werden die Ratten los. Ich hasse diese Viecher.«

»Ich auch, Connie. Ich auch.«

Kapitel 37

Elton überprüfte die Spulen von drei verschiedenen Angelruten. Er vergewisserte sich, dass die Schnüre nicht verwirrt waren und alle den richtigen Zug hatten. Aus einer alten metallenen Kiste holte er ein kleines Fläschchen Rollenöl und gab ein paar Tropfen davon auf jedes Teil. Danach prüfte er jede Rute noch einmal. Zufrieden wählte er die richtigen Schwimmer aus und befestigte sie, dann wickelte er die Vorfächer auf und steckte die Haken in den Kork.

Als Nächstes ging er seine übrige Angelausrüstung durch. Er sortierte Haken und Köder und zusätzliche rot-weiße Schwimmer. Zufrieden mit seinen Vorbereitungen setzte er sich auf die vordere Veranda, zog eine Flasche Cola aus einem Eimer mit Eis, hebelte den Kronkorken mit einem gezielten Schlag gegen das Geländer weg und nahm einen großen Schluck. Einige Minuten saß er da und genoss die Sonne auf dem Gesicht. Hin und wieder trank er einen Schluck und stieß leicht auf, ohne den Blick von der Straße zu wenden, die zum Haus führte.

Als nur noch ein kleiner Rest in der Flasche war, sah er Alice und ihre Freundin die Schotterstraße entlangmarschieren, beide beladen mit Einkaufstüten.

»Dachte schon, ihr hättet euch verlaufen«, sagte er.

Sie stellten die Tüten auf den Boden und setzten sich zu ihm.

»Ich hatte auch Angst, dass wir uns verlaufen haben. Hier sieht alles gleich aus. Nur Bäume, Büsche und Schotterstraßen«, erwiderte Delilah.

»So was kann nur ein Stadtgewächs sagen.«

Delilah lächelte. »Außerdem riecht es hier komisch.«

»Wie Luft eben riecht.«

»Nach Kuhscheiße?«

»Du bist nur einfach nur dran gewöhnt, dass dir den lieben langen Tag Abgase von Autos und Bussen und Fabriken um die Nase wehen.«

Delilah zuckte mit den Achseln. »Was machen die Leute hier eigentlich?«

»Was meinst du mit ›machen‹?«

»Um mal ein bisschen Spaß zu haben. Es gibt keine Kinos und keine Shoppingmalls oder so, und das einzige gute Restaurant, das ich gesehen hab, war ein Burger King.«

Elton starrte sie an, als wären ihr plötzlich drei Köpfe gewachsen. »Ich werd wirklich langsam alt.« Er zwinkerte Alice zu und drehte sich wieder zu Delilah. »Zunächst einmal, junge Frau, ist Burger King kein richtiges Restaurant, bei dem Fraß, den sie da verkaufen. Und zum anderen kann man hier alles Mögliche unternehmen.«

So leicht ließ Delilah ihn nicht davonkommen. »Was denn? Mücken erschlagen?«

Elton schnaubte. »Man kann jagen und angeln. Am Fluss spazieren gehen. Überall gibt es Wanderrouten und Radwege. Manche Leute beobachten in ihrer Freizeit Vögel. Um nur ein paar wenige Dinge zu nennen.«

»Ich weiß nicht. Shallotte könnte einen Walmart vertragen.«

»Na gut. Ich geb's auf.« Er grinste Alice an. »Und, Kindchen, wie hältst du dich?«

»Geht so gerade.«

Elton holte zwei Flaschen Cola aus dem Eimer, öffnete sie und reichte sie weiter. »Prost ihr beiden. Ist schön kalt.«

Alice nippte an der Flasche, dann deutete sie mit dem Kinn auf die Angelruten. »Gehen Sie angeln?«

»Ich dachte, das könnten wir gemeinsam machen. Bei dem schönen Wetter. Wir könnten zu meiner Angelstelle ein Stück den Fluss runter. Vielleicht fangen wir ja was zu essen für heute Abend.«

Alice sah mitgenommen aus. Ihr T-Shirt war verschwitzt. Ihr Gesicht rot. Die Haare klebten ihr an den Wangen und im Nacken. Mit ein paar Schluck trank sie die Flasche aus. Alles war besser, als rumzusitzen und Trübsal zu blasen. »Okay.«

Elton sah zu Delilah. »Und du, Stadtmädchen? Warst du schon mal angeln?«

»Angeln? Nein danke. Ich ess keinen Fisch, warum soll ich da welchen fangen?«

»Na komm schon. Es ist hübsch da. Was willst du denn sonst tun?«

Sie zuckte mit den Achseln. »Fernsehen?«

»Du kriegst noch viereckige Augen.« Elton schüttelte den Kopf und tätschelte Alice' Knie. »Dann bleibt es wohl bei uns beiden, Kindchen.«

...

In der einen Hand trug Elton die Ruten, mit der anderen stützte er sich auf seinen Stock. Alice schleppte die Metallkiste. Sie gingen nicht weit vom Flussufer entfernt einen schmalen Pfad entlang, der gelegentlich von Geißblatt und Kudzu überwuchert war. Schweigend beobachteten sie ein Eichhörnchenpaar, das ihnen zu folgen schien und völlig unbekümmert die Bäume rauf und runter kletterte und von Ast zu Ast hüpfte.

Elton musste bei dem Anblick der Pelztierchen lachen. »Das sind wohl Freunde von dir?«

Alice schüttelte den Kopf. »Ich hab keine Freunde.«

»Ach, papperlapp. Sei nicht so selbstmitleidig.«

»Ja, das bin ich wahrscheinlich.«

»Wenigstens bist du ehrlich.« Er zog ein Taschentuch aus der Gesäßtasche und gab es ihr. »Du siehst aus wie ausgespuckt.«

»Ja, so fühl ich mich auch.« Sie wischte sich mit dem Taschentuch über Stirn und Nacken.

»Das wird besser werden. Die ersten achtundvierzig Stunden sind die schlimmsten.«

»Ach ja? Kennen Sie sich damit aus?«

Er schlug nach der Bremse, die sich an seinem Hals festsaugen wollte. »Ja, tu ich. Ist lang her. Da hatte ich noch Haare auf dem Kopf und war jung und hab lauter Blödsinn angestellt.«

»So wie ich?«

»Na ja, jung bist du, und was Letzteres angeht – das liegt in deiner Hand.«

Der Pfad näherte sich dem Fluss, der sich um einen Felsvorsprung wand. Der Fels ragte ein paar Meter über dem Wasser in die Höhe.

»Haben Sie irgendwann aufgehört zu trinken?«

»Ja. Ich war ein lausiger Trinker.«

»Gibt es denn gute?«

»Nein. Wenn du so fragst, die gibt es wohl nicht.«

»Wie haben Sie das gemacht? Aufhören und so.«

»Auf die einzig mögliche Art. Von jetzt auf gleich. Ich hab gar nicht erst angefangen mit diesem Anonyme-Alkoholiker-Quatsch. Was gibt's denn da zu reden? Ich hab's auf meine Art gemacht.«

Das Eichhörnchenpaar gab schließlich seine Verfolgungsjagd auf und verschwand zwischen den Bäumen.

»Warum haben Sie dann immer noch Schnaps im Haus? Sind Sie da nicht versucht?«

Elton deutete zu dem Felsvorsprung, der über das Wasser ragte und von dem aus man einen perfekten Hundertachtzig-Grad-Blick über den Fluss hatte. Die hohen Kiefern warfen einen angenehmen Schatten. »Das ist mein Lieblingsplatz.«

Sie stellten die Sachen an einer ebenen Stelle auf dem Felsen ab. Am Rand wuchs etwas Moos, auf dem man bequem sitzen konnte, und Elton bereitete die Angeln vor.

»Das ist Bens Schnaps. Hin und wieder hat er gern einen gehoben. An Silvester, an seinem Geburtstag und vielleicht sonst noch ein-, zweimal im Jahr. Es gibt Leute, die trinken in Gesellschaft, und es gibt Leute, die trinken immer.«

An einer der Angeln tauschte er den Köder aus, überlegte kurz und machte es auch bei der anderen. »Nachdem Ben gestorben war, beschloss ich, die Flaschen zu lassen, wo sie waren. Sie erinnern mich an ihn, und ich kann mich nicht dazu überwinden, sie zu entsorgen. Ich hab auch noch einen Schrank und eine Kommode voll mit seinen Sachen. Pullover, Hemden, Hosen, alles, was man sich denken kann. Nichts davon passt mir, aber es käme mir so vor, als würde ich einen Teil von ihm wegwerfen, wenn ich seine Sachen in den Müll schmeiße.«

Alice nahm einen Stecken und drehte ihn zwischen den Fingern. »Woran ist Ben eigentlich gestorben?«

Elton kniff die Lippen zusammen und seufzte leise.

»Wir müssen nicht darüber reden, wenn Sie nicht wollen.«

Er brachte ein Lächeln zustande. Tätschelte ihr Knie. »Nein, es tut gut, darüber zu reden. Besser, als es in sich zu vergraben.« Elton holte tief Luft. Setzte sich auf. »Es war ungefähr vor acht Jahren. Ben hatte dauernd Kopfweh, und gelegentlich wurde ihm schwindlig, aber er wollte nicht jammern. Immer öfter hielt er ein Schläfchen. Meinte, es läge am Alter. Ich sagte ihm, dass er zum Arzt gehen sollte, aber Ben war ein bisschen altmodisch. Er mochte es nicht, wenn an ihm herumgedrückt und -gepikst wurde.« Er hielt inne und rieb sich kurz das Kinn. »Ich hatte zu der Zeit verdammt viel zu tun. Dauernd hab ich gearbeitet und gar nicht mitgekriegt, wie schlecht es ihm ging.«

Er sah auf den Fluss hinaus. »Eines Tages kam ich heim, und da lag Ben auf dem Wohnzimmerboden. Im ersten Moment dachte ich, er ist tot. Ich hab ihn in die Notaufnahme gebracht, und nach einer Menge Untersuchungen stellten sie fest, dass er einen Gehirntumor hat. Sie haben es mit Bestrahlung versucht, aber es war zu spät. Es hatte nicht lange gedauert. Sechs Monate, und er war tot. Einfach so.«

Er warf eine der Angelschnüre aus und gab Alice die Rute, dann warf er die zweite aus. Sie saßen am Rand des Felsens und ließen die Beine baumeln.

»Das tut mir leid, Elton.«

»Mir auch, Kindchen. Mir auch. Du hättest Ben gemocht. Er war was ganz Besonderes. Ihr beide wärt gut miteinander ausgekommen.«

»Vermissen Sie ihn noch?«

»Jeden verdammten Tag.« Elton kaute an seiner Unterlippe, und seine Stimme zitterte, als er weitersprach. »Ich wünschte … ich wünschte, ich hätte ihn früher zum Arzt gebracht. Das kannst du mir glauben.«

Alice sah den alten Mann an. »Haben Sie Schuldgefühle, weil Sie es nicht getan haben?«

Elton überlegte einen Moment. »Irgendwann habe ich es geschafft, meine Schuldgefühle loszuwerden. Aber es hat verdammt lang gedauert. Viel zu lang. Jahrelang habe ich mich mit Selbstvorwürfen rumgequält. Bis ich irgendwann kapiert habe, dass ich sie entweder überwinden oder mich bei lebendigem Leib von ihnen auffressen lassen muss.« Er sah zu Alice. »Die Traurigkeit ist allerdings nie verschwunden. Wird sie wahrscheinlich auch nicht. Ich schätz mal, das gehört zum Leben dazu.«

Ein paar Minuten lang hielten sie schweigend die Angeln ins Wasser.

»Wie alt waren Sie, als Sie das alles verstanden haben? Als Sie erkannt haben, was der Sinn des Lebens ist?«

Elton lachte laut auf, und das Lachen schallte über den Fluss. »Verdammt. Ich warte immer noch drauf, dass mein Leben einen Sinn hat. Wenn's so weit ist, lasse ich es dich wissen.«

»Das glaub ich nicht. Sie machen den Eindruck, als wüssten Sie es jetzt schon.«

»Kindchen, nur weil ich meine Sorgen nicht mehr im Schnaps ertränke, heißt das nicht, dass ich nicht noch welche hab.«

Alice blickte auf das Wasser, das an diesem Flussabschnitt sauber und klar dahinplätscherte. Sie konnte bis auf den Grund sehen, konnte all die Steine sehen, von denen einige so groß wie Wassermelonen, andere so klein wie Tennisbälle waren. »Glauben Sie, dass das Wasser kalt ist?«

»Nee, das glaub ich nicht. Ich weiß es.«

Etwas am Glitzern des Flusses in der Sonne, am beruhigenden Rauschen des Wassers über die Steine verführte Alice dazu, aufzustehen, Elton ihre Angelrute in die Hand zu drücken und ihre Schuhe und Strümpfe auszuziehen.

»Gibst du schon auf?«

»Ich geh schwimmen.«

»Angezogen?«

»Nein.« Sie trat an die Kante.

»Du wirst dir eine Erkältung holen.«

»Mieser als jetzt kann ich mich auch nicht fühlen.«

Er beobachtete sie, wie sie über die Kante blickte. »Dann hoffen wir mal, dass du schwimmen kannst.«

»Das ist zufällig das Einzige, worin ich mal gut war. Was meinen Sie, wie tief ist das Wasser an dieser Stelle?«

»Keine Ahnung, aber um von hier oben reinzuspringen, reicht's nicht. Wenn du wirklich vorhast, baden zu gehen, solltest du dort bis zum Ufer runterklettern und langsam reingehen. Aber pass auf, dass du dir kein Bein brichst, ich werd dich nämlich bestimmt nicht durch das Gestrüpp nach Hause schleppen. Also sei besser vorsichtig. Mir gefällt die Idee sowieso nicht.«

Alice beruhigte ihn und schenkte ihm ein Lächeln, das besagte: *Wird schon schiefgehen*, dann kletterte sie vorsichtig die Felsen runter. Das letzte Stück sprang sie. Als sie nach oben blickte, sah sie nur Eltons Schuhe über die Felskante baumeln. Sie zog T-Shirt und Hose aus, danach ihre Unterwäsche.

»Nicht schauen«, rief sie ihm zu.

Sie hörte ihn lachen. »Kindchen, ich will dich ja nicht kränken, aber dich im Evakostüm zu sehen, interessiert mich nicht die Bohne.«

Alice blickte auf den Fluss hinaus und betrachtete die glitzernde und schäumende Wasseroberfläche. Sie steckte einen Fuß ins Wasser und spürte es über ihre Zehen fließen, dann sank ihr Fuß tiefer in den braunen Schlick. Das eiskalte Wasser ließ ihr den Atem stocken, aber sie schob sich Zentimeter für Zentimeter tiefer hinein, bis es ihr bis zu den Knien reichte und schließlich bis zur Taille. Als sie sich über die glatten Flusssteine vorwärtstastete, wurden ihre Zehen vor Kälte taub, aber sie ging immer weiter, bis nur noch ihr Kopf aus dem Wasser ragte.

Einen Moment lang ließ sie sich treiben und sah zum Ufer, wo Elton lachend winkte und den Kopf schüttelte, dann sah sie flussabwärts, wo sich der Fluss um ein hoch aufragendes Kieferndickicht wand und aus ihrem Blickfeld verschwand. Sie fing an zu schwimmen, Arme und Beine zogen gleichmäßig und leicht durch das Wasser. Zwar spürte sie die ganze Zeit ihre Rippe, aber das kalte Wasser betäubte den Schmerz und sie schwamm ihm davon.

Die Wellen klatschten ihr ins Gesicht, das Wasser stach in ihren Augen und schwappte in ihren Mund, aber sie schwamm weiter. Ein bisschen schneller, ein bisschen kraftvoller. Die Strömung nahm sie mit, trieb sie flussabwärts, und Alice versuchte dagegenzuhalten. Seit mehr als fünf Jahren war sie nicht mehr geschwommen, aber ihr Körper hatte die Bewegungen nicht vergessen und glitt mühelos durch das Wasser.

Nach einer Weile kamen all die gewohnten Gedanken zurück – ihre ständige Flucht von Stadt zu Stadt, die Sauferei, das gestohlene Geld, die Schießerei, die Toten und zuletzt, wie immer, die Gedanken an Jason –, und sie zog das Tempo an. In ihrer Seite stach es, aber sie wurde nicht langsamer und hatte den Fluss schon halb durchschwommen, als sie Eltons leise Stimme hörte. *Komm zurück, komm zurück, komm zurück.*

Bald würde sie einen Krampf in Oberschenkeln und Waden bekommen, und ihre Arme wurden schwerer. Ihre von zu vielen Zigaretten malträtierte und untrainierte Lunge brannte. Aber sie wurde nicht langsamer. Sie wusste nicht, wie lange sie schon schwamm. Zwei Minuten? Fünf? Egal.

Lass los.

Schneidend hallten die beiden Worte in ihren Ohren wider.

Sie hielt inne und schnappte nach Luft. Unter ihren Füßen war kein Grund, und zum Schutz vor dem Wasser und dem rot gleißenden Sonnenlicht kniff sie die Augen zusammen. Sie sah den Fluss entlang. Kurz ließ sie sich mit der Strömung treiben, und ihr Atem beruhigte sich wieder.

Lass los.

Sie holte tief Luft, pumpte ihre Lunge voll und tauchte. Bis auf das Rauschen der Unterströmung war hier unten alles gedämpft. Sie schloss die Augen, spürte den Druck des Wassers und fing an zu weinen. Immer tiefer sank sie, wartete darauf, dass ihre Füße den Grund berührten, aber sie stocherten ins Leere. Sie ließ sich weiter treiben und riss in einem stummen Schrei den Mund auf. Ein Strom weißer Luftblasen brach aus ihr hervor und stieg nach oben. Alice schluckte Wasser und spürte die Flüssigkeit messerscharf durch ihre Kehle bis in den Bauch dringen.

Eine dunkle Welle breitete sich in ihr aus, und alles verdüsterte sich.

Lass ihn los.

Sie riss die Augen auf und sah nach oben. Die Sonne war nicht mehr als ein verzerrter, immer kleiner werdender Punkt.

Gerade als sie ihren Körper nicht mehr zu spüren begann und sich ihre Gliedmaßen scheinbar verselbstständigten und von ihr entfernten, fing sie an, mit den Beinen zu schlagen, schlug immer heftiger, um der Dunkelheit zu entkommen, die entschlossen schien, sie nach unten zu ziehen. Nach ein paar panischen Momenten durchbrach sie mit einem letzten Schlag die Wasseroberfläche. Ihr Magen verkrampfte sich, und sie spuckte einen Mundvoll klarer Flüssigkeit aus, dann holte sie tief Luft, füllte ihre Lunge mit der wohltuend frischen Landluft. Sie wandte das Gesicht der Sonne zu, die ihre Haut kitzelte, und machte sich daran, die lange Strecke zurückzuschwimmen.

Kapitel 38

Eltons Fischkorb schlug gegen seine Hüfte. Er war genauso leicht wie auf dem Hinweg. Er hatte nicht einen Fisch gefangen. Nicht einmal einen ganz kleinen.

Alice bemerkte, wie langsam und gebeugt der alte Mann ging. Schwer stützte er sein Gewicht auf den Stock und hob die Füße kaum vom Boden. Seit ihrem Aufbruch schien er um zehn Jahre gealtert zu sein. »Geht's Ihnen gut?«

»Bin einfach zu alt. Kommt mir so vor, als würde Stück für Stück von mir kaputtgehen.«

»Vielleicht ist der lange Weg ja zu viel.«

»War er bisher nie.«

Sie nahm ihm die Angelruten ab und führte ihn zu einer umgestürzten Birke, die zwei Meter neben dem Pfad lag. »Fünf Minuten Pause.«

»Wie wär's mit zehn?«

»Von mir aus. Ich hab's nicht eilig, zurückzukehren.«

Sie ließen sich auf dem Baumstamm nieder, dessen Oberfläche modrig weich war, und Elton seufzte tief. »Eins sag ich dir, alt werden ist für die Katz.« Er sah zu Alice, der die nassen Haare ins Gesicht hingen, und ihre Kleidung wirkte auch ziemlich klamm. »Ist dir nicht kalt?«

»Doch. Ein bisschen.«

»Bereust du's, ins Wasser gegangen zu sein?«

»Kein bisschen.«

Er lachte und sah zum Fluss. »Was machen wir bloß mit dir, Kindchen?«

»Da fällt mir schon was ein.«

»Ach ja? Hat das Schwimmen dir den Kopf durchgespült?«

Plötzlich hatte sie einen abwesenden Ausdruck, und ihre Augen wanderten über den vor ihnen liegenden Weg. »Ich weiß nicht. Ich denk mir nur … dass ich hier zum zweiten Mal auftauche und erwarte, dass Sie alle meine Probleme lösen, ist ein bisschen viel verlangt. Es ist nicht fair.«

Elton sah sie an. Wartete, dass mehr kam, und als nichts kam, ließ er ihr noch etwas mehr Zeit, um nachzudenken.

»Vielleicht sollte ich nach Hause zurückgehen.«

Die beiden Eichhörnchen waren wieder da, kletterten die Schwarzbirken hinter ihnen rauf und runter und keckerten eifrig miteinander. Sie hüpften von Baum zu Baum, raschelten in den Blättern, bis sie wie auf ein Stichwort gleichzeitig erstarrten, dann fing alles wieder von vorn an.

Alice stützte die Ellbogen auf die Knie und rieb sich übers Gesicht. »Warum muss eigentlich alles immer so schwer sein, Elton?«

Er spielte mit seinem Stock, drehte ihn zwischen den Fingern. »Manchmal machen wir es uns selbst schwer. Manchmal treffen wir am laufenden Band dieselbe falsche Entscheidung.«

»Ja, darin bin ich richtig gut.«

»Normalerweise wird es irgendwann besser. Man muss nur klar denken. Klarheit hilft immer.« Er bohrte mit der Spitze seines Stocks in den Boden. »Willst du nach Hause und versuchen, mit deinen Eltern alles zu klären?«

»Das überlege ich gerade.«

»Siehst du. Damit ist schon mal eine gute Entscheidung getroffen.«

»Und ein paar andere warten noch.«

»Das wird schon. Eins nach dem anderen.«

Sie sah in die hellblauen Augen, die noch heller zu sein schienen als damals. »Glauben Sie?«

»Ja. Wenn ich an Gott glauben würde, würde ich jetzt bei seinem oder ihrem Namen schwören.«

»Was soll ich meinen Eltern sagen? Entschuldigt bitte? Entschuldigt, dass ich euch das Herz gebrochen habe?«

»Das wär schon mal ein Anfang. Aber ich schätz mal, dass es deinen Eltern viel mehr bedeutet, dich zu sehen und zu umarmen und am Leben zu wissen, als alles, was du ihnen sagen kannst.«

»Ich weiß nicht. Was, wenn sie weggezogen sind? Was, wenn sie geschieden sind und jetzt an entgegengesetzten Enden des Landes wohnen?«

»Du kannst sicher hundert Gründe dafür finden, nicht nach Hause zu gehen, Alice, aber ein einziger guter Grund würde reichen.«

Alice verstummte. Überlegte, wie es wäre, ihre Eltern nach so langer Zeit wiederzusehen. »Wissen Sie, ich habe nicht mal versucht, sie anzurufen. Nicht ein einziges Mal. Damit ich ihre Stimmen höre und sie meine. Um sie wissen zu lassen, dass ich okay bin und nicht tot in einem Hinterhof liege. Kein Brief, kein Wort der Erklärung. Selbst das habe ich ihnen verweigert.«

»Du darfst nicht immer nur zurückschauen, Kindchen. Das frisst dich nur von innen auf. Es bleibt dir nichts anderes übrig, als dem Ruf deines Herzens zu folgen. Auch wenn das kitschig klingt.«

»Das tut es.«

»Na wenn schon.«

»Fahren Sie mich nach Wilmington?«

»Ja, das müsste ich in meinem vollgestopften Terminkalender einschieben können.«

Mit wehendem Schweif und zurückgelegten Ohren flitzten die Eichhörnchen an ihren vorbei.

»Das Mädchen bewundert dich. Weißt du das?«

Alice lachte. »Mich? Ich bin vermutlich das schlechteste Vorbild aller Zeiten.«

»Mag sein, dass du das nicht willst, aber so ist es nun mal.«

»Ich bin ein Wrack, Elton. Außerdem steckt sie bis zum Hals in Schwierigkeiten. Noch mehr als ich, wenn man's genau nimmt.«

»Dann braucht sie umso mehr deine Hilfe. Wende dich nicht von ihr ab. Die Erfahrung hat sie wahrscheinlich allzu oft gemacht.«

»Ich schaff es kaum, mich um mich selbst zu kümmern. Wie soll ich ihr da helfen? Ich kann ihr überhaupt nichts bieten.«

»Natürlich kannst du das. Mach dich nicht kleiner, als du bist. Du kannst ihr den Rücken stärken, sie an die Hand nehmen.«

Wieder lachte Alice. »Vielleicht sollte ich ihr das Geld geben.«

»Glaubst du, dass das ihre Probleme lösen würde?«

»Nein.« Wie ein Licht, das am Nachthimmel langsam verblasst, schwand ihr Lächeln. »Ich dachte, das Geld würde mir helfen, deshalb habe ich es genommen. Dass ich damit neu anfangen könnte. Dass ich damit alles in Ordnung bringen könnte.«

»Und es hat kein bisschen geholfen, was?«

Sie schüttelte den Kopf.

»Was willst du damit anstellen?«

»Ich weiß nicht. Wie soll man einundneunzigtausend Dollar Drogengeld zurückgeben, das man geklaut hat?«

»Tja, Alice. Da fragst du den Falschen. Ich bin nur ein alter Knacker.«

»Sie sind kein alter Knacker, Elton.« Sie ließ den Kopf an seine knochige Schulter sinken und genoss die erste Berührung nach viel zu langer Zeit. Es fühlte sich sicher und gut und längst überfällig an. Eine Minute lang saßen sie so da, genossen den Moment und die Gesellschaft des anderen, während ein steter Wind in ihren Haaren spielte.

»Na, Kindchen, bereit für den Rückweg? Ich schwöre, je älter ich werde, desto kleiner wird meine Blase.«

Alice lächelte. Schüttelte den Kopf. »Ich bleibe noch eine Weile hier. Ich will sehen, ob die Eichhörnchen zurückkommen.«

Er tätschelte ihr Bein. Stand mit leise knackenden Knien langsam auf. »Okey-dokey. Dann geh ich schon mal voraus und schau, was das junge Ding angestellt hat. Und weil du einige Jahre weniger auf dem Buckel hast als ich, wirst du das Angelzeug nach Hause schleppen.«

Sie sagte, dass sie das gern machen würde, und sah Elton nach, wie er den Pfad entlangschlurfte, immer seinem Stock hinterher.

Kapitel 39

Als sie die Kuppe des Hügels erreichte, über den der Pfad zum Fluss führte, entdeckte Alice das Auto in der Einfahrt. Es sah seltsam deplatziert aus. Ein brandneuer mitternachtsblauer Grand Marquis, kaum ein Stäubchen darauf, als käme er direkt aus der Waschstraße. Die dunkel getönten Scheiben waren geschlossen, sodass sich nicht sagen ließ, ob jemand darin saß.

Neben dem Briefkasten blieb sie stehen und starrte das Auto an, als erwartete sie, dass es jeden Augenblick in Flammen aufgehen würde. Dann sah sie zum Haus. Die Haustür war geschlossen – an sich nichts Ungewöhnliches, aber etwas daran kam ihr komisch vor. Sie bemerkte auf dem Kies direkt vor der Veranda einen langen, schmalen Gegenstand. Sie machte ein, zwei Schritte darauf zu, um ihn besser sehen zu können, und erkannte die Angel, die Elton für Delilah vorbereitet hatte, nur war sie jetzt in zwei Hälften zerbrochen.

Alice drehte den Kopf wieder zu dem Grand Marquis, und ihr Magen zog sich zusammen, weil sie ihn in dem Moment wiedererkannte – es war dasselbe Auto, das sie am Vormittag beim Einkaufen gesehen hatten.

Sie ließ die Angelruten und die Kiste fallen, die scheppernd auf dem Boden landete, und rannte zur Veranda, aber sie kam sich vor wie in einem Albtraum – ihre Füße waren auf einmal bleischwer, als griffen Hände nach ihnen und hielten sie fest. Es dauerte gefühlt eine halbe Ewigkeit, bis sie die Veranda erreicht hatte, während sich in ihrem Kopf Bilder des Grauens überschlugen, weil sie dachte, nein, wusste, dass etwas Schreckliches passiert war.

Sie umfasste den Türknauf, drehte daran, aber er gab nicht nach, und aus irgendeinem Grund wusste sie, dass sowieso abgesperrt war. Sie hob die Fäuste, um zu klopfen, doch dann hielt sie inne und atmete durch, um ihrer Angst Herr zu werden. Sie musste nachdenken. Sie lugte in ein Fenster, aber die Vorhänge waren zugezogen.

Leise huschte Alice von der Veranda und rannte den Abhang hinunter zur Rückseite des Hauses. Zwei Stufen auf einmal nehmend lief sie zur hinteren Veranda hoch und drückte sich an die Hauswand, um durch die Schiebetüren zu spähen. Das Wohnzimmer sah aus, als wäre eine Viehherde durchgetrampelt. Das Sofa war umgestürzt, der Glastisch zersprungen, die Lampen waren umgeworfen, und die Vasen lagen quer über den Boden verteilt.

Neben dem Klavier entdeckte sie Elton, zusammengesunken auf einem Stuhl, die Arme auf den Rücken gedreht, die Füße mit Angelschnur gefesselt. Sein Hemd war getränkt mit Blut, das aus einer offenen Kopfwunde sickerte. Sein Mund stand offen, seine Lippen waren aufgeplatzt, die Brille lag zerbrochen auf dem Boden.

Als spürte er ihre Gegenwart, hob Elton den Kopf, eines seiner Augen völlig zugeschwollen, und sah durch die Scheibe zu Alice. Seine Lippen bewegten sich, Worte blubberten heraus, und er schüttelte den Kopf. *Geh. Bitte geh.*

Alice versuchte, die Tür aufzuschieben, aber sie war verriegelt. Als sie wieder zu Elton blickte, sah sie einen riesenhaften Mann von hinten auf ihn zutreten – mit einem Messer in der Faust. Mit beiden Händen schlug sie gegen die Scheibe. »Stopp! Ich bin hier! Hier!«, rief sie und schlug wieder gegen die Scheibe, so fest dieses Mal, dass die Scheiben im Rahmen klirrten.

Mit ausdrucksloser, gelangweilter Miene blickte Phillip kurz auf, dann beugte er sich über den alten Mann, presste die Klinge an seine Kehle und murmelte etwas. Elton schüttelte den Kopf, wand sich auf seinem Stuhl, aber Phillip presste die Klinge noch fester an die nackte Haut des alten Mannes.

Alice bemerkte das Blut an den Händen des riesenhaften Mannes und trat gegen die Glastür, schrie, dass er aufhören solle, dass er Elton in Ruhe lassen solle, aber er ließ nicht von ihm ab. Suchend flog ihr Blick über die Veranda. Schließlich entdeckte sie einen Tontopf, der sicher einen halben Zentner wog, und hob ihn in die Höhe, ignorierte den stechenden Schmerz an ihrer gebrochenen Rippe, und donnerte ihn gegen die Tür. Mit einem durchdringenden Knall zersprang das Glas, Scherben fielen zu Boden.

Sie spürte die Schnitte nicht. Spürte nicht, wie Blut aus einem Dutzend Wunden an ihren Armen und Händen quoll. Der Schwung ließ sie ins Wohnzimmer stolpern, immer noch den Tontopf umklammernd. Als der Riese sich zu ihr drehte, stürzte sie sich auf ihn und ließ den Topf mit voller Wucht auf seinen Kopf krachen.

Alice hörte, wie der Schädel knackte und die Luft explosionsartig aus der Lunge des Mannes wich.

Phillip taumelte mit den Armen rudernd rückwärts und krachte in das Bücherregal, aus dem Bilderrahmen und Porzellanfiguren zu Boden fielen und zersprangen. Er sank auf ein Knie, Blut floss über seine glasigen Augen, die ein Loch in Alice bohrten.

»Was willst du?«, zischte Alice, obwohl sie genau wusste, warum der Mann hier war.

Blut spuckend kämpfte er sich auf seine Riesenfüße »Das Geld. Wo ist das Geld?« Ohne auf eine Antwort zu warten, wankte er auf sie zu und hob drohend das Messer.

Alice hechtete zu Boden, rutschte über Glasscherben, die in ihren Bauch schnitten. Der Riese stürzte sich erneut auf sie. Er erwischte ihren Fuß und riss sie herum wie ein Kinderspielzeug. Alice knallte gegen die Klavierbeine, und das Klavier gab ein trauriges, verzerrtes Ächzen von sich.

Sie sah Eltons Stock auf dem Boden liegen und zog ihn heran. Als Phillip vorstolperte, kämpfte Alice sich hoch, holte aus und schlug zu, verfehlte jedoch ihr Ziel. Phillip hieb wieder mit dem Messer nach ihr, und die Spitze erwischte sie an der Schulter. Sie spürte einen heißen Schmerz durch ihre Seite fahren, und ihr rechter Arm wurde taub.

Wieder stürzte sich Phillip auf sie, die Klinge schnitt durch die Luft, und ein tierisches Knurren löste sich aus seiner Kehle.

Alice wechselte den Stock in die andere Hand und schwang ihn mit aller Kraft. Sie spürte, wie ihre verletzte Rippe knackte, als die elfenbeinerne Spitze des Stocks die Nase des Mannes zerschmetterte. Blut strömte über sein Kinn und sprenkelte sein T-Shirt rot.

Phillip taumelte. Tränen schossen ihm in die Augen, sodass er nur mehr verschwommen sah, aber er schwang immer noch das Messer.

Erneut schlug Alice mit dem Stock zu. Erwischte ihn im Gesicht und brach ihm den Kiefer. Phillip krachte in das Aquarium, Glas zersprang. Er fiel zu Boden, um seine Füße Wasser und zappelnde Goldfische. Sein Blut färbte das Wasser rot.

Der Riese gab nicht auf. Das Messer in der Hand, versuchte er, auf die Füße zu kommen, spuckte einen Zahn aus.

Laut schreiend trat Alice gegen das Gesicht des Mannes, trat wieder und wieder zu, und schleuderte seinen Kopf in die Überreste des Aquariums. Eine hervorragende Scherbe riss ihm den Hals auf. Alice konnte kaum atmen, ihr Herz hämmerte in ihrer Brust, aber sie trat so lange zu, bis ihr der Fuß wehtat.

Der Mann gurgelte, Blut spritzte aus der Wunde an seinem Hals. Er presste seine Pranke auf die durchtrennte Arterie, konnte aber den Blutfluss nicht stoppen.

Keuchend wich Alice einen Schritt zurück. In dem Moment verfingen sich ihre Füße in etwas auf dem Boden, und sie stürzte und landete auf dem Steißbein.

Wieder knackte ihre Rippe, und ein scharfer Schmerz fuhr durch ihre Seite.

Sie sah zu Delilah, die quer über der Schwelle zur Küche lag. Ihre Augen waren geschlossen, und ihr Hinterkopf lag in einer stetig größer werdenden Blutlache. Rasch stand Alice auf und lehnte sich gegen den Türrahmen, eine Welle der Dunkelheit verdrängte alles Licht. Wieder sah sie zu Delilah, und eine warme Masse schoss aus ihrem Magen hoch in den Hals. Sie beugte sich vor und übergab sich in einem großen Schwall auf das Parkett, würgte, bis ihr alles wehtat, und sie konnte nichts denken als *Delilah ist tot, Delilah ist tot, Delilah ist tot.*

Dann hustete Delilah. Stöhnend bewegte sie sich. Rasch kniete sich Alice neben sie und berührte ihre Wange. Wieder stöhnte Delilah, und ihre Augenlider öffneten sich flatternd. Sie sah zu Alice hoch, ihr Blick glasig und leer.

»Ich hab versucht, ihn aufzuhalten«, flüsterte das Mädchen. »Ehrlich.«

»Ich weiß. Es ist gut, Delilah. Es ist gut.«

»Er hat nach dir gesucht, aber wir haben nichts verraten.«

Alice starrte Delilah an. Wollte etwas sagen, wollte ihr danken, wollte ihr erklären, was sie empfand, aber sie fand keine Worte.

Sie hörte hinter sich ein Geräusch. Sie wirbelte herum und sah den Riesen zucken. Das Messer löste sich aus seinem festen Griff und rutschte klappernd über den Boden, bis es still liegen blieb.

Sie werden immer wieder kommen.

Henry und Pig in Terrys Trailer. Der Riese zu ihren Füßen.

Sie kniff die Augen zusammen, und die Bilder wirbelten in ihrem Kopf durcheinander. Bilder der beiden Fremden, die aus dem Grand Marquis stiegen und zu Lucy's Diner schlenderten – sie waren direkt vor ihr gewesen, aber sie hatte ihnen weiter keine Beachtung geschenkt, zu sehr mit sich und ihrem Selbstmitleid beschäftigt.

Sie öffnete die Augen und starrte auf den Riesen. »Wer zum Teufel bist du?« Sie stand auf und packte ihn am Kragen, schüttelte ihn, und sein Kopf wurde vor und zurück geworfen. »Wo ist der andere, du Arschloch? Wo ist er?« Immer wieder schüttelte sie den Mann und sah zu, wie das Licht aus seinen Augen wich und sein Körper schlaff wurde, als sein Herz endlich aufhörte zu schlagen.

Alice ließ den Kragen des Toten los, als sie Elton hinter sich husten hörte.

»Elton?«

Sie kniete sich neben den alten Mann und nahm sein Gesicht in die Hände. Seine Augen öffneten sich bei der Berührung, dann schlossen sie sich langsam wieder. Blut rann aus dem, was von seinem linken Ohr übrig war.

»Ich hole Hilfe. Okay. Halten Sie durch, Elton. Bitte, halten Sie durch.«

Schnell holte sie das Messer, das neben dem Riesen lag, schnitt die Angelschnüre, mit denen Eltons Handgelenke und Knöchel gefesselt waren, durch und legte den alten Mann vorsichtig auf den Boden.

Alice rannte in die Küche und riss die Schubladen auf, warf Besteck, Kochlöffel und Werkzeug auf den Boden. Schließlich fand sie, wonach sie gesucht hatte – sie schnappte sich die Rolle Klebeband, riss ein Küchentuch vom Haken, lief zurück zu Elton und hob ihn vorsichtig in eine sitzende Position.

»Ich muss die Blutung stoppen.«

Elton öffnete die Augen, als sie das Küchentuch auf die Wunde drückte und mehrmals Klebeband um seinen Kopf wickelte.

Er murmelte etwas.

»Alles gut«, sagte Alice leise.

Der alte Mann hustete und fragte mit rauer, krächzender Stimme: »Ist das eins von meinen guten Küchentüchern?«

Sie brachte ein Lächeln zustande. »Ich kauf Ihnen ein neues. Versprochen.« Dann legte sie ihn zurück auf den Boden und drehte seinen Kopf so, dass dessen Gewicht auf der improvisierten Kompresse zu liegen kam. Die Blutung schien gestillt zu sein.

Alice nahm das Telefon und wählte mit zitternden Fingern den Notruf. Sie nannte der Frau Eltons Adresse und rief: *»Schnell, bitte kommen Sie schnell.«*

Wieder bei Elton, nahm sie seine Hand und flüsterte ihm ins Ohr, dass alles gut werden würde, dann küsste sie ihn auf die Wange. Er lächelte schwach. Versuchte noch einmal, etwas zu sagen, brachte aber nicht viel mehr als einen leichten Händedruck zustande.

Mit Tränen in den Augen fing sie an, die vorderen Taschen des Toten zu durchsuchen. Ein Bündel Dollarscheine, ein Feuerzeug, Autoschlüssel, ein paar zusammengefaltete Quittungen. Sie versuchte, an seine Gesäßtaschen zu kommen, aber er war zu groß und zu schwer. Also stand sie auf, hob einen seiner mächtigen Arme und zog daran – ihre Rippe knackte schmerzhaft, und mit einem heftigen Schnauben ließ sie seinen Arm fallen.

Sie holte tief Luft. Zog noch einmal, bis sie den Mann endlich auf den Bauch gedreht hatte. Sie griff in seine Gesäßtaschen. Keine Brieftasche. Nur ein Stück Papier, alt und abgegriffen. Noch bevor sie es aufgefaltet hatte, wusste sie, was es war.

Mit zitternden Händen strich sie den Flyer glatt und blickte auf ihr Foto, das lächelnde Gesicht aus einer fernen Vergangenheit.

Sie werden immer wieder kommen.

Alice knüllte den Flyer zusammen, und tränenüberströmt nahm sie die Autoschlüssel des Toten.

•••

Alice holte ein Glas aus dem Schrank. Ihre Hand zitterte so heftig, dass es ihr aus der Hand glitt und auf dem Boden zerschellte. Sie versuchte es noch einmal. Nahm ein zweites Glas, dieses Mal mit beiden Händen, holte den Orangensaft aus dem Kühlschrank und goss sich einen Schluck ein. Sie öffnete die Tür, hinter der sich der Schnaps verbarg, und blickte auf die Wodkaflasche. Goss einen kräftigen Schluck davon zu dem Orangensaft. In ihrem Kopf fiel alles auseinander, löste sich auf wie eine Pappmaché-Piñata im Regen. Sie stellte das Glas ab. Starrte es an. Ihr Körper bebte geradezu von dem Bedürfnis, von dem Verlangen nach einem Drink.

Erneut nahm sie das Glas in die Hand.

Nur den einen.

Sie sah zu Delilah. Das Mädchen saß an die Wand gelehnt da und sah ihr gleichmütig zu.

Sie werden immer wieder kommen.

Alice hörte leises Sirenengeheul, das die ländliche Stille durchbrach und alle natürlichen Geräusche zum Verstummen brachte. Mit einem letzten Blick auf ihren Drink goss sie ihn in die Spüle.

Sie wandte sich wieder Delilah zu – um eine Sache wollte Alice sie noch bitten.

Kapitel 40

Sinclair saß allein da, was er nicht besonders schätzte. Schon seit Stunden hockte er in dem Diner, rauchte, beobachtete die anderen Gäste und tat so, als hörte er die Bemerkungen nicht, die seine Anwesenheit ihnen entlockte.

Er saß am selben Tisch wie mittags, trank eine Flasche kaltes Budweiser, und in dem Aschenbecher neben ihm brannte eine Zigarette. Vor den Fenstern des Diners regnete es unablässig, und nach dem dunkler werdenden Himmel zu urteilen, würde es nicht so bald aufhören. Er sah auf seine Uhr, und mit einem Blick zur Eingangstür nahm er seine Zigarette.

Mittlerweile hätte Phillip längst zurück sein müssen, und Sinclair fing an, seine Entscheidung zu bereuen, ihn allein zum Haus des Kammerjägers geschickt zu haben. Wobei man ihn gelegentlich wie einen guten Jagdhund ohne Leine herumstreifen lassen musste. Männer wie Phillip brauchten das von Zeit zu Zeit, sie mussten auch mal ihre Urinstinkte ausleben können, ohne dabei ständig mit strengem Blick beobachtet zu werden. Sinclair hoffte nur, dass ihn sein Instinkt bei dieser speziellen Aufgabe nicht getrogen hatte.

Es hatte einen Schichtwechsel gegeben, und eine neue Kellnerin trat an seinen Tisch und lächelte auf ihn herab. »Wie wär's mit einem frischen Bier?«

Sinclair erwiderte das Lächeln. »Im Moment nicht. Danke.« Er sah ihr nach, als sie zu einem anderen Tisch ging, und musterte ihren dicken Hintern. Dann drückte er die Zigarette aus, warf erneut einen Blick auf seine Uhr und schüttelte eine weitere Zigarette aus der Packung.

»Ich könnte auch eine brauchen.«

Sinclair blickte auf. Alice sah schlimm aus. Die Haare zerzaust, Schnitte an den Armen, Blutflecken auf dem T-Shirt … aber ihre Augen waren ruhig – konzentriert und kalt. Nervös fingerte Sinclair an der Zigarette herum. Er öffnete den Mund, wollte etwas sagen, doch stattdessen fuhr sein Kopf herum Richtung Eingangstür.

»Ihr Freund wird nicht kommen.« Alice schob sich auf die Bank auf der anderen Seite des Tischs und stützte die Ellbogen auf.

Sinclairs Lippen begannen leicht zu zucken.

»Ich glaube, Sie haben nach mir gesucht.«

Ohne den Blick von ihr abzuwenden, schob Sinclair das Zigarettenpäckchen über den Tisch. »Sie haben sich an den Händen und den Armen verletzt.«

Alice klopfte eine Zigarette heraus. »Das heilt wieder. Was man in Bezug auf Ihren Freund nicht sagen kann.«

Sie zündete die Zigarette an. Sinclair tat es ihr nach. Beide inhalierten tief und stießen den Rauch aus, musterten sich wortlos, warteten, was als Nächstes passieren würde.

»Das muss ein Ende haben«, sagte Alice schließlich.

Sinclair zwang sich zu einem schwachen Lächeln. »Ich weiß nicht genau, was Sie meinen.«

Alice beugte sich vor. »Ihr Freund ist tot. Zwei andere Freunde von Ihnen in Harrisburg sind auch tot. Ich habe den Eindruck, Ihnen gehen langsam die Freunde aus.«

»Ich habe keine Freunde.«

»Ach nein?«

»Ich bin nur auf der Durchreise. Sie müssen mich verwechseln.«

Wieder kam die Kellnerin zum Tisch. »Darf ich Ihnen was bringen, Liebes?«

»Ein Glas Wasser, bitte.«

Die Kellnerin bemerkte das Blut an Alice' T-Shirt und ihren Armen. »Meine Güte. Geht's Ihnen gut?«

»Ich war angeln. Ich werde mich gleich sauber machen.«

Die Kellnerin wirkte kein bisschen überzeugt, erwiderte jedoch nichts, sondern legte nur eine Cocktailserviette vor Alice und verschwand.

»Wollen Sie nicht ein Bier mit mir trinken?«, fragte Sinclair.

»Danke, alles bestens.«

»So sehen Sie nicht aus.«

»Sie auch nicht.«

»Trinken Sie keinen Alkohol?«

»Im Moment nicht.« Alice steckte sich die Zigarette zwischen die Lippen, und ihre Hand schien nicht zu zittern. »Warum kommen wir nicht zur Sache?«

»Ich will mich ja nicht wiederholen, ich weiß allerdings wirklich nicht, worauf Sie anspielen.«

Alice seufzte. »Ich habe etwas, das Ihnen gehört. Aber vielleicht wollen Sie es gar nicht zurückhaben.«

»Sie sind eine attraktive junge Frau, Alice. Vielleicht ein wenig ungeschliffen, aber dennoch attraktiv.« Sinclair musterte ihr Gesicht und suchte darin nach etwas, was er nicht finden konnte. »Sagen Sie, Alice, warum sind Sie hier?«

»Müssen wir wirklich dieses Spielchen spielen?«

Er trank einen Schluck von seinem Bier. »Nun gut. Nachdem Sie hier auftauchen, nehme ich an, dass der Freund, von dem Sie sprachen, nicht erfolgreich war.«

»Hängt davon ab, was Sie unter erfolgreich verstehen. Wenn Sie damit meinen, dass er ein fünfzehnjähriges Mädchen zusammengeschlagen und einen alten Mann gefoltert hat, war er sehr erfolgreich.«

»Ah ja. Er verfügt über eine Reihe von Fähigkeiten, die in meiner Branche leider notwendig sind. Manchmal ist er allerdings ein wenig übereifrig, fürchte ich.«

»Finden Sie das witzig?«

»Im Gegenteil. Das finde ich überhaupt nicht witzig.«

»Sie ist noch ein Kind.«

»Wenn das Mädchen in Ihrer Begleitung war, Alice, hat es sich mitschuldig gemacht.«

»Sie sind ja irre.«

»Ich muss doch sehr bitten. Bleiben wir sachlich.« Er klopfte die Asche im Aschenbecher ab. »Sie haben mich bestohlen. Sie haben mir mein Eigentum weggenommen und mich dazu gezwungen, Ihnen durch vier Bundesstaaten zu folgen. Ich wüsste Besseres mit meiner Zeit anzufangen.«

»Dann haben die beiden es also verdient, so brutal misshandelt zu werden?«

»Ehrlich gesagt ja. Aber Sie haben allen Grund, verärgert zu sein, Alice. Genau wie ich. Nur haben Ihre Freunde allein Ihretwegen Schaden genommen. Das ist Ihnen doch klar?«

»Sie hatten nichts damit zu tun.«

»Aber natürlich, Alice. So wie jeder, der mit Ihnen zu tun hat. Das ist doch völlig logisch. Sie haben einen tödlichen Fehler began-gen, als Sie mich bestohlen haben«, sagte Sinclair leise.

Alice Körper bebte vor mühsam gezügelter Wut, die mit jeder Minute, die sie diesem Mann gegenübersaß, wuchs. Sie grub die Fingernägel in die Handflächen und versuchte, das Bild von dem auf dem Boden liegenden Elton zu verdrängen. Sie betete, dass er es überstehen würde.

»Darf ich Sie noch einmal fragen, warum Sie hier sind, Alice? Reine Neugier. Warum haben Sie nicht die Polizei informiert – über die Lage der Dinge unterrichtet?«

Alice wandte den Blick ab. Nur eine Sekunde. »Weil ich glaube, dass wir die Angelegenheit unter uns klären können.«

»Ah. Sie machen Ihre Fehler also lieber selbst wieder gut?«

»So in der Art.«

Die Kellnerin brachte Alice' Wasser und zog sich schnell wieder zurück. Erst nahm Alice einen kleinen Schluck, dann trank sie das Glas in einem Zug aus.

»Ich schätz mal, dass wir nicht viel Zeit haben. Und Sie sollten beten, dass mein Freund nicht stirbt.«

»Beten hilft meiner Erfahrung nach nicht viel, Alice.«

»Sie halten sich wohl für besonders schlau, was?«

»Man kommt gegen seine Natur nicht an.«

»Ich gebe Ihnen das Geld zurück, und das alles hört auf. So einfach.«

Sinclair zündete sich eine neue Zigarette an der alten an. »Nicht ganz.« Er bot Alice ebenfalls eine an. Sie schüttelte den Kopf.

»Was wollen Sie noch?«

»Um es geradeheraus zu sagen, Alice, ich traue Ihnen nicht. Sie sind einfallsreich. Meine drei besten Männer sind Ihretwegen nicht mehr am Leben.«

»Vielleicht brauchen Sie einfach bessere Leute.«

»Vielleicht. Vielleicht ist das tatsächlich so.«

»Sie wollen Ihr Geld zurückhaben, und ich will das hier hinter mich bringen. Worum sollte es noch gehen?«

»Eine Rückversicherung.«

»Wofür?«

»Dass Sie mir mein Geld zurückgeben, ohne dass es zu unliebsamen Zwischenfällen kommt.«

»Und wie stellen Sie sich das vor?«

»Sie *werden* mir mein Geld zurückgeben, Alice. Das kann ich Ihnen versichern.« Er griff in seine Jackentasche, zog das Foto von Alice und Jason heraus und schob es ihr über den Tisch zu. »Ihre Eltern sind wirklich reizende Leute. Sie vermissen Sie sehr und machen sich große Sorgen um Sie. Offenbar sind Sie schon eine ganze Weile fort.«

Alice blickte auf das Foto. Sie versuchte, sich davon loszureißen, sich von Jasons Gesicht loszureißen, weil sie wusste, dass es sie nur angreifbar machen würde, konnte aber nicht. Sie erinnerte sich an den Tag, an dem ihre Eltern das Foto aufgenommen hatten. Es war am Saint Patrick's Day gewesen. Jason war gerade vier geworden und völlig aufgedreht, weil er grünen Kartoffelbrei und grüne Kekse aß, grüne Milch trank und von Kopf bis Fuß grün angezogen war.

Schließlich kehrte ihr Blick zu Sinclair zurück, und sie bemerkte, wie sich seine Mundwinkel zu einem zufriedenen Grinsen verzogen. »Sie sind ein Arschloch.«

»Man hat mich schon Schlimmeres genannt.« Er drückte seine Zigarette aus. »Gut. Ich vermute, Sie dachten, dass Sie alle Trümpfe in der Hand haben, als Sie hier reinkamen, Alice, aber dem ist nicht so. Ich habe Phillip zwar sehr geschätzt – so hieß der Mann, den Sie ausgeschaltet haben –, aber nun, es muss ja weitergehen.« Er nahm das Foto und steckte es zurück in seine Tasche. »Wenn Sie mich angelogen und die Polizei informiert haben, werden Ihre Eltern leiden, das können Sie mir glauben. Dafür werde ich sorgen. Sie werden mir das Geld bringen, Alice, und dann werden sich unsere Wege trennen und Ihre Eltern dürfen weiterleben. Verstehen wir uns?«

Alice spürte, wie die Zigarette zwischen ihren Fingern verglühte, aber sie drückte sie nicht aus. Der Schmerz gab ihr Energie. »Wie heißen Sie?«

Überrascht über die persönliche Frage, zögerte Sinclair einen Moment.

»Wie soll ich Sie nennen? Es muss nicht ihr richtiger Name sein.«

Schließlich lächelte Sinclair, der das Spiel genoss. »Nennen Sie mich einfach Sinclair.«

»Okay, Sinclair. So sieht's aus. Sie trauen mir nicht. Ich traue Ihnen nicht. Aber wir müssen diese Sache gemeinsam zu Ende bringen. Ich denke, es ist besser, wenn wir uns gegenseitig Gesellschaft leisten. Uns nicht aus den Augen lassen. Ich werde Sie zu dem Geld bringen. *Dann* werden sich unsere Wege trennen. Eine andere Möglichkeit sehe ich nicht.«

Einen Moment lang dachte er über ihren Vorschlag nach. Schließlich nickte er. »Nun, das wird uns ein wenig Zeit verschaffen, uns besser kennenzulernen. Ich muss zugeben, dass Sie mich neugierig machen, Alice. Bestimmt haben auch Sie Fragen an mich.«

»Nein.«

»Wie Sie meinen. Mir wäre es recht, wenn Sie fahren.«

»Okay.«

»Noch etwas, Alice. Ich führe eine Smith & Wesson 9 Millimeter mit mir. Daher würde ich Ihnen vorschlagen, keine Dummheiten zu versuchen.«

»Verstanden. Danke für den Hinweis, Sinclair.«

Er gab einen Laut von sich, der zwar nicht wie Lachen klang, es aber war. »Es ist gut, auch in solchen Situationen nicht den Humor zu verlieren. Wenn Sie nichts dagegen haben, würde ich jetzt gern meine Rechnung begleichen, dann können wir gehen und mein Geld holen.«

Kapitel 41

Das ungleiche Paar fuhr auf dem Highway 17 Richtung Norden. Leichter Nebel überzog die Windschutzscheibe mit einem zarten Schleier, aber die Wolken über ihnen waren bedrohlich grau und verhießen weiteren Regen. Der PS-starke Grand Marquis hatte die perfekte Straßenlage und fuhr sich geschmeidig. Er rauschte an anderen Autos und Sattelzügen mit einer Leichtigkeit vorbei, als würden sie stehen.

Mit weiß hervortretenden Knöcheln umklammerte Alice das lederumwickelte Lenkrad. Sinclair hockte auf dem Beifahrersitz. Im Schoß hielt er die kleine Smith & Wesson, von der er gesprochen hatte, sein rechter Zeigefinger lag locker um den Abzug. Ein Wegweiser zum Highway 74/76 Richtung Osten zischte an ihnen vorbei.

»Wohin fahren wir eigentlich, Alice? Wo haben Sie mein Geld versteckt?«

»An einem sicheren Ort. Es ist nicht mehr weit.«

»Gehe ich recht in der Annahme, dass wir nach Wilmington fahren?«

»So in etwa.«

»Sie äußern sich gern recht vage, Alice.«

»Ihre Welt muss wohl klar in Schwarz und Weiß eingeteilt sein?«

»Interessant, so habe ich das noch nie betrachtet, aber vielleicht will ich das tatsächlich. Es fällt mir wohl leichter, einen eindeutigen Gegner einzuschätzen.« Sinclair zündete sich eine Zigarette an. »Darf ich Sie etwas fragen … Haben Sie gefunden, wonach Sie suchten, als Sie von zu Hause weggelaufen sind?«

Alice wandte den Blick nicht von der Straße und umfasste das Lenkrad etwas fester. »Irgendwann mal.«

»Das ist doch gut. Oder nicht?«

»Hat länger gedauert, als ich gehofft hatte.«

»Ja. Ja, das ist meistens so. Ziele entziehen sich einem gern. Besonders die emotionaler Natur.«

Endlich sah Alice zu ihm hinüber. »Das ist Ihnen doch scheißegal.«

»Liebe Alice, ist es wirklich nötig, Kraftausdrücke zu benutzen?«

»Über Kraftausdrücke machen Sie sich Gedanken, aber sie zucken nicht mal mit der Wimper, wenn zwei Unschuldige geschlagen und gefoltert werden? Bisschen seltsam, oder?«

»Na ja, leider ist so etwas in meiner Branche gelegentlich notwendig. Vermutlich habe ich mir eine dicke Haut wachsen lassen müssen. Sie finden mich vermutlich ziemlich gefühllos.«

»Wie ich was finde, ist unwichtig.«

Dem widersprach Sinclair nicht. »Über eine Sache würde ich mir gern Klarheit verschaffen, Alice. Haben Sie Terry umgebracht?«

»Was?«

»Terry. Der Mann, von dem Sie mein Geld gestohlen haben. Dieser Terry.«

Alice sah auf die Straße. »Würde das was ändern?«

»Vielleicht nicht, aber wie kann eine Frau wie Sie bei einem Mann wie ihm enden?«

»Falsche Entscheidungen.«

»Nun, ich schätze, dass wir alle hin und wieder einen Fehlgriff tun«, bekannte Sinclair.

Alice sah auf die Pistole in seinem Schoß, das polierte Metall schimmerte ölig. »Woher weiß ich, dass Sie meine Familie in Ruhe lassen, wenn Sie gekriegt haben, was Ihnen gehört?«

Sinclair sah aus dem Fenster und überlegte. »Es ist kompliziert, Alice. Ehrlich. Ich wünschte, es wäre anders.«

»Ich will das alles nur hinter mich bringen. Nichts weiter.«

Sinclair nickte. »Natürlich. Das verstehe ich, selbstverständlich.

Das Problem ist nur, dass Sie mich identifizieren können. Und nach Lage der Dinge vermute ich, dass Sie das auch tun würden, wenn ich Sie ziehen ließe. Erkennen Sie das Dilemma, in dem ich mich befinde?«

Darauf wusste Alice keine Antwort.

»Tja, Alice, alle guten Dinge haben einmal ein Ende, die schlechten dagegen können ewig dauern.« Er zog ein letztes Mal an seiner Zigarette, dann schnippte er sie zum Fenster hinaus.

»Thornton Wilder«, sagte Alice leise.

Sinclair lächelte sie an. »Ich bin beeindruckt, Alice. Ich wusste nicht, dass Sie so belesen sind.«

»Das war mal. Ich war mal vieles.«

»Ja. So geht es uns allen.« Sinclair musterte sie. »Es ist wirklich schade, dass wir uns unter diesen Umständen kennengelernt haben. Zu einer anderen Zeit, an einem anderen Ort hätten wir uns vielleicht über Weltliteratur unterhalten können, Alice.«

»Warum machen Sie das eigentlich? Ständig meinen Namen sagen?«

»Tu ich das?«

»Ja, das tun Sie.«

Einen Moment lang überlegte er. »Vielleicht versuche ich, auf diese Weise eine Beziehung herzustellen.«

»Mag sein, es klingt jedenfalls gezwungen. Eine Beziehung ergibt sich meistens von selbst, zumindest die, auf die es ankommt.«

»Darüber muss ich nachdenken.« Sinclair zündete sich eine neue Zigarette an und bot auch Alice eine an.

»Sagen Sie, Alice. Sind Sie nicht neugierig? Wollen Sie nicht wissen, wie das alles ausgehen wird?«

Alice öffnete die Scheibe einen Spalt und blies den Rauch hinaus. »Nein.«

»Nein? Warum?«

Sie warf dem Mann, der sicher angeschnallt neben ihr saß, einen

Blick zu. »Ich schau nicht gern allzu weit nach vorn. War noch nie mein Ding.«

Sinclair nickte. Die Antwort schien ihn zufriedenzustellen.

»Ich habe das Gefühl, dass ich seit Ewigkeiten wegrenne. Lang war ich nie an einem Ort«, bekannte Alice. Sie hielt inne. Zog an ihrer Zigarette. »Ich will, dass das vorbei ist. Das Geld. Das Wegrennen.«

»Das verstehe ich. So etwas kann ermüdend sein.«

Alice nahm eine Hand vom Lenkrad und ließ sich tiefer in den Sitz sinken. »Mein Bruder hieß Jason.«

Sinclair merkte auf und wartete, dass sie weitersprach.

»Als er starb, war er erst vier Jahre alt. Ich habe auf ihn aufgepasst. Es war ein Unfall. Keiner war schuld. Das haben alle gesagt. Aber er war in meiner Obhut. Sein Tod hat meine Eltern komplett aus der Bahn geworfen.«

»Das muss eine schlimme Zeit gewesen sein.«

Wieder sah sie ihn an. »Ich will nicht mehr wegrennen. Und ehrlich gesagt würde es mir auch nichts ausmachen, wenn ich heute sterbe. Dann wäre es wenigstens vorbei. Das Wegrennen vor allem. Aber da sind meine Eltern, und die haben mit alldem nichts zu tun.«

Sinclair seufzte und aus seinen Mundwinkeln ringelte sich Rauch. »Ja, wir schulden unseren Eltern eine Menge, oder? Sie opfern so viel für ihre Kinder. Sie schenken uns das Leben. Geben uns Obdach und Essen und bedingungslose Liebe, und wie zahlen wir es ihnen zurück? Wir verlassen das Nest, in dem sie uns aufgezogen haben, und manch einer verhält sich so, als hätten sie nie existiert. Das Leben ist gnadenlos.«

Alice zog an ihrer Zigarette. »Für den Tod von jemandem verantwortlich zu sein heißt, für immer Schuld auf sich zu laden. Die Schuld verlässt einen nie.«

»Das kann ich mir vorstellen.«

»Aber nach einiger Zeit verändert sie sich. Sie verschiebt sich. Irgendwann habe ich gemerkt, dass ich tagelang nicht an Jason gedacht habe, dann wochenlang. Aber deswegen fühlte ich mich nicht schuldig. Ich fühlte mich schuldig, weil ich ihn vergessen *wollte*. Das Vergessen macht es leichter … aber man vergisst nie ganz. Zumindest nicht lange.«

Sinclair nickte nachdenklich. »Etwas Unangenehmes aus unserem Bewusstsein zu verdrängen ist eine Copingstrategie, Alice. Das ist völlig verständlich und akzeptabel. Erst das macht es uns möglich, weiterzuleben, ohne uns andauernd zu quälen.« Einen Moment lang betrachtete er ihr Profil. »Vielleicht wollten Sie ja eigentlich nicht Ihren Bruder vergessen, sondern nur sein trauriges Ende.«

»Vielleicht.« Alice drückte stärker aufs Gaspedal.

»Wenn ich das fragen darf – wie hat Ihr Bruder, wie hat Jason sein Leben verloren?«

Alice warf Sinclair einen Blick zu. »Warum? Warum wollen Sie das wissen?«

»Weil Sie mich neugierig machen, Alice. Etwas an Ihnen fasziniert mich. Sie sind eine gebrochene Frau. Und deswegen will ich Sie gern ein wenig besser verstehen. Ich will Ihren Schmerz verstehen.«

Alice sah geradeaus. Sah die Landschaft vorbeigleiten und dachte an den Abend vor so vielen Jahren. Sie glaubte nicht, dass sie seine Frage beantworten würde – warum sollte sie? Gerade ihm? Sie dachte an Jason, und das eigentümliche Poltern erklang wieder in ihren Ohren, und ein plötzlicher, unerklärlicher Drang, diese Erinnerung mit jemandem zu teilen, überkam sie. »Meine Eltern sind an dem Abend ausgegangen. Jason und ich waren allein zu Hause. Ich sollte auf ihn aufpassen, aber das habe ich nicht getan. Bis ich ein Geräusch hörte. Ein Geräusch, das mir noch immer in den Ohren klingt – auch jetzt, in diesem Moment.«

»Ein Geräusch?«

»Ja. Es ist immer da.«

»Verstehe. Bilder, Gerüche und Geräusche, all das kann emotional stark aufgeladene Erinnerungen wachrufen. Bei der auditiven Wahrnehmung werden Geräusche im echoischen Gedächtnis gespeichert, und zwar nur für kurze Zeit – vier oder fünf Sekunden. Wenn ein Geräusch allerdings mit einem traumatischen Erlebnis verbunden ist, kann es dort ein Leben lang gespeichert bleiben.«

»Sprechen Sie aus Erfahrung oder haben Sie sich das nur angelesen?«

Sinclair lächelte bloß. »Was ist passiert, nachdem Sie das Geräusch gehört hatten, Alice?«

Alice zog an ihrer Zigarette. »Ich wusste, dass das Geräusch von Jason stammte, also ging ich nach unten, um nachzusehen, was er gerade anstellte. Und das Geräusch wurde lauter.«

Ka-wumm. Ka-wumm. Ka-wumm.

Alice versuchte, das schreckliche Geräusch aus ihrem Kopf zu verdrängen, aber es gelang ihr nicht, und sie wusste, dass es sinnlos war. »Es kam aus dem Keller. Es wiederholte sich. Ständig.« Nach einem kurzen Zögern fuhr sie fort. »Ich ging die Treppe in den Keller hinunter. Ich konnte ihn nicht sehen, aber ich wusste, dass etwas nicht stimmte.«

Ka-wumm. Ka-wumm. Ka-wumm.

»Dann betrat ich den Raum, aus dem das Geräusch kam. Es war der Trockner – er rumpelte vor sich hin.« Sie zog wieder an der Zigarette. »Jason war hineingeklettert. Und irgendwie hatte der Trockner sich eingeschaltet.«

Sinclair dachte darüber nach. »Also haben Sie ihn gefunden?«

Alice drückte die Zigarette aus und nickte.

»Höchst verstörend. Wie soll man über so etwas hinwegkommen?«

»Man kommt nicht darüber hinweg.«

»Der Punkt geht an Sie.«

Schweigend fuhren sie eine Weile weiter.

»Wissen Sie, was ein Stadiometer ist, Alice?«

»Nein.«

»Das weiß fast niemand.« Er sah auf die Straße, legte sich die Worte zurecht. »Ein Stadiometer ist ein medizinisches Gerät und wird in Arztpraxen benutzt, um die Körpergröße und das Gewicht einer Person zu bestimmen. Man tritt auf eine Platte und eine bewegliche horizontale Leiste wird bis zum Kopf geschoben, um die Größe zu messen. Es sind kalte, klinische Gerätschaften.« Er streifte die Asche seiner Zigarette im Aschenbecher ab. »Bei den alljährlichen medizinischen Untersuchungen wurde jedes Mal auch meine Körpergröße gemessen – wie es bei den meisten Kindern gemacht wird. Einmal im Jahr stellte ich mich auf diese Platte, und die Leiste wurde nach unten geschoben. Nach der Messung beim letzten Patienten musste sie immer ein gutes Stück weiter nach unten geschoben werden. Das Stadiometer gab ein spezifisches Geräusch von sich, wenn sie auf meinen Kopf geschoben wurde. *Klick, klick, klick.* Jedes Klicken fuhr durch mich hindurch. Irgendwann habe ich dieses Geräusch gehasst.«

Er zog an seiner Zigarette. »Es erinnerte mich daran, was ich war … und immer sein würde.«

Alice sagte nichts.

»Wie klang Ihr Geräusch, Alice? Von Ihrem Bruder im Trockner?«

Alice zuckte zusammen. Die Frage traf sie völlig unvorbereitet, sie wusste aber sofort, dass sie ihm von dieser Erinnerung nichts erzählen würde – diesen Teil von Jason würde sie ihm nicht geben.

Sie sah zu dem Mann neben ihr, und er erwiderte ihren Blick und wartete auf eine Antwort. Sie wich ihm aus. »Haben Sie Kinder, Sinclair?«

Sinclair schnippte seine Zigarette aus dem Fenster. »Nein. Nein, habe ich nicht. Ehrlich gesagt kann ich mir das auch in Zukunft nicht vorstellen.«

»Nein? Gibt es kein Erbe, das Sie weitergeben wollen?«

Bei dem Gedanken kicherte er. »Ich hinterlasse vermutlich ein Erbe anderer Art.«

»Ja. Da bin ich mir sicher.«

»Und Sie? Werden Sie etwas Bleibendes hinterlassen? Einen Abdruck in der Welt?«

Alice setzte sich wieder aufrecht hin. Legte beide Hände aufs Lenkrad. »Nein, das wird wohl nicht geschehen.«

Sinclair musterte sie. »Sie leben gefährlich, Alice. In jeder Hinsicht. Dazu gehört auch, dass Sie den Sicherheitsgurt nicht anlegen.«

Alice warf einen Blick auf den Sicherheitsgurt, der unbenutzt neben ihrer Schulter hing. »Tja. Wir müssen alle mal sterben. Oder?«

»Aber man sollte dennoch Vorsichtsmaßnahmen ergreifen, Alice. Das ist entscheidend, wie ich im Laufe der Jahre gelernt habe. Es hat mich dahin gebracht, wo ich jetzt bin.«

Alice warf ihm einen Blick zu – auf ihrem Gesicht lag ein seltsamer Ausdruck, möglicherweise ein Lächeln. »Vielleicht tu ich das ja gerade. Vorsichtsmaßnahmen ergreifen.«

Er musterte sie erneut, ehrlich überrascht von ihrer Antwort, aber auch von ihrer Miene.

»Kann ich noch eine Zigarette haben?«

Sinclair reichte ihr eine und gab ihr und sich Feuer.

Vor ihnen ragte die Cape Fear Memorial Bridge auf und dahinter lag in einiger Entfernung die *USS North Carolina* – das graue gut zweihundertzwanzig Meter lange Schlachtschiff, das dauerhaft außer Betrieb genommen war. Alice war schon ein halbes Dutzend Mal auf dem Schiff gewesen. Ein paarmal mit ihren Eltern, dann bei einem Schulausflug und einmal mit ihren Freundinnen.

Und dann noch ein letztes Mal.

Das letzte Mal hatte sie das Schlachtschiff mit Jason besucht. Für ihn war es der erste und einzige Besuch gewesen. Er war völlig hin und weg gewesen, hatte alles mit großen Augen angesehen, war herumgeflitzt, hatte die Geschütztürme bestaunt, den Rumpf eines Kingfisher-Flugzeugs berührt, in den engen Gängen unter Deck herumgebrüllt. Er hatte sich überhaupt nicht mehr eingekriegt und erklärt, dass er einmal Matrose werde würde. Ihre Eltern hatten ihm ein *USS-North-Carolina*-T-Shirt und eine Kapitänsmütze gekauft, die er beide einen Monat lang praktisch täglich getragen hatte.

Alice sah, wie die Schranken erzitterten und sich gleich darauf vor der Brücke senkten, rote Lichter blinkten, Warnglocken schrillten. Die Hydraulik setzte sich in Gang und hob den stählernen Mittelteil der Brücke langsam himmelwärts.

Sie betätigte den Blinker und fuhr auf die rechte Fahrspur.

»Also, Alice, erzählen Sie mir, was Sie mit dem Geld vorhatten. Was war Ihr Fernziel?«

Nach einem Zug von ihrer Zigarette bremste Alice vorsichtig ab. »Fernziel? Ich habe es fast erreicht.«

»Fast erreicht, Alice?«

»Die Freiheit, Sinclair.«

»Ach ja? Zusammen mit mir?«

»Ja. Zusammen mit Ihnen. Ich renne nicht mehr weg. Ich weiß, wohin ich will. Und das verdanke ich Ihnen.«

Der Grand Marquis rollte die letzten Meter bis zu den Schranken, und das schrille Läuten der Warnglocken erfüllte das Wageninnere.

»Eines würde ich gern wissen«, sagte Alice.

»Was denn?«

»Haben Sie einen Auftraggeber? Oder arbeiten Sie selbstständig?«

Sinclair lachte leise. »Ich habe natürlich Leute über mir. Schließlich muss jemand meine Ware beschaffen, aber die Distribution liegt ganz in meinen Händen. Das ist mir lieber so. Partnerschaften können kompliziert werden.«

»Verstehe.« Alice konnte sich nur mit Mühe ein Lächeln verkneifen, als sie ihre Scheibe herunterließ.

»Wollen Sie mich sonst noch etwas fragen? Gibt es noch etwas, das Sie gern wissen möchten? Ich habe keine Geheimnisse vor Ihnen.«

Alice sah zu, wie der Mittelteil der Brücke seine Endposition erreichte, dann blickte sie zu dem Frachtschiff, das in der Nähe in die Höhe ragte und auf die Erlaubnis wartete, die Brücke zu passieren und seine Fahrt fortzusetzen.

»Ja. Nur noch eine Frage. Können Sie schwimmen?«

Sinclair wollte etwas erwidern, aber die Worte verweigerten sich ihm. Stattdessen schossen seine Augen zum Fluss, der vor ihnen dahinrauschte.

Alice packte das Lenkrad fester – die Freiheit war in Reichweite. Sie lag in ihren Händen. Sie drückte das Gaspedal durch. Der Grand Marquis machte einen Satz und durchbrach die Schranken, die Reifen surrten über das Stahlgitter, schnell, immer schneller.

Die Pistole glitt aus Sinclairs Hand und landete auf der Fußmatte. Er wollte danach greifen, aber der Sicherheitsgurt hielt ihn zurück. Er versuchte es noch einmal. Vergeblich. Sinclair lehnte sich zurück, sah zu Alice, und in diesem Moment begriff er. Ein Laut drang aus seinem verzerrten Mund. Ein einzelnes Wort, geätzt mit Angst – *Alice.*

Sie drückte das Gaspedal voll durch. Der dröhnende Motor und das Kreischen der Reifen auf dem Stahlgitter übertönten alles. Der Lärm war ohrenbetäubend, doch als das Auto abhob und zu fliegen begann, wurde alles still – ein für alle Zeiten gebannter Moment völliger Lautlosigkeit.

Alice sah zu Sinclair. Zum ersten Mal spürte sie so etwas wie

Frieden. Spürte, wie die Last der Schuld von ihren Schultern fiel. Spürte eine Freiheit, die sie immer gesucht, aber nie gefunden hatte.

Alice schloss die Augen und wartete auf den Aufprall.

Kapitel 42

Am Ufer des Cape Fear River standen ein Dutzend Streifenwagen, vier Feuerwehrwagen und mehrere Rettungswagen aus Wilmington. Ihre blinkenden Lichter durchbrachen den unaufhörlich fallenden grauen Nieselregen. Gelbes Absperrband – das zwischen Bäumen, Lampenmasten, allem, woran man es festknoten konnte, gespannt war – flatterte im scharfen Wind und hielt Reporter und Schaulustige vom Unglücksort fern. Die Water Street war gesperrt worden, sodass die Uferrestaurants, Bürogebäude und Souvenirshops nicht zu erreichen waren. Der Verkehr wurde über die umliegenden Straßen umgeleitet. Pendler, die endlich nach Hause wollten, lehnten sich auf ihre Hupen, aber außer zu ohrenbetäubendem Lärm führte das Gehupe zu nichts, schon gar nicht dazu, dass sie schneller vorankamen.

Rasch senkte sich die Dämmerung über den Fluss. Sekündlich nahm das Licht ab. Ein sanfter Nebel stieg vom Wasser auf.

Polizeitaucher in schwarzen Neoprenanzügen schwammen neben dem Grand Marquis her, während die Winde eines Abschleppwagens das Fahrzeug langsam aus dem Fluss zog. Zuerst tauchte wie ein Schildkrötenpanzer das Dach aus dem Wasser auf, dann die Motorhaube und der Kofferraumdeckel. Ein paar Drehungen mehr, und der Rest der schwarz verschlammten Karosserie erschien. Aus dem Auto ergoss sich trübes Wasser und schwappte gegen die Scheiben.

Ächzend verharrte das Stahlkabel, nachdem es das Auto auf den betonierten Uferstreifen gezogen hatte. Wie ein Mückenschwarm stürzten sich Sanitäter auf das Fahrzeug, Tragbahren und Notfalltaschen einsatzbereit.

Am Ufer standen in Grüppchen Geschäftsleute im Anzug, Bedienungen in Schürzen und Pärchen, die einen Abendspaziergang machten, zusammen und redeten. Einige machten Fotos mit dem Handy.

Einem der Taucher gelang es schließlich, mithilfe eines Stemmeisens die Fahrertür zu öffnen, und eine Flut braunen Wassers ergoss sich auf den Beton und bahnte sich seinen Weg zurück zum Fluss. Auf dem Beifahrersitz saß eine zusammengesunkene Gestalt, die Haut weiß und runzlig, weil sie zu lange unter Wasser gewesen war. Viele der Umstehenden hielten den Toten für ein Kind. So klein war er. So zierlich.

Man suchte nach weiteren Opfern im Fahrzeug. Auf der Rückbank. Auf dem Fahrzeugboden.

Schließlich im Kofferraum.

Flusswasser sickerte aus dem Kofferraum, floss über die Stoßstange und das Nummernschild, und in der braunen Flüssigkeit, vermischt mit einer Menge Blut, trieben und wirbelten Zwanzigdollarscheine. Der Kofferraum spuckte einem Unterwasser-Geldautomaten gleich Tausende Dollar aus. Das Geld wurde von dem sprudelnden Wasser über den Uferstreifen in den Fluss gespült, wo die Strömung, die um Cape Fear floss, es erfasste und flussabwärts riss.

In dem im Kofferraum verbliebenen dunklen Wasser lag mit dem Gesicht nach oben die Leiche eines sehr großen Mannes, der Hals aufgeschlitzt, die Augen zugeschwollen. Es bedurfte der vereinten Kräfte von drei Rettungssanitätern, um die Leiche aus dem Kofferraum zu wuchten.

Sie wurde auf den kalten, sandigen Betonboden gelegt. Die Rettungssanitäter machten sich ans Werk, konnten aber nur, wie vorausgesehen, den Tod des Mannes feststellen.

Die Suche wurde fortgesetzt, und ein Polizist tastete mit einer latexgeschützten Hand im Kofferraum herum und zog eine olivgrüne Reisetasche heraus. Die Tasche wurde umgedreht, und triefende Geldbündel klatschten wie tote Fische auf den Boden.

Danach übernahm ein Team von Detectives. Sie suchten das Fahrzeug nach Hinweisen auf die mögliche Unfallursache ab, entdeckten Sinclairs Pistole und sicherten sie. Phillips Messer steckte in seinem Gürtel. Fotos wurden gemacht, der Inhalt von Koffern Stück für Stück herausgeholt, und jeder Gegenstand wanderte in eine eigene Beweismitteltüte. Gas- und Bremspedal wurden auf eine sofort ersichtliche Fehlfunktion untersucht.

Die Detectives rätselten über den verwaisten Fahrersitz und das geöffnete Fenster. Weitere Fotos wurden gemacht, alle paar Sekunden leuchtete ein Blitzlicht auf.

Während die Untersuchungen sich hinzogen und die Nacht sich über den Fluss senkte, verloren sich nach und nach die Schaulustigen. Der letzte Rest des Tages sollte wieder ihnen gehören, und sie freuten sich mit morbider Lust darauf, Freunden und Familie von dem Unfall zu berichten.

Ein Stück von der Unfallstelle entfernt stand eine junge Frau und beobachtete das Ganze aus sicherer Distanz. Sie trug Sweatshirt und Bluejeans, und auch wenn alle Anwesenden etwas von dem Regen abgekriegt hatten, war es bei ihr anders – ihre Kleidung klebte an ihrer Haut wie nasses Zeitungspapier, Wasser troff aus ihren Hosensäumen und sammelte sich um ihre Füße. Die braunen Haare hingen klatschnass um ihr Gesicht, aber die grünen Augen blickten wachsam.

Erst nachdem die beiden Leichensäcke mit den Toten verschlossen und auf die Ladefläche des Kombis der Rechtsmedizin verfrachtet worden waren, ging die junge Frau weg. Ihr Gang war ein wenig unsicher – leicht hinkende, langsame, vorsichtige Schritte. Sie sah nicht zurück. Nicht einmal. Bis die Frau in einer Nebenstraße verschwunden war, hatten Regen und Wind nachgelassen, und die Luft war auf einmal ganz still.

Danksagung

Wo soll ich anfangen? Nun, vielleicht am besten zu Hause …

Ohne meine Frau, beste Freundin und treue Mentorin Ayn Carrillo-Gailey läge dieses Buch nicht in Ihren Händen. Sie ist mir Vorbild und Inspiration und bringt mich nicht nur dazu, ein besserer Autor zu sein, sondern auch ein besserer Mensch. Und dann hilft sie mir sogar noch beim Formulieren und Überarbeiten meiner Texte.

Meine Tochter Gray, zwölf, macht mich unsagbar stolz. Sie ist klug, freundlich, kreativ und beherrscht die Rechtschreibung aus dem Effeff.

Ich danke meiner Mutter Deb Templeton, von der ich die Leidenschaft für das geschriebene Wort habe. Meiner Schwester Robin danke ich dafür, dass sie mir in höchster Not bei einer der entscheidenden Szenen des Buchs geholfen hat, und Geoff, der immer auf seinen kleinen Bruder aufgepasst hat.

Dem Team von Oceanview Publishing werde ich ewig dafür dankbar sein, dass sie mir als Autor eine Heimat gegeben haben. Meinen Lektoren Pat und Bob Gusson danke ich für ihre einfühlsame Kritik. Dank geht an Emily Baar, Lee Randall und Autumn Beckett für ihre Unterstützung während der Entstehung des Buchs.

Esmond Harmsworth von Aevitas Creative Management danke ich für seine Loyalität und seine Ratschläge.

Was täte ich ohne Amy Schiffman von der Intellectual Property Group? Sie hat meine ersten Gehversuche als Autor begleitet und ist mir auch bei einem gelegentlichen Stolperer nicht von der Seite gewichen.

Ich stehe in der Schuld meines französischen Verlegers Oliver Gallmeister, *le roi du noir.*

Genau wie in der meines Schriftstellerkollegen Matt Coyle – du magst nicht gern große Reden schwingen, aber du bist ein verdammt guter Autor und ein Wahnsinnstyp.

Ich möchte den Studierenden vom Novel Lab danken – ich hoffe, ich habe euch so viele Anregungen geben können wie ihr mir.

Michael Hanson – du bist der Beste. Ich glaube, du hast allein mehr Exemplare meines ersten Romans *Deep Winter* erworben als irgendjemand sonst. Mach so weiter!

Ein großer Dank geht an Dr. Mark Matz für seine Freundlichkeit und Unterstützung.

Einige meiner Freunde verdienen hier unbedingt eine Erwähnung, weil sie mir während des Schreibens halfen, ob ihnen das bewusst war oder nicht: Brian Price, ein talentierter Autor, der genauso verquer denkt wie ich. Christi Derreberry, die einiges Licht in die dunklen Ecken von Charlotte, NC, warf. Jerry Abrams, den ich seit unserer Kindheit in den Wäldern Pennsylvanias kenne, und der zufälligerweise die witzigsten Briefe überhaupt schreibt. Und Stu »Bern« Smith, der die endlose Reise nach Orcas unternommen und das Manuskript kurz vor knapp gelesen hat.

Da ich meine Danksagung zu Hause begonnen habe, möchte ich dort auch aufhören und den Leuten auf Orcas Island danken. Auf dieser magischen Insel in der Salish Sea habe ich meinen Roman zu Ende geschrieben. Sie ist ein ganz besonderer Ort, und das nicht nur wegen der majestätischen Landschaft, der sauberen Luft oder weil dort das Orcas Island Lit Fest stattfindet und Darvill's zu finden ist, eine der besten Buchhandlungen der Welt. Nein, es geht viel tiefer. Die Künstlergemeinschaft und die Freunde, die ich hier gefunden habe, ließen mich erkennen, dass ich endlich angekommen bin.

Im Geschirr der Schuld

Ein Nachwort von Carsten Germis

Kleine Brüder können richtige Nervensägen sein. Sie sind laut, sie machen unberechenbare Dinge. Und trotzdem haben sie als Nesthäkchen bei den Eltern oft Narrenfreiheit. So sehr sie auch nerven und streiten mögen, man liebt die Kleinen. So wie in Samuel W. Gaileys Roman »Die Schuld« die Protagonistin Alice, 15 Jahre alt, ihren vierjährigen Bruder Jason liebt. Hübsch, ehrgeizig, lebt sie behütet das typische Leben einer Teenagerin in einer Mittelschichtfamilie in den USA. Sie ist glücklich, eine ehrgeizige Schwimmerin. Bis eines Tages ein Schicksalsschlag ihr Leben aus der Bahn wirft. Das passiert überall in der Welt an jedem Tag in Millionen Familien immer wieder. Bei Alice aber passiert ein Unglück, eine Katastrophe. Die Frage brennt sich fest in ihr: Hätte sich das verhindern lassen? Der Ruf des Gewissens nagt. Es ist eine Selbstanklage, in der sich das Mädchen für schuldig erklärt.

Samuel W. Gailey hat mit »Die Schuld« einen Roman geschrieben, in dem er zeigt, wie der innere Dämon, das sich immer wieder meldende Gewissen einem Menschen das Leben zur Hölle machen. »Du solltest auf ihn aufpassen«. Diese Grenzsituation, diese Auseinandersetzung muss Alice alleine mit sich abmachen. Die Reaktionen der Eltern, alles im Alltag erinnert sie an diesen einen großen Fehler – der das Mädchen in Selbsthass und Verzweiflung treibt. Nichts wird besser. Selber fast noch ein Kind läuft sie fort von zuhause. Doch das Geschirr der Schuld hält Menschen gefangen, wohin sie auch gehen, wieviel Zeit auch vergeht.

Mit diesem ersten großen Schicksalsschlag hat alles angefangen. Vor Schuld kann man nicht weglaufen. Das ist die Lektion, die Alice lernt. Denn »das, wovor du wegläufst, das wovor du eigentlich wegläufst, ist das wovor du nie wirst weglaufen können«, sagt ihr der einzige Freund, dem sie vertraut und bei dem sie Zuflucht sucht. Auch wenn sich Schuldbeladene als Verlierer fühlen, Gaileys Figuren sind stark. Das Leben auf der Straße macht misstrauisch, überall lauern Gefahren. Alice überlebt. »Jeder sollte für sich selber sorgen, fand sie.« Wir sehen zu, wie sie kämpft, wie sie sich abmüht, einen Weg zu finden, mit der Schuld zu leben.

Alice ist Trinkerin. Sie trinkt, um ihre Schuld, den einen großen Fehler zu vergessen, mit dem alles angefangen hat. Doch der Teufel Alkohol hat noch niemandem geholfen. Nach dem Kater ist alles wieder da. Und »es war nie gut, wenn sie sich an die Marke des Schnapses erinnerte, aber nicht an den Namen des Mannes, mit dem sie geschlafen hatte.«

Nach der Flucht vor ihren inneren Dämonen, die an keinem Ort und in keinem Job die ersehnte Erlösung gebracht hat, muss Alice von nun an vor äußeren Feinden fliehen. Neben dem Toten findet sie Drogen und eine Tasche voller Geld. Was tun? Das Richtige. »Nur: seit wann tat sie das Richtige?« Der Drogenboss, Sinclair, und sein Schläger setzen sich auf ihre Fersen, eröffnen die Jagd.

Sucht ist in Gaileys Romanen immer wieder ein Thema. Der Leser hört im Roman aus den Dialogen den Klang der Versuchung, er sieht in der Körpersprache, den inneren Kampf einer Trinkerin beim Blick auf die Flasche Tequila mit eigenen Augen.

In den USA ist Gaileys Stil in den Feuilletons mit dem von John Steinbeck verglichen worden, den der Autor selbst auch als eines seiner großen Vorbilder nennt. Wo Steinbeck mit seinen Romanen Blicke in die Abgründe der amerikanischen Gesellschaft wirft, beleuchtet Gailey die Abgründe im Privaten. Was geht in Menschen vor, die vor der Last auf ihren Schultern flüchten? Was ist, wenn sich die Waage beim Handeln zwischen dem, was man erhofft, und dem, was unvermeidlich ist, mit in Kauf nehmen muss, immer zur falschen Seite neigt? Gaileys Protagonisten sind fehlerhaft; aber sie verdienen Rettung und Erlösung.

Der Autor, der in einem Ort mit weniger als 400 Einwohnern im Nordosten Pennysylvanias aufgewachsen ist und heute mit seiner Familie auf den abgelegenen Orcas-Inseln nahe der kanadischen Grenze im Nordwesten der USA lebt, ist bei seinen Figuren, die – wie Alice – immer wieder aufstehen, nicht an der Schuld zerbrechen und gegen alle Widerstände weiter kämpfen. »Wenn es möglich wäre, würde sie wahrscheinlich gern in einem spießigen Leben aufwachen.« Das offenste Gespräch über ihre Dämonen führt Alice am Ende mit dem Drogenboss Sinclair, der ihr auf der Suche nach dem gestohlenen Geld durch vier Bundesstaaten gefolgt ist. Er ist der Antagonist, der seinen Schläger die Drecksarbeit machen lässt, und ohne sichtbare Gewissensbisse selbst bei brutaler Gewalt seine bildungsbürgerliche Herkunft heraushängen lässt. Wenn zum Beispiel ein Opfer ihm während der Folter entgegenhält: »Sie machen mir Angst« und Sinclair ihn mit Zitaten des englischen Physikers William Barrett darüber belehrt, dass das nicht stimme. »Was sie empfinden ist Furcht.« Doch wer kennt schon Barrett und den Unterschied zwischen Angst und Furcht?

Mit klassischen Ermittlerkrimis oder den *hard boiled* á la Chandler oder Hammett haben die Romane Gaileys nichts zu tun. Polizisten spielen bestenfalls Nebenrollen. Sie kommen und gehen, hinterlassen kaum Spuren. Dem Autor geht es um die Innenwelten, die

Ängste und Dämonen des Lebens. Auch wenn Freunde helfen, ihre Erlösung müssen die Figuren aus eigner Kraft finden und lernen mit der Schuld zu leben.